大
方
sight

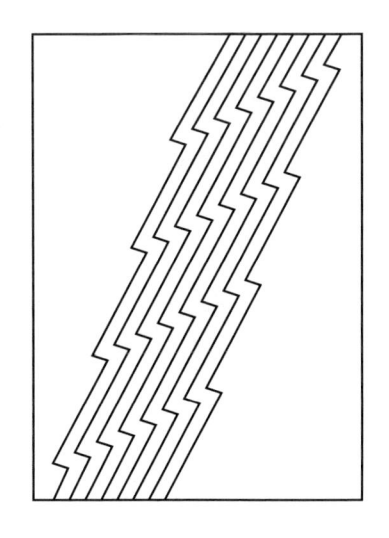

失落的天堂

时间旅行者

La Traversée des temps: Paradis perdus

［法］埃里克－埃马纽埃尔·施米特 / 著
徐晓雁 / 译

中信出版集团 | 北京

图书在版编目（CIP）数据

时间旅行者：失落的天堂 /（法）埃里克 - 埃马纽埃尔·施米特著；徐晓雁译. -- 北京：中信出版社，2025. 3. -- ISBN 978-7-5217-7198-5

Ⅰ. I565.45

中国国家版本馆 CIP 数据核字第 20254AX311 号

La Traversée des temps Tome 1 : Paradis perdus by Eric-Emmanuel Schmitt
Copyright© Editions Albin Michel - Paris 2021
Simplified Chinese translation copyright © 2025 by CITIC Press Corporation
ALL RIGHTS RESERVED
本书仅限中国大陆地区发行销售

时间旅行者：失落的天堂
著者：　　［法］埃里克-埃马纽埃尔·施米特
译者：　　徐晓雁
出版发行：中信出版集团股份有限公司
　　　　　（北京市朝阳区东三环北路 27 号嘉铭中心　邮编　100020）
承印者：　河北鹏润印刷有限公司

开本：880mm×1230mm　1/32　　印张：17　　字数：350 千字
版次：2025 年 3 月第 1 版　　　　印次：2025 年 3 月第 1 次印刷
京权图字：01-2025-0370　　　　　书号：ISBN 978-7-5217-7198-5
定价：79.00 元

版权所有·侵权必究
如有印刷、装订问题，本公司负责调换。
服务热线：400-600-8099
投稿邮箱：author@citicpub.com

出版说明

"时间旅行者"系列发起了一场惊人挑战：以纯粹浪漫的形式讲述人类历史，以故事进入历史，仿佛尤瓦尔·赫拉利邂逅了亚历山大·大仲马……

这份宏大计划三十年来激荡着埃里克-埃马纽埃尔·施米特，这份向往最终挖掘出一条生命之路。在他的其他作品（长篇小说、短篇小说、戏剧、散文）背后，他一直孜孜不倦地为这个计划做准备，积累历史、科学、宗教、医学、社会学、哲学、技术等各方面的知识，同时运用他的想象力刻画出诸多个性鲜明、感人至深、令人难忘的人物形象，人们惦念他们并代入自己。

他作为知识分子受到的训练与他作为作家的天赋相得益彰，共同孕育出这样一部独一无二的巨著。这部作品带领我们在文化的碎裂中，从一个世界穿越到另一个世界，聚焦于一些因意外、进化、革命而改变文明进程的特殊时刻。每一次，现在照亮过去，正如过往的年代揭示了当下时代。

这场令人难以置信的穿越始于大洪水时代，一直延续到我们现代。书中关键人物通过他们的爱与抗争，具象化了人类历史的主要事件或重大突变。

这部鸿篇巨制的每一卷都对应人类历史上的一个特定时间段：

1 失落的天堂（新石器时代末期和大洪水）；
2 天空之门（巴比伦和美索不达米亚文明）；
3 昏暗的太阳（法老们的埃及和摩西）；
4 幸福的光（公元前四世纪的希腊）；
5 两个帝国（罗马和基督教的诞生）；
6 蒙昧（中世纪的欧洲和圣女贞德）；
7 征服时代（文艺复兴和美洲大陆的发现）；
8 革命（政治、工业和技术革命）。

引　言

战栗。

首先是一阵战栗。

战栗持续、压迫、传递、蔓延、扩散、加剧，变成两阵、十五阵、五十阵战栗，征服皮肤，唤醒感官。

男人睁开眼睛。

黑夜……寂静……凉爽……口渴……

他看着四周的黑暗，倘若他不知身处何地，这无边的黑暗肯定会吓到他。他蜷缩在潮湿的石灰岩石上，呼吸着醒脑提神的空气，空气灌满肺泡，激活内脏。活着的喜悦……重生是一件多么美妙的事情！比出生还美妙……

任务完成后，战栗消散，男人的身体恢复知觉。

解除胎儿似的体位，男人小心翼翼转过身，仔细感受身体的每一个部位。在意志引导下，他双手举过头顶，手指弯曲，关节咔咔作响；放下双手，抚摸胸口，滑过腹部，触摸小腹尽头的体毛，触碰到微热的生殖器。他命令脚踝放松，抬起脚，向右歪、向左歪，画圈圈，随后又将大腿抬到胸口。所有动作执行无误。他会落下后遗症吗？有什么地方受伤吗？他的仔细触摸证实了他甚至连一个伤疤都没有。他二十五岁的身体完好无损。

"诺姆……"

他的名字在黑暗的洞穴中回荡。哇！他的声音也毫无问题。

他皱起眉。在洞壁间跳跃的音符扰乱了气氛。一个词，就一个词，人类、部落、民族、国家、历史便蜂拥而入，带着沉重和压迫性的威胁，如此远离他从前所体验到的动物性快乐。诺姆，他的名字让他不堪重负。诺姆。他这样叫自己，因为没有母亲、没有父亲轻轻呼出这些音节。诺姆。孤独。极度孤独。就这一点来说，重生不如出生……

他直起身子，脑袋一下子撞上山洞的石头。眩晕了几秒，他摸摸头皮，冷静下来，在黑暗中盘算离开这个洞穴，去到毗邻的第二个山洞。

出口藏在哪里呢？他的手掌探寻着洞壁，那里有缝隙、皱褶、拐角，却没有出口。什么？这里发生的爆炸难道引发了塌方，将洞口堵住了？他拼命捶打洞壁，徒劳。他被这些大石头困住了吗？他心跳加速，呼吸急促，手臂冒汗。

你要镇定。有章法地重新开始。

诺姆跪下来，找好一个参照点，重新摸索洞壁。一块小石头松动了，另一块也动了，还有第三块：他发现了一个通道。

他钻了进去。

往右拐。

他记得把背包放在了右侧，但愿背包还在，爆炸没有将它……

潮湿的背包，很是真切，触碰到他的手指。

他放心了，掏出一只打火机，几颗火花过后，一枚火焰腾起。被火舌晃到眼睛，他转过脸，眨了几下眼皮，眼前一片模糊。有多长时间他的双目没见任何东西了？

他逐渐适应了光线，仔细观察着岩壁。岩石表层泛着光泽，湿润，有蓬松的气孔，呈粉红色，性感而女性化，它呈现出的柔和皱痕吸引了他，这一处的皱痕很像头颈、耳朵、腋窝，那里像腹股沟、阴唇、阴蒂及阴道的神秘阴影。诺姆蜷缩在大地中央，这大地之腹由几千年来的液体和矿物交织，水滴勾勒出轮廓。环绕诺姆的一切不是被雕刻出来的，而是渗漏而成。

他的下身突然勃起，这让他感觉有趣，自己最后一次做爱是什么时候来着？

他从背包底部摸到一截蜡烛，点上，随后把打火机放回包中。穿上内衣、长裤、麻布衬衫和凉鞋。

他笑了。他记起来有一天早晨，他赤条条地从洞窟中冲出来，吓坏了一群农民。

他穿上衣服，手握蜡烛，走入他知道的那些狭窄通道。凹凸不平、坑坑洼洼的地面妨碍着他，他左右腾挪，放慢脚步，有时爬行，有时抱住一根根石柱，最后沿狭窄通道滚落，一直到裂口处的一个大凹坑才停下。

一束微光让他吃了一惊，很蹊跷，还有一些响动。

怎么回事？他的老巢被人闯入了？通常这里只听得见流水的汩汩声。他吹灭蜡烛，小心翼翼朝锯齿状的洞口走去。

一些声音传过来，远处有隐约的马达轰鸣声。他走到弯弯曲曲的通道的尽头，探出头，简直不敢相信自己的眼睛。

山洞被占领了。大功率的射灯照亮了岩石。一条装有铁链扶手的小道贴着陡坡，被开凿出来。小道有的地方下沉，有的地方被加了块跳板，还有些地方拓出一个平台，让视野更清晰。这时，有一些人大步走上平台。时不时有人摇着一面小旗领着一群人，用阿拉伯语、德语、英语和法语边走边讲。

诺姆大气不敢出，他从没想到有人会靠得这么近。小心！不能让任何人发现他贴着这根石柱。

他蜷缩在暗影中，透过灯光，他发现了一系列令人意想不到的色彩组合，从天青色到金褐色，再到橙黄色，淡雅而柔和的色彩。在洞穴顶部，他辨别出一些坚硬的钟乳石，像头发一样钻出岩石表层，仿佛大象粗硬的皮上长出的稀疏毛发。远处，地势缓和，地表变得圆润、光滑，宛如一团团固态的白云，或石化的乌云。随处可见钟乳石和石笋或相对而立，或相依相伴，或彼此错开。丰盛的大自然敞开胸怀，用一滴又一滴水，用一个又一个世纪，带着耐心和想象力，侵蚀出这片多姿多彩、既抽象又具体的景象。它遵循几何学原理，形成球体、结节、凝结块、层叠或集聚体，又脱胎换骨，让人联想起鹿角、狮子、公牛，或是发怒的角斗士、愤怒的神祇。大自然在这儿造了些烛台或底座；又在那儿造了水母似的庙宇或雕镂出令人眩目的管风琴似的管道；在剩余处，它又抖落下层层帷幔、垂帘和打结的绳索。

诺姆紧张地思考着出路。因为他熟悉的通道被工程破坏了，必须另寻办法，找到临时栖息地。

那些侵入者刚好让出了空间，于是他背着背包，灵巧地从高处跳下，手脚并用，沿着绝壁从一个支撑点急速跳跃到另一个支撑点。

"你在干什么？"

一个声音响起，在用德语叱呵他。

诺姆看见一个红头发、穿花衬衫的壮汉正在一个平台上向自己喊话。诺姆一边继续攀岩动作，一边用阿拉伯语回应道：

"为实验室采集样本。"

"什么？"

因为大个子听不懂，诺姆又用德语重复了一遍，带着浓浓的阿拉伯口音：

"为实验室采集样本。"

"哪个实验室？"

"黎巴嫩洞穴学协会。"

诺姆想都没想抛出这句话。对方一阵沉默。只剩几米要攀爬……

"好吧，这么厉害的攀岩者！"德国人感叹道。

"谢谢。"诺姆回应着跳到了水泥路上。

"你怎么会我们的语言？"

"我在海德堡学习过一年。"

诺姆与他打过招呼后，快步离开。出口到底在哪里？想想看，他与几年来遇见的第一个人说话，竟是一连串谎言，这让诺姆很恼怒。欢迎来到人间！管它，看到他迅速冲下绝壁的那个人不会怀疑他是从一间密室中逃脱出来的。

一群游客像慢吞吞的牛群似的走过来，诺姆放慢速度，朝他们随意一笑，便又低头走路，尽量不在潮湿的地面上打滑。

他靠着铁栏杆，发现一个很深的洞，是个天然井口，露出地下暗河被水下射灯照亮的平静的蓝色水面。一艘平底电动小艇漂在水上，上面乘了十来名游客，这就是刚才轻微马达声的来源。诺姆推断有两条参观走廊，下面坐船，上面步行。不久前，还只有几名戴头盔的探险家在下方探索过，谁都没想到上面还有一条通道。

走廊里人流渐多，嗡嗡声一片，一百种语言交织一起。诺姆瞟了一眼，惊讶于人们的穿着：短裤或低领汗衫，露着刺青。怎么？他们都是水手？都是歹徒？女人也是？

诺姆摇摇头，待会儿再来解开这个谜团。

"出口。"

他心脏狂跳，跨过一个镀铬旋转门，来到一条水泥的人造隧道。十米、二十米、六十米。他是不是搞错了？八十米、九十米……随着不断往前，他看见了光亮，感觉到了热浪，呼吸到充斥香味的空气。

他冲入一个挤了许多游客的小广场。阳光晃得他睁不开眼睛，灼热的空气让他头脑迟钝，震惊之余，他背靠栏杆，努力调整呼吸。

四周，当地小贩兜售着商品，有的卖冰镇饮料、冰激凌、开心果、椒盐花生，有的卖旅游纪念品——布娃娃、记事簿、披肩、扇子、茶杯、勺子。游客们对吆喝声不为所动，都在低头看着手中一个扁平的小盒子。还有人把小盒子贴到耳朵上，大声自言自语。真是奇怪……除了一些少男少女在追逐打闹，谁也不关注谁。这倒成全了诺姆……

他从包里掏出水壶，喝水解渴。

他评估了一下目前的形势：一列齿轮小火车和一条索道将这个岩洞从下到上连接了起来，那是他的洞窟，从前没人知道。诺姆满心遗憾，想着这可能是他最后一次造访这个他如此喜欢的藏身地了。他必须物色新的藏身之所，万一他需要……

真不是个好主意！

他叹了口气。

逃吧，一直在逃。而且已经逃了那么久……

为什么？

*

他边升大步。脚踝、大腿的肌肉碾过小路，活跃、兴奋、血管鼓胀，一种近乎高潮的感觉。诺姆需要发泄。

自从离开杰塔石窟[1]，他就一直远离人群，靠背包中最珍贵的补给——金枪鱼罐头恢复体力，现在步行到离贝鲁特还有十八公里的地方。在这片宜人的山谷里，散落着灰色岩石和茂密的橄榄树、柠檬树、橡树。他只需沿着波光粼粼的纳赫尔勒卡尔布河往

---

1 杰塔石窟：位于贝鲁特以南大约 20 千米处的纳赫尔勒卡尔布河的山谷里，长达 9 千米，下面还有一条 6.2 千米的地下河，拥有世界上最大的悬挂钟乳石之一。——译注

前走——这条河就发源于那些岩洞，并为首都提供饮用水。

阳光灼人，夏蝉鸣唱。它们聒噪得太过热烈，让人感觉周遭的风景仿佛被撕碎。

诺姆一改往日习惯，在头上包了块手巾，以手遮额保护眼睛，不时停下喝水。周围的山坡或坡顶上，矗立着一些修道院、小教堂、隐修院，那里出现过大量圣徒。地平线处，一片无垠的乳白色光亮贴着陆地，那是大海。

诺姆忍受着热浪折磨，一路前行，身后扬起阵阵尘土。被晒蔫的灌木丛开不出花也结不了果，草干枯倒地，发黄发脆。至于橄榄树，几千年来赋予了这片土地荣耀的橄榄树，也树叶落尽，虬结的枝干从石堆中奋力挤出，呼喊着干渴。

河流的状态也让诺姆忧心：河水远没有填满河床，只是中间有一点水流过，水量堪忧。各处散乱着孤零零的水洼，很快被蒸发。

酷暑？

一条狗打断了诺姆的沉思。

它身形高大却瘦骨嶙峋，亚麻色的皮毛。诺姆走来时，它正嗅着荆棘丛中的一条死蛇。它转过身，人与狗立刻看对了眼。

诺姆慢慢蹲下，狗慢慢靠近，迈着笨拙、愉快的步子，摇晃着走来，尾巴大幅摆动。

"你好呀！"

诺姆轻声道，用一种不再有人使用但动物听得懂的语言。

他的手掌迎接它潮湿温润的鼻孔，他的双手抚过它的前胸。狗发出呜呜声，满是依恋。他们对视良久，仿佛不是刚遇见，而是找到了彼此。周围景色消隐，时间停滞。

"你独自游荡？"

狗子皱起毛茸茸的前额，露出眼白，盯着诺姆，一副忧伤的表情。

"你，你想诱惑我……"

狗子兴奋地、毫无顾忌地陶醉于诺姆的抚摸。

"洛基！"

一声嘶哑的喊声从林边传来。

狗子遗憾地抛下诺姆，朝主人发声的方向走去。

"洛基！"

它很听话，随后顽皮地消失在刺柏后面。

诺姆跪坐在地上，微微颤抖。他感觉遇见这条狗的激动远胜于遇见人类……

谁接待过他？谁兴高采烈地欢迎过他？没来由的关切只会闪现在狗狗的眼睛里。

他告诫自己：诺姆，你终将变成愤世嫉俗者！

他耸耸肩，继续赶路。"愤世嫉俗者"……这个词语不再让他恐惧。爱之深才会恨之切，有所期待才会施以鞭笞。

市郊的屋顶预示着贝鲁特快到了。

选个什么样的名字？什么国籍？怎样的身份才能不引人关注？因为他不知道黎巴嫩，这个上演种种冲突与和解的舞台最近是什么状况，因此在有人向他提出任何问题之前，他必须提前了解……出于经验，他知道有时一句话就能将自己置于危险的境地。

城市比他上一次探险时又扩张了不少……水泥方块一个接一个，那是四层楼的简易楼房。历来如此，城市边缘不可能有漂亮建筑。这些建筑物之间，有正在生锈的推土机、吊在空中的绳索、铲斗和让垃圾暴露在空气中款待乌鸦的垃圾桶。

诺姆在十字路口停下脚步，十分错愕。多么喧嚣！在风镐的突突声中，在为街区提供电力的马达轰鸣声中，还要加上卡车、汽车、摩托车、轻便摩托车互不相让的声响，而住家的窗口传出收音机或电视机的超大声音。

他进入贝鲁特，四处闲逛。人们摩肩接踵。出租车为招揽顾客，不停按喇叭。

诺姆并未意识到他在看女人，并且不由自主地跟着她们走，被她们的背影吸引。当她们转过身时，他又垂下头，赶紧偏向一侧，换一条路走。

不，不能重蹈覆辙！当他意识到自己的行为后，他叱骂自己。

每一次，看着背影，他都希望那就是她！每一次，看到正面，他又哀叹那不是她……

他驱散这个念头，专注于周边环境。

市民们都在操作着他在杰塔注意到的那种扁平小盒子。诺姆很快猜到那是电话机，没有电线的电话机。几十年间的进步真是惊人！然而不打电话的时候，这些人为什么还要查看这玩意儿？他躲在一个戴面纱、专心致志看着小盒子的近视眼姑娘身后，发现那个小机器上呈现一些发光的图像。更妙的是，不用铅笔、不用钢笔、不用打字机，那姑娘竟可以在屏幕上写字，写出完美的印刷体。

他继续跋涉,陷入沉思。

在一所学校门前,一群中学生盘腿坐在沥青路上,阻塞了交通。他们举着的牌子上写着一行标语:"没有未来,拒绝上课!"诺姆绕过一名秃头记者,后者正在采访一名学生:

"你们集会的诉求是什么?"

"这不是集会,是罢课。"少年用一口漂亮的英语回答,声音凝重、圆润、富有男子气,与他瘦弱的身形反差很大。"我们抵制上课是为了警醒成年人,动员群众,让政界人物负起责任。如果我们的未来已被损害,为什么还要去学校上学?"

带着懵懂无知的少年人的漫不经心,他认为采访已结束,便去找他的同伴们。记者紧随其后。

"你们是否过于夸张?这是强人所难!"

"强人所难的是那些遮起脸、塞住耳朵的人,是那些执意要工作、要统治、要消费,仿佛什么也没有发生的人。"

"你们模仿欧洲和美国年轻人!"

"确实如此。全世界的年轻人反抗全世界的老家伙。"

"代际冲突?年轻人对抗老年人?"

"清醒者对抗糊涂虫。"

"你们要战斗?"

"太晚了:所有阵线都已失守。"

穆安津[1]的宣礼声在回荡。

---

1 在清真寺尖塔上宣告祈祷时间已到的人。——译注

诺姆继续赶路。他感觉到了某种火药味，但他分辨不清谁是守擂者，谁是打擂者，必须尽快识破这策划的到底是什么。

我需要钱。

他在人群中左右穿梭，走过拥挤的小巷，经过圣伊雷内诊所，在一家散发着迷人香味的咖啡烘焙店对面，他看到一间外墙已被沉重建筑压弯的店铺。

还好，这家店还在！

店铺的门帘卷起，没有任何招牌，只有一扇狭窄的小门，低过铺砖的人行道。

诺姆走下三个台阶，推门，有点阻力，但接着门突然被推开，触发一阵叮叮当当的铃铛声。诺姆低头避免撞上门框，走近被暗绿色霓虹灯照亮的库房，到处是上了锁的玻璃柜，横七竖八，里面展示着上千件物品。他看到有放置金银器、玻璃制品、瓷器的货架，还有卖无绳电话的一个柜子。

"先生想要什么？"

屋子深处，脸蛋胖鼓鼓、几根稀疏黑发贴着短短前额的胖商人审视地看着诺姆走近，发紫的嘴唇露出一丝假笑。

诺姆把背包重重放到柜台上，霸气的动作昭示着他的态度："小心，别跟我耍花招。否则，你可要当心了！"

商人的眉毛挑了一下，有些吃惊。

在令人尴尬的沉默中，诺姆从衣袋里掏出一枚戒指，在掌心滚了一圈，展示给商人看。

"这个。"

商人用胖乎乎的手指捏起戒指，用自以为优雅的亲切，甜腻腻地低声道：

"肯定是您母亲传给您的首饰吧？"

他怀疑地撇撇嘴，娃娃脸显得更圆。

"这种款式已经过时了，没有人买！这种镶嵌工艺、这种风格……"

他冷冷一笑。"这种东西，我永远也脱不了手的！不过这块宝石……"

"是红宝石。"

"是的……"

"一大颗红宝石。"

"也没有那么大……"

"一大颗红宝石。"

"确实，不小，不过……"

"别想压价，我问过您的同行。"

胖脸蛋商人打量了一下诺姆，低声咕哝道：

"您知道人们怎么称呼我们这家店铺吗？四十人山洞。为什么？因为'阿里巴巴和四十大盗'的故事。"

他朝诺姆伸出粗短滚圆的食指。

"如果你们有四十人，我，我只有一人。你们所有人可以轮流上，我不能。"

"您把我当成小偷？"

"您把我当成赃物窝藏犯？"

他们相互盯着。

诺姆心知肚明接下来会发生的事。他接下台词道：

"我把戒指给……"

"戒指来自您母亲……"

"来自我母亲……我把戒指给其他慈善家看过，在大马士革，在尼科西亚，在瓦莱塔，在伊斯坦布尔。"

商人有些焦急，一下子改变了态度。

"您不是很着急吧？"

"还没急到要做不划算的买卖。您打算出多少？"

胖商人习惯性地捏起手指，捻着他想象中的钞票。

"美元吗？"

"那还用问！"诺姆答道，其实他对这个问题毫无概念。

男人抬头看着天，眼珠子转了几圈，仿佛在拨动中国算盘珠子。算了一会儿后说道：

"两万美元。"

"您是珠宝商还是五金制品商啊？"

"我说了，两万！"

"四万！"

"两万五。"

诺姆没说一句话，也没看那人一眼，不慌不忙拿回戒指，擦了擦，放回衣袋，转身朝出口走去。

走过门口，铃铛又响了起来，商人尖叫道：

"三万五千美元！"

诺姆转过身,做出再见的样子,就在店门即将关上的那一刻,商人冲过来,把脚卡在门框和门扇之间。

"行吧,就四万美元吧!"

他们击掌,诺姆猛然闻到一股藿香水味。喘着粗气、激动兴奋的商人假惺惺邀请他的客户喝咖啡或喝茶。诺姆有些遗憾,因为他不知道自己的首饰的真正价值,然而看那二手贩子满心欢喜的样子,他怀疑自己没有得到好价钱。

"您可以给我推荐一个……制作护照的人吗?"

商人毫不惊讶,甩给他一个地址,因为贝鲁特是各种间谍、非法买卖者的交会处。

诺姆走出店铺,成百上千辆汽车的噪声让他头晕,密密麻麻、五颜六色的店招让他眼花,他感觉需要休息。

这时他意外地发现一双纤细的美腿从一辆高级轿车中探出,穿着高雅的金色系带凉鞋。

他浑身一颤,双目盼望看见女人的身体。他激动的情绪已经向他表明:是她!

那双足踏到地上,带出懒洋洋的腰肢和柔软的胸脯,最后露出了脸部。一头火红的秀发,性感得惊人,在一个油头粉面情人的陪伴下,离开了汽车。

不是她。

诺姆很久才回过神,混乱的思绪折磨着他。几秒钟前,他心情激动,既害怕又渴望;现在,他是感觉解脱还是失望呢?

她……总是她……

他避世就是为了逃离她……他回来不就是为了与她重逢吗?

*

他寻觅到一个住处。在海边挨着岩石的低矮渔民房子里,寡妇古布里尔接纳了他,并不要求看护照或身份证。她急于翻修她陋室的屋顶,对合不合法这事就没那么挑剔了。

"这是门禁密码。"她低声道。

诺姆愣了一下,接过写着一串数字的小纸片,没敢提问题。他穿过一条散着地板蜡气味的走廊,在涂过生石灰的干净小房间里放下行囊。屋里有一张床、一张狭小的书桌、一只圆凳、一台电视机、一张矮桌。落地窗外是个小阳台,小到只够放一把躺椅,面朝大海。这间带家具的小房间尽管有些寒酸,但视野无敌。

诺姆怀揣巨款,去找那个销赃者给他的地址。弄一套假身份证明是当务之急。这一整天,当他对人说自己的证件弄丢了时,那些旅馆员工或公寓管理员看他的眼神,要么当他是无赖,要么当他不存在。而诺姆照着古老传统递上去的钞票,不但不解决问题,还正相反。自上次以来,旅行时被严查身份证件的社会趋势越来越明显,系统比个体更重要。

诺姆来到地址上的那座小房子前,有一扇深红色的门。他按门铃,没动静。他再按门铃,拍打大门,高喊。

楼上一个梳着发髻的胖女人从窗口探出头,不满道:

"关门了。我丈夫明天才从比布鲁斯[1]回来。"

诺姆谢过她，转身离开。算了，或许也不是坏事……这让他有时间考虑选择最适合的国籍来穿越到当代。他会讲二十多种语言，深知自己有资格选择不同的护照封面。他走进一家出售国际出版物的书店，买了四十份报纸，又去杂货店买了肥皂、牙膏，还买了饼干、橙子、一串椰枣和一瓶烧酒。

回到马尔米哈尔街区寡妇的包租屋，他把一杯乳白色的茴香酒举到唇边，算是庆祝自己回归世界。随后他躺在床上，抓起报纸，快速浏览标题。年轻人在造反，到处！全世界的中小学生都在罢课，大学生们抛下空荡荡的校园，走上街头，请愿采取措施针对气候变暖。

"气候变暖？"诺姆不解其意……

看过几篇文章后，他明白了：地球温度上升、沙漠扩张，从前气候温和的地区正分崩离析，饱受风暴和酷暑之苦，动植物种群日渐减少，极端气候正在形成。不可预测被视为规则，要么极度缺水、寸草不生，要么洪水泛滥、荡涤一切。一些照片让诺姆震惊：他攀登过的阿尔卑斯山冰川融化了；他追捕过的肥硕矫健的北极熊深受威胁，拖着骨瘦如柴的身躯在城市边缘徘徊。

黑夜带给诺姆的更是一连串令人心惊胆战的现实。现如今有八十亿人居住在地球上！八十亿人汲取汽油、天然气，驾驶汽

---

[1] Byblos，位于黎巴嫩滨海地区古代腓尼基的海港比布鲁斯（《圣经》中的盖巴勒），是世界上一直有人居住的最古老的城市之一，如今黎巴嫩的朱拜勒市就坐落在这个遗址上。——译注

车、乘坐火车、坐飞机旅行，消耗电量；八十亿人乱扔塑料袋、污染风景、玷污海洋；八十亿人扩张城市空间、压缩植物的空间；八十亿人嗷嗷待哺而失血的大地已筋疲力尽；八十亿人要求吃肉，其量远超动物所能提供的量；八十亿人力求工业化，玷污天空，让双肺蒙尘，毒化江河，摧毁动植物种群；八十亿人污染大气层；八十亿人只想着自己的利益、自己的快乐；八十亿人什么都不愿改变而一切都在改变中。保护消费者权益运动、对利润的崇拜、对新兴集市的疯狂占领、自由贸易主义带来了灾难性的繁华。

诺姆与时代擦肩而过，在他蛰伏的时间里，满不在乎的人类推动了自我灭绝的进程。

诺姆有些困惑，回到《东方日报》《泰晤士报》《明镜报》《世界报》上的最初几篇文章，这些文章介绍了中小学生、大学生们的学潮。在学者们抛出的零星警告遭到主流社会的嘲笑后，年轻人开始抗议前辈交付给他们的带毒礼物：夺命式的生活方式，大自然不再自然，未来不再有未来。通常，年轻人感觉愤怒，并以罢课的方式表达他们的无助。在他们眼中，地球的现状说明了政治的失败。无论哪种社会制度，对利润的追逐牵着权力的鼻子走。不惜代价的代价。

诺姆沮丧地将报纸扔到床下，他知道这行为有点孩子气——仿佛丢开报纸就能抹杀坏消息！——但现实压迫着他。

为什么？

为什么他"醒来"要发现这一切？回到这样的世界有什么意义？如果说他的人生中遭遇过很多可怕之事，眼下的现实让他感觉特别残酷。

他打开电视，正好是 31 频道。他以为哪里出了错，三十一个频道？不可能。31 肯定是黎巴嫩国家电视台的名称，提示某个值得纪念的日子……他操作遥控器，掠过八十个频道，惊得目瞪口呆。他上一次旅行时，还仅有两到三个频道，不会更多。

电视节目报道着洪水、飓风、地震、气候难民、失去家园的动物、漂移的浮冰、被升高的海平面蚕食的海岸线。

他关掉电视，叹了口气。

他难以入眠，躺在未被掀开的床单上一动不动，默默捱着时间，等待不抱幻想的黎明：白天抚慰不了他的痛苦，理不清他的疑问，平息不了他的焦虑，唯一的变化就是他不再躺着。这一夜真是煎熬。

忽然，一个念头让他坐起身。

他有些踌躇，生怕误入歧途。

要不要……

这个念头坚持着，嵌进脑内，无法抗拒。

好吧，就这样……我必须这么做……

*

诺姆再也无法忍受，忍受不了睡着，也忍受不了醒着；受不了自己，也受不了别人；受不了清醒，也受不了遗忘。

这一周，他一直在与一下子击中他的那个念头对话。尽管那个念头清晰可见，他却一直抵抗着；尽管那个念头力量强大，他却一直竭力推开；尽管他可从中获益，他却绕着走。他的生活一直建立在反抗这个念头上，如果他低头，那只有缴械投降。

每天早上，他去热闹的贫民区马尔米哈尔的一家小饭馆坐下，向服务生点一些甜点：松子蛋糕、开心果蛋糕、肉桂蛋糕、杏仁蛋糕、核桃蛋糕、椰子蛋糕，所有蛋糕撒上一层糖粉。他一边闻着蜂蜜、玫瑰、橙花的香气，一边研究国际新闻。

假护照制作者一直没有从比布鲁斯回来。他老婆不耐烦地对诺姆咆哮，从她被愤怒扭曲的脸部表情看，她在怀疑诺姆骚扰她。诺姆只好等待，但这也让他能斟酌一下护照的封面……想想那个关键问题："你是谁？"很久以来，他就一直以谎言作答。

咖啡馆是一座城市的灵魂，没有它们，城市会窒息，缺乏胡思乱想的空间。在吊扇的叶片下，在抽水烟的客人和玩纸牌的老头们中间，诺姆竖起耳朵听他们在谈论些什么。听了几回，他听出游手好闲者在空耗时间，吹毛求疵者在怼天怼地，假知识分子满足于重复那些时髦理论，而真正有良知的知识分子却忧心忡忡、深受折磨。各种信息铺天盖地，讲述着资源枯竭、工业化带来的灾难、气温不可逆转的升高。

"你可以拒绝听我们的，"倚着柜台的那个知识分子承认道，"但你不能拒绝科学。科学告诉我们大自然即将崩溃。"

重新发现了慵懒地吃喝玩乐之妙的诺姆开始自责自己的享乐主义。

用不了多久，这个世界将不复存在，而我是最后的凝视者之一。

接着,他的思绪窥见了深渊。

用不了多久,世界将不复存在。

每一秒都变得如坐针毡,他快乐的心上被扎了一刀:人们很快会大汗淋漓、喘不过气,死于饥饿或干渴。

再也没有……

当下的一切被染上一层怀旧色彩。

这种时候,那个念头,那个照亮他的黑夜的念头又浮上心间。它不能带来解决办法,但它建议行动。如果他能付诸实践,便可以打败虚无……

贝鲁特保持着它的活力。尽管温度计爆表,尽管炎夏让有钱的黎巴嫩人躲到山里,但城市依然绚丽多彩、杂乱无章、人声鼎沸,酒馆、餐馆的大露台座无虚席。年轻人白天展示着他们的幻灭,夜里尽情享乐。他们的悲观主义并不妨碍他们享受生活,反而更刺激他们:他们外出、打闹、喝酒、纵情、卖弄,从一场狂欢到另一场。他们开着敞篷车招摇过市,把喜欢的音乐放得震天响。如往日他们的父母一样……如从前他们的祖先一样……这座城市有一个显著特点:及时行乐,它永远珍爱朝生暮死。从一个世纪到另一个世纪,一代又一代人,贝鲁特人就在火山上跳舞。昨日与今日又有何区别?从前是某个角落面临危险,现在是整个地球。

诺姆混在人群里,温柔地爱着这个被隐藏的世界填满的当下,此间装满了别处。在这种混乱热闹的日常里,他感受到了众生百态:几千年来在这片流淌着蜜与奶的土地上辛勤耕耘的农民,进口原材料、出口精美手工制品的腓尼基商人，征服者亚历山大的希腊人，托勒密王朝的埃及人，罗马人，穆斯林阿拉伯人，十字军东征的基督徒，德鲁兹信徒，奥斯曼帝国的土耳其人，威尼斯和热那亚共和国的意大利人，法国人，英国人，巴勒斯坦人，叙利亚人……各大洲汇集到这片海浪与白雪之间的狭长地带，商行里有来自亚洲、欧洲、非洲和东方的食品，上百条通衢大道的十字路口。诺姆徜徉在大街小巷，欣喜地发现这里并非只有唯一的语言、唯一的政治、唯一的宗教。一切都可附着于此，但并不固化。城市是流动的，充满活力。在一个高傲老者拉着的一车新鲜蔬果前，他意识到水果也是一种不同形式的宗教属性：天主教的葡萄、东正教的橄榄、马龙派的苹果、逊尼派的橘子、什叶派的烟草和德鲁兹派的无花果。

他欣赏这个国家，它的命运总是徘徊在深渊的边缘却从不坠入。

晚上，他会被女人们感动。所有女人。双肩光滑如缎、乳房高耸的丰满女人，脸部轮廓干净的瘦削女子，身材瘦小的柔弱女子，气宇轩昂的高大女人，皮肤紧致的年轻女人，眼皮发黑的成熟女子，褐发、金发、红发女郎，白头老妪，笨拙老妇，滑稽可笑的女子，慢吞吞的女子，活泼伶俐的女子，说话的女子，沉默的女子，跳舞的女子，喝酒的女子，抽烟的女子，大笑的女子……每个女人在他眼里都有一种诱人的秘密，携带着他梦想触及的一份神秘。贝鲁特那些莺莺燕燕的公主让他头晕目眩。有时他们目光相遇。诺姆讨她们喜欢。从二十岁起，他结实的雕塑般的身躯、轮廓分明的脸庞、坚毅的双唇、乌黑的眸子和长长的睫毛就十分吸引人。然而他没有任何企图，甚至当一个女人用露骨的手势和面部表情勾引他时，他也无动于衷。

因为**她**吗？

他抛开这念头。世上不只有**她**！世上从来不是只有**她**！他应该忘掉**她**。

不，如果说他克制着不展开一段关系，他认为是出于完整性。在贝鲁特，他渴望的是女性，而非某一个女人。就如少年人觊觎笼统的女人而非特别的某一位。

我能保持诚实多长时间？他自问。每天晚上，诱惑又更进一步。

午夜，当热血弥漫到四肢，为逃避欲望避免失控，他便回到寡妇古布里尔处。但在那里，他仍会浏览报纸，指望能否碰巧在某张照片上看到**她**。

剩下的时间，他潜心准备，驯服他的念头，除非这念头驯服了他。周二他买了一本笔记簿，周三买了三支笔，周四买了一本字典。洗完澡，他坐到简陋书桌前的小圆凳上，模拟那个即将服从于那个念头的人：这份仪式尽管只持续了几分钟，但或许能指引他真正去实践。

这周五，他坐在历经风吹浪打、被盐分侵蚀的岩石上，凝望着脚边湛蓝的海水陷入沉思。大自然会怎样消失呢？它比人类强大得多。人这种渺小的动物，微不足道的蝼蚁，即便疯狂，即便暴怒，也丝毫撼动不了宇宙。

光线的改变让他抬起了头。

北边的天空开始变阴沉，一团铅灰色的云，紧接着是一团乌云，遮住了地平线。乌云越升越高，把正午的天空笼罩得如同黄昏。他身后，警报声凄厉地响起，远处传来的嗡嗡声预示着有多架飞机正在飞来。

发生了什么？

他站起身。

贝鲁特人从邻近的房屋中冲出，聚集在海边打探情况。诺姆走过去听他们在说些什么。

"看那烟雾！"

"烟雾扩散的速度太惊人了。"

"太可怕了……"

"消防队的人说，一周前火场已经被控制住，现在火势又起。"

"消防队……消防队有多少人？"

"因为干旱的缘故，都倒下了。"

"风加速了火势。"

"更糟，风吹散火星。沥青路和石墙都没能挡住火势。火情扩散。"

"六架森林灭火飞机，这远远不够。"

"当局疏散了三个街区的居民。"

"妈的，烧到这里来了。"

"这是城市，火会在这之前停下。"

"在这期间，人们都无法呼吸了！"

所有人都在咳嗽，诺姆用一块手绢捂住鼻子，避免吸入汹涌而来的烟尘。

在他周围，每个人都以自己的方式应对：有人触摸绿宝石以对抗厄运，有人数着念珠，有人按住他的山羊腿，有人摆弄开过光的徽章，有人抚摸法蒂玛之手。[1]

一辆警车开过来，司机用高音喇叭大声传达命令：

"请你们回家，关上窗户，堵住大门，戴上口罩。让老人与孩子尽量少动。我再说一遍：请你们回家，关上窗户，堵住大门……"

人群慌乱地四散而去。

诺姆，喉咙发痒，肺部受袭，飞快回到他的住处。穿过走廊时，他经过厨房门口，寡妇古布里尔正把融化的铅投到一锅沸水中，锅中发出爆裂声、沙沙声，一股青烟冒起。她嘴里念念有词，念着能驱赶厄运、带来好运的咒语。诺姆踮起脚尖走远。贝鲁特紧紧抓着超自然的救命稻草，以对抗绝望。

诺姆进到房间，阳台外，天空和大海失去光泽，一片昏暗，而现在是正午时分。

这次，那个念头占了上风。

诺姆在书桌前坐下，开始提笔。

---

[1] 山羊腿和法蒂玛之手都是西亚和北非地区常见的腿形和掌形护身符。——译注

第一部
大　湖

1

好几千年前，我出生在一个水网密布、紧邻一片大湖的地方，大湖后来变成了大海。

出于谦逊或谨慎，我宁愿永远不写以上句子——它公开了我一直保守着的秘密命运。我千方百计向世人隐藏我的真相；我躲避他们，对他们撒谎；我逃跑、旅行、游荡、学会新的语言；我躲藏、避世、化名、伪装、假扮、面目全非；我追求匿名，忍受孤寂，有时甚至会哭泣。没关系，他们应该忘记我，失去我的踪迹。我在畏惧什么？我的长生不死免不了引起他们的兴趣，因为一直以来，人类都在寻求永生、上天入地，向人间求，向宗教求，向科学求，向后世求。我那不可理喻的长生不死肯定会让他们充满愤怒。我的同类将意识到他们不是……我的同类。惊讶过后，他们会怨恨我之为我，也怨恨他们之为他们。我的免死权——我对此深信——只会激发他们的恼怒、嫉恨、苦涩、暴力，总之，引发一连串的不幸。我害怕这样的结局，不是为我，而是为他们。

好几千年前，我出生在一个水网密布、紧邻一片大湖的地方，大湖后来变成了大海。

出于谦逊或谨慎，我宁愿永远不写这个句子或别的句子，因为我诞生在一个还不存在任何字母的时代。那时，人们倾听、铭记、强化自己的记忆力。文字被发明时，我已经活了四个世纪，我以后会讲它对我的影响。尽管今天我能用二十种语言写作，有些我还会说，有些已经忘记了，但我依然觉得这种在一张纸上捕获现实的能力是一种异乎寻常的大胆。

好几千年前，我出生在一个水网密布、紧邻一片大湖的地方，大湖后来变成了大海。

出于谦逊或谨慎，我宁愿永远不为了人类，这种被虚无缠身的动物，写下这个句子。一句德国谚语说："孩子一出生，就老得可以去死。"我说得明确些：意识一旦觉醒，它就害怕它的消逝。从一开始，意识就不能容忍其基本特征，也就是对自身死亡的认知。结论？天生的沮丧，本质上的难以抚慰，人类注定要承受不幸。

而我，已经苟活了这么久，我有过幸福的体验吗？请允许我展开我的故事来回答你们。

好几千年前，我出生在一个水网密布、紧邻一片大湖的地方，大湖后来变成了大海。

出于谦逊或谨慎，我宁愿永远不写这个句子。

然而，今晚，我要落笔书写它。

为什么我决心打破缄默？

因为我害怕。

几十个世纪以来，我第一次感到害怕……

*

他们告诉我那天下着雨，一场温热的绵绵细雨，一场即将铺展出彩虹般色彩的细雨。

在我们湖边屋子里，母亲已经破了羊水，我就像一条鱼那样滑溜地从她身体里出来，被我外婆玛玛夏黝黑的双手接住。尽管我是第一个借用这条通道的，但分娩几乎没花什么时间。

"我生来就是干这个的。"母亲总是指着我的十个妹妹，骄傲地重复。

也许凭借她出色的圆润骨盆，她真的非常擅长生孩子。不过我，我也很会出生呀。纤瘦、柔软、轻巧、皮肤光滑，我被一种经久不衰的强烈的生之欲望推动着。

我出生在哪一天？下雨的那天。哪一个月？柴泥月[1]，就是紧跟在播种月后的那个月。哪一年？伊洛德之战后的134年。在我的青少年时期，人们不记得伊洛德之战，但人们将它作有纪年的第一年。

所以我是在好几千年前的134年出生。又经过太多的政权更迭、太多的社会崩塌、太多的文明消失，我才终于拉直系谱之绳，将它系在一个大家都知道的历法上。我出生在一个人们不似现在这般频繁测量时间的年代，那时，既没有出生日期，也没有洗礼，

---

1 字面意思为柴泥月，播种月是十一月份，因此柴泥月这里可能指十二月份。——译注

没有身份证明，没有围绕生日的拜物教，唯有一些供分享的记忆。这些匮乏并不妨碍我们来到这个世界，在此居住，享受生活。某个早晨，有人出生，节日即兴开始；某个晚上，有人死了，另一场节日上演。

我表现出一个普通人类的样子，出自一位普通的母亲和一位普通的父亲。我首先是一个普通孩子，后来是一个普通成年人，会受伤、会流血、会恐惧危险。一直要到在小岛上的那段插曲，才……不过，我们先别着急。

一个个体的生命从什么时候启动呢？从他出生、离开母腹的那一刻起？

不，因为他在那里已经逗留了好几个月。

从它受孕开始，从男人的精子遭遇女人子宫的那一刻起？

不，因为精子和卵子早在它们相遇之前，就栖息在男女传种者体内。

那么从父亲和母亲出生的那一刻起？

不见得更有道理，因为父亲和母亲也有自己的父母亲，后者又源自他们的双亲，双亲又……遗传可追溯到无穷尽。人们能确定基因开启它征途的那一刻吗？是否需要追溯到第一个男人和第一个女人？我们无法发现最初的男人和最初的女人……我们身上存在着几百万个元素，它们构成了我们的存在，而它们从前就已经存在。没有生命初次登场，它是一种果，在其成为果之前，总是存在某种因。

然而，我，我知道我的生命从何时开始，很确定。我的生命从我遇见努拉的那一刻被触发。光芒四射的努拉，无与伦比的努拉，可怕的努拉。在我母亲，这个孕育了诺姆的女人之后，又一个女人……对不起，我无谓地加快了速度……请原谅我的笨拙，我写作的技巧还不熟练。可是……又怎能推迟说起努拉呢？

在我的那个时代，童年短暂。我们不学习阅读和写字，没有学期把我们一年的日子切割。我们虽然不上学，但却大量学习：我们崇拜众神和魂灵，捕猎可食用的动物，消灭有害动物，保护自己免遭凶猛动物的伤害；我们驯服家畜，看护山羊，照料岩羊；我们采集浆果，播撒植物种子，培育、浇灌，保护它们免遭天敌伤害，然后收获、储存。我们的教育也涉及卫生知识、身体彩绘、发型等，此外还要加上烹饪、编织、缝纫、格斗和工具制造。

童年结束得很快。长出第一层体毛后，男孩就变成男人；第一次流血后，女孩就变成女人。成年礼标志着这场蜕变，孩子们对这样固定、极致，有时甚至残酷的成年礼仪式又期待又害怕。青春期一到，年轻人便由双方家长选择配对。

十三岁时，他们就让我跟米娜结合。十三岁，我的阳具就进入一个阴道，十三岁，我的精子在一个下腹播撒。

这一切并未让我觉得多快乐。我自然是投入的，但我在与狗儿嬉戏、与山羊追逐，在聚拢岩羊、观察溪流，甚至我承认，在与朋友打斗时，我体验到更多的乐趣。虽说我不排斥，但我对交媾兴趣不大。这种不温不火并未给我自己和身边的亲人造成什么影响。我们拥有一个女人，不是为了发现肉欲的快感，也不是为了体验欣快迷醉；我们拥有一个女人是因为一旦我们身体发育成熟，别人就要把一个雄性和一个雌性绑定在一起。愉悦或不悦，这些微妙体验并不属于我们的谈话内容，甚至想都不会去想。

随着时间推移，我把对米娜的兴味索然归结为一些隐秘的厌恶：我的精液的气味让我不适，那是一种鱼死了一周后的气味；它的样貌也让我困惑，为什么那种白色会变成透明，然后发黄？一种黏稠液体为何干燥得如此迅速？不过对于米娜，她身体的气味倒没让我很反感，所以我没什么好抱怨的。

出于无知、懒惰、服从和惯性，我没有质疑我所遭受的种种束缚。我们的社群鼓励我做爱，即便我并没有做爱的欲望。如果说我的体毛有时间长出来，我的欲望却没丁点生长。当然，我也会和小伙伴一起躲在灌木丛后，偷窥在小溪洗澡的邻家女子的乳房、屁股、小腹……不过，窥伺就意味着垂涎？伙伴间说些淫荡的话是否足以转换成想象中的画面，变成一种执念，一种意淫？我还不懂得淫欲，也许要等到我感觉缺少女人时，我才会扑向米娜；要等我有强烈渴望拥她入怀，将她夹在我双腿间，我们的交媾才会让我迷醉。但在我还未饥渴之前，社会已经将我喂饱。我十三岁结婚，和妻子睡觉。这不是一种享受，只是符合规矩。

但我领略过肉体上的迷醉，不久前我就品尝过一次高潮。不过这件事，时机到了再说吧。不好意思，我得回到正题上，否则我的叙述将一团糟。

因此，诺姆就在他的村子里，在米娜身边茁壮成长着。

我没想过自己是一个重要人物。

我没想过自己是个人。

我没有多想。

日子一天天过去，季节更替。我们参与了一次集体迁徙。我并不是活出我的历史，而是我们的历史，在我的亲人间，和我的亲人一样。

我并不期待——我觉得是这样——生命中有什么特殊之处，只是期待日子继续下去。

米娜生了一个儿子、一个女儿，后来又生了一对双胞胎。这意味着我得了一个儿子、一个女儿，然后是一对双胞胎。

但没有一个孩子活过一岁。我母亲，如此自豪她的十一个孩子，也是在分娩了十八次后，才达到这个纪录。传宗接代是一桩艰难、收效甚少、充满挫败的任务。人们迎接一个会啼哭的肉团，照料他、给他吃喝、让他睡觉，但也警惕着不让这随时会断裂的纽带过于紧实。要耐心等到他七岁，等他战胜诸多童年疾病，才能对他上心。今天，有些人把七岁称为"懂事的年纪"；从前，这个年纪意味着一个孩子可以合理地被人放心去爱。

人们必须疼爱自己的孩子吗？我周围的许多人并不在意。他们只需把孩子养大，给他们一口吃的，抚养他们到青春期后，得到族群的认同即可。爱能让父亲或母亲的身份变得更容易一点吗？

米娜很爱她的孩子们，这就让她十分痛苦。每个孩子的死都让她悲伤流泪，迫使她陷入一段沮丧期，这期间她拒绝我碰她。而我面对新生儿，只是出于本能，局限于一些有效的、功能性的义务，并没有十分投入。

重读这几行字，我意识到我带着疏离叙述我那时的生活。

没有什么比这种疏离更正确……我疏离地生活着。我不知道诺姆可以自我分化，可以个性化，可以有自己的思想、有独特的品位、有自己的抱负或拒绝。我不是另一个人，而是另一些人。

我必须遇见诺拉，才能改变这一切……不！我又扯远了，言归正传。

在村里，我们过着艰苦操劳的日子。肚子虽能填饱，心中却忐忑。如果说承蒙仁慈的神灵保佑，承蒙大湖大河丰富的鱼类，承蒙丰饶土地和兴旺的家畜，我们不再担心饥饿，但我们担心游猎者。他们或单独或成群结队来袭，和平难求，和平的希望也不存在。我们随时处于警觉状态。没什么能保证秩序和安全，我们必须保持警惕，高度戒备。我们自卫、战斗，否则我们就会被掠夺、被杀戮。

那个年代，人们大量死去。诚然，每个人只有一次生命可失去，但我们死亡的原因五花八门。我们死于大熊的魔爪、野猪的重压、恶狼的撕咬；我们也死于摔落、受伤、高烧、消化不良；我们死于头部、口腔、牙齿、内脏、臀部的问题；我们死于骨头折断，死于大腿肿胀，死于伤口化脓，死于皮肤黄疸，死于满身疮痂，死于侵及内脏的淋巴结炎；我们还死于虚弱、疲惫、力竭、敌人的致命打击。没有人是老死的，时间并不一点点释放死亡，它没有足够的时间……

湖区的人民共同智慧地生活着。我们的日常劳作把我们团结在一起，但我们也把虔敬献给看不见的神灵。我们共享湖泊和它的神灵，河流和它的灵魂，泉水和它的仙子，我们庆祝对它们的崇拜。大自然足够丰盛，我们无须争抢，村落间建立真诚的联系。他们交换物品和女人。为什么交换物品？因为有工匠造出精致的斧头，他的表兄做出锋利的箭头。有首饰匠串出精美雅致的骨项链，有织布工织出多彩的织物，有鞣革工能把皮革软化得无懈可击。为什么交换女人？因为据说邻村的女人更好，远方村子的女人更是百里挑一？这种方法很牢靠，也许反映出我们不知缘由的某种隐秘需求。

我们对世界其他地方了解多少？我们中没有人冒险去过离湖岸三天以外的地方，或者出去了再也没有回来。偶尔，我们热情接待的某位兴奋、健谈的旅行者会整晚向我们描述其他不宜居的湖泊、波涛汹涌、任性咆哮、夺人性命。我们消遣地听着这些耸人听闻的胡言乱语，并不当真，只保留两个深刻的印象：我们居住在世界中心，没有民族比得上我们。[1]

人类总是会表现出种族主义倾向，我几千年来的经验证明这

---

[1] 我那时并不知道有咸水的存在，对于居住在远离海洋的我们来说，料想不到水还能有如此不同的呈现。这世上有泉眼里的活水，有湖泊沉睡的水，还有天上掉下的天落水。它们代表着不同的神灵：仁慈的水中仙子，护佑的湖神，天上的神灵，我们完全没有在它们之间建立任何联系。再说了，它们滋味不同……质量和数量也不同，这三种水起着不同的作用：活水用于饮用，沉睡的水为我们提供食物，天落水有点说不准，有时带给我们奖励，有时带给我们惩罚，取决于上天如何看待和处置我们的行为。我们从来没想到过这其实是同一种液体，湖中的水蒸发形成云，云降雨到大地表面，形成含水层，泉水便喷涌而出，后者又滋润了小溪小河，小溪小河最终形成湖泊。我们不懂这种生生不息，我们根据外观和对我们来说的用途来区分事物。今天，液体的这种循环路径已被科学家证实，这更让我迷茫。谁设计了这一切？哪一只高明的手挫败了各种陷阱，成功建立出这样一种和谐？如果说这是一种偶然，那这偶然可真是天才！

一点,我未见过任何别的如此自发的事(为了避免说是天生的):一个族群蔑视一个族群。

在湖区,我们定居者自认为比无知的游猎部落高出一头。他们不会使用语言(我们的语言),发出假装能听懂的动物式的喊叫——狗不就能听懂同类的吠叫吗?再说,他们浑身发臭,很少洗澡,守着他们的跳蚤,吃相难看。还有,他们像狼一样睡在露天或山洞里,顶多睡在用兽皮搭的可以拆走的窝棚,根本不知道有造好的房子。他们满足于屠杀、贪吃、私通、睡觉,简直是野兽!只会等着撞上来的猎物或偷食树上的果子。一旦他们掠夺完一个地方,就会离开。几年后,当动物和植物群落恢复,他们就又回来,再次洗劫,一群劫掠者!他们不是学着观察植物以便种植它们,更不会养一群牲畜,获取它们的奶、皮毛和肉,他们注定要没完没了地游荡。他们毁坏,不事生产。而我们定居部落,我们储存种子、烟熏鱼肉助我们度过青黄不接的月份。他们活一天算一天,最聪明的有时会背一袋榛子,但最强壮的会杀死最聪明的,为了抢夺他们的粮食。

"总之,他们杀自己的孩子。"母亲摆弄着她那驱邪避恶的琥珀护身符,喃喃道。

"杀婴者",人们如此称呼那些野蛮人。我们不知道那是传说还是事实,看见那些游猎者母亲和游猎者父亲不顾一切喂养怀中的小婴儿,很难想象他们会屠杀自己的后代。

"他们狼吞虎咽吃掉孩子。"我妹妹阿比达讽刺道。

"太可怕了!人不能吃人呀。"我最小的妹妹比布拉叫起来。

"游猎者根本就不是人!"

我们常为这个话题争论不休,有天晚上,我父亲潘诺姆给我们做出了一种解释:

"游猎者孩子生得少,因为他们没办法带着很多幼儿迁徙。每个父亲或母亲只能抱一个婴儿。当上一个孩子还不会蹦蹦跳跳时,他们不会再要一个新生儿。他们从不会像我们这样,组成一个大家庭[1]。"

即便说起游猎者,我父亲也尽量保持公正,哪怕游猎者对我们湖区的人来说,就是我们恐惧的对象。

当我祖父卡杜尔三十来岁死于一种肚子鼓胀的疾病后,我父亲就成了村里的首领。

"潘诺姆?没有人在他之上了!"人们这么说。

潘诺姆拥有作为首领的品质,更妙的是一眼就能看出。不仅表现在他的身材上:长腿、宽肩、雕塑般的肌肉(我继承了他的身材),而且他脸上总是露出一种胸有成竹的平静。如果说他壮实的脖子、刚劲的下巴、太阳穴暴突的青筋暗示他是有攻击性的人,那么他高高的额头则代表了他的智慧,他的眼神释放着温柔,而厚厚的双唇表现出欲望。他的出现满足了人们对一个男人、对一个首领的全部期待。

"看见和预见,诺姆,"他常唠叨说,"你必须看见和预见。不能只满足于现状,而要关注接下来会发生什么。"

---

[1] 做母亲的延长哺乳期,可以降低受孕的可能性。

潘诺姆实行了很多变革,他是那么深谋远虑。

他命人放弃湖中的吊脚楼,那是冬天枯水期人们在淤泥中建的住所。

"为什么要改变呢?我们一直是这么做的。"村户[1]抗议道。

"水位上升了。"

"那要看季节。"

这一年,水位上升到有两人高。秋天,水面沿木桩攀升,几乎与房屋地板齐平,甚至还淹没了一些地板。湖区人把这种涨水看作神灵的愤怒,除了献祭,别无他法。当水位下降,他们认为这是他们的虔诚起了作用,平息了神灵的怒气。

潘诺姆则认为平均水位还在上升,尽管很多人不承认。因为一间房子的寿命在十年左右(橡木比松木更耐久些),每个家庭应该离开湖泊重新造一间,而且绝不能在原址上建造。证据就是水面一直在蚕食陆地。

"这不是宿命,诺姆,这是一种变化。"

"有什么区别?"

"人们接受宿命,适应变化。"

"但我们已经向湖中神灵和河神们祈祷了呀。"

"我不知道湖中神灵和河神是否会按照定居部落的意愿改变自己的行为!如果神灵决定扩张,它们就扩张,才不管人类呢。是我们去服从它们,诺姆,是它们支配着我们。"

---

[1] 水上村庄无疑是定居部落首选的住所,因为湖区为他们提供了几乎稳定的食物来源,用不着迁徙。

正如他说服了我一样，他也成功说服了其他定居者，在一条干燥、受保护、悬于大湖之上的陡壁夹道内造房子。整个村子都搬迁了，我父亲趁机还采用了双重构造：用石头打地基，用柴泥糊木框架，这样造的墙能牢牢抵御狂风和恶劣天气。

潘诺姆去各处时总带着我，以便培养我。他带领村民组织起来抵抗外部危险。虽说我们这里已经有分工：有的农人专事制陶、编织、搓绳，有的切削石料和木材，潘诺姆却认为还要扩大规模。

"有些人可以免除杂役，专门负责保护村庄，对付单打独斗的无赖，对付成群结队的猎户。"

村民们不高兴了：

"野蛮人又不是天天来打劫我们！照着你的计划，潘诺姆，我们种地和养牲口的人是否就要供养一群只需偶尔干点活的懒汉？"

我父亲据理力争说"懒汉们"需要每天操练武器，提高打斗技能，锋利他们的斧头、砍刀、长矛。集体做出的努力是为了补偿他们冒着生命危险来保护部落。

"你们和我一样，很清楚不是每个男人都一定是耕种者或饲养员；你们和我一样，很清楚一个放羊好手或种麦好手不一定能打赢一场艰难战斗。我们都知道有些年纪驱使人追逐、躁动、争强好斗，然后到了另一个年纪，就喜欢思考。角色分工可以发挥每个人的特长。"

出乎意料，潘诺姆赢得了大家的赞同。十来个血气方刚、胆大鲁莽、肌肉与脾气一样劲爆的小伙子，组成一支精锐小队来保护我们，保护我们的田地、牲畜、粮仓，抵御侵犯者和劫掠者。

我父亲发明了警察和军队。

人们有讥笑、有炫耀，消息传得很快，湖区各村落的首领纷纷前来观摩潘诺姆的这套做法，有的一待就是几个月。潘诺姆巧妙地向他们介绍经验，不带傲慢，相当有手腕。很多人回去后复制这套做法。

所有人都钦佩我父亲，而我，我爱他。

我爱他胜过任何人，爱到从不质疑他肯定的事物，爱到渴望在任何细节上都能像他，爱他爱到忘我。如果他说"杀了你自己"，我就会结束自己的生命。

在任何时候，我都难以想象他在为自己或为我们做出的决定上会出错。因此，我没有责怪他强迫我与米娜结婚，没有埋怨他判给我无趣的性爱，我接受他为我准备好的命运——继承他的衣钵——我产生的唯一怀疑，就是担心自己比不上他。

母亲的栗色秀发微微卷曲，十分漂亮。她露出一口贪吃的漂亮牙齿，展示凹凸有致、健康强健的身体。她性格开朗、身材高大，与村民说话时善良中又带着一丝威严，这让她显得强大和不容置疑。她的精心打扮（珠宝、染了的指甲、淡淡的胭脂、精致的发型、玫瑰花的香气）并不能掩盖她快活的天性，反而让她在其他女人中鹤立鸡群。她令人折服。她钟爱她的丈夫吗？她很乐于做他的妻子，她喜欢爱他这件事，他是出色的首领，他的荣耀也照耀到她。

潘诺姆的儿子诺姆，静静地准备着成为下一个潘诺姆。除了最初那十五年，没什么能将儿子与父亲分开。我的未来已被描绘，高贵、杰出，按部就班，他的翻版。

然后，努拉出现了。

然后，有了那些暴风雨。

而且，努拉本身就是一场暴风雨。

于是，儿子对抗父亲。

*

"别这样看着我，我会怀孕的。"

这是努拉对我说的第一句话。我们不认识，我在自己熟悉的地方闲逛，而她则在一个陌生的地方登陆，尽管有着这份不安全，她却用甜美的声音对我说道：

"别这样看着我，我会怀孕的。"

我张大了嘴，以为自己听错了。

努拉饶有兴味地看着我，眯起一双迷人的绿色眸子。她比我瘦小，但我怎么觉得是她控制了我。也许与她似乎着了色的弯弯的有趣眉毛有关，与她轮廓分明的脸、苗条的身材、修长的四肢有关，尤其与她身上那种引而不发的气息有关。尽管她没有动，但我能感觉到她体内奔涌的万千力量，这是迫使她行动但被她驯服的力量，这是赋予她内涵及外表的力量，这是流经她皮肤不时以颤抖形式表现出的力量。

"别这样看着我，我会怀孕的。"

我的身体立刻注意到了她的美貌：我脸颊发烫，双唇微启，胸腔强压狂跳的心,双脚就像钉在了地上。我一阵激动,脑子一片空白。在我肉体苏醒的同时,意识却变得十分迟钝。这是漫长系列的发端,我陷入一种"努拉效应":身体活跃,精神冻僵。

当我反应过来她的话是冲我来的——一箭中的——我颤抖着生怕别人也听见,那我真会尴尬至死。我迅速扫了周围一眼,这才放下心。在这个赶集的日子,每个人都忙着自己的事。有人在卖山坡上采摘的蓝莓,有人卖赭石,有人在卖陶盆或陶罐;有人在推销麻线和麻绳,有人铺开织好的布,有人在叫卖皮制披风,有人在草席上摆开凉鞋和拖鞋,更不用说那些吹着口哨走向庄稼地的农人。我是多么天真!努拉(那时我还不知道她的名字)射出几支精准的箭:如果她想要射向看热闹的人群或商贩们,她应该大声嚷嚷;而她为我压低声调,只对我一个人,与我建立起某种共谋,甚至在我们间产生了一种即刻的亲切感。我们刚刚接近,就已经分享了某个小秘密。

为了故作镇静,我结结巴巴道:

"我……我……叫诺姆。"

"我没问你。"

她转过脸,沉浸在她父亲与我父亲的交谈中。他们俩坐在公正大椴树下,潘诺姆通常在这里倾听人们的申诉。利用这一段距离,我欣赏起努拉精致的鼻子,与她的高颧骨(容易发怒)和光洁额头(体现纯洁)不同,一只小巧鼻子呈现的是另一番气象。她专心听着,摇晃着脑袋,一会儿表示赞同,一会儿不认同。她追随他们的讨论。

对她来说，我已经不再存在。这让我立刻难以忍受。

我轻触她的手腕，想让她重新跟我说话。她吓了一跳，后退一步皱起眉头看着我，一脸严肃，仿佛在训斥一个犯了错的孩子，涂过金粉的双目透着怒气。

为了盖过她的气焰，我坚持道：

"你还没告诉我你叫什么？"

"等我想让你叫我时，自然会告诉你。"

她干脆利落地转过身，那意思就是说："说完了！别再来烦我。"从来没有人这么对待过我！这个陌生女人，她以为她是谁？

我一跺脚，她眨了一下眼睛。我愤怒道：

"你知道我是首领的儿子吗？"

"你当然会是某个人的儿子……"她耸耸肩揶揄道。

她不加掩饰地转过身，给了我一个背影。

我恼羞成怒，完全没听见陌生人在向潘诺姆解释什么，痛揍这姑娘的冲动全然占据了我。对，甩她一巴掌，把她摔倒在地，扯住她的头发直到她讨饶。那时，她再不能装作满不在乎！

她是否嗅到了我逐渐增加的敌意？她细嫩的脖颈和肩胛微微颤抖，仿佛觉察到我的拳头正发痒。

我们的父亲相互拥抱，随后潘诺姆伸手指着那些房子，推开了一扇无形的大门，向陌生人敞开我们的村子，邀请他们进入。

那年轻姑娘立刻换了一副面孔，径直朝我走来，贴近我的胸膛，很近很近，呼吸对着呼吸。她垂下眼睛，几乎带着羞怯，压低嗓音喃喃道：

"你好，诺姆，我叫努拉，很高兴遇见你。"

我心满意足。她闻上去像花蕊一样芬芳，有一种甜中带辛辣的香，如滴上了树脂一般醉人。我感觉嗅到了某种秘密。

"你好！"

努拉转过身子，快活地抓起她父亲的手，仿佛比小女孩更活泼。她和他一起往下走，柳树与灯芯草相间的小路越来越窄，一直通向湖岸。

那天早上，空气仿佛凝固，弥漫着热烈又混乱的气息。白色湖面上方，天空呈现出一种摄人心魄的蓝。

这个努拉到底是谁？就这么一小会儿，她翻脸比翻书还快，一会儿像十五岁，一会儿像三十岁，接着又变成八岁。她顷刻间便在我心里注入惊讶、着迷、好奇、恼恨、愤怒、希望。

我凑近父亲。

"那人是谁？"

"治疗师蒂博尔，他替人和牲口看病。"潘诺姆回答说。

我没有告诉他我盯上了努拉，我本能地觉察到，她令我陷入的那种狂热预示着某种危险。

"蒂博尔为何来找你？"

"为了给我们提供他的服务。他住在离我们好几天路程的一个湖畔村落，在太阳升起的那一边。村子被泥浆摧毁了。"

"泥浆？"

"暴雨过后，山的一部分滑落了，一直倾斜到湖岸边，什么也没留下。"

我站在蒂博尔刚才站过的地方,就是人们征询我父亲意见的地方。周围景色一派祥和、庄严、和谐,椵树美妙的、抚慰人心的香气让人陷入沉思。然而,我却有点想哭,想在地上打滚。

"这个蒂博尔只有一个女儿?"

"是的。"

他皱起眉头,我以为他有着与我相同的忧虑。

"奇怪!"

"奇怪什么,诺姆?"

"这么少的孩子?没有妻子?游猎者这样生活,定居者可不是这样的。这对父女会不会是游猎者?野蛮人!你怀疑他们吗?"

我突然明白了我不安的根源:

如果说这个女孩在我身上激发了诸多强烈复杂的情感,那是因为她不属于我们的族群!很显然,她掩饰着自己女游猎者的身份,一个懂得把自己打扮得干净优雅、穿戴整齐、散发香气,很会拿捏语言的女游猎者,但终究还是个游猎者!这就是为何我会觉得她难以接近,古怪:我从她身上嗅到一股野兽般的刚烈。

父亲慈爱地看着我。

"当泥石流掩埋整个村子时,蒂博尔和他女儿正好外出。村子里所有人都死了,他的儿子们和他的妻子也死了。神灵保佑,当时他正和女儿在山岗另一侧寻找草药,因此逃过一劫。"

他伸手按在我的肩膀上。

"他们背负着无法抚慰的悲伤。"

我立刻泛起对努拉深深的同情,原谅她把悲痛藏在粗暴的表象下。

父亲看着我,笑了。

"你有理由怀疑,诺姆。你要始终保持谨慎,替你的村民质疑,替轻信的人保持警醒,替无忧无虑的人保持忧虑。不过,眼下的情况,你是过虑了。蒂博尔和他女儿并不构成威胁,相反,如果他们加入我们,会给我们带来许多好处。我们缺少治疗师,我们应该把他们留下。"

一种对热烈、温柔、安宁的愿望流遍我全身,还伴随这样一幅画面:努拉蜷缩在我怀里。

"当然,父亲。他们去哪里了?"

"去他们借住的一个表亲那里,离此一天的路程。他们还会回来的。"

"他们会搬到我们这里来吗?"

"我向蒂博尔提议过。"

"那蒂博尔为什么要来我们这里生活?"

一些矛盾的想法折磨着我。就在刚才,我还在担心这对父女会赖在我们这里不走;现在,我却担心他们不这么做。两种情况都让我躁动不安。

"他听人说起过我们村子,听到不少美言。"

潘诺姆谦虚地只提了一句我们在大湖沿岸的好名声,因为他实施的一系列措施,别人都在模仿。我的心绪平复下来,他又补充道:

"他尤其对我们这里的集市感兴趣。蒂博尔将会遇到很多病人,收集到许多来自内陆地区的草药。"

为了与习惯性的精神迟钝和行为懒散做抗争,父亲几年前创建了我们这里的集市。为了让村落欣欣向荣、脱颖而出,他设想每周一次把有意愿交换物品的手工匠人或农民集中起来。集市让人出门走动,也吸引了邻近的村民,有人甚至从很远的地方赶来。我们的村庄无人不知无人不晓,村里已经有了三十座房子。

"据蒂博尔说,我们这里永远不会被泥石流掩埋。"

我朝四周看了一眼,以确认父亲的话。我们的村子建在一处天然的平台上,离地底约一百英尺,离湖面约十英尺,受惠于两条溪流的水,一条来自日升之地,一条来自日落之地。这些溪流在遍布低矮小丘的平原上日日流淌。我们身后没有任何陡峭的山脉,晴朗的早晨,我们目力所及处皆为开阔的平原,与蒂博尔和努拉曾经生活的位于湖面收窄处山脚下的村子完全不同。

"我把接待蒂博尔和他女儿的任务交给你了。"

"放心吧,父亲。"

他把这个可以借机搭讪努拉的任务交给我,简直让我欣喜若狂。

"我们去看看那些狗吧!"

我随潘诺姆来到驯狗场。我最喜欢跟他一起完善我们对狗的驯服,这是他最上心的尝试之一。

在那个年代,人们会遇到很多狼群和野狗群,大家都害怕它们的攻击。而我父亲注意到我们的宿敌——那些狩猎者成功地让狗与自己一起生活,狡猾地让狗为自己服务。

"很正常,"母亲说道,"狼和狼一起生活。"

"它们属于同一个狗群!"阿比达附和道。

"总之，它们分享身上的跳蚤。"

父亲不加入这种高谈阔论，而是仔细观察那些四脚动物，教我如何区分狗和狼：狗敦实，身形更短，体重大概少一半。狗不会披一身灰白的皮毛，它的毛色在白与棕红间变化；狗比较合群，愿意靠近人类，寻求接触，容易受惊且好奇；它们吃得跟我们一样：谷物、蔬菜、肉，什么都吃；而狼一直是肉食动物。

潘诺姆随后还告诉我狗参与狩猎的方式。有些狗利用其超级灵敏的嗅觉追踪猎物，有些狗会对猎物发起攻击，还有些会叼回猎物的尸体。我们常常肩挎弓箭，与我们的猎犬一起出去寻找野兔、黄鹿和野猪。

潘诺姆又开始研究它们看家护院的本领。因为一旦有人或有动物接近它们的领地，狗便会发出警告。潘诺姆让我们这个小卫队必须配上狗，夜里一名士兵、一条狗守卫村子的入口。

"如果卫兵睡着了，狗还会继续警戒工作。"

有个执念困扰着潘诺姆：设法让狗来看护我们的牲畜群。

"你想想这可以节省多少劳动力！诺姆？"如果这样可行的话，以后我们就不用陪着牲畜去牧场了！

这天早上，我们做了一次尝试：把岩羊赶进围栏，然后解开了狗。

"如果狗把它们吃了怎么办，父亲？"

"我凌晨已经把它们喂饱了。"

岩羊们分散开，低头啃草，每一只都全神贯注。这时潘诺姆放出狗。

它们吠叫着冲进羊群,我大惊失色,担心狗把羊吞了。不过我很快发现它们在做别的事:它们把羊聚拢到一起!要么把羊赶到狭窄空地,要么围着它们奔跑,把它们拢成一圈。仿佛它们听从我父亲的指挥……父亲高兴地跳了起来。

"棒极了,诺姆!它们将是完美的牧羊者。"

他让我扮成捕食者的样子,顺着荆棘丛后面的田埂走。

我照着做,披上一块发臭的狐狸皮。

狗儿一嗅到潜入者,立刻窜到岩羊群前面,保护它们。狗群低吼着、吠叫着、露出獠牙,阻止我往前。其中一只正要冲击我时,我扔下兽皮,让它认出我。

"扎罗,冷静!"

潘诺姆安抚了那条狗,然后兴奋地奔向我。尽管我的个头和他一般高,他紧紧抱住我,把我举起,庆祝胜利。

正当我们狂喜之时,母亲突然窜了出来。多年来,她为父亲倾注在狗身上的热情心有不满,埋怨他为狗花了太多时间、准备太多食物,责备他跟狗交谈、为狗起名字。一有机会,她就要讽刺揶揄:

"你认为它们真能听得懂你的话?是语调,潘诺姆。是你喊它们名字的方式,它们捕捉到了指令。没别的。"

父亲总由着她唠叨,并不反驳,这让她更苦涩。然而这一天,她赞赏了我们的成功,为我们拍手庆贺,滚圆的漂亮胳膊上贝壳手链叮当作响。在潘诺姆理智地坚持不懈下,狗为人类提供了傲人的帮助。

"你发明了一群小哨兵。"

当潘诺姆奖赏他的狗儿们,替它们梳理毛发,嘴里不断说着"好狗"时,她忍不住抱怨道:

"可怜的潘诺姆……要是别人看到你这样子……"

父亲瞄了我一眼,那意思是说:"你母亲实在太爱我了,所以我只要哄一下某只动物,她就会生气。"

一秒钟后,我母亲同样笑着看了我一眼:意思就是"你父亲最喜欢我逗他了"。

结束成效卓著的一天,晚上我回到家里,米娜正盘腿坐在门口的一张席子上研磨谷粒。我走近时她正在抹眼泪,我猜她是在为我们的双胞胎伤心。

我重新打量她一番。她看上去不像个女人,更像个刚长大有点发胖的小女孩。圆脸上长着许多棕红色雀斑,总是一副受惊的忧伤表情。她柔软的嘴唇过厚了点、过于苍白,犹豫着要张开还是闭合。至于她那双凸起的眼睛呆滞无神,露着一丝痛苦的顺从。

她让我心生怜悯,一种柔软的怜悯,温和的同情。

我蹲下来,没说一句话,把她搂住。她倒在我怀里,松了口气,证明我的这个动作她期待已久。这是一种奇怪的境遇:我们进入灼热的夏天,却紧紧相拥、缩成一团、相互保护,仿佛黄昏的真相就是寒冷,仿佛唯有我们创造的热量才能让我们躲避死亡。

在紧紧抱住米娜的同时,我想到了努拉。多么巨大的反差!那个陌生女人让我恼怒,米娜则让我感动。陌生女人让我笨拙,米娜让我威武;陌生女人无视我,米娜需要我。

我第一次在妻子身边感受到我的位置。直到现在我才准备好了我们的婚姻；这天晚上，我全情投入。米娜当然哭泣她失去的孩子，但总有一天，她会在我们活蹦乱跳的孩子面前欢笑。她病恹恹的忧伤，我可以将之抹去。我，只有我。

她低下头，趴在地上，将我拽进里屋，关上门，四肢着地。于是我们在昏暗中，缓缓做爱，无声地、小心翼翼地，毫不急迫地，仿佛两个正在康复中的病人……出乎我的意料，我觉得这样十分愉悦。

*

"对不起？"

我在村口接待努拉，她吃惊地看着我。

我以为她在开玩笑，我微笑着站在那里，站在她跟前。

她脸上毫无表情，眨了眨眼睛道：

"你是谁？"

"努拉，我们两天前刚刚见过！"

"啊？"

她是忘了我们在公正大椴树附近互相认识的事了吗？我有些犯嘀咕。

"对！你知道的，我就是那个男人……那个……就是那个男人……"

我总不能重复她对我说过的那句话"别这样看着我，我会怀孕的"。那真是个尴尬的回忆。

"谁？"她重复着，鼓励我，仿佛在跟一个傻子说话。

我吸了口气，叫嚷道：

"我是诺姆，首领潘诺姆的儿子。"

她面露喜色。

"诺姆！多么高兴又见到你！"

她完全换了一副面孔，似乎很高兴，自来熟地伸手抓起我的胳膊。

"能在这里住下，我们真是舒了口气！在别处，我见到的尽是乡巴佬！很可怕……一些食不果腹的人，丑陋的人，瘸腿的人。我都无须说服我父亲，他通常总是踌躇再三，而这次，他完全赞同我的意见。我们逃过一劫！"

她一人说了两个人的话，有一种迷人的滔滔不绝，妙趣横生，瀑布似的倾泻，像夜鹰的歌声般丰富多彩。

我一句话也说不出，她的反应让我不知所措。什么？她竟然不记得我，她只记得首领的儿子？我的身份从未显得如此令人艳羡，因为我借此吸引了努拉的关注，得到了她的青睐，可以挽着她的胳膊大摇大摆地走。尽管这种接触极其有限，但也足以令我浑身战栗，尤其当她的手指触碰到我的头发时。

她说什么，我都点头同意。她再一次让我神魂颠倒，那是一种幸福的眩晕。甚至，我忘了我们走过的是我自己的村庄，我感觉能走在她身边是一种优待。一位女神将我从泥淖中拉出，将我拔到她的高度。努拉有一种扭转局势的本领。

"你的皮肤真细嫩呀……"她大声道。

她停下脚步，注视着我手腕上显眼的、呈蓝紫色的青筋，用食指顺着其中一根轻轻抚摸。我浑身战栗，努拉让我动弹不得：从来没有女人这样对待过我；我变成一具令人渴望的肉体。

她意识到我的慌乱，停了几秒钟，然后装着什么也没发生，继续走她的路。走过制陶匠的房子后，我再也听不到她的絮叨。我深吸几口气，试图保持平静。

我指给她看父亲为他们安排的新房子。她对每个细节都欣喜若狂：恰如其分的石块拼接，柳条编织的屋顶，用作谷仓的阁楼，独特而细腻的糊墙柴泥，虽然那只是些黏土、植物纤维和动物鬃毛的混合物。

当蒂博尔带着大包小包，赶着一头被各种包裹压得喘不过气的骡子走来时，努拉似乎发现了状况，喊道：

"哦，爸爸，快让我来帮帮你。"

她做了个不容置疑的手势，命令我抓起她父亲背上的两个大褡裢，然后她自己抓过一个水壶。

"这样就好多了……"

蒂博尔的深色大褂十分宽大，缝了好多个衣袋，让人感觉拖着个又矮又胖的身体，实际上他是个瘦高个。他乌黑发亮的胡须和头发中夹着几根白丝，面庞瘦削，额头饱满，鼻子挺拔，脸部轮廓分明。尤其是那双明亮的灰色眼睛，透着慑人的专注。他的双手和他的脸一样聪明，宽大结实，手指修长，指甲干净。

一如他的女儿，他身上也弥漫着一种矛盾的力量，既活跃又慵懒，既投入又疏离，既好奇又厌倦。与努拉不同的是，他始终有一种占据主导的心绪：忧伤的怀旧。他的一部分灵魂留在了过去，咀嚼着他的失去。从他凝望远方的双眸、忽然停下的动作、讲到一半的话语中，可以窥见他的哀伤。这种忧伤是他的天性还是源自最近痛失妻子和儿子的悲剧？

我原以为很多包裹里装的是蒂博尔用于治病的器皿，后来才发现他从泥石流中抢救出来的东西只装了一个帆布口袋，其他包裹里则塞满了裙子、围巾、鞋子。

"你们的衣服逃过了泥石流？"我高兴地问道。

"不，"蒂博尔回答说，"我们失去了一切，这是我在旅途中重新给努拉添置的衣服。"

我露出惊讶的神色，他垂下眼睛。在那个时代，一个有地位的女人，比如我母亲这样的，拥有五套衣服，用于不同季节和不同场合，不多不少。蒂博尔似乎不但容忍他女儿的古怪，而且还纵容她。

这样能排解他的忧伤？

他从一个口袋中掏出一块无烟煤石，走近房子，对着一堵墙端详了一会儿，又摸了摸。随后用一把燧石凿子撬下一块石头，在开了口的地方，填上了他自己的石块。

"你在干什么？"我问。

"镶嵌一块霹雳石。"

"一块什么？"

"一块霹雳石。霹雳石被雷电击中过，摄取了霹雳的力量，神灵们住在其中。它可以像火一样，发热和保护我们。比如，当你腰痛时，你把它贴在腰部，疼痛就会减轻。在这儿，为了保护房子，我把它镶嵌在隔墙。"

"你怎么能肯定雷电击中过你的石头？"

"有天早晨，我在一座山峰下捡到了这块石头，山尖在头天夜里被雷电击碎了。"

从这天起，我养成习惯每天去看望他们，保证他们什么也不缺。这也是父亲要求我的。

努拉的心情每天都不一样，还会随时改变。走进她家的门槛时，我从来猜不到会发生什么。有时她欣喜地冲向我，邀我一起去散步；有时她像闭门不出的老奶奶一样接待我，要我品尝她的厨艺，甚至让我暴饮暴食；有时她向我做鬼脸，意思就是我打搅了她；还有时，她连头都不抬一下，心不在焉，一脸沮丧，沉浸在自己的内心世界。

她不停更换服饰：白色或红色的细麻布连衣裙或长裙。荨麻织的布比蕉麻布更细腻更柔软，努拉喜欢在上面刺绣，甚至缀上彩色宝石或贝壳。我很快明白，仅仅注意到这些是不够的，我还得与她谈论它们。我一贯的恭维之辞让她很高兴，但几秒钟后她又叹口气，语气中带点怜悯：

"可怜的诺姆，你什么都不懂。"

我求助似的看着蒂博尔，她又加了句道：

"他也什么都不懂，男人什么都不懂！"

她笑了起来。有天早上，我斗胆问她：

"那女人呢？"

"女人也不懂。你在村里遇到过什么优雅女子吗？当然，除了你母亲。"

她笑得更加放肆。我皱起眉头。

"努拉，你倒是给我解释一下：如果你的打扮不是给男人看，也不是给女人看，你干什么要打扮？"

"为我自己呀！"她回敬道，为我无视这么显而易见的事而愤怒。

她的思路总是让我困惑，我们村子里从来没有人会这么行事。她是从哪颗星球下来的外星人？

努拉经常生病，不严重，总是不同的小毛小病，但经常生。于是她倚靠在坐垫上接待我，动作迟缓，用有气无力的声音和我说话，暗示这可能是我最后一次见到她。外表看上去如此健康完美的一副身子骨怎么会积累了这么多麻烦？某天，她的太阳穴火辣辣疼；另一天，她胃部不舒服；再一天，她关节阵阵剧痛；某一天，她喉咙痒；另一天，她耳鸣；又一天，她的眼睛肿了；再一天，她嘴巴干涩……我怎么也想不明白一个人的身体怎么可以有这么多毛病，而且还没完没了。

这天，蒂博尔要去周边探查、寻找草药。他邀我一同前去。我欣然接受，热切期望这些草药能缓解努拉的病痛。

在我们溜达的过程中，蒂博尔指给我大自然令人惊诧的一面，比我从前的认知丰富复杂得多。从前，我知道神灵们统治着世界，有湖神、溪流神、风神、暴风雨神，我只是处于一种蒙昧的惧怕中。而蒂博尔是个卓越的智者、杰出的魔术师、强大灵性世界的熟识者，他告诉我说，神灵们聚集在每一棵树、每一块石头、每一株植物上，如果我们能懂得它们，它们就能带给我们很多帮助。他教我解密宇宙。

"拿这棵椴树来说，诺姆。在这棵公正椴树下，你父亲掌管整个村子。一些很活跃的神灵就贴在它的树皮上，你有没有注意到人们靠近这棵树时就会安静下来？他们能感觉到神灵的影响。神灵就住在树干的凹陷处，将它们的能量散发一点到空气中，当然最主要是渗透到它们的树叶和花朵中。仔细观察椴树的这片叶子：是什么形状？"

"一颗心的形状。"

"完全正确！这就是为什么它能让人心安。你浸泡这些叶子，就能得到一种令人舒缓的液体，甚至让你有点儿昏昏欲睡，就如睡觉前的摇篮曲。现在来看看这花朵，有没有看到神灵的痕迹？你得到了什么启发？"

"嗯……"

"你把这朵花比作什么呢？"

"它这么细小……有点像……哦不，这太蠢了……有点像一撮毛……一撮鼻毛！"

我把鼻子凑近花，打了个喷嚏。蒂博尔的眼睛顿时亮起来，当我对神秘事物表现出兴趣，这个严肃的男人立刻对着我微笑。

"好极了！你抓到了精髓！它确实能提供一团细细的纤毛，就如湿润我们鼻子的鼻毛一样。你想想看，这些花朵泡的茶能帮助我们抵御冬天令人讨厌的鼻涕。"

"不可能！"

"真的。我爷爷和我父亲已经证实过。我给努拉制备一份汤剂证明给你看"

我惊叹于他为我打开的视野。

"所以神灵们不但有力量，还会提供一些线索？"

"诺姆，你深得其意。一名治疗师就是一位灵性追踪者。他出发追寻线索，他的艺术就是仔细观察。"

"用眼睛？"

"用眼睛、用鼻子、用味蕾、用耳朵、用手指。还要用想象力。"

"想象力？"

"对。"

"用想象力观察？"

"想象力是神灵对我们说话时使用的语言。"

为了启发我进入想象所需的能力，蒂博尔暂停我们的跋涉，我们坐到一棵大橡树的树荫下，他让我进入梦想。

"认识这个世界，没有什么比梦想带给我们更多。注意！不要睡着，要醒着，不是做梦，而是自由想象！"

"怎么做到？"

"停止根据事物的用途来考虑它们，忘记你能用的、你能吃的、你能住的。凝视。"

"有点难。"

"放下你的需求、你的欲念、你的期待。不要用理性思考，剥离你与世界的联系。缓慢地、深深地呼吸，让自己进入。"

最初几次，我因失败而懊恼不已。他就建议我借助调节药粉。

"调节药粉？"

"一些帮助你离开自己，进入想象世界，接触到神灵的媒介。"

"比如？"

"比如火、水。"

有一天晚上，他演示给我看，盯着一支跳动的火焰，看着它膨胀、减弱、变细、朝着月光消失，然后又回来舔舐柴爿，将木柴缲上一圈红边，噼噼啪啪爆出火星子，掉落于灰烬上，随后又爆出熊熊火焰。我完全被迷住了，成为这火焰的猎物。我的思维不再属于我自己，完全被它支配，或者说是它在让我思考。

"这就是神灵在表达。"

第二天，他又用水让我进行了一次相似的体验。

流动的水就如液态的火焰。

将目光投到一股瀑布，看着它的泡沫，看着它持续的反光，我终于能感受到泉水的能量，怀疑有空中神灵在水面跳舞。

"蒂博尔……我失去了控制……"

"当你控制，你就只会看到你想要看的东西，只会听到你想要说的话。相反，如果你把自己交付给偶然发生的事，神灵就会现身。"

蒂博尔利用某些元素实施催眠术，诸如跳动的火焰、流淌的水、掠过树叶的风，达到梦幻境界。一旦进入催眠状态，他便拥抱这个世界真正的肌理、它的组成、它的联系，神灵们一直以来书写的诗篇。而我们可怜的人类，识不破这一切。

"我们对世界视而不见，因为被自己弄瞎；我们对世界充耳不闻,因为被自己刺聋。默想拯救我们,将我们交还给世界。"

"我会发现些什么呢?"

"真相隐藏在间隙中,隐藏在缺乏清晰度、缺乏逻辑的地方,隐藏在暗示、图像、偏差中。如此,通过默想,我寻觅到了我最引以为傲的草药。"

蒂博尔从衣袋中掏出一只骨制小盒,打开,给我看里面一些未经加工的粉末。

"它能去火降温,缓解头痛,减轻身体的疼痛,抚慰关节。你还记得吗?上周我们给努拉服用过,她还失望病好得太快了,她倒是愿意享受整天病恹恹的状态。"

我笑了。蒂博尔对他女儿保持的距离让我松口气。我,没有任何距离。

至于那些粉末,我记得更清楚。

因为那天晚上我带回家给正在头痛的母亲,她服用后很快恢复了健康。

蒂博尔告诉我他是如何发现这种粉末的。

"有一天,在金色阳光下,我懒洋洋靠着水边的一棵垂柳。这棵奇怪的树,这个逃离森林的孤独者,选择在大自然的空隙、河道的死角、沼泽边缘和湿润的土堆处生存。那天我吃得太饱了,无所事事地进入默想,于是神灵们来召唤我。'我们居住在树干最深处,'它们重复道,'我们住在灰色的树皮下,那是垂柳唯一不哭的地方。'确实,垂柳的枝条会哭,柔软、下垂;树叶也会哭,流着银色的细细泪珠,垂柳将悲伤倾倒在湖里。唯有树干,挺直、强壮。神灵强调说：'我们的神力就藏在那里。树干不会痛苦，并且支撑着整棵树不倒下。'我走近垂柳，刮下一块树皮，回到家里，制备了这种白色柳树的粉末。很苦，但没关系，只要剂量合适——我反复摸索了许久——就能极大缓解病痛。神灵们指点我，在垂柳中存在一种阻止哭泣的物质。"[1]

---

[1] 几千年来，我一直使用和传承蒂博尔的药粉。中世纪时，药粉的使用在医生那里失传了，肯定因为它有时会引起剧烈的胃疼。1750年左右，我身处英格兰，遇到了一次令人恼火的波折：我乘坐的驶向奇平诺顿镇的公共马车陷入泥潭，需要乘客下车在路边等候。一名顶着酒糟鼻子、一身肥肉的家伙向我倾吐他的担忧：一种热病正在英格兰乡村蔓延，击倒了孩子、妇女，甚至最强壮的男人。这位可敬的先生既是有阅历的神职人员，又是科学家兼医生，他满腔热忱地致力于改善同时代人的生活。他是药效形象说的忠实信徒，这种理论认为，治疗某种疾病的药剂不会离它的成因很远。因为他跟我絮絮叨叨他的痛苦、他的失败、他撞进死胡同的无助，我很想帮他一把，便指着我们前面的柳树林："因为发热、高烧蔓延在潮湿或沼泽地区，解决方法也一定隐藏在那里，可敬的牧师先生。植物中，哪一种能在那种地方轻松生长？"他顺着我的手指，凝视着那片垂柳。我带他到一株前，将我的一根手指伸进树干上许多小孔中的一个，然后吮了吮手指。"也许正是树皮中这种苦涩的物质，保护了根茎泡在冷水中的柳树免遭疾病侵害？"这下，轮到尊敬的牧师将小拇指伸进去，尝滋味，还扯下几片树叶在嘴里嚼了嚼，做个鬼脸道："为什么不呢？这种苦味让我想到了耶稣会教士的药粉，那种秘鲁植物能缓解沼泽热。我们这里只能通过走私才弄得到。耶稣会教士和英国圣公会教士真不会做生意……谢谢你，我的朋友，我会朝这个方向努力。"

1763年4月25日，爱德华·斯通向皇家医学会主席麦克莱斯菲尔德递交了一份柳树皮粉治疗热病的报告。他将柳树皮放在一个布袋里，搁在面包房烤炉附近烤干，然后磨成粉，给五十个病人服用。后来，一名意大利药剂师提取了柳树皮中的主要活性成分：柳醇。再后来一名法国药剂师提取了可溶性结晶"水杨酸"。最后，一名莱茵河普鲁士化学家菲利克斯·霍夫曼渴望治疗自己那深受风湿病之苦、又不耐受柳醇的父亲，于1899年制备出纯乙酰水杨酸。他所工作的着色剂实验室并没有申请发明专利（因为法国人已经在他们之前提交申请），而是注册了一个日后让其大获成功的商标：阿司匹林。拜耳就此成为制药工业巨头，一直在全世界独家销售阿司匹林，直到1919年。

和蒂博尔一起走过小路、穿越田野、深入森林变得越来越有诱惑力。我睁着眼睛或闭着眼睛，学习领悟大自然和梦见大自然。我们发现无论在外部还是在自身内部，神灵到处都在。

凭借我们用草药煎制的各种汤剂，努拉恢复了健康。有几天，她陪我们一块外出。起初，我还以为她对她父亲的活动也产生了兴趣，但她只是俯身看地上的花花草草；她凑近树干树皮，完全出于另一种理由：她在寻找香料，为了制作香水。

这让蒂博尔颇为失望，他很希望她能跟他一起寻找有疗效的植物。而我假装协助她，就是为了制造一份默契。

可惜她征求我意见只是为了羞辱我，与对待衣服一样，她也声称我什么都不懂，竟然混淆黄鼠狼皮与忍冬草的气味。尽管她瞎说，我也不争辩。如果有人胆敢指出努拉错了，她会陷入可怕的狂怒，然后生病，然后就像刺猬一样将自己卷起来，冷漠一整个星期。

但这无伤大雅，这两位外乡人的到来令我欣喜若狂。与他们做伴，我感到前所未有的丰富，即便努拉经常对我使性子；即便蒂博尔有时在我面前心不在焉、无精打采、眼神惶恐、脸色苍白地嚼着一株他拒绝分给我的植物——一种强烈的"调节药粉"。

傍晚，我回到米娜身边。自从我们重新做爱后，她的状态好多了。由于她一直没有再怀孕，从她看向我的眼神，从她迎接我时的颤抖，我能感觉她浑身上下都在渴望一次怀孕。

每天夜里，吃过晚饭我们就退下，关上房门。一旦我们交合完毕，米娜便喘着粗气仰面躺下，满怀感激看着我。我也在席子上侧身躺下,头朝向她那边,享受这种动物般的欢愉。米娜随后盯着天花板,机械地将刘海绕在手指上,那是她从小就有的习惯性动作。我睡着前心想,如果努拉跟一个男人睡过觉后,会不会做这种小女孩的幼稚动作?

肯定不会……

*

"你为什么从不微笑?"

努拉光彩照人,引人注目,但与其他女人不同,她从不垂下眼睑或朱唇微启。

"如果我长得丑,我就微笑。"

当时,我觉得她毫不掩饰的回答很刺耳,几天后我发现她说得有道理:有些面孔,不是最漂亮的那种脸,需要微笑的加持才能容光焕发。米娜就经常微笑,为了让脸部轮廓看起来更和谐,更讨人喜欢。而努拉,只是自然呈现。

不过我父亲却越来越阴沉。与游猎者强盗的争斗越来越频繁,敌意越来越深。已有三名守卫被杀害,一名老者被活活打死,多名儿童和妇女受伤,五处谷仓被开膛破肚,一头原牛被撕成碎块,一些岩羊和山羊被盗走。

"冬季猎物减少时,这些强盗会变本加厉。我们的名声反而对我们不利:强盗们直接来这里抢,因为他们知道我们富有。"

父亲的忧虑与我们的财富成正比。一天早上,他坐在公正大椴树下，没有掩饰自己的愤怒。

"我们越是成功，越成为受攻击的目标。我必须从田地里抽调几个人，训练他们搏击。"

他拍着脑门看着湖面。

"而且，问题还不止这些……"

他没有再说下去。我凑上前：

"什么？还有什么问题？"

"没什么。"

我拉起他的手，我们皮肤一接触，我就感觉到他的紧张、寒冷。

"父亲，我不明白：一切都很好呀，你武装我们对付未来的危险，你自己却显得很焦虑。"

他注视着我，若有所思。

"我犹豫着要不要告诉你，诺姆。"

"告诉我。"

"我作为首领的职责，就是要承受忧虑。"

"总有一天，你儿子会领导这个村子。"

他松弛下来。

"你要有所准备，我们要去旅行。在向你和盘托出之前，我先要核实一下我的这个担忧。"

当我告诉蒂博尔我们将要长途跋涉时，他问我是否能跟着我们的队伍：这样他就能一路采摘他不认识的那些草药、花朵和果实。我将他的意愿转告给父亲，他同意了。

出发前，潘诺姆去与他同一奶妈的哥们儿丹达尔家做些准备工作。丹达尔是村里的制陶匠，在村子发展壮大的过程中，获益匪浅。每年，他都会扩大他的作坊，制作一些全新的器皿，还在房子边上再造些附属建筑——被三个老婆和十五个孩子簇拥，他需要居住空间，发展壮大……他的儿子们跟着他忙碌，有的搅拌黏土，有的负责供水，有的负责制胚，有的管烧火，有的管添柴，还有的负责彩绘。许许多多的盘子、罐子、双耳尖底瓮每天从他们的双手中变出。

从前，丹达尔必须东奔西走寻找合适的黏土，这让他成为一个见多识广的人。他告诉我父亲如何攀上雕刻家悬崖，那就是我父亲感兴趣的地方。

有一天晚上，我父亲在与丹达尔的儿子们聊天时，我问丹达尔：
"为什么要去那里？"
"我完全不知道，你父亲就是想去雕刻家悬崖，他没有告诉我更多。"

我喜欢和父亲一起去丹达尔家，因为除了顾客，制陶匠家里还有三个老婆和十五个孩子，从早到晚吵吵嚷嚷，一派热闹气氛。

这天晚上，父亲带着喜悦又有点疲惫的神情从他家出来，他皱皱眉头叹口气道：
"如果我有三个老婆，我肯定就装聋作哑！"
"丹达尔看着没有不开心呀。"
"他确实没有不开心，他喜欢有人围着他走来走去，他如愿以偿。"
"三个老婆……"

"有多个老婆的家庭,少有不鸡飞狗跳的。这里,她们能和平相处,因为她们是亲姐妹。丹达尔娶了大姐,妹妹嫁给了他弟弟。他弟弟在与狩猎者的一次战斗中丧生后,丹达尔出于对弟弟的忠诚和为侄儿们的前途考虑,娶了他的遗孀。最后,当第三个妹妹成年时,两个姐姐很理智地建议她嫁给这个男人。"

"她们不会因为嫉妒而相互明争暗斗吗?"

"你,你见过能逃脱相互嫉妒的姐妹吗?"

我们大笑,想到我那些争吵不断的妹妹们,潘诺姆摸了摸耳朵。

"那三姐妹是在远离竞争的氛围下长大的,你母亲和我做不到。丹达尔的三位妻子敬重她们的丈夫,三人间也相互尊重,是个和谐相处的罕见例外。"

"那你呢,父亲,你从没想过娶第二个老婆?"

我父亲没有说话,盯着湖面陷入沉思。犹豫片刻后,转头饶有兴味地看着我。

"你没有看见我抚摸一条狗时,你母亲对我发起的挑战?如果我沾惹一个女人,想象一下那灾难……"

我们咯咯笑了很久。

动身启程的那天早晨,我去蒂博尔家喊他,他的大褂子口袋塞得鼓鼓囊囊,让他看上去胖了一大圈。努拉脸色苍白、嘴唇发紫、鼻子堵塞,陪她父亲走到门口,拥抱了他。然后走向我:

"把爸爸给我带回来,拜托你了。"

她对我这样看重,让我有些激动。

"请相信我,努拉。我就是死,也不会让任何人伤害到蒂博尔。"

"谢谢,我要你也活着回来。"

一滴泪珠从她眼眶中滚落。她迅速转过身,向我们远远做了个道别的动作。

潘诺姆带上他的狗群,还有一支十个人的队伍:三名挑夫、七名战士。我在路上问父亲为什么要带这么一大队人马,他脸色阴沉地回答我说:

"我在试着弥补我们犯下的错误,诺姆。"

"什么错误?"

"我们一起旅行。现任首领和未来首领并肩行动,猎户们求之不得。如果我们遭遇不测,我们的村子将失去首领。"

夜里,我们在星空下扎营,在我父亲精挑细选的地方:比如隐蔽的有多条逃生小路的林中空地、攻击者难以将我们逼入绝境的豁口。士兵轮流站岗守护我们的营地,狗群随时发出警告。

到目前为止,我们遇到的唯一敌人是蚊子,它们聚集在湖边,在灯芯草丛中嗡嗡作响,蒂博尔每天晚上在我们周围撒上一种植物,驱散蚊虫。

搓揉这些带花纹的椭圆形叶片,我发现黄色叶子散发出一股清凉的气味。

"这种植物的香气能驱赶蚊子。"蒂博尔告诉我说。

"可这明明闻起来很香啊。"

"你又不知道蚊子的喜好。"

"你是怎么发现这种植物的?"

"蜜蜂最喜欢这种植物。如果用它摩擦树干,甚至能让蜜蜂在那儿筑巢。有一天我在出神时,我听见了神灵的逻辑:'我们送给蜜蜂的东西,是不会送给蚊虫的。'因为神灵把这种叶子和花留给了蜂蜜制造者,自然会在其中加入针对吸血蚊虫的驱虫剂,我只需核实一下就行。"

早晨,我和他一起把撒在我们营地四周的蜜蜂花[1]捡起来,把这些宝贵叶子放入一只口袋,晚上可以再拿出来用。对那些采取措施后还被蚊虫叮咬的人,蒂博尔为他们涂上让皮肤干燥的香桃木提取物,缓解瘙痒。

行走了一周以后,我们望见了我们的目的地:雕刻家悬崖。

随着我们逐渐靠近,潘诺姆向我们解释那个地方的稀有性。那里,所见皆岩石。湖水舐舐着一直延续到湖岸外的巨大褐色岩石,岩石不允许任何花朵、任何树丛、任何野草生长,因为缺少腐殖土,矿物取代了土壤,石头排斥生命。

"这里曾经有人居住过,他们整理过的岩洞至今还留有痕迹,沿他们开挖的小路分布。出于这个缘故,人们把这里叫作雕刻家悬崖。但今天这里已经没有人了。"

随着我们一点点靠近,潘诺姆的信息得到证实。在半月形的山口和各个岬角之间,我们的祖先开拓出一条宽度足够容纳一支队伍和一头骡子的小道。路的一侧是深渊,另一侧是峭壁。我感到十分震惊,想象着如此工程的艰巨程度。小路顺着山势曲折蜿蜒,那需要修多少个月、多少年?需要多少石匠用一些石块击碎

---

[1] 蜜蜂花属植物。

另一些石块？他们是从哪里汲取的力量，拥有完成这浩大工程所需的顽强和耐心？

我们在一处干燥的山脊歇脚恢复体力。空气如此纯净，纯净得让人以为它已经消失，失去密度，以至于当一头猛禽扇动翅膀从天空掠过时，我十分惊讶。挑夫和卫兵睡午觉时，我问父亲：

"我们走了一星期的路就是为了这个？"

"是的。"

"你在担心什么？"

我转头看了看蒂博尔，他也满脸困惑地朝我点点头。

潘诺姆站起身。

"我需要确认。目前我只是根据一些旅行者的叙述做判断，我正试着串联起所有信息。而旅行者有时会搞错，有时会夸大其词。"

他示意我们跟他走。小路上尽是让人脚下打滑的石子，我们不得不小心翼翼踏下每一步。有时小路环绕一些圆形巨石，有时又深入一些狭窄裂缝，最终大石头变得越来越稀疏，我们终于来到了水边。

"你们有没有注意到小路与湖泊交汇的地方？"

我们俯身看着透明的波浪，看到小路还在延伸。

"看，小路还在继续。"

潘诺姆走进水里，一步步下探。

"台阶！"

如果说最初的台阶还隐约可见，后面的台阶就消失在幽暗的湖水下。他一直走到无法再往下走为止，然后朝我们伸出手，神色凝重。

"在水下修筑台阶是不是有点奇怪？"

"愚蠢至极，"我嚷道，"除了毫无用处，还是多么大的技术挑战！"

"我同意你的看法，诺姆！我们的祖先为什么要做这样很艰难却无意义的工程？"

"傻瓜蛋……"

潘诺姆盯着我，毫不掩饰他的失望。

"指责自己不能理解的事物为愚蠢行为，等于宣布自身的愚蠢。"

我努力不让自己恼火。

他指着大面积水域的那一头，我们远远可见被夕阳染成玫瑰色的湖岸：

"下一个线索，就在那里。需要五天时间才能走到。"

根据他搜集的信息，我们现在应该处于大湖的某个狭窄处，沿着岸边走可以走到大湖面前。

我很遗憾我们没有独木舟。

"那又能改变什么呢？"蒂博尔说，"独木舟沿着湖岸前行，比人走还慢。"

"独木舟可以把我们直接带到那里。"

"完全不可能！撑杆要插到水底，独木舟在湖中心不起作用。如果说我们可以穿过大湖，那外来者也能在我们那儿轻易靠岸，我们就不再安全！必须同时监视陆地和水面。通常，危险不是来自水上。"

潘诺姆盯着水面看了许久,叹口气回应道:

"通常……"

焦虑扭曲了他的脸。他在想些什么呢?

经过五天单调的行走——岩石、荆棘、石灰渣,随后又是荆棘——我们来到一处完全没有绿色植物的湖岸边,正对着我们刚才涉足的那片湖岸。

"找一下道路。"

"什么道路?"

"不是找沿着水的道路,而要找从水面延伸出来的路。"

潘诺姆刚说完,蒂博尔就喊起来:

"在那儿!在那儿!"

我们奔向他。他发现一条开挖出来的从高处延伸到湖边的小路。

我父亲不顾岸边难以下脚,毫不迟疑跳入深蓝色的水里,然后小心翼翼向前挪,搜寻着台阶。

"我感觉到了,这里有台阶!"

"不可思议!与对岸完全相似的工程!"蒂博尔喃喃道。

"什么?其他先祖也在此做这些?为什么?"我说道。

潘诺姆抬头看着我。

"更应该问他们是如何做到的?人们不可能在水下切割石头,当能见度不够时,更不可能。台阶一直在我身下延展,而我个子已经很高。"

我们帮助他重新回到岸上,他一下子瘫倒在一个小丘上。

"我担心的事情真的发生了。"

"得了,父亲!没什么要担心的,他们只是跟湖对岸的人一样发疯而已。"

潘诺姆盯着地面,咬紧牙关道:

"首先,他们没有发疯;其次,他们并非与湖对岸的人不同,他们是同一群人。"

"你说什么?"

"根本就没有岸。"

"什么?"

"根本就没有湖。"

"什么?"

潘诺姆抬起头,神色凝重:

"从岩石中开凿出的小路从那头开始,经过几天的路程,在这里终结。露天开辟出的唯一一条路。人们从上面走过,不湿脚。这里本来不是湖区,而是一片碎石山谷,后来大水淹没了道路。我们中很多人否认这个过程,我们以为最近发生的事,实际上很早以前就开始了……我们看不到开头,但我们看得见后续。"

"你说什么?父亲。"

"水面在上升。"

他眨巴着眼睛,努力平复呼吸。我真怕他会倒下来。不过他站起身,朝着一望无际的湖面低声道:

"如果水面不断抬升,会一直蔓延到哪里?"

我忽然明白了父亲的焦虑。

*

回到村子,村民们把我们当英雄般迎接。孩子们朝我们飞奔而来,妇女们哟哟喊叫着,男人们有节奏地拍打着手里的工具,所有人夹道欢迎我们,在我们面前弯腰跺脚,一直簇拥我们到潘诺姆的房子前。

我们完成了什么非凡壮举吗?我和父亲带着一个谜团回到家里,蒂博尔带着三袋草药回来。没有任何能立即产生效果的壮举……

村民们多次遭遇单打独斗或成群结队的游猎者的攻击,脆弱而忧心的村民欣喜地看到七名战士重新回他们的岗位,看到他们的首领重新掌舵。仅仅是他的视线就能安抚大家。潘诺姆代表着我们部落的成功、勇气和团结,他的缺席让大家很紧张。父亲在队伍前开路,我紧随其后,我承认某一天继承他的位置是一场棘手的挑战。

米娜欣喜地迎接我,依偎在我怀里,端给我她精心准备的食物:用烧红的石板烤制的榛子面饼、野玫瑰果酱。我给她讲了我们长途跋涉中的一些事,她听着没说一句话,只是点了点头,并未听进多少,而是更希望我们爬到席子上,再次尝试怀上孩子。经过三周的强制节欲,我欣然接纳。

与努拉的反差多么巨大啊。第二天,努拉就兴味盎然地不停探问各种细节,大声争辩,抛出一连串问题,回到某一细节,探讨另一细节。她还逼着我告诉她我本该保守的那个秘密!对米娜,我讲述的旅行见闻流于简短的自言自语，单调、乏味，还不时被端给我吃喝的手打断。与努拉，我们的对话喷薄而出，充满激情，持续了一整个白天。到了晚上，我们脑袋发烫、满心欢喜。

我会承认吗？我拖着脚步走向回家的路。我能想象等待我的场景——米娜，她的温顺，她黏人的目光，无精打采的虚弱，那程式化的表现让我厌倦。如果说我的远行让我清晰看到我们夫妻生活的平淡乏味，我们的重逢更加深了这种乏味。

我冲到父亲那里，紧急求见。

"在这里？"

"哪里不重要，父亲！只有你我两个人的地方就行。"

出于习惯，他把我领到那棵公正大椴树下。四周，笼罩在夜色中的小山丘，仿佛是一些匍匐着的怪兽，随时准备出击。一层深蓝色的雾气笼罩湖面，倒映着奇形怪状的云朵。远处，一只猫头鹰的叫声，刺破寂静。

我直奔主题：

"父亲，我想娶蒂博尔的女儿做第二位妻子。"

他睁大了眼睛。一心想着水位上涨的事，他没有料到我提出的会是家庭问题。他居高临下地盯着我，仿佛我在节外生枝，把他从最重要的事情上扯开。

"为什么你想娶第二个老婆？"

"你知道的，父亲。"

"我？"

"尽管你避开这话题。"

"你说什么?"

"米娜没能为我生下孩子。"

父亲的敌意消失了,双肩下垂,神色略缓。我触及了关键。

"你从不指责我,父亲,我非常感激。母亲,她才不会放过我,她讨厌米娜。"

"我知道。"

"她有正当理由羞辱她:米娜没能替我们传宗接代。父亲,如果我不能把从你那里得到的经验传给下一代,这经验又有何用?你和我,作为值得称道的首领,如果我们的血脉明天断绝了,我们拿什么来统治?如果村子有灵,它会赞同你吗?"

潘诺姆沉默不语。我猜想父亲把我刚才的话嚼了又嚼。过了许久,他试探地问道:

"米娜和你,你们做了该做的事吗?"

"每天晚上。"

"很好……"

"米娜怀孕,我完成了自己的任务,但她的孩子没能活下来。"

说成"她的孩子"而非"我们的孩子",我并未觉得不妥。我是那么深信不疑,孩子们的缺陷来自米娜。父亲把手放在我的膝盖上。

"我很内疚,诺姆,我选错了她。我选择米娜,因为她父亲统治着日落方向的第三个村庄。我未曾了解他们的身体强健与否。我从首领的角度去考虑问题,没有从父亲的角度去考虑。"

"你的想法完全正确,我并不是向你提议休了米娜,只是想娶第二位妻子，娶一个能为我们家庭传宗接代、能给你生下健康孙子的妻子。"

"为什么是蒂博尔的女儿呢？"

我语塞，不知从何说起——努拉有上千种宝贵品质。正当我思绪万千时，父亲又说话了：

"这倒是个不坏的选择……治疗师在一个部落中所起的作用相当大。通过这个联姻，我们把他们留在这里的机会大大提高。蒂博尔似乎很依赖他的女儿，是不是？"

"他太爱她了。"

"那再好不过。"

我以为他赞同我的想法，于是双腿颤抖地站起身：

"你同意了？"

潘诺姆威严地大手一挥，让我重新坐下。

"我过几天再告诉你，诺姆。"

"什么？"

"我得考虑一下。"

"考虑什么？"

"米娜的事我有些操之过急，这回我不能重蹈覆辙。"

"可是……"

"再说了，我担心多妻子的家庭。"

"可是你的一奶好兄弟……"

"别跟我提丹达尔，我认为那是个例外。我在大椴树下主持的那些公道，让我很难对多妻家庭产生什么好的看法，很不好！要么女人们跟男人吵闹，要么男人虐待她们，要么女人间争风吃醋，要么女人通过孩子明争暗斗。我觉得蛇蝎的地盘都要比那安静。"

"可是……"

"不！别再费口舌了，别再烦扰我的耳朵。过几天你会收到我的决定。"

他命令我闭嘴，我服从。因为我实在等不及，便盘算着设法让他尽快做出决定。

"你想不想见见她，父亲。"

"见谁？"

"努拉。"

我相信，父亲接触她后，她的优雅、她的聪明伶俐、她的高贵会让他觉得我提了个好建议。

他不太明白地重复道：

"努拉？"

"就是蒂博尔的女儿。"

我吃了一惊，万万没想到父亲竟然很少注意那女孩……他是由什么木头制成的？只需见到努拉一次，就会一直记得她，甚至就此中毒。

他起身，带着同情的目光看着我。

"用不着，这并不影响我的决策。我会很快告诉你我的决定。"

他没再多说一句话，转身回自己的家。

这天晚上，在我们共眠的草席上，我推开了米娜，但努拉出现在我新生活中的场景让我辗转反侧。我一会儿感到欣喜，一会儿感到忧伤,因为我不知是否能享受到那般喜悦。喜悦紧随着痛苦,痛苦又变成喜悦,我充满了矛盾的情绪。

黎明来得那么慢啊……

早上一起床,我就踌躇不定。一方面,我恨不得立即冲到努拉家里告诉她我的祈求;另一方面,我又竭力控制自己。我得首先告知蒂博尔,所有联姻取决于父母。潘诺姆如果拒绝,我在努拉眼里就显得十分可笑,她少不了无情嘲笑。是的,如果潘诺姆给出否定答复,那我就显得无足轻重,被当作一个大男孩对待,而非一个男人,我会被她鄙视……父权第一次压得我——那个忠诚的、崇拜父亲的我——喘不过气。

于是,我借口地里有活要干,逃避努拉。

为了让我的假装可信,我来到田野,心不在焉地砍着取暖用的柴火。当太阳落下最后余晖,我辨认出蒂博尔和他的女儿正走在附近一条小路上。他们朝我挥手,我毫不迟疑,拎着斧子朝他们走去。

他们欢快地迎接我,庆祝他们的收获。蒂博尔采到一种他还未研究过的蕨类,努拉采到一些苹果水仙花,那种香气令她陶醉,她满脸放光。

当蒂博尔走开十几步去采橡树底下的一朵蘑菇时,我向努拉坦白道:

"昨天我跟我的父亲说话了。"

她笑起来。

"你通常是怎么说话呀?像马一样嘶?像狗一样吠?还是像羊

一样咩咩？"

"别打趣，努拉。我向他谈论了你。"

"谈论我？"

"是的。"

她警觉地盯着我道：

"你对他说了什么？"

"我……"

"说了什么呀？"

我正想告诉她我的请求时，一阵撕心裂肺的惨叫声传来，有人被攻击。狗吠声四起，暴怒、凶猛、激烈，一场激烈的搏斗正在树丛后面发生。

我浑身一颤，猜到了正在发生的事……

我挥舞着斧头，朝发出声响的地方冲去。

当我冲到林中空地，远远看见我父亲倒在地上，他的狗围在他身边护着他，对峙着五个挥着棒子的游猎者，他们来偷我们的岩羊。

游猎者们将狗一只只杀死，马上就会要了我父亲的性命。

"朝我来，朝我来！"我大声怒骂，"救命！"

我飞奔过去。农夫们举着铁锹、锄头、短木棍，纷纷赶来。但我们还隔着一段距离，我们中没有任何人能及时出手相救。

尽管我撒腿狂奔，还是看到了恐怖的一幕。游猎者们跨过狗的尸体，靠近受伤倒在血泊中的我的父亲，他举着一根木棍自卫。其中一个游猎者抡起武器正要结果他。

"不！"我大声惊呼。

大棒刚要落到父亲身上,一团黑影冲出,撞向那个游猎者并一斧头砍下了他的脑袋。另四个游猎者转过身,发现了一个巨人,他们本能地摆出干仗的架势。还未等他们站定,巨人就将他们全部砍倒。

五具尸体!

五具尸体就在五个瞬间……

那个巨人看见我们朝他拥去,毫不迟疑地迈开大步跑了。

我喘着粗气,第一个到达,冲向躺在血泊中的父亲,身边躺着他的敌人,以及他的几只脑袋开花、已经咽了气的狗。他目光呆滞,抱住膝盖,痛得脸部扭曲,呼吸急促,说不出一句话,被痛苦包围。我朝他俯下身时,母亲衣衫不整、气喘吁吁、慌慌忙忙地跑过来,冲到我身边,扑向地面。

"潘诺姆!"

她垂下眼睛,发出一声惨叫。父亲被稍偏一侧的大棒砸到脚上,砸碎了筋骨,游猎者打断了他的小腿。

父亲闭着眼睛,头歪向一侧,气若游丝。

母亲摇晃着他。

"他死了……"

我觉得自己几乎晕厥,只是我的困惑阻止我倒下。

村民们焦急地围着我们。蒂博尔蹲下身,摸了摸我父亲的手腕,探了探他的鼻息,一只耳朵贴着他的胸口。

"他没有死。"

母亲艰难地挤出一句话:

"但他会死吧？"

"会死于失血过多或伤口感染。"

母亲声嘶力竭地重复道：

"潘诺姆要死了！"

蒂博尔抓住她的手。

"除非我给他做手术。"

"什么？"

"你给我这个权利吗？"

"当然给。"

蒂博尔又转向我：

"你呢，诺姆？"

我的回答跟母亲一样。蒂博尔迅速扯下衣服上一个衣袋，扎紧膝盖上方止血。他用目光搜寻努拉，努拉站在伤者的上方，脸色比大理石还惨白。她看着她的父亲，后者对她宣布道：

"我们要锯掉他的这条腿。"

我抬起头，似乎瞥见丘陵高处那个巨人的身影。他是谁？是谁救了我父亲？为什么一个游猎者会放过一个定居者？因为什么反常的情况，那个孤独的巨人要逃避所有人？逃避我们或他的同类？

他是感觉到了我的目光吗？他消失了。

*

我们把伤者小心翼翼抬到蒂博尔里屋的一张石桌上，我父亲几乎没什么反应,但他的呼吸还在。

蒂博尔转身对围在屋子周围的村民道:

"潘诺姆现在失去了知觉,等我切开他的皮肤,他会痛醒。我需要四个人在他挣扎时摁住他的四肢。"

我的同伴们跨前一步。

"其他人请离开!"

我让妹妹们带母亲离开,屋里一下子冷清下来。蒂博尔命令我的同伴:

"一人摁住一条胳膊或腿脚。负责伤腿的那个人只要摁住伤口上方的大腿就行。"

他们照办。

蒂博尔抓住我的手腕,把我带到一个木头箱子边,蹲下来在我耳边轻声道:

"我交给你一个任务,诺姆。你把这个药粉溶在水里,试着让你父亲喝下。"

他拿出一个小瓶子给我看,我认得这瓶子。

"这就是你某些晚上吸食的药粉?调节药粉?"

"是的。"

"就是你不让我碰的那种药粉?"

"不让你碰是为你好。"

"为我好?但现在你要我灌进我父亲嘴里!"

我的音调一下子高了上去。他示意我小点声。

"你要理解我,诺姆。这种粉末虽然能让你放松,但你从此再也离不开它。你以为你是主人,其实最后你只能听其摆布。别掉入这个我已深陷几年的陷阱。"

"用意志力也不行吗?"

"这种粉末会蚕食你的意志,惩罚你,让你要了还想再要。你以为自己是主人,其实你为它服务。别掉入这个陷阱,我已经被困其中好几年了。"

"那我父亲呢?"

"用一次,只用一次,不会成瘾。另外,我也没别的选择。"

"那是什么?"

"大麻[1]。"

他拿起一个盒子,里面放着褐色的粉末。

"这就是鸦片,你用一块浸湿的布把它们包起来。只要你父亲一开始呻吟,你就把它们放到他的鼻子上,但不能让他窒息。听明白了吗?"

他头上冒出大颗大颗的汗珠,又转向努拉:

"至于你,你还记得吗?就像你两个哥哥那样,负责给我递工具。我不用时,你就举着它们,别放下来。听清楚了?"

努拉点点头,已经投入她的工作。

我对手术的记忆不多,因为很多时候,我不忍察看,把头转向一边。

当蒂博尔用闪着寒光的石刀活生生切割皮肉时,我父亲醒了

---

[1] 印度大麻。

过来，痛得大叫。我和伙伴们合力将他摁住在石桌上。鸦片药包带给他暂时的缓解，然而蒂博尔花了很长时间才切断他的肌腱、切开肌肉、磨平断骨的尖端，缝合伤口。父亲因为剧痛，再次大声惨叫。

母亲每次都惊慌失措地冲进屋子，认为那是父亲最后的叫喊声。努拉每次都用冷静的威严让她安静，离开屋子。

手术终于结束。蒂博尔用草药和油膏敷在伤口处，预防感染，促进愈合。

"终于完成，让他留在我这里吧，我来缓解他的疼痛。"

我和同伴们早已筋疲力尽，浑身湿透。我们打算离开治疗师。

走到门口时，努拉端水给我们喝，她神色疲惫，但姿态威严，总是那么干净利索。当她把水递给我时，眼神在请求我继续刚才对她说的话：关于她，我对我父亲到底说了什么？

我已经没有力气满足她，我解释说稍后再告诉她。她低下头，转身去帮助蒂博尔。

父亲恢复了知觉，蒂博尔适度地使用止痛剂。因为剂量过大，柳树皮会撕烂胃壁，而且会阻止血液凝结，妨碍伤口结痂。

潘诺姆在蒂博尔家躺了整整一星期。我母亲、我妹妹们和我，我们每天都去看望他。努拉一直守在他的床头，表现出一种令我动容的耐心。

随着父亲重新成为我父亲，各种传言兴起。如果说最初对首领的担心让他们有点不知所措，现在他们开始谈论那个救了他的奇怪巨人。大家相互打听，却没有人认识他。不过也有人说曾经远远看见过他；老人们说他在附近游荡很多年了，甚至有几十年。事情越传越神奇：有人说，这是山神来护佑他勇敢的子民；还有人说，这是村庄的神灵来保护它的部落；我的妹妹们则说这是从前的首领——我爷爷卡杜尔的幽灵来保护他的血脉。我们想识别他，但没人能找到他的踪迹，我也不能。大伙深信，当他觉得没必要掺和人事时，他便超自然地放弃人形。

我父亲关注到了努拉。当他疼痛、饥渴时，他的目光便会搜寻努拉，等她满足了他的要求，他立即感谢她。

"多么遗憾努拉对植物不感兴趣！"蒂博尔当着我的面叹气道，"面对病人，她表现得比我好，沉得住气、有耐心、有奉献精神、和善，这一切保证了治疗的成功。"

终于有一天，我父亲烧退了。尽管身体虚弱，他还是支撑着起床。

"我要给你找个帮手。"蒂博尔说。

"我已经有了，就是你女儿。"

努拉和我都笑了。

"我想的是另一种帮手，"蒂博尔纠正道，"我在北方的一个治疗师那里看到过。我们可以把一根鹿骨凿成你缺失的那半截小腿的样子，用皮带绑在大腿上，这样可以帮助你支撑身体。你没法再奔跑，走起路来一瘸一拐，但你可以轻松站立。你觉得怎么样？"

"我完全信任你，听从你的建议。你救了我的命。"

"谢谢。为你的那半条腿，我要去找几名最好的石匠，没有什么比鹿胫骨更坚硬的东西了。"

父亲回家了，蒂博尔建议努拉到我们家里来为他更换绷带、清理伤口。我父母千恩万谢地接受了。虽然说我的母亲懂得如何照料孩子，但她不具备努拉照料病人的经验。努拉多年来一直看着她父亲如何照料伤者，所以她表现得既温柔又坚定和严谨。我欣喜地看着她征服了我们一大家子。

"父亲，那个巨人是谁？"

"哪个巨人？"

"那个击毙了游猎者、救了你的命的巨人呀。"

"我那会儿已经失去知觉了。"

我给他讲述了当时不寻常的场景。

他冷冷地移开目光道：

"你肯定？"

"整个村子都可以做证。"

"人们怎么说？"

"人们说那可能是山神，或村庄的神灵。"

"嗯，也许……"

"或者是卡杜尔，你父亲。"

他面露怒色。

"为什么是卡杜尔？"

"我不知道。这很符合逻辑……他的幽灵下山来帮助你。"

"是吗？符合逻辑……还有什么？"

"唔，没有了……"

父亲耸耸肩。每次我提到那个巨人，他就会陷入一种充满敌意的沉默。他的高傲让他不能容忍别人救了他，无论是上帝、魔鬼、神灵还是幽灵？当我向他提出这个问题时，他酸涩地回答说：

"是蒂博尔救了我。"

过了一会儿，又补充道：

"还有他的女儿。"

我狂喜。事态的发展对我的诉求相当有利。现在父亲恢复了健康，我对未来的信心也越来越足。对于我想娶努拉作为第二位妻子的请求，他应该会同意。

在他康复期间，我常常差一点就冲到他那里，大声喊："怎么样？"不过出于尊敬，为了不烦扰他，我还是忍住了。

一天早上，他收到了打磨好的鹿骨，蒂博尔把它绑在他的膝盖下。他试着行走，努拉搀扶着他，十分耐心，鼓励他。她在他边上显得那么纤细、瘦小、脆弱，然而在他摇摇晃晃时，她能稳稳扶住他；在他瘫倒时，她重新将他拉起，身体弯成了弓，如暴风雨中的一根芦苇，弯曲却不折。这个场景让我非常感动：我生命中的女人救援我生命中的男人。泪珠从我的眼角滚落，多么幸运，认识并热爱这两个生命！多么大的福报，他们相互欣赏！未来呈现出辉煌的色彩。

他们一结束训练，我就迎上前。努拉给潘诺姆喝水。

"父亲，我们需要聊一聊。"

"聊什么？"

"关于努拉。"

她一下子抬起头,仿佛被虫子蜇了一下。

潘诺姆抬头平静地注视着我。

"你说得对,是时候说说这件事了。我做好了决定。"

想到即将把我淹没的幸福,我浑身颤抖。

"我要迎娶努拉,"父亲对我宣布道,"她将成为我的第二位妻子。"

2

熊盯着我。

棕色、威猛、高大、强健，它就这样站在我面前，比我高两倍，宽三倍，重四倍，气味浓五倍。它湿漉漉的鼻子皱缩一团，正在识别我。此刻，它可能正寻思着我是什么人。它将如何决定？是敌是友？如果它举起一只爪子，一掌就能拍死我。

我被吓呆了，嗓子发堵、脖子僵硬、背脊发凉、缩成一团。哦，要是我能钻到地里就好了！大熊的出现足以将我压垮，我能感觉到它呼出的热气，它的敌意，它隐藏在厚厚皮毛下令人心悸的力量。它的长口鼻后面，一双黑眼睛让我动弹不得。圆脑袋两侧竖着的一双耳朵微微颤动，正在捕获我发出的响动。

我直冒冷汗，喘不过气，我唯一还活着的迹象，就是四肢如筛糠一样颤抖。

熊张开大嘴，令人震惊的粉嫩大嘴，上下颌立着一排锋利的犬齿和粗壮的臼齿。它发出一声吼叫，刺破我的耳膜。

完全出乎意料，它的吼叫声中没有愤怒，没有威胁，反倒透着一点无聊，甚至有一丝失落。

大熊倨傲地转过头，懒洋洋躺倒在地，接着仿佛我不存在似的，继续摇摇晃晃走它的路。它离开林中空地，穿过一片灌木丛时，停下脚步看着我，仿佛在问："怎么样，你来吗？"

它扁圆的脑袋告诉我，别试图跟它讨价还价：要么服从它，要么找死。

它走到河边喝水解渴，将滑稽的粗短脖子浸到水里，晃动着鼻孔和嘴唇，打个喷嚏，吐一口水，随后盯着水流出神。突然，它伸直左前掌浸到水里，再出水时，爪子间抓着一条还在挣扎的鲑鱼，鳞片似彩虹般色彩斑斓。谁能想到这么个庞然大物可以表现得如此敏捷？大熊将鱼抛向空中，看着它在自己上方螺旋式地跌落，正好落在它张开的大嘴里。它三下两下，把鱼嚼成碎片，吞到肚里。

它似乎有些厌倦了，离开小河，沿着河岸边长满青苔的小路，攀上一堆岩石，消失了。

怎么办呢？我踌躇着。此刻，我可以逃走，利用水流，拼命游出去。

我慢慢地、小心翼翼地沿着乱石攀爬，爬到山顶，发现我下方有一个圆形的大理石凹坑。

我简直不相信自己的眼睛……一个浑身赤裸的女人，脆弱地颤抖着，关节纤细，金色长发披散在双肩、背部和胸前，蜷缩成一团，被囚禁于此。那头大熊走向她，她变了模样，目光迎向它，朝着它微笑，并在地上躺下，叉开双腿。她抬起双臂，捧着那庞然大物的脑袋，将自己的双唇吻向它的口鼻。他们拥吻。

他们的舌吻持续着，淫荡地交缠，随后大熊仿佛失去了重量，盖住了女人瘦小的四肢。后者不仅容忍它，似乎还在鼓励它继续。他们开始交媾。

我转过头，厌恶旁观它们的媾和。这时，我右侧有一条狗在死命吠叫，我转身想阻止它，脚下一滑，失去平衡……我醒了。

我的四周，是我自己的家。

我的右侧，墙后，狗在呻吟。

我手臂左侧，米娜在熟睡。

四周，夜色浓重。

我坐起身子，熊？它要向我揭示什么呢？

我心神不宁，重新躺下，回忆着梦中场景，难以入眠。

那个时代，我们非常看重梦境：梦境代表了人类对非人类的好客，会出现神祇、神灵、魔鬼和死者。如果说白天有一道无法穿越的障碍竖立在我们与它们之间，夜间则诸门大开，让神灵们潜入。耳朵、嘴巴、眼睛、鼻孔，少了监管的七窍洞开，内部与外部的循环悄然建立。每一个梦将我们与世界、与大自然、与各种魂灵、与各种各样的力量连接起来。梦境拓展了我们的边界，当阳光限制了我们，黑暗则赋予我们无限。

早晨，我喝了米娜为我准备的粥。

她两眼放光、跺着脚，哼着小曲，还不时咯咯笑几声。她做出这副小女孩兴奋状已经好几天了，我假装没看见。但她坚持着，窥伺和渴求我的目光，急切想引起我的关注。她不知道她这样让我浑身起鸡皮疙瘩？她属于我的过去，不属于我的现在。自从被努拉惊艳到之后，我一直在忍受米娜。我只关注到她不讨人喜欢的身材、扁平毫无特点的五官、她说话时的平庸乏味，以及她平庸的智商。现在，我被迫放弃第二位妻子，而第一位妻子让我厌烦。

第一位妻子和独一无二的那位……

我站起身，跨出门槛，迈开大步离开。

"诺姆，我要跟你说件事。"她在门口大声喊道。

"等会儿再说！"

我对一切都不感兴趣，更不感兴趣米娜在想什么。

惦记着我的梦境，我决定去林间小道找蒂博尔，他每天都会在那里采草药。

早晨的天空飘浮着一些淡淡的云彩，半粉半蓝，与深绿色的森林交相辉映。芬芳的空气、清澈的阳光、鸣唱的小鸟，一切都在从容不迫地醒来，连河中的激流也变得懒洋洋。

治疗师在树干间突然闪现，身上仍是那件缀满口袋的大褂子。他看到我，面露愁容。

"我很遗憾，诺姆。可是我无能为力。"

"你说的是？"

"努拉……我本以为……"

"什么？"

"我原本坚信你和努拉，你们……唔……你……"

我挺直身子，握紧拳头，咬紧牙关：

"我不明白！"

蒂博尔结结巴巴道：

"我以为你会娶努拉。"

"我已经有一位妻子。"

"你父亲也是，但这并不妨碍他。"

"父亲就是父亲，首领就是首领。"

蒂博尔看了我一会儿，说道：

"请原谅，诺姆。我以为自己足够聪明……你表现得比我更明事理。"

我疲惫地点头承认。我希望他会因为我的驯服而欣喜，希望所有民众会赞赏我的屈从。无论我父亲怎样苛求，我都会服从。如果说我成功将自己的苦涩披上崇高牺牲的外衣，如果说我将之道德化，那我就保全了脸面。我依然是全体村民认识的那个诺姆，我能逃脱被蔑视、屈辱和绝望。否则，我该如何承受这不堪忍受之辱？

蒂博尔握住我的手腕。

"你表现出一种了不起的智慧，诺姆。"

了不起的智慧，确实如此！我陶醉于我的德行，得意于自己的英雄主义，感动于我的自我牺牲。真是非常了不起的智慧……

然而，我的内心深处却有相反的声音忍不住咆哮：我恨我父亲迎娶努拉，我恨努拉竟然接受，我恨蒂博尔点头允诺，我恨我母亲忍受这一切。我恨自己的顺从、忠诚，恨自己的懦弱、失败。

智慧……哪种智慧？我最讨厌的莫过于我的智慧，我的智慧让我发疯。

我在蒂博尔身边默默行走,让自己平复心情。然后我向他讲述了我的梦境,求他解梦。

"这是熊第一次出现在你的梦里吗?"

"不是。"

"你在现实中遇见过熊吗?"

"经常遇见,远远地。我不逃走,我欣赏它们……熊让我着迷。我从没想过它们会攻击我,小时候,潘诺姆总是责怪我的鲁莽。"

"解释在我看来显而易见:熊就是你的动物,是你的图腾。"

"错了,我们家族的图腾是狼!"

"是你父亲的图腾,不是你的。"

"什么?我不可能有另一种图腾!"

蒂博尔停下脚步,按住我的肩膀。

"不要只把自己当作儿子去思考,像你自己一样去思考。"

"怎么做到?"

"诺姆不是潘诺姆。"

"说得更清楚一点。"

"诺姆不能仅是潘诺姆的一部分,潘诺姆的一个片段。你父亲给你取名的方式就是个陷阱。"

"陷阱?"

我发现自己远不能理解蒂博尔的意思,连边都没摸到。他叹了口气,放弃向我解释,岔开话题道:

"如果说强壮和孤独的熊构成了你的图腾,说明你也具备它那样的特点。[1]力量，你已经证明了这一点，整个村子都见证你奔跑迅捷，游泳矫健，瞄准精确，你的搏斗技能几乎完美。"

"是的，可是孤独？我是孤独的人？"

"这是新元素，熊这天晚上来提示你，等你意识到时，将对你

---

[1] 熊在我们看来毫无疑问是兽中之王，无论是饥饿的狼群还是暴怒的野猪群都奈何它不得。不仅没有任何捕食者能摘下这不可战胜之巨兽的皇冠，而且它的勇气将我们征服，它的孤独令我们困惑。它远远地统治着我们，不用遇见它的臣民。

我们为着与它有一小点共同之处而得意。像它一样，我们会坐、会站、会攀爬、会跳舞、会游水；像它一样，我们会脚掌脚跟一起着地；像它一样，我们既吃肉也吃植物。它浑身披着皮毛，我们当然也要像它一样！人们还说我们的精液与它的一样黏稠，我们的皮肉与它的滋味相同——不过，我从未见过有人核实这一切。

熊那时还没有被它今日背负的名声所累，今天它被看作贪吃、愚蠢、笨拙、懒惰的跖行动物。这些中伤诽谤来自天主教会，教会有条不紊地抹杀上千年来人们对熊的巨大敬意，因为有些部落把对熊的崇敬变成一种对神的信仰。教会掀起对异教熊的猎杀，无论在森林里还是在人们的大脑中。没什么东西能与唯一的上帝竞争。

教会如何做到这一切？首先它将另一种猛兽推到王座上。宗教起源于中东，基督教引进了中东的兽中之王：狮子。来自南方的王者排挤掉了北方的王者。对于狮子，人们更容易赋予它一切优良品格，因为这是一种文学化的动物而非具体的动物（在欧洲的拉丁、凯尔特、日耳曼、斯拉夫、斯堪的纳维亚地区，人们并没有见到过狮子），除了巴尔干地区。为了促进这种替换，神职人员从此只提及熊的短处：它盲目的蛮力、迟钝、笨拙的身体和头脑，它的贪吃、懒惰、游手好闲。人们甚至把它视作胆小怯懦的动物！

随后，人们加强对它们的追捕，把熊贬低到大型猎物之列。

最后，人们通过将其豢养，让熊变得可笑。它从孤傲的王者被废黜为公众的小丑，沦落到受教会蔑视的流浪者的境地，与街头卖艺人和杂耍艺人一起，在游乐场被展示，被拴上铁链、套上嘴套，这可怜的动物只能靠一些简单的杂耍和笨拙的舞步为自己挣一口吃的。

对一个湖区的人来说，目睹此种落魄，令人震惊。我感觉几乎与它一样受辱。践踏它的尊严，就是在踩蹦我的信仰。总而言之，无论是谁，不尊重生命的人，就是不再尊重我。

十分有用。"

我低下了头。确实,努拉和父亲的婚礼带给我的忧伤让我很孤独。

我抬头看着蒂博尔。

"人们在自己的亲人中间也会感到孤独吗?"

他浑身一颤,凄楚地喃喃道:

"这就是有独立思考之人的命运。"

从他迷离的眼神,从他身上说不出的脆弱感,我知道他在说我,同时也在说他自己。

他与我父亲是多么不同啊!潘诺姆可被概括成一些决定、命令、行动,而蒂博尔涌动着无数的疑问。此刻,我觉得我与蒂博尔如此同病相怜。

"你的动物也是熊吗,蒂博尔?"

他朝我笑笑:

"我的动物是猫头鹰,诺姆。"

"你夜里看不见!"

"猫头鹰参与到另一些世界,不可见的世界,属于神灵、魂灵、死者的世界。和它一样,我也在寻找向大多数人隐藏的事物,我剥离表象。"

"猫头鹰,非常出色的图腾,不是吗?一个比孤独的熊带给人更多幸福的图腾……"

"当人不再有幻想,还能感受到幸福吗?"

说完这话,蒂博尔离我而去。

我朝湖边走去，天空放晴。我目力不及的那个村庄，因它的各种声响，因它的牛哞、鸡鸣、羊咩而存在；因打磨石块、钻洞、摩擦燧石的声音而存在；因捣碎谷物、研磨大麦、揉捏黏土、碾轧皮料的声音而存在；最后因工匠发出的指令、孩童的喧闹、妇女的闲聊声而存在。

我在主路上加快步伐，朝我父亲主持公道的广场走去。潘诺姆坐在大椴树下，对着两户人家，正在处理一桩偷窃猎物的纠纷。

我远远观察着他，感觉有一把利斧将我一劈为二。一方面，我感受到我对他已成习惯的爱；另一方面，想要痛揍他的怒火让我拳头发痒。就这样我把充满矛盾的各种画面在脑海中重叠，一会儿是个廉正英俊的男人，一会儿是个强颜欢笑、一触即怒的瘸子。真相到底在哪里？如何抹去坏父亲的形象，只保留好的那个？

努拉高昂着头出现了，看到我后，确认潘诺姆正忙着，便朝我走来。她眼睛里全是急迫，绿色的眸子闪闪发亮，流露着欣喜。

"祝贺你，诺姆！"

被蛇咬一口我都不会跳得这么高。

"你说什么？"

"祝贺呀！"

她微笑，满脸放光，一脸真诚的喜悦。见我皱起眉头，她又补充道：

"对你和米娜是多么好的消息啊！"

我怒不可遏。什么？她认为她与我父亲结婚是一个天大的好消息？哦，对米娜来说，可能是的……可是对我呢？

我冷冷地盯着她。

"你怎么敢？"

"什么？"

"你怎么敢嘲弄我！"

她有些语无伦次，不习惯遭到我的蔑视：

"可是……诺姆……不管哪个男人……况且你一直想……"

"努拉，现在的情形已经够让我恶心，无须再来添油加醋和讥讽嘲笑，即便这让你很开心。"

她气得脸色发白，赌气喊道：

"我没在寻开心，我没有嘲讽！我高兴是因为米娜怀孕了！"

我张大嘴巴愣住了。

她以为我没听清楚，强调道：

"我很高兴你们将会有孩子。"

面对我的惊讶，她眨眨眼睛，扑哧一声，掩嘴笑了出来。

"不会吧，你不知道？"

她放声大笑。

"你没有注意到她？"

我摇摇头。她笑得更厉害了，很是得意，露出一口大白牙，眼睛扫视着周围寻找见证者。

"谁都能看出来呀，诺姆！米娜挺着个小肚子，三个月来已经越来越圆……哦，你，你不好好看你的老婆呀！"

"不好好看也不坏坏看，我压根就不看她！"

我的声音传到村子中央，幸亏当时还没有人在那里溜达，只有我父亲在远处抬起了头，但距离让他听不清我的话。

我羞愧难当，不是因为我刚才的话，而是因为自己的失控。努拉注视着我，我激烈的语气打断了她的戏谑，我们一时间陷入了沉默。她指着一截橡树桩道：

"我们坐一会儿吧。"

我们并排坐下，面对着一望无际、与蓝天融为一体的平静湖水。野鸭呈三角形从我们头顶掠过，投下一团黑影。在公正大椴树下，父亲接待第二批来告状的农人。

努拉来抓我的手，出于气恼或愤怒，我想要推开，然而一触碰到她柔软温暖的皮肤，我的抵抗瞬间瓦解。我偷偷注视她，目光拂过她美妙的有一层细细绒毛的饱满双颊，随后停在她瀑布般垂下的光滑闪亮的浓密秀发上，几缕碎发掠过她的额头、双鬓和耳畔，更增添她肤色的纯净。

努拉呼吸着清晨凛冽的空气，看着周围的景色，垂下长长的睫毛。然后向我坦承道：

"在你孕育孩子的过程中，我也起了作用，非常重要的作用，我很高兴我做出的贡献。"

"你说什么？"

"我帮助了你们。"

"帮助了我们？帮助了我？"她有没有意识到她的残忍？她是否故意找一些伤人的话或完全是无心之言？她又得意地补充道：

"我送给米娜一些大肚子的小雕像，建议她向母亲女神祈祷，那是源泉之源。尤其是我送给她的一些草药,能助她怀孕。米娜听从了我的话。"

"哦,是你给她开了荨麻汤剂?"

"是,其实……是蒂博尔通过我。"

"她每天都端给我喝!"

"这对男人也有帮助。另外,你有没有喝三叶草煎剂?"

"没有。"

"覆盆子药茶?"

"没有。"

"太好了。哦,我差点忘了!按照蒂博尔的意思,米娜从现在起应该停用覆盆子药茶。我不知道他为什么今天早晨这样告诉我,请你务必转告米娜。"

她用右手拍打着我的手背,她那泛着一丝玫瑰色的光滑手臂与我黝黑、青筋暴突、扭曲的手臂形成多么大的反差。

"你高兴吗?"

我咽了口唾沫,这场被带偏的交谈还要持续多久?为什么我们一直在回避最重要的问题?

我疲惫不堪,终于决定一吐为快。

"不,我不高兴。因为米娜发生了什么,我并不关心,因为米娜让我恼火、让我厌烦,因为米娜并不是我想要的那种女人,是我父亲强加给我的。"

她朝潘诺姆的方向不安地看了一眼,看他是否注意到我们这里。

"他错了吗?"

"他以他的方式行事。以首领的方式。"

她嘴唇颤抖,眸子越来越暗,坚持道:

"他错了吗?"

"我父亲让自己的家族与邻村首领的家族联姻。米娜和我,我们是什么,我们希望什么,我们喜欢什么,什么让我们靠近,什么让我们对立,对他来说这些都不用考虑。村子更重要,和平协议和买卖协议更重要,而不是个体。"

她顽固地看着我道:

"他错了吗?"

"作为首领,没有;作为父亲,他错了。"

"两者有区别吗?"

"一位父亲要的是他儿子的幸福,一位首领要的是部落的幸福。"

"但你父亲是首领,你是首领的儿子。"

"确实……"

"所以,你怎么可以责备你父亲?"

我站起身,十分受伤:

"别耍心眼了,努拉。不用绕圈子!我们现在谈论的不是米娜,而是你。我并不谴责父亲替我选择了米娜,我谴责的是他为自己选择了你。"

她一下子挺直身体,满脸绯红。恼怒让她从双鬓到鼻尖涨得通红。她俊俏的面孔一沉:

"这跟你有什么关系?"

"潘诺姆抢走了你！"

"你说什么？"

"他从我手里抢走了你！他抢了我的！"

"抢了你的？因为我属于你？"

我狼狈不堪，跪下来语无伦次地滔滔不绝，半是激动半是痛苦，向她倾诉一切。倾诉我饱含的激情，我想娶她的渴望，我向父亲的请求，以及他遭受游猎者攻击后我的等待。倾诉在他养伤期间我的希望，然后就是那天晚上，在得知他践踏我的意愿、将努拉占为己有后，我的沮丧和无助。

"为什么你什么都没对我说？"她脸色苍白，鼻翼翕动，低声道。

"按照规矩，人们一般先和父母商量，然后与女方的父母商量。"

"可我是当事人！"

"我是想告诉你的，努拉。你还记得吗？我正要告诉你时，潘诺姆的惨叫和狗群的狂吠传来，我就咽下话头，狂奔过去。"

"是的，我记得。我还记得那天晚上，给他锯完腿之后，我建议你继续我们没说完的话。"

"真抱歉，我那时累瘫了，截肢让我深受震惊。"

"那后来几天呢？"

"你在照料我父亲。我认为这对我们有利。"

"我们？"

"为了让他赞同我们。"

在竖起耳朵听我自己的解释时，我才意识到我对她未置一词，而我一直以来的行为却仿佛努拉早已知晓我的心思,仿佛努拉早就赞同我,仿佛努拉与我一样渴望我们的结合。

她张开漂亮的小嘴对我的一通输出总结道:

"你从没向我透露你想娶我,你从没承认过你对我上心、被我吸引。你只是把心思交付给沉默?"

"行了,努拉,那是多么显而易见的事!"

"什么?"

"所有遇见你的男人都会坠入情网。"

她的眸子泛起一丝光亮,示意我重新站起来,坐回到树桩上。发现潘诺姆并未注意到我们的口角后,她松了口气。

我忧伤地转向她。

"如果我当时告诉你了,事情会有所不同吗?"

她的眼眶里噙满泪水,转身逃走了。

*

所以,这就是我的错⋯⋯

因为我花了几个月时间才隐约看清我的过度奉承;因为我随后又将其亲手扼杀,努拉和我,我们不会结合。

这个结局,一方面让我不知所措;另一方面又释放出一种曾被忽略的真相:我是拥有某种权利的,是的,我拥有主宰自己的生活而非默默忍受的权利;至少我已经察觉到了这一点。我发现我可以做我自己,而非其他什么人;生平第一次,我感受到我生命中不确定的那个部分,就像是一种断层、一片模糊地带、一个我不知该如何界定的缺口,几千年后哲学家们将之称为"自由"。不凑巧的是,我是事后才发现它。这份觉醒,远没有减轻我的苦涩,反而加重:我要不了努拉。

在我所出生的那个世界,自由不仅没有自己的名字,也没有集市。这就是为何努拉显得那么当机立断,那么特立独行,那么蛮横任性,那么打破常规。在她的年纪,她早就该结婚、做母亲!而且,她的美貌,她与潘诺姆的结合,让她上升到极优秀者的行列。但她为什么拖了那么久?她从前是如何逃过为人妻的命运?为什么逃避,我不知道;但如何逃避,我却看明白了:努拉完全拿捏住了蒂博尔,后者怕她发脾气、怕她不高兴、怕她掉眼泪,他喜欢看到她高兴。母亲说过,她完全牵着他的鼻子走;特别是牵着他的心。他爱她。她建立起一种超越父亲职责的父女关系,他一心想着不扫她的兴,不惹她生气。他包容她,关注她的心愿,与她平等相待。

努拉与我建立了类似的关系:我与她交谈,倾听她,我们谈论男人或女人的话题,我会关注她的意见,会争辩、会认错,我从不粗暴对待她。

努拉也赢得村民的尊重。她来自异乡,又没什么亲戚,以自己的方式穿衣打扮、说话行事,完全不可预料。一会儿高冷,一会儿和蔼可亲;早上兴高采烈,晚上多愁善感;迷人、富有奉献精神,却又自私、脆弱、敏感、冷漠,她身上笼罩着神秘的光环。如果有男人娶了她,村民们也许能更好界定她,而她现在那让人觉得难以对付的高傲的处女身份，使得她的古怪性格更有韵味。对每个男人来说，她就像个女王，无可争辩的女王。

某个未知国度的无可争辩的女王……

实际上，这个王国就是她自己，努拉自己统治自己，自己与自己协商，自己服从自己。

这份自豪的独立性，我受其感染……于是我不再依附于父亲的想法或决定，我挣脱束缚，当然并没有发展到决裂，然而我踏上了质疑之路。我父亲有理由娶第二位妻子吗？因为他已经建立了一个人丁兴旺的大家庭，安排好了接班人。他有理由排除我的欲望从而放纵他自己的欲望吗？他有理由毁了我们美好融洽的关系吗？

努拉分化了我们，潘诺姆和我。她的出现唤醒了我们幽暗的冲动，这种冲动造成我们的独特性，以至于违抗规则。努拉让我们个体化，造成我们的不和睦：她让父亲疏远儿子，让儿子对抗父亲。

在她之前，一加一还是一，从她开始，一加一等于二。

我不怎么喜欢这份自由的传染，它非但没让我更强壮，反而让我更痛苦。如果以丧失安宁为代价，偏离常规又有什么意义？

这天，我回到家里，决心做回从前的诺姆。努拉搅浑了我生命中的纯净、平静之水。不久前，当我还在蹚水、止步不前时，她却将我抛入瀑布、激流中。我想要的只是一片水洼，她却迫使我掉入汹涌波涛，现在我重回我的水洼。永别了，努拉；你好，米娜。这可能就是我的命？我有什么权利要求更多？我拥有一位妻子，很快将迎来一名继承者，我也将取代父亲，成为一村之主。

一踏进家门，我就由着米娜碎碎念，由着她孔雀开屏似的兴奋。随后我装着一无所知地问她，什么事让她如此高兴。

米娜扭扭捏捏，做着各种媚态，似乎很享受保守她的秘密。最后，眼见我对她的扭捏作态皱起眉头，这才告诉我她怀上了孩子。她低低的额头下浮肿的双眼带着喜悦和羞怯，满心期待着我的反应。因劳作而变了形的粗糙小手自豪地抚摸着肚子，仿佛它已经鼓胀了三倍。我摇摇头，努力驱赶一些消极念头，克制自己早就见过如此场景的感受，忽略自己曾经多少次徒劳地相信米娜承诺我的是一场出生，而非埋葬。我装出万分喜悦的样子。

米娜对我的伪装和努力毫不察觉，完全被喜悦蒙住了眼睛。

白天就这么过去，现在要向所有人正式宣布大家（除了我）其实早已猜到的事情。米娜慵懒地挽着我的手臂，做出小鸟依人状，享受着人们的故作惊喜和惯常赞美，沉浸于我们收到的祝福，充满自豪。仿佛是她刚刚发明了怀孕这件事！我从未像现在这样不待见她，她顶着一张说不上丑但绝不美丽的脸，平庸的身体穿着笨拙的衣衫，她说起话来比她的沉默更糟糕。

晚上，吃过饭后，她依偎在我怀里，脑袋贴着我的胸口，很快睡着了。我露出一丝微笑，这是我今天早晨以来唯一真正的微笑：米娜不再强迫我配种。

夜色包裹了我们。

接下来的几周，生活继续，表面上一切正常。

尽管装了鹿骨的腿一瘸一拐，但潘诺姆在我的陪伴下继续在路上行走。我们与村民交谈，拜访邻村的首领，我们增加储备，充实武装队伍，充实助我们抵御猎户的狗群。潘诺姆顶着不适和残疾，前所未有地准备着我接他的班。这种额外的关切，是否出于内疚？

母亲失去了她的快活，但她自己还未意识到，她的眼神中流露出一种极度惊讶。一向对自己的婚姻十分乐观的她，完全不习惯接受丈夫毫不商量地塞给她一名年轻对手。深受打击的她开始改变对自己的看法，带着怀旧审视她正日渐失去完美的身体。她被一个崭新的、带给她挫败却又无法战胜的敌人所羞辱：时间。现在她发现她最近的优雅是在无意识中掩盖自己的溃败，她佩戴项链是为了遮挡脖颈的皮肉松弛，她开始穿没有腰带的连衣裙。她让我难过，她身上出现岁月的痕迹，带鱼尾纹的眼角开始下垂，再也上不去；她的脸开始变得臃肿，双颊的红晕也不再体现她的生命力，而仅仅是她的喘息。

当潘诺姆与我单独相处时，我们不吭一声。除了公共事务，我们不再有任何交流。无论是他还是我，我们都不去触碰撕裂我们的那件事，一切私人的话题都消失了，无论是米娜的妊娠还是母亲的身体，治疗师蒂博尔认为她患了偏头痛。闲聊、打趣、亲近，这些日常的欢乐再不可能有。

时间流逝，沉默越发沉重。如果说这沉默最初让我们解脱，此后则是将我们碾压。潘诺姆和我，我们没有足够的力量摆脱这一切。我以前从未想象过的事情突然发生了：我在我父亲身边感觉无聊。

我为此而痛苦。

想到从前的日子，被纯洁无瑕的亲情照亮的日子，我痛苦；想到未来，灰暗单调、我不再渴望的未来，我痛苦。

潘诺姆那里是否也同样痛苦着？遗憾的是，在他饱经风霜、被疼痛长期折磨的脸上，我察觉不到他身体或灵魂上的蛛丝马迹。

亲人之间的隔阂是一种不幸。它的刀锋割裂了我与父亲的关系，但也撕裂了我自己。我身上活跃着一些矛盾体，一个好儿子和一个坏儿子；一名顺从者和一名反叛者。如果我管住自己的舌头，反叛者就会大肆攻击顺从者；如果我抗议，顺从者就会出来钳制反抗者。这种两面性和不协调让我身陷持续的内心搏斗，再没有一种冲动、一个词、一句话能在我心里驻留。就连张力也朝着相反的方向：哪怕戴上嘴套、窒息、受辱，我也不再自责。我就是撕裂的舞台，我就是撕裂，我是个坏蛋……我陷入痛苦。

这天早晨，潘诺姆让我在公正大椴树下坐在他身边，接待来告状的人们。通常他会要求私密审理，因为他认为公众在场会影响判决的可靠性。

"我要你学会裁决，诺姆。"

两个村民，一胖一瘦，胖胖的普罗尔愤怒地说一条狗咬死了他的五只鸡。

"你干什么不好好看住你的鸡。"卖赭石的法里叫嚷道。

"我不能为了躲避你的狗就把我的鸡关起来，否则，它们吃什么？把你的狗杀了。"

"把我的狗杀了？"

"或者把它拴起来。"

"一条拴起来的狗对我有什么用?它必须看家护院,攻击小偷,咬死狐狸、老鼠和白鼬。"

"你的狗咬死了我的鸡,如果你不把它拴起来,我就打死它。"

"你敢动它一根狗毛,我就掐死你!"

潘诺姆任由他们把怒火发泄完,当他们转向他时,他平静地对胖子普罗尔道:

"你以后把养的鸡关在足够高的围墙里,让狗进不去。这样你拥有你的鸡,法里可以用上他的狗。每个动物各司其职。"

"这是明智的仲裁。"瘦子道。

"他先赔我被咬死的鸡!"胖子叫喊道,"他要赔我五只鸡!还要赔我鸡每天下的蛋!"

"什么也不赔,"潘诺姆骂道,"谁让你不做好预防措施。"

"是他损毁了一切,不是我!是他和他的狗!"

"我已经说了!"潘诺姆做出裁决。说着站起身,脸色很难看:"你来寻求公正,你已经得到。现在,你们回家里去吧。"

两个男人走远,瘦子十分满意,胖子不停咒骂。

潘诺姆凑近我问道:

"你会这样裁决吗?"

我摇摇头,面对他的期待,我硬着头皮道:

"我会命令补偿那些鸡。普罗尔来申诉因鸡的死亡而变穷,他是受害者。而现在他离开时倒成了过错方。更糟的是,他还要修围墙而变得更穷。"

"你觉得这不公平?"

111

"不公平。"

"我为什么要采取这样的判决？因为我觉得这样有利于我们的未来。随着村里狗的数量增加，这类冲突还会重现，除非大家把鸡围起来。"

"我认可你建立这样的规则。但它不应该用到已经发生的事情上，这样是不名誉的，处罚一个……"

"必须吓唬吓唬养鸡户，而不是狗的主人。"

"吓唬？我以为你关注的是公不公正。"

"诺姆，这样的意外也会发生在我们的狗身上。"

"噢，我明白了：你主持的并不是公道，而是你的公道！"

他朝我怒吼：

"闭嘴！公道，就是我在这棵大树下做出的决定。"

"哦？你做出的决定？你不是主持公道，你制造公道。"

"够了！"

他气得说不出话来，满脸通红，撑着左腿，身子摇晃。第一次，我顶撞了他，这种抗议发自内心，我甚至都没有察觉到。一直以来我被禁止激怒他。

我们再度沉默。几个星期以来，我们从未说过这么多话。

潘诺姆身体僵硬，摸摸脸颊，眉头紧锁，眼神冷漠。

"准备一下我的婚礼。"

"什么？"

"操办一下结婚庆典：仪式、鲜花、筵席。你母亲病了。"

他不承认说"你母亲很痛苦"或"你母亲拒绝操办"，而是借口她病了。我越来越难以忍受他的自命不凡。

"为什么是我？"

"你是我儿子，我的长子。"

"你还有其他孩子，现在正是你记起她们的时候。"

"你说什么？"

"筹备你的婚礼，我想我会跟母亲一样'病了'。"

"你怎么敢？"

我没有惊慌失措，我把脸凑近他的脸，咬紧牙关，一字一顿道："你以为很有把握我会服从？你不是已经践踏了我吗？还想将我磨成粉、将我碾压？"

面对我的发怒，他颤抖了。我补充道：

"把这个任务交给我的妹妹们吧，别找我。"

"为什么？"

"还需要我说得更清楚？"

被我的强硬震慑，他跌坐到自己的座位，惶恐地结结巴巴道："我不知道，你什么也没有说，我怎么能猜到？"

他突然的软弱并没有激起我的恻隐之心。

"你很清楚我希望娶努拉。"

"哦，是的，那是桩旧事……"他轻蔑地说道。

此刻，我意识到我们间的鸿沟多么巨大。他拒绝了我娶努拉的请求，并将她占为己有后，就认为这一页翻过去了。现在我竟然还用一件陈年旧事来烦他……我的父亲对我不了解到这般地步？难道他不允许我的观念和情感能有哪怕一点点的延续性？他是否意识到他的命令会改变精神和情感的现实？显然，他是如此无知……傲慢自大……自我中心……

他对我说话就像在对一个孩子说话：

"生活就是如此，诺姆。生活由快乐和女人组成，我们有时获得，又常常放弃。这没什么要紧的。"

"没什么要紧？"

"没什么要紧！"

"放弃一个女人，这不要紧？"

"哦不，不要紧。"

"那么，放弃努拉吧。"

他抽回手，仿佛被蜇了一下，目光四处搜寻着新论据，朝左朝右，朝天上朝地下。然后他盯着我。

"我为你付出了一生，诺姆。"

"不，你为的是村子。"

"我从没为你的妹妹们付出过时间，我从没与你的妹妹们一起打猎或交谈，我特别偏爱你。"

"为什么？"

"你是我的翻版。"

他强调：

"你是我的杰作，是我的继承人。"

一个残酷的想法掠过我心头。

"你爱的是我身上的你自己，不是我。"

潘诺姆皱起眉头，有点不知所措，避免掂量我话语中的尖锐，选择用宽宏大量的语气说道：

"我们不能为了一个女孩伤了和气。"

"完全同意，父亲。那你就放弃努拉吧。"

这一回，恼怒扭曲了他的面孔。他气得嘴唇发抖，挑衅地打量着我说：

"你已经有一位妻子了。"

"你也是。你有一位出色的妻子。"

"你替她说话，因为那是你母亲！"

"母亲给你生了十一个孩子，父亲，十一个健康的孩子。米娜一个也没有。母亲作为首领妻子，一直很称职，一直陪在你身边。米娜做不到。"

潘诺姆一阵冲动，想要为米娜的事辩解，以此反驳我。但他的精明让他知道这样会陷入窘境，于是他抚摸着疼痛的伤腿：

"我老了，诺姆。"

"就是啊，努拉对你来说太年轻了。"

他的眼睛泛起一层雾气，不由自主地高声直言：

"她让我有活下去的意愿。"

他说得没错，我同样清楚，因为努拉在我身上也产生了同样的效应。我亲切地挽起父亲的胳膊，低声道：

"等我们结婚后，你可以天天见到努拉，你会爱抚我们的孩子，她会继续给你生活的动力。"

潘诺姆紧咬嘴唇，眼皮剧烈跳动。他冷冷地拨开我的手。

"我是首领。我做一个首领配得上做的事。"

"可你也是父亲。"

"是的。"

"但你更愿意做一名首领?"

现在轮到我双眼噙着泪水,我退后一步,等待他的回答。他面无表情,保持着僵硬姿态。他眼睛眨都不眨地看着我,随后清晰地回答道:

"是的。"

我转过身去掩饰我的痛苦。在大步离开之前,我朝他喊道:

"今天,首领杀死了父亲。"

*

"诺姆?"

我懒得回应,对着洞开的屋门盘腿而坐,凝视湖面,我比大山还沉重。就如天边翻滚的乌云,我灰暗的心情在我的言语举止中一览无余:我耸肩叹气,面对问话置若罔闻。我的阴郁传染给米娜,她在黑暗中不敢动也不敢说话。

远处,雷声轰隆,柳树丛传出一声刺耳孤寂的鸟叫,让我喉头发紧。一种潜藏的失望给周遭的景色染上一层铅灰色,抹去了色彩、压倒了灯芯草、凝固了水波。大自然仿佛屏住了呼吸。

轰鸣声让人头昏脑涨,天色越发昏暗,突然,大雨如一群突袭的匪徒,劈头盖脸扑向我们。惊雷将我们撕碎,雨点如投枪般落下,将地面砸出无数凹坑,穿透茅屋顶,沿墙灌入屋内。

米娜惊叫，被神灵倾泻的暴怒吓坏，躲到席子底下，紧闭双眼，两手捂耳。而我岿然不动，看着扑面而来的雨水。

鼻翼翕动，我喜欢这种惊心动魄，欣赏其狂暴。暴风雨呼应着我内心的悲伤。与闪电同步，阵阵战栗传遍我的四肢；心脏也随着轰隆声跳动。我呼吸着潮湿的空气，清洗双肺。哦，我多么希望铺天盖地的大水将我们碾压，希望大地在天降大水下裂开口子，希望泥石流将人类和他们的房屋、财产、家庭，他们的忧虑、不幸，统统带走！我疯狂地、盲目地恳求神灵将我们毁灭。世界末日，我求之不得！

在世界末日般的狂暴中，我强烈感受着这暴雨如注的一夜，呼吸着将我们吞没的真正黑夜。但愿别人跟着我一起坠落吧！我，我已失去我最重要的：父亲和努拉，失去我依靠的一切。

雨停了。

寂静。

惊人的寂静。

一种似乎无比巨大的寂静，与刚停下的嘈杂雨声成正比。

几滴雨水羞羞答答、畏畏缩缩地落到地上，结束了它们的路途。屋顶呻吟着，仿佛在按压自己的伤口。天空重新明亮。

我眨眨眼睛，被这白垩般的光亮刺痛眼睛。我的想法变了，既然我从这场暴风雨中幸存下来，我是否还要听天由命？

我起身出门。

快到蒂博尔家时，我看见努拉怕冷似的在门前踱步。她是在等我吗？她朝我奔过来。

我张开双臂,她扑到我怀里,我们就像两个与死亡擦肩而过、瑟瑟发抖的幸存者。我闻着她带榛子香味的秀发,抚摸她脖颈细腻的皮肤,为搂着她而感动。她的身体如此纤弱,贴近她时,我感觉她是那么弱不禁风、脆弱而珍贵,令人难忘。

我在她耳边喃喃道:

"拒绝吧,努拉,拒绝。"

她挣脱我的怀抱,看看我,像一只为自己舔毛的猫那般,闭上眼睛。随后她又盯着我:

"怎么拒绝呢?没有人问过我的意见。"

"拒绝。"

"他们强迫我!我是个女人,诺姆,我没有任何权利。"

"你是个女人:断了他想娶你的念头。做出令人讨厌、令人难以忍受、冷漠无情的样子。剥掉他对你的欲望。"

她忧伤地笑笑。

"你要我变丑一点吗?"

"你做不到的!努拉。远离他吧,求你了。让他讨厌你!"

我再次把她搂在怀里。一阵挣扎过后,她抬起下巴问道:

"我为什么要这么做?"

"为了我们。"

"我们?"

"我们!"

她深感被冒犯,表情不悦。

"'我们'从来就没有存在过,诺姆。'我们'从来没有发生过，谁让你没能及时声明。"

"请原谅，我知道，我意识到这一点了。现在我就告诉你：我想和你一起生活，努拉。"

她推开我，后退了一步，脸色苍白。

"哦，是吗？你有没有问过我愿意做你的第二位妻子吗？第二位妻子！我不值得更好的待遇？"

我十分狼狈，结结巴巴道：

"我……我……是他们把米娜塞给我，在我们相遇之前……我什么也没决定……现在太晚了……我不能……"

"杀了她？不，但可以休了她呀。"

"休了她？"

我立即对米娜心生怜悯，想到她松弛的皮肤，无精打采的眼神，小女孩般的惊慌失措。

"她怀孕了，努拉。"

"那又怎样？"

强硬、尖锐，努拉毫不让步。米娜为什么要遭受这样的惩罚？如果说我们的孩子夭折了，那是因为神灵……魔鬼……魂灵……我也搞不清……总之，在米娜愚笨、天真的脑瓜里，没有一丁点儿坏心思、邪念和攻击性。我不能伤害她。

努拉的眸子里闪着谴责的目光。

"有时必须敲打和让人牺牲，才能做成一件事。你要什么？你到底想要什么？什么都要！那就意味着什么都得不到。你必须做出选择。"

"努拉,你要理解……"

"我,第二位妻子?休想!我值得更好的待遇。"

我们挑衅似的相互对视。

一团怒火涌上心头,我咬牙切齿低声道:

"别自吹自擂了,努拉。过几个月,你就要成为第二位妻子了。"

"第一位妻子已经老了!"

我惊掉下巴,我没听错吧?努拉不仅蔑视我的感情、践踏我的谨慎,谴责米娜,而且还冒犯我母亲。我母亲,是老女人?

她似乎在嘲笑我的惊愕,点点头,果断说道:

"我还很年轻,我前面还有大把日子;她的日子已经在身后了。在你父亲那里,我做第二位妻子不会做很久。"

"什么?你在等我母亲死掉?"

"不,是死亡在等她。"

我扇了努拉一巴掌。

她也回敬了我一巴掌。

我们都气得浑身发抖,咆哮着,太阳穴青筋凸起,就像两个角斗士准备下一场角斗。我们站立着,面对面。她再次发起攻击:

"过几个月,我就要嫁给潘诺姆,不嫁给你。"

"别嫁给他,努拉,耐心等待。"

"我为什么要为没谱的事牺牲一桩实在的婚姻?"

"求你了!"

"假设我这么做了,我又能得到什么?出于怨恨或嫉妒,潘诺姆肯定会反对我嫁给你。"

"他在遭罪、痛苦、衰弱,努拉。他活不了很久。"

"那个时候,米娜也会死了吗?亏你想得出来,可怜的诺姆!未来就能神奇地将你的麻烦都解决?"

我咽了口唾沫,也咽下我的不快,柔声坚持道:

"我父亲不会长生不死。"

"那意味着?"

"拒绝他,等着我。"

"你做梦!这要等一年、五年、十年!"

"潘诺姆不会长生不死。"

"我也是,我也不会长生不死!"

她的愤怒爆发,不加控制:

"我为什么要不断屈从于别人的命令?屈从于男人的意愿?我来到这个世界不是为了服从。我一直设法。我是主导。一个月后,我将成为首领之妻。"

"你将服从于他。"

"走着瞧!"

"说到底,你到底想要什么呢?一村之主的位置?"

"为什么不?"

"不惜一切代价?"

"以我为代价:我把自己献给首领。显然,首领和未来的首领都想要……"

"你没有情感,你只有野心!"

"你爱怎么说就怎么说,诺姆。"

"你以为你是谁啊,努拉?"

"你父亲是首领,你是未来的首领。而我就是让首领们神魂颠倒的那个人!"

她抓住我的脖子使劲掐。

"你惦记我?那我给你解释这过程:我嫁给你父亲,等他消失后,我再嫁给你。所以是你等我。"

"休想!"

"哦,会的!我首先将是你父亲的妻子,然后是你的妻子。"

"我不会排在他后面。"

"多么自负!你当然排在他后面,你会心满意足的,然后你会感谢我。"

"疯子!"

她的手指停止掐我,慢慢上移,开始抚摸我的脸颊。

"我知道你会听从我,诺姆。你就像一头山羊,我只要一吹口哨,你就会跑过来舔我的手掌心!"

我大怒,一把推开她。她在泥淖中踉跄着失去平衡,但狂怒的她很快又站直了身体。恢复镇定后,她带着敌意轻蔑看着我,美丽、热烈、既好斗又美好。我们之间的冲突不断升级,我真不知该咬她一口还是亲她一口。

她看到我被吸引,一抹讽刺的笑容浮上她的嘴角,她开始冷笑。

她的笑声越放肆,我越为自己羞愧,为自己的魔怔、为被她牵着鼻子走而羞愧难当。她的狂妄、嘲弄、挖苦,突然让我十分反感。

我走下小路，毅然说道：

"谢谢，努拉。谢谢你的残忍和自私，它们将帮助我不再爱你。"

她止住冷笑。

"为你效劳，诺姆！"

"你甚至还鼓励我讨厌你。"

"你随时可以再回来！"

她转身回家。一进家门，马上对蒂博尔软声细语，音量又足够让我能听清楚。她通过这样夸张的温柔，在向我表明我们刚才那一幕并没有影响到她，她完全可以摆脱我。甚至没有我，她能体会到真正的幸福。

*

米娜成了我的避风港。她的陪伴让一切都很简单，我对她一丁点儿的关注就足以让她欣喜不已，比如一次机械的抚摸，递一碗水，挽住她的一条胳膊。她不知疲倦，在我采集的野果前狂喜，认为我猎获的野兔、水獭是人们从未吃过的最好的美食。一个词语她就认为是一句对话，一个微笑她就认为是狂喜，一个普通的笑她就认为是大笑。面对她源源不断的热情，我扮演我的角色，她则加倍回报我。

出乎意料，我在她身边，在她多年打造的家里感觉很不错。我后知后觉地发现了她持家的天分。与那么多忽略家中火苗而不得不去别人家乞求的糊涂蛋不同，她从不会让家里的炭火熄灭。

她编织的圆篮子整齐地存放着我们的食物、衣服、工具。我们坐下吃饭时，她会在地上铺一张她经常清洗得干干净净的彩色席子。家中墙壁，她一天天用赭石画上装饰性的几何图纹：有连续的波浪纹，有鱼骨架图案，那是从丹达尔的陶瓶上学来的图案。通过她的顽强努力，我们的屋子里洋溢着一种温馨、俏丽的氛围。而我们的邻居们呢，住在与我们相似的房子，却仿佛仍住在山洞里。[1]

米娜营造着喜悦：她惊叹于自己的存在，为她所拥有的一切而欢喜。与努拉不同，她从没有非分之想，从前被我贬低的缺少野心、不完美和平庸，从此在我看来就是高超的智慧。为什么只看见空的那一半而看不到满的另一半？这有什么好处？除了悲观沮丧，还能有什么？清空欲望，米娜更喜欢装满欢乐。

我努力抵达这种充盈的智慧：停留在我的身份上，做首领的儿子；停留在我的职责上，服从父亲；停留在我的义务上，建立一个家庭；停留在我妻子身边……不久前，我很不满意我的现状，

---

[1] 每个时代都有一种颜色，我那个时代是红色。我所有的记忆都沉浸在一片猩红色中。我们会从地面开采赭石，学会制备它们。要么是大自然给予我们天然的红赭石，要么是我们通过焙烧黄色赭石得到红赭石。在动植物种群中，鲜有如我们人类这般，以红色脱颖而出，红色标志着我们的高人一等。我们用红色涂抹武器、工具、衣服、墙壁，有时还涂抹身体，全部或局部的细节。

到十八世纪，人们重又对远古时代产生兴趣，可能是因为《圣经》失去了其科学指南的作用：学者们开始关注史前时代。缺少文字记录，他们便在腐殖土或淤泥中挖掘，今天还在继续。通过一些蛛丝马迹，他们复原我们的世界。我就不在这里展开他们的成功或失误，我仅仅指出一个恒常现象：在他们眼里，新石器时代是棕色的。在电影、图书插图、博物馆橱窗，棕色一直占据主导地位。为什么？因为他们是在泥土中找到的遗迹，他们是否因此认为史前时代的颜色就是泥土的颜色？

因为在我眼里，我的存在就是由一连串讨厌的碎片构成。现在我接受了这一切，我感觉好多了。我没有改变我的生活，但改变了我对生活的看法。

出于谨慎，我逃避努拉。我也躲避母亲，因为她的忧伤会加重我的忧伤。面对父亲，我装着什么也没发生过，诺姆和潘诺姆，达成了相互的赦免——遗忘。

我决定操办这场婚礼。

潘诺姆向往一场在财富、场面、奢华程度上盖过以往任何庆典的婚礼，以通过他首领的身份彰显我们这个部落的优越和昌盛。于是，我们不满足于只邀请当地村民，我们还招待湖区具有影响力的那些部落。统计下来，不下四百人，这在当时是规模前所未有的大集会。

我们砍伐树木扩大林中空地，磨光树干做成长凳，围成一圈。人们在圈子中央跳舞，在圈子边上唱歌，在圈子外面狼吞虎咽案板上的食物。我从流浪乐师集市找来三名笛子手和四名鼓手，他们还给我推荐了一名号手，号角低沉的声音可以巧妙平衡芦笛尖锐的音色。我找到他并雇用了他。至于每一处细节，如鲜花、花环、服装、饮料、菜肴，我仰仗米娜，她的建议就是我的决定。最后，我花了好几个月向村里的手艺人订制礼品。

婚礼上，人们不是向新人赠送礼物，而是向来宾分发礼物，新婚夫妇的声誉取决于此。礼物的数量和质量造就或毁坏名声，没有什么比一场婚礼耗费更多，所以很多人就免了婚礼，像野兽一样不经仪式地交合在一起。

精心准备的这一天终于来临。

黎明微启，林中空地还是一片幽暗，人们开始从四面八方拥来，既兴奋又局促。本村的孩子捧着酒壶，在宾客间窜来窜去。蓝莓酒在人群中传递，喉咙立刻被灌满。没关系，我们自己还精心制备了大量饮料。热烈的气氛随着阳光一路高涨，身体与心情一同升温。喧闹声、叫喊声、嬉笑声此起彼伏；道贺声，亲切的玩笑声，一切都昭示着一轮又一轮的酒足饭饱。大伙交谈声越来越响亮，越来越兴奋，舔着嘴唇哼起小曲。躁动升温，人人面带红晕，脸上渗出细细的汗珠。

当太阳升到当空，鼓声震天，潘诺姆在道路高处出现，高贵、威严、双肩宽阔，披一件缀满贝壳的大氅，这件华丽的袍子让他显得高大，同时也遮住了他的残腿。人们齐声喝彩。

突然，林中空地的另一侧响起悠扬的笛声，大家转过头，由一队女眷护送的努拉出场了，人群发出阵阵低声赞叹。她穿一袭半透的麻质百褶长裙，浑身洋溢着美貌、青春和活力。她迈着轻盈优雅的步子，伴着音乐从小路款款走来，在健硕的伴娘身边，显得那么娇小。她的脚步仿佛在翩翩起舞。一项百合花冠箍住她弯曲的秀发，脖颈佩着项链，手臂戴着鲜花手镯。细腻的妆容让她碧绿的眸子更深邃，眉目更清秀，双唇更鲜艳。

努拉脸上绽放着不可思议的光彩，令周边所有女人黯然失色。我们的村妇担负着浆洗衣物、采集果实、锄地拔草、捡拾麦穗等劳作，忍受酷暑、风霜、细雨、飞雪的侵袭，用不了几年，她们未被严寒皲裂的皮肤就被阳光风干成深棕色。而努拉的皮肤，保留了孩童般的肤色。我不知道出自怎样的奇迹,气候和劳作的蹂躏竟然放过了她。

新人在道路尽头相遇,他向她伸出胳膊肘,她伸手挽住,然后他们一直走到林中空地。一名戴着半狼半猫头鹰面具、披着羽毛的巫师,在那里按照仪式迎接他们。

一开始我跟着送亲的队伍走,到了树林边我停下脚步。婚礼进行得很顺利,我的工作成效卓著。我预见了一切,却没有预见发生在自己身上的事:一阵恶心将我击倒。

我背靠一棵核桃树,竭力不让自己倒下。我试着咽了几口吐沫,调整呼吸,减缓心跳频率。但我无法控制的某样东西挤压我的胃,我开始呕吐。

吐干净食物,头脑清醒后我更觉不堪忍受。如果说到目前为止,无数需要解决的细节遮掩着这个节日的终章,那么现在结局突然呈现于我眼前:努拉嫁给了潘诺姆!

在林中空地中央,巫师对新人指着地上的两个陶罐,努拉和潘诺姆上前抚摸了它们,这意味着与原来的旧生活告别。随后巫师拿出一根麻绳,他们各自将一端拴在自己的手腕上,象征他们所接受的联姻。

泪水溢出我的眼眶,我转过头,发现母亲正站在我身后,靠着一棵橡树,神情黯然,满脸憔悴。

无须开口,同样的沮丧碾压着我们。

我多么想恭维她几句、逗她开心;然而不同以往,她完全不像以前的样子。而她本是多么爱逗趣、多么活跃的一个人啊。她会拿自己丰满的身材开玩笑，神气十足地戴满首饰。而现在她与她夸张的形象很相配，是个臃肿、年老色衰、苦涩的女人，美貌早已远去。

她动作僵硬地递给我一个酒壶。

"来点酒？"

从她含混不清的咬字，我知道她已经往喉咙口灌了不少酒。

我抓过酒壶嚷道：

"当然！没有比这更好的事可做了！"

"没有！"她打着嗝附和。

我喝了一口，蓝莓酒带给我一股我正缺少的暖流，于是我又喝了几口。她鼓动我说：

"喝个一醉方休，我还有存货呢。"

她冷笑，吐出一些含混不清的单词，表达自己的愤怒。最后，她总结道：

"不管怎样，我仍然是首领的第一位妻子。"

我又喝了一口酒，指着远处的父亲问道：

"你说潘诺姆会在那儿等着我们吗？"

"从这里，我们看得很清楚，不是吗？你没看到他吗？老头正在娶年轻姑娘呢。"

"看到了！"

"不过，从这里我们看不到他那条残疾的腿。"

她拿过酒壶，又开始猛喝。

"那个女孩，有点奇怪！嫁给一个老跛子……我，要是在她的年纪,我会拒绝。"

我没有揭穿她的大话:依照惯例,母亲结婚时,并没有人问过她的意见。

她继续倾吐她的恼恨:

"我永远都不会接受第二位妻子的身份!永远不!我不分享。再说了,我以后也不跟人分享。我告诉你,诺姆,如果我这么说让你吃惊,我也认了:如果你父亲围着我打转,要和我睡觉,我就把他赶出去!"

我注视着垂头丧气的母亲,想到光彩夺目的努拉,心想这种潜在的可能性很低,但我还是点点头。感受到我的赞同,她继续嘟哝道:

"唉,可是!"

接着她开始哭泣,肥胖的脸上写满受尽委屈的天真小女孩似的愤怒。我上前一步,将她揽在怀里。她哭得浑身发颤,叫喊道:

"你们在这个努拉身上,到底找到了什么,嗯?你们找到了什么?"

我该回答这样一个问题吗?我搪塞道:

"你才是他生命中的女人,妈妈。你才是潘诺姆爱了多年的女人,是你为他生了那么多孩子。努拉,就是个……任性的女人!"

她紧紧拉住我。

"哦,那次事故!那次事故呀!真不如他当时就死在那些游猎者的棍棒下。我会痛苦,是的,但我会怀念我熟知的那个男人。他变了,变成另一个人!一个懦夫,一个残废,一个老家伙!他少了一条腿,也少了脑子。那该死的事故……"

母亲把近期所有的动荡都归咎于潘诺姆遭受的那次事故,认为努拉并未在其中起什么作用。如若不是我父亲的状态需要精心护理,他也不会注意到努拉;如若不是他因疼痛和跛行而感觉脆弱,他也不会那么急迫地需要青春和活力。母亲看得准确吗?抑或是她作为女人有意看低情敌?

"那个治疗师。"母亲骂道。

"治疗师怎么了?"

"他让你父亲中蛊。"

"蒂博尔救了他的命,妈妈!"

她怒目圆睁,双手划过空中咆哮道:

"蒂博尔既没有救他,也没有治好他,他只是阻止他断气!实际上他超出了他的职责。一名治疗师是不该对抗大自然的,只能为它服务。大自然要你父亲在挨了那几大棒后消失,我们就不该违拗大自然!"

她咬着嘴唇嘟哝道:

"哦,如果他那天死了,我只会留下美好的回忆!我会留下难舍的眼泪,神圣的眼泪,那眼泪是对一位非同凡响的丈夫的爱情见证,而不是现在这个样子……"

母亲没有把话说完,愤怒地用拳头捶着树皮。

"蒂博尔阴谋策划了这一切。他锯了潘诺姆的腿,将他监禁在自己家里,让他接近他女儿。在他养伤期间,给他灌了不少迷魂汤,好让他着魔。就是他,诺姆,就是他!"

我没有吭声,知道母亲钻进了牛角尖,她把努拉排除在事件之外,抹去她的吸引力。母亲拒绝成为情敌的手下败将,更愿意杜撰出一个邪恶治疗师。

在林中空地,巫师开始用鼻音唱歌,众人随他一起唱。鼓声急促,仪式结束,大家朝高贵优雅、仪态万方、从欢腾的人群中缓缓离场的新人扔花瓣。

很快,舞会和宴席即将开始。再过一会儿,新婚夫妇就要去我们为他们建造的树林后的河畔新居单独相守。

母亲抬头看着我:

"米娜怎么样了?"

"很好。"

"这一回,她能成功?"

"我希望是。"

"我为她向神灵祈祷。"

"谢谢。"

"我知道你的感受,我的儿子。我知道蒂博尔操控了你,让你迷恋上他女儿。而在最后时刻,他却让女儿嫁给了现任首领而不是未来的首领。不幸已造成,嫉妒毒害了你的心灵,与我的一样。但我赞赏你,因为你抗争!你尊重你的承诺,尊重你妻子,甚至还尊重你父亲。只是,请答应我一件事。"

"什么事?"

"不要尊重你的继母。"

气氛紧张了一小会儿,她大笑起来,我也笑了。我久久地拥抱她，她在我肩头擦了擦鼻子，然后用手将我推向人群。

"好好照顾米娜，你累了的时候，就来找我。家里还有几坛好酒……你和我，我们一起喝，喝到忘记一切。"

她走远，摇摇晃晃、跌跌撞撞，但没有摔倒，因为愤怒和自尊阻止她倒下。

我看到正在四处找寻我的米娜，我走向林中空地，悄悄站在她身后抱住了她。

"我从未见过这么美好的婚礼。"她喃喃道，一脸陶醉，依偎在我怀里。

乐手们演奏起动人的乐曲，宾客很快占据舞池。有些人磕磕绊绊，笨拙地被挤来挤去，跳得最好的那些则在基础舞步上即兴起舞。我在那些迎面经过的男男女女身上，看到一种意想不到的放松和敏捷。

周围，人们围成圈，很多人在广场上摇摇晃晃，等待鬼魂附身，给予他们尽情挥洒的胆量。乐手们不停歇地一曲接一曲，让欢乐气氛一直持续。

米娜用锲而不舍的眼神，示意我和她一起跳舞。我指着她圆鼓鼓的肚子担心道：

"你可以吗？"

"我很想跳。"

我们挤入嘈杂的人群。我不太会跳舞，努力让自己的动作跟上节奏，但总是慢半拍。节奏似乎就是进不了我的身体，不在我的皮囊也不在我的血液里，只在外面打转。相反，米娜就像在呼吸着音乐，真奇妙！尽管大腹便便，她却自如起舞。当她从我眼角看到我由衷的赞赏，便加快乐和兴奋，一曲接一曲地跳着。

终于跳累了，她倒在我怀里。

"我们回家吧。"

我协助她穿过人群，扶着她走向通往家里的小路。她开始呻吟。

"我做了件蠢事。"

"没有吧。"

"我摇晃了我们的孩子。"

"他非常喜欢。我们的孩子在你肚子里发现他母亲跳舞跳得棒极了。"

米娜涨红了脸，放下心。一进家门，她便躺倒在席子上。

"唔……我困了……"

"我陪着你。"

"回到婚礼那儿去吧，回来讲给我听。"

我接受了，装着朝林中空地的方向走去。一走出米娜的视野，我就拐到了另一条路。

母亲一个人躺在家里，喝得酩酊大醉。她身体的曲线从腋下到髋部，越来越不可见。她没说一句话，示意我靠在她身边，并递给我一碗酒。我一饮而尽。

远处，乐队的声音在夜间热烈的悸动中渐渐隐去，我们也不再悸动。

躺在她身边，我低声道：

"好好休息。"

她含混地回了一句,过了一会儿,在混杂着翻来覆去的几句老调和沉闷笑声后,她震天的鼾声几乎掀翻屋顶。

半夜,我醒来,口干舌燥。母亲躲避在沉沉的睡眠里,没有动弹,暂时忘却一切不愉快。

我起身,四肢瘫软,没一点力气,艰难地回到了自己家里。迷迷糊糊中的米娜听到我回家:

"你跳舞了吗?"

"跳了一小会儿,我浑身酸痛。"

"你感到自豪吗?"

"你说什么?"

"这场婚礼,是你一手操办的。"

我咬紧牙关,心里很不是滋味。她把我的不悦误以为谦虚,爬起身,抓住我的手腕。

"我们出去转一圈吧,求你了。"

夜色宁静,空气清新,微风吹拂。黑暗中的山峰,如横卧的小狗,在湖边熟睡。我们决定避开小路,远离喧闹,在树丛下走,成排的树干把长长的影子投到长满苔藓的地上。我们感受着双脚踩在草地上的足音,闻着被踩的薄荷散发出的浓烈气味。后来喧闹声再次吸引了我们,我们爬上一处小山岗,从那里可以俯瞰整个林中空地。我们脚下,音乐、篝火、喊叫声、舞蹈提供了另一种热闹躁动的夜色,反差强烈。生活的喜悦高歌猛进:几处火塘发出噼噼啪啪声,那是有人在烤肉;几个孩子在打斗,另一些在玩耍，有时两者同时；尽管大部分村民还在扭个不停，有些夫妇开始离场。

我很想看看潘诺姆和努拉是否还在主导着筵席，可惜离得远看不清。一想到他们就要媾和，我浑身发冷。

米娜抓起我的手，把它放到她的肚脐。

"你感觉到了吗？他在动。"

我察觉出她温暖的皮肤后面有一块隆起在移动。

她朝我微微一笑，心满意足。我回以同样的微笑。说到底，我们应该高兴才对，不管这场婚姻会怎么样……我几乎能想象那场景……山坡下，一个比我年长的新郎（我父亲）正竭力讨好一个比我妻子年长一点的女人（努拉），而米娜和我，我们是多年的牢固夫妻，历经考验，在远处冷冷旁观这场闹剧。

米娜叫了一声：

"那里！"

她用手指着上方，一只猫头鹰栖在树枝上。

它的脸转向我们，洁白的羽毛映衬着月光，眼睛里反射着附近的篝火。

"不用害怕，米娜，猫头鹰不会袭击人类。"

她浑身哆嗦。

"它为什么这么盯着我们看？"

"我不知道……"

圆盘状的绒毛使猫头鹰的双目显得更圆，占据整张扁平的脸。它的翅膀根部看上去如女人的香肩，胸前的羽毛乳白色中带浅黄，点缀一些深褐色的斑点，呈现出一股毫不妥协的严肃劲。我觉得它像一位白色贵妇，无声飞翔的女猎手，水鼠、田鼠、小鼠、鼩鼱，甚至黄鼠狼和兔子的可怕天敌。

米娜低声嘀咕：

"我最怕那些没有影子的动物。"

她站起身，朝前走了几步，又往后退；朝左走又拐向右侧。猫头鹰的脑袋来回转动着，身子却不动。米娜惊愕地叫起来：

"它盯着我看，它盯上的是我。"

她把我拽起，推到一旁，我承认她说得没错。那只猫头鹰仿佛着了魔，眼珠子追随着米娜移动。在蓬乱的羽毛下，它的目光锲而不舍，坚定、深不可测。

米娜蜷缩在我怀里，躲避着白色的猫头鹰。

"这意味着什么？"她低声问。

"猫头鹰预示着改变，它能预测巨大的变化。"

"我害怕。"

猫头鹰把喙磕得咯咯作响，很响。

米娜浑身颤抖。我抚摸着她的背脊安慰她，打趣道：

"米娜，你想呀，我们就要做父母了，一个孩子马上要降生。这就是它向我们预示的改变。"

"我不信！"

尽管她有憨厚的乐观天性，但还是陷入一种幼稚的惊恐。

"猫头鹰为什么要和你过不去呀？"

"神灵和魂灵们不喜欢我。"

"米娜！"

"就是的！它们从未让我的孩子活下来，他们诅咒我。"

"米娜！我觉得又是因为分娩临近，你有些不安。一切都会很顺利的。"

我搂住她，安抚她。她平静下来，或者那只是我的感觉。

回到家里，她躺在席子上，蜷缩在我怀里，寻求与我的身体接触。我紧紧抱住她，两个孤独的忧心忡忡的人，在动物似的抱团取暖中忘却自己，这就是我们之间的温情……

*

黎明时分，为了避免碰到努拉和潘诺姆，避免忍受他们心满意足的神态，避免看见他们的黑眼圈、肿胀的眼皮、充血的嘴唇，以及他们新婚之夜后留下的慵懒之态，我对米娜说我要去打猎。不等她表示惊讶或悲叹，就扔下她出门去了。

一层浓重的、半透明的雾气笼罩四周，降低了那种辽远开阔之感，山峦和湖泊都消失了，透过重重雾霭，太阳只剩月亮般大小。声音似乎也减弱了，唯有松鸦刺耳的叫声刺破沉闷。

运气向我微笑：我用弹弓转眼间就猎获了三只野兔。今天余下的时间都属于我。

等待天空撩开它的面纱之际，我决定去拜访那棵神奇的树。

写到这里，我要做个招供：几千年来，我遇到过一些树，我与它们建立起联系——时机出现，我会与它们交谈——但如果我没有认识那棵山毛榉的话，可能一切都不会突然发生。

我是在童年时代的一个早晨发现这棵树的，一只小松鼠把我带到那里。我记得那天的每一个细节，人们总是记得第一次，记得某个周期开始的时刻，记得生命过程中的复苏时刻。

在与小伙伴们追捕野猪时，不知什么缘故，我远离了我们的小团体——我需要独处一会儿？——来到一片野生树林，那里没有路，也没有标志物。在一截长满橘黄色蘑菇的腐烂树桩上，一只小松鼠端坐着，散开的尾巴像一顶小遮阳伞，正啃着捧在前爪的一颗坚果。察觉到我的出现，它抬起头，看见我后松了口气，小脑袋灵巧地转来转去，示意我也动一下。它棕红色的毛发，身段柔软敏捷，"之"字形前进，我跟在它身后。它太轻巧，因而不像在走路，而是蹦蹦跳跳地快速往前，不时停下等我一会儿，捕捉到我的目光后便又继续上路。它一点都不躲避我，反而确保我能跟上它。

穿过树林后，松鼠来到一棵孤零零的山毛榉前，停下脚步，转头看看我，然后沿树干往上爬。爬到一半时，它再次停下，低头往下看，满眼急迫，看我是否跟上了它。我也慢慢地、小心翼翼地往上爬，因为人类缺乏尖利的指甲，我爬得有点笨拙。我的笨拙让它很开心，等到我筋疲力尽爬到大树的枝杈时，小松鼠消失了。

于是大树跟我有了亲密接触，我的鼻翼吸入一股黄色的甜美香气，为我注入一种安乐之感。山毛榉在向我低语："躺下吧。"我在一根粗大树枝上趴下，四肢垂下，腹部贴着光滑轻薄、如皮肤般柔软的树皮。山毛榉坚持让我闭上双眼,我顺从地睡着了,享受大树送来的甜美梦境:我变成飞在空中的鸟,变成花粉、云、风,变成亲近这棵山毛榉的所有神灵。

我从栖息处下来,内心充盈着祥和、丰富和喜悦,感受到生命的启示,感受到包裹着人类、动植物、水和石头的伟大灵魂的存在,那灵魂通过这棵树为媒介,认为我得到它的接待。

我心满意足地赶上伙伴们,什么也没透露。我那些贫乏的词语又能说出什么呢?

后来,我常去找这棵树,我一出现,山毛榉的叶子就会沙沙作响,枝杈张开双臂,树干供我栖息,我在那里一躺就是几个小时。

在我十一岁前后,这棵山毛榉引导我接触到一种神秘。我在这本书里,将和盘托出我最深处的秘密。

我很高兴我下巴长出点点胡茬,很自豪双颊覆上一层绒毛。我浑身充满崭新的生命力,有一股能量促使我去奔跑、跳跃、游泳,去劈柴,去搬起大石头,去打架。我到处发泄着在我体内蠢蠢欲动的如此充沛的精力。然而,我越是躁动,欲望越是撕咬着我。

一个春天的下午,山毛榉树迎接了这种骚动状态下的我。它邀请我栖息于它,当我搅动一根根树枝时,它给了我一份礼物:我感到一股舒畅的波涛喷涌,从我的大腿根和小腹部弥漫,随后放大、扩展、蔓延到我的背部,深入我的呼吸,加快我的心跳。每当我以为这种愉悦即将减弱时,它却更猛烈,欣快的程度让我有些害怕。然而这快感冲破一切阻挡,让我脖颈发胀、面红耳赤、嘴唇充血。我匍匐在树枝上，双腿下垂，震颤摩擦，战栗一阵接一阵涌来，我开辟出一条通向未知的道路，逐渐失去控制。我想知道这欣快的最高点将在哪里？突然一种极致的快感让我喘不过气来，体内的某样东西被打破，一股热流从我身体内射出，湿透了我的小腹部。我发出一声叫喊，几乎晕厥过去。

当我再次睁开眼睛，我在一个不同的世界里醒来，一个更加宽广、诱人、搅乱人心的世界，在那里，肉体尽情挥霍令人眩晕的极乐。我抚摸着大树，亲吻它。成年的诺姆刚刚诞生。在我的小腿肚子，在我的大腿，顺着我的腰部，依然流淌着丝丝战栗，因为愉悦的记忆还不想隐退。一片白色硬块贴着我的肚脐，在我的手指下变成粉末。我抱着大树感谢它：我从未体验过如此的极致快乐。

我就这样呆呆地、入迷地停留了许久，直到什么也感觉不到，或者说只剩疲惫后，才四肢沉重地从大树上下来。

后来，我经常来到这里，在树干上摩擦。气味很重要，树叶的气味，潮湿木头渗出的气味，火绒的气味，所有这些气味令我沉醉。最初我是懵懵懂懂邂逅这份神秘，有时不一定能找得到它，因为那种肉欲的惊厥姗姗来迟，或干脆不露面。有时，我会纠缠榉树：它指责我什么过错呢？最后我终于学会——是榉树教会了我——自如地决定我与榉树间发生的事：我的皮肤如何贴着树皮战栗，我的震动如何保持精妙，如何摩擦树皮让生殖器膨胀，如何让生殖器火山般喷发，射出精液。

男人们所说的"独自快乐"并不符合我的情况：这是我与大

树一起的愉悦。榉树教会了我性快感。

我是否需要说明一下：结婚后，当我与米娜交合时，再也品尝不到这种极乐，从未发生过。我们之间的关系保留着一种被强加的、辛苦实用的性质，以至于行事完毕，我感觉到的是从痉挛和职责中的解脱。为了达到感官的极乐，我需要保持耐心直到……但我们的进展并不大。

这场婚礼后的第二天，我逃离自己的妻子，避开努拉和潘诺姆，躲藏于这棵榉树浓密的树叶中，陷入幻想。当太阳落山，我朝村里走去。

山毛榉洗涤了我的忧虑：在它的沉默中、在它的光辉中，所有代表人类的情绪，只有人类才有的怨恨、嫉妒、作为儿子的不满、作为情人的愤怒统统消解了。树上的这一天，让我从沉重的社会负担中解脱，回归到一具身体，诸多身体中的一个纯粹身体，是慷慨大自然中的一个自然元素。我卸下重负后，一身轻松，感觉重新活过来。

在我靠近村里的房屋时，一个小男孩守着小路，一看见我便朝我冲过来。

"诺姆，米娜要生孩子了！"

我停下脚步，心头一紧。米娜的肚子是有些滚圆，但似乎还未大到要生孩子的地步。

男孩坚持道：

"她在找你，你母亲也是。女人们都在那里。"

这个细节让我有点困惑。母亲在米娜身边，说明她正在帮助生产。但其他女人参与一件本该是私密的事情，让我瞬间担心起来。我一口气跑回家里，看到一大群人，我拨开人群，看到米娜正在生产，背贴着地面，两腿在湿漉漉的床单中张开。她为什么要采取这样的姿势？

在我们这里，女人一般蹲着生孩子，骨盆向前，采取一种有助于快速排出的体位，靠孩子自己找到出生的路径。为节省体力，她们抓住一根低矮的木梁，或信任她们的伴侣，后者站在她们身后，双手从腋下托住她们。米娜最近几个月一直在做这样的练习，增加膝盖部分的力量，每天练习蹲坐然后缓慢起身。

只有生产不顺利时，母亲才会仰面躺下，双腿岔开。随后伴随着叫喊、哭泣、用力，接生婆鼓励不幸的女人使劲，这样通常最后就是悲剧。

米娜脸色灰白，紧闭双眼，几乎已经昏死过去，在一群默默无语的女人中间呻吟着。

"怎么回事？"

听到我的声音，她睁开了眼睛，一丝希望的火苗闪过她发红的瞳孔。

"诺姆！"

我跪下来抚摸她潮湿的毫无血色的额头。她再次闭上眼睛，虚弱不堪，但失血的嘴唇浮上一丝笑意。

母亲走近我。

"宫缩提前开始。"

"那是好的征兆还是坏的征兆？"我慌乱喊道。

母亲命村妇们退下,她们低着头,一言不发地离开了。

母亲用力拉了我一下,示意我跟她到屋子的一个角落。她指着地上一堆混在污渍斑斑的布片中结了壳的暗黑东西。

"这就是她生出来的东西,在她肚子里已经死了。"

我依靠着墙壁,头上渗出豆大的汗珠,惶恐地结结巴巴道:

"米娜说得没错,我们被诅咒了。"

母亲擦去我头上的汗水,一字一句道:

"她被诅咒了,你没有,我的儿子。"

"我有!"

"不!你想要证据?"

我呆呆地注视着母亲。她用下巴指了指米娜。

"她在大出血,我们花了几个小时试图清洗,但她还在继续流血,她身上有伤口一直在出血。"

"什么?"

"她不行了,我的儿子。要不是为了等你,她早就咽气了。"

我来不及多想,扑倒在地,把米娜大理石般苍白的脸颊捧在手掌心。

她再次睁开眼睛,奄奄一息,用尽她所有的力气注视着我,忧伤和羞愧浮现在她的眸子里。

"对不起……"

"对不起什么?米娜。我们从头开始,你可以的。"她脸上的表情有点复杂,那意思是:"我不是容易受骗的人,可你这样骗我真好。"

她寻找我的手,用仅剩的一点力气抓着我的手。

"我怕……"她喃喃道。

我用嘴唇贴着她的额头,抚摸她冰凉的皮肤,我明白了我们之间的关系:米娜是人家塞给我的一个小女孩,为了让她变成一个女人。一旦与我维系在一起,她就要履行她的职责,与她丈夫交合、怀孕、喂养孩子。她笨拙地应付着这一切,很不容易,从来没有轻而易举过。她在各方面都失败了,她用生命最后的时刻来评估这一切。

我低下头,在她的耳畔低语。

"你让我很幸福,米娜。"

我为什么要这么说?这不是真的,与事实完全相反,即便我很希望这是真的。她颤抖了一下,我对她重复道:

"你让我很幸福。"

在她与我贴得很近的脸上,出现一种全新的表情:喜悦!喜悦带走了她,取代了内疚和不安。喜悦绽放出一种让人难以忍受的光辉。

我朝她微笑,我的微笑把她带到了一座高山。

她惊跳了一下,手重新抓紧我。

"米娜!"

一口气从她唇间呼出。

"米娜!"

我摇晃她的手,想让她有所反应。

"米娜!"

母亲双手环住我。

"她开始了去另一个世界的旅程,诺姆。"

我凝视着她睁着的却再也看不见我的双眼。母亲低语道:

"她忧伤的灵魂脱离了她的胸膛,飘到我们头顶之上,离开屋子,朝大湖那里去了。"

我木然抱着米娜的遗体。从她毫无动静、逐渐冷却的四肢,我才体会到她真的不在了。她从此独自前行,再也指望不上我。然而我感觉我需要留住她的什么东西,需要紧紧拥抱她,至少紧紧拽住关于她的回忆。

我会承认吗?我哭了,哭了很久。

我的眼泪包含着我对米娜真诚的感情色彩:怜悯的色彩。在她所激起的我的情感中,在我对她表现出的温情中,蕴含的仅仅是同情,是对比自己更弱小者的友善,是对无助者的仁慈。我总是抱怨米娜,抱怨她的胆小怕事,抱怨她的局促不安,抱怨她的缺乏优雅,抱怨她是羞怯的情人、失败的母亲;我抱怨她费力去完成她的命运,抱怨她无谓的挣扎。现在,我抱怨她最终的失败,在分娩中倒下,死得那么年轻……这份怜悯不仅是对她的完全接纳(我在紧紧抱着她遗体时,理解到了这一点),也是一种爱,苦涩的、煎熬的、清醒的、令人不快的爱,但终究还是爱……

我没有遵循惯例,并未耽搁时间。

传统要求将遗体停放一天,以便让人来吊唁,然后再下葬。然而我知道没有人会来凭吊米娜,凭吊这个迷失在成人世界里的小女孩。除了对于我,她对任何人都不重要,因为她的家人已经消失。

我对母亲说当夜我就要把她埋葬。她惊呼道:

"我去通知你父亲。"

"为什么?"

"作为村里的首领,他……"

"我不要看见他,坚决不要!不要看见他,不要看见努拉!你明白吗?妈妈,你明白吗?"

她凄凉地答道:

"还有谁比我更理解你呢?"

我用一块布裹住戴着贝壳项链的米娜,同样也包裹了孩子。然后走进黑暗的树林,肩上扛着两具尸体。母亲远远跟在我身后,担心我一个人过于孤单。

我在一棵长满青苔的苍虬橡树不远处,用锄头挖了个洞,一心要保护我的亲人免遭饥饿动物的侵袭,拒绝让她的身体成为猛禽的饲料。我把疏松的黏土挖得很深,挖了很久。洞穴挖好后,我在母亲的陪伴下,到举行过庆典的林中空地捡了一些花环,扔到洞穴深处。

米娜最喜欢百合花,着迷于它的香气。这些花束陪伴她上路。

最后,我把她摆成婴儿睡觉的姿势,以准备她的下一次降生。操作费了点劲,她的四肢已经僵硬,很难弯曲。我拼命用力,硬把她的双膝抵住她的下巴,因为根据我们的信仰,她只有在地底下以婴儿的姿势才能获得重生。我把她摆放好后,又把我们的孩子贴着她的腹部。

母亲递给我她携带的赭石粉罐，我在两具尸体上撒下红色粉末，这代表死者的血液和复活，随后又从他们的鼻翼向外画了一道细细的红线，以指引呼吸朝着生命的方向。

我堵上洞口，压平坟头，体力消耗多么抚慰人！挖掘、填埋、堆土加固，我终于完成这些任务，劳作的过程让我暂离悲伤。

覆盖完墓地，我跪倒在墓畔，一整夜地祈祷神灵能好好迎接米娜和我的孩子。母亲在我身后一起祷告。我在脑海中向我迎娶的这个女孩献上永别之吻，她还是个孩子，很少得到爱却又奉献出那么多爱。

黎明探出头，村庄和大湖还在沉睡中。铅灰色的天空，铺陈它的苍白。我的目光掠过这平静的辽阔，空气、水、森林都沉浸于相同的寂静中。

一只山雀降落到坟头。

我仔细端详它，它与它活泼躁动的同类不一样，表现出一种懒洋洋的迟缓。它盯着我看。

"米娜？"

山雀并不逃走，固执地注视着我。我这是在做梦吗？是否因为缺少睡眠而站着睡着了？我感觉这只小鸟羽毛简朴、缺乏明快、表现温顺，像极了米娜。

过了一会儿，山雀飞走了，栖息在橡树枝头。

我转向母亲。

"我要走了。"

她跳了起来。

"你说什么？"

"我要离开村子。"

"离开多久？"

"永远！"

母亲扑向我，抓住我的胳膊。

"诺姆，不！没人能在村庄之外存活下去。"

"我会像游猎者一样生存。"

"诺姆，所有被放逐的人最终都死了。"

她指的是几个月前被潘诺姆驱逐的两个男人：大家发现他们分别在大树下断了气，没有任何打斗或暴力的痕迹，他们就像被摘下的花朵，当场枯萎。

"你不要搞混了，妈妈。他们是被驱逐，因其罪行而遭受惩罚。而我，我是主动离开。我渴望离开，我需要离开。"

"你这是逃跑！"

"也许……"

母亲沉默了，久久注视着我，眼圈泛红。

她简短地喃喃道：

"如果我还年轻，就跟你一起走了。"

说完，她将我揽在怀里，紧紧贴着她的胸口，转过头不让我看见她的泪水。然后，她迈开大步朝村子走去。

她从未对我说过一句伤感情的话或做过一个伤感情的动作，她的关爱永远不缺失。而我却把生命奉献于狂热崇拜我父亲，我意识到母亲才更值得我去爱。显然,我对女人一无所知。

对男人呢?

对我自己呢……

母亲走远了。我回到家里,在一只布袋里塞了些衣物,把我的弓箭挎在肩头。永别了,我的部落!永别了,父亲!永别了,努拉!我离开这个村庄,没让任何人察觉。

穿过树林时,我再次来到米娜坟前。树枝上的山雀见到我后,便一动不动。

过了一会儿,我继续上路,她便张开翅膀,跟随着我。

3

神明和魂灵肯定讨厌我。尽管母亲恼怒地否认,把气撒在米娜头上,但我不再抱有幻想:神明和魂灵拒绝我传宗接代,米娜并非它们的目标,而是它们报复的工具。通过她,它们针对我。为什么?

走出村子一小时左右,我停下脚步,在一棵大树下喝了点水,砸开几颗核桃。

这里,周围的景色一览无余。

大湖很平静,湖面不见涟漪。森林倒映湖中,纯粹、清晰、静止。没有一丝微风,没有一点水声,也没有麻绪鸟的聒噪。一只褐色苍鹭艰难地扇动翅膀,因为羽翼在空中不听使唤,它放弃起飞,站住不动,看上去像一根插在水中的树枝。

我坚持想搞清楚神明和魂灵为什么要排斥我。我是否在游泳时惹恼了泉水?我是否在无意中攫取了大地的果实——根茎、块菰、萝卜?我是否在不知不觉中进入了某个神圣的圈?我是否说过一些大逆不道的话?我绞尽脑汁,还是想不透。神明和魂灵的怒气可以追溯到多年前,自从我和米娜结婚后,责罚就落到了我的头上……

浅灰色的山雀打了个转,犹豫片刻后栖息在我上方。尽管她回避我的目光,但一直没有离开我。当我注视她时,她点点头,有些拘谨、羞怯,与米娜的样子如出一辙。她表现出的那点小心思鼓舞了我:如果说米娜的灵魂附身小鸟一路伴随我,说明我还有事情需要去完成。我要历经考验,而非蜷缩在某个洞穴里。也许追随我的厄运并非不可逆转……

"诺姆,我要跟你聊聊。"

我看见蒂博尔,穿着那件宽大的外套出现在我跟前。

"我从女人们那里听说了米娜遭遇的不幸。随后,我今天早上采草药时,看到你离开。请原谅我偷偷跟踪你,我只是想告诉你我能感受到你的无助,我想尽我所能帮助你。你是一个无可替代的男人,诺姆。"

正当我在思索自己的过错时,这份出乎意料的夸赞让我很是震惊。我血液凝固,双唇颤抖。

"我很平庸。"

"诺姆,你聪明、有好奇心、体贴善良,如果有人告诉我说你侮辱了某个人,我绝不会相信。"

"神明和魂灵们并不同意你的说法。它们认为我冒犯了它们。这么多年来,它们就是要阻止我建立一个家庭,以此来惩罚我。"

蒂博尔在我身边坐下,岔开双腿左右摇晃。

"你结论下得太早,诺姆。最近几年,大自然向你展示了它的智慧。"

"什么?"

"我来告诉你一件往事。与你父亲一样，我也喜欢狗。在我的第一个村子，在泥石流还未摧毁它之前，我养了一条母狗。有天晚上，它生了五只小狗。每只狗崽出来时，它会小心翼翼抓起胞衣，用尖细的牙齿将其咬破，舔干它的新生儿，然后把它们放到乳房处让它们吃奶。突然，第六只小狗出来了，母狗盯了它一会儿，叹了口气，把它抛弃在地上。我很是震惊，抱起小狗，扯开胞衣，把它放到它母亲眼前。疲惫不堪的母狗舔了它三下后，又后悔了，旋即转过头去。当时，它的行为让我很愤慨，而两个月后，我才认识到它的清醒。受限于它所能维持的体力和所能承受的负担，它已经耗尽力气，几乎奄奄一息，无力完成它作为母亲的角色。如果我没有使出治疗者的能力，没有喂养那些狗崽和用提振精血的草药医治母狗，它们都会活不下去。"

"你想说明什么？"

"大自然心里有数。当母狗产下第六只狗崽时，大自然感觉到它只能养活五只而不是六只小狗，于是大自然认为最好牺牲一只以便让其他狗崽和母亲活下来。大自然有预见性，会估算，甚至可以看到很远。而我们，鼻子贴着当下，对未来是盲目的。"

他温和地揉了揉我的肩膀。

"如果你的孩子未足月就夭折，说明他没有活下去的能力和使命，这种排斥表达了大自然的智慧。"

"那米娜呢？"我喊起来，"她的死难道也是智慧的体现？"

蒂博尔用更温和的语气继续道：

"她一共有过几次小产？"

"三次。"

"有几个孩子没有活过一年?"

"四个。不,五个。"

"这就说明你的配偶无法将妻子的使命进行到底。"

我低下头,抗拒这种说法,无法接受有人批评或贬低米娜。

蒂博尔继续悠悠说道:

"我们迁怒神明和魂灵是不对的,我们看不懂它们的意图,便认为它们荒谬、暴力、毫无逻辑、专横、易怒、任性、爱报复。其实正相反,我们应该借鉴它们的英明远见。它们既不邪恶,也不愚蠢,它们只是预见。丝毫不要怀疑它们的智慧,还是怀疑我们自己的,因为后者很快就达到极限。"

他握住我的手。

"如果神明和魂灵淘汰了你的妻子和孩子,那是它们憧憬更好的结果,有一天它们会证明给你看。"

那只山雀忙着梳理羽毛,并不听我们在说什么。我想到米娜,想到她在这个世界悄无声息地经过,想到她充满痛苦和失望的短暂一生。

"怎样保持继续向前的力量呢?"

"所有活着的人都是幸存者,诺姆。活着的人出生后活了下来,战胜了童年疾病,战胜了饥馑、暴风雨、械斗、寒冷,克服了悲伤、分离、忧郁、疲惫。活着的人被那股向前的力量支配着。"

"向前是为了什么呢?"

"为了活着。生命构建了它自己的目标,诺姆。大自然每时每刻都在证明这一点。我，作为治疗者，我不会对抗大自然。当我医治某个人时，我只是在模仿大自然。"

"可是，你却与死亡抗争。"

"我不是与死亡抗争，我是为生命抗争。"

"你接受死亡？"

"为了让生命延续，大自然需要死亡。看看你周围，这片森林存在已久，自己养活自己。你检查一下，它没有任何残余，无论是排泄物还是尸体或腐烂物，没有一样是无用的。树叶飘落，肥沃土壤；大树倒下，朽木滋养其他植物、菌类和昆虫；动物倒下，皮肉、毛发、骨骼让同类恢复元气。当你行走在荆棘、欧石楠和纵横交织的根蘖中时，你是踏足在从前的上千座森林里。枯叶成全了新叶，嫩茎从腐烂物中生长，每一次的凋零孕育一片新芽，每一次的消失壮大了造物。大自然不存在失败，它不会停歇，也没有穷尽，因为它以新的生命形式循环。生命通过死亡获得重生，延绵不断，生生不息。"

"但在我父亲发生意外后，你却与死亡对抗。"

"你在责备我，因为这让你与努拉分开。但我并没有抹去他的死亡，潘诺姆总有一天会死。我只不过用生之能量延长生命，为他所用也为我。"

我们都沉默不语。我们面前，大湖无动于衷，在春日阳光下一望无际。

蒂博尔指指我的背囊：

"你要干什么？"

"活着。"

"那再好不过。"

"远离我们的村子。"

"到另一个村子去?"

"到森林里。"

他清清嗓子道:

"你不怕游猎者?"

"我要成为其中一个。"

他沉默良久,随后起身,掸了掸外套。

"我是多么想让我的所知能流传下去,传授给你我接收到或发现的那些大自然的秘密,我察觉到你可以是一位传人。"

他摇摇头。

"说到把我的传授进行到底,最好是我女儿……"

他涨红了脸,打住话头,寻求我的认同。我给了他,他咬住嘴唇喃喃道:

"唉,努拉……努拉……"

意识到自己的抱怨,他停了下来,有些内疚。努拉对于他、对于我、对于我父亲、对于我母亲,都是致命的。他眺望着远处,咽了口唾沫。

"你就是我想要的那种儿子,或女婿,诺姆。我会经常来这里,如果有一天你需要我,你能在这里找到我。"

他没有再看我一眼,走了,顺着长满蕨类的陡坡蜿蜒下行。他高贵的高大身影消失了,我更愿意他是我的父亲。

我站起身，捡起我的包裹，继续上路。

过了一会儿，山雀滑翔着追上了我，惊愕的眼神看着我，仿佛在说："怎么会想到逃跑！你把我忘了吗？"

无须再怀疑：米娜就驻留在山雀身上，因为我真的把她给忘了。

最初的几天带给我的是一种身心舒展，我徒步、打猎、采集、做饭，每天晚上尝试不同的睡觉地点。这些多姿多彩的活动让我免于倦怠。

我愿意我年轻的身体属于永远年轻的大自然。它的一切都让我惊叹：完美的黎明、火热的太阳、明媚的云彩、湛蓝的天空、如瀑的暴雨、潺潺的溪流、呼啸的劲风、温柔的黄昏、充满谜团的暗夜、抚慰人心的繁星、披上银色或黄铜色的俏皮月亮。自从我住在这里，天地间的壮美将我治愈，我以此为家，庆祝一场场新的婚礼。

奇怪的是我没有遇到过任何游猎者，而我们的村子则养了一支队伍专门防范他们的抢掠和进攻。我平安无事地在森林和只有动物出入的草场游荡，我瞥见一个令人担忧的身影，一个超出常人的高大身影，一晃便不见了。我感觉自己在做梦，因为他似乎就是从攻击者手中救下潘诺姆的那个巨人。

我有一个惊人发现：两个小时便能满足我的一切需求。在我漂洗破衣烂衫[1]的小河里，我三下两下洗干净自己；吃饱肚子也无

---

1 人类一直在追求洁净，这是人类的一种嗜好。虽然说我遇到过一些邋遢的人，但我从没遇到过不讲卫生的时代和喜欢污垢的社会。　　　　　　　（转下页）

须太费劲，树林里有的是野味，溪流里有的是鱼，树上有的是果实。与我在村子里的日程形成巨大反差！没有土地要耕种，没有牲畜要放牧，没有狗群要驯服，没有物品要交换，没有房屋要修葺——更不用说，这里没有围绕我父亲的命令、讨论、建议、安抚、主持公道、监督民兵，这就是我过的日子。

这一切最初让我感觉轻松，将我从桎梏中解放，我享受这纯粹的时光。但这一切很快让我感觉压抑，这种无所事事的空虚压垮了我。我怀疑人类发明分工和群居生活，就是为了排遣无聊。

有些清晨，我会无限伤感。在澄澈的天空下，想到又要无所事事过一天，心情便无限沉重，我害怕时光流逝。在村子里，我会在多种束缚间犹豫，而这里我要在无用、无偿和多余之间做出选择。通常我会找到那棵神奇之树，沿树干上爬，在枝杈上躺下，将我的爱抚与它的融为一体。这样的极乐过后，便小憩片刻，连续两到三次。我从中体验到愉悦，但这也让我疲惫。虽然愉悦没

（接上页）

人类追求洁净的欲望没有变过，相反，对于洁净的定义倒是有过上千次的改变。例如，在不同的历史时期，水有着或多或少的美名。在我的年轻时代，我们相信活水的美德，我们在河流或激流中洗澡，对死水则保持警惕。后来希腊人和罗马人喜欢浴池里非流动的水，初为冷水后为热水。而中世纪的人则对蒸汽浴情有独钟。然而到了文艺复兴时期，经历过多次黑死病大流行之后，人们认为正是洗浴张开了身体的毛孔，为有害病菌的入侵打开了方便之门，于是人们崇尚用粉末、树叶、酒精、醋、花卉洗干浴。浓烈的体味被视为经受了身体健康的考验。稍有不同的是，贵族们一边吹嘘自己的健康，一边用香水遮掩自己的体味。在今天看来，这种习俗非常不卫生甚至有害健康。最终，水又回来了……目前，有关细菌和病毒的认知又拓展了"脏"这个领域，提出了新的卫生要求。

洁净在消失，肮脏却在进化。

有减退,我的身体却有些跟不上,我不得不实施禁欲。

夜晚,伤感加倍袭来。群星闪烁,皎月在天空睥睨众生。淡淡的白云向它聚拢,献上敬意。我感觉自己既渺小又可怜。

然而,自尊不允许我走回头路。什么?我还未向前迈出一步,就要退缩?刚挣脱束缚又要回到队列?没门!诚然,大家都会热情欢迎我,没人会谴责我的缺席,或许还会为我庆贺。但我自己只喜欢那个离开了村子的诺姆,那个敢于做出冒险决定、证明了他的刚毅之举的诺姆,唯有他才配得上我的尊敬。反之,那个想要逃回家的诺姆,我鄙视他。我的内心正在上演一场决斗,在野人与村民之间,在自由与束缚之间,在失去父亲和顺从父亲的诺姆之间。

我宁可决裂也不愿做懦夫,我将继续在大自然中生活。

一天下午,樱桃树紫色的果实缀满枝头,我坐在一截树桩上,整理我的物资储备。从黎明起,我砍了一些枯枝,做箭头;把燧石一端磨尖,穿在一起;加固弓箭上的绳子;现在我又在掏空的牛角中填入枫树叶,保留火种。

乌云袭来,黑压压一片,像一排移动的队伍,朝大湖方向推进。尽管它们体积不一,却静默有序,盖住了太阳,侵入周围的风景。它们的缓慢移动释放着某种可怕且毫不留情的东西,等待黑暗降临的过程尤其令人恐惧。

浓密的乌云耐心等待着,屏声静气。它们一团挤压着另一团,逐渐变了质地,从大块乌云变成黑烟,黑炭般浓稠……

左侧一道闪电。

紧接着一片寂静，这是战士准备冲锋前的寂静。

雷声隆隆。

第二道闪电撕裂地平线。

突然，乌云破裂，大雨如注，仿佛血从伤口喷涌而出。

我捡起弓箭、箭筒、褡裢，躲在一棵极高大的橡树下。第三道闪电发出刺眼的光芒。

风跑来了，仿佛听到闪电的命令。它们分裂成几股脱缰狂风，吹倒草丛、摇晃灌木、抖动大树，随后窜入茂密的树林。风咆哮着，愤怒地四处打转，冲向一个方向又奔赴另一个方向，上蹿下跳。风与风相撞，形成旋风。[1]

---

[1] 没有什么比风更转瞬即逝。想要观察它，必须承受它的任性：需要等待它生成，发现它从哪里窜出，评估它的强度、脾气、湿度、暴烈程度。无论风劲吹抑或逐渐平息，它都难以捕捉。

据我们生活在湖边的人所知，一共存在六位风神，它们的方位和脾气各不相同。从北方来的两位风神，一位友好、另一位好斗：博尔是凉爽的那位，凯克刚是暴躁的那位。来自东方的同样是两位孪生兄弟：佐夫是温和的那位，晚上与星星一起醒来，把春天带给我们；泽夫则是疯狂的那位，毁坏一切。最后，穆若来自西方，诺托来自南方。我似乎记得很久之后，希腊人通过解释风神埃俄罗斯有六个儿子，将这种观察一直保存了下来。

我们不知道这些风神住在天上还是山林。尽管它们有着毫不妥协的性格，尽管我们认为它们有时粗暴得毫无目的、毫无理由，我们还是想通过祈祷和献祭，努力打动它们。相反，如何利用它们，我们想都没想过。我们生活在它们附近，它们主宰着我们。当然，我们有时也会利用它们中某一位的在场快速吹干洗过的衣服。但我们只敢偷偷摸摸做，我们对它们既无知又害怕。

后来，人们学会了利用风能，我感到很惊讶，一开始是震惊，而后是兴奋。帆船利用风力前行，简直让我目瞪口呆。于是我明白了为什么水手、饱学之士和商人认识到需要更了解风神。至于风车，更是开发自己强健的肌肉。我见证风车的出现并欣赏了它们几个世纪，它们近期的消失让我很是难过。不过今天我意识到它们以风力发电的形式重又回来了，这让我深感欣慰。

我瑟瑟发抖，多么可怕的狂怒！神明和魂灵要谴责人类什么呢？湖畔的人触犯了什么，要承受如此折磨？

我蜷缩成一团，再也无法抵挡冰冷的雨点，再也逃不过狂风的抽打。

轰隆隆的雷声越来越响，闪电一道接一道。天地的混沌达到顶峰，我身处暴风雨中心，暴雨盯上了我。

我闭上眼睛，希望不看见这一切。

但轰鸣声越来越响，越来越猛，残暴、坚决，甚至在某一时刻我觉得它就要将我碾碎。我再次睁开眼睛。

有什么耀眼的东西闪瞎了我的双目。

一道闪电击中老橡树。

受此一击，大树开裂，像人一样发出撕心裂肺的惨叫后，轰然倒下。树干向我倒来，我跳起来，躲过碾压，逃跑着穿过树林。我要躲到哪里去呢？有一个藏身之所吗？

我惊恐万分，拔腿狂奔，好几次滑倒在泥淖中，浑身沾满泥浆。寒冷、潮湿、恐惧让我浑身颤抖。我牙齿打战，我四处逃窜，四处探寻，找不到出路。我会在暴风雨中精疲力竭吗？

成千上万猛烈的雨点向我袭来，劲风横吹起一道道波浪。雨点劈头盖脸，打得人生疼，它们横扫一切，浸泡一切，移动一切，拔起一切，吞噬一切，湮没一切。

我逃窜到一个地方，发现了一些岩石。我赶紧冲过去，隐约辨认出一个黑魆魆的洞口。一个山洞！

我钻进去，感觉自己终于得救，一头撞上洞底的岩壁，跌倒在一团有温度的东西上面。一阵呼噜声响起。

呼噜声变成一声嘶哑的喊叫，接着就是低沉的咆哮。

熊！这个山洞里有熊，显然我惊醒了它……

我后退。

熊趴着查看四周。

我的出现太过意外，它方才意识到有人闯入它的领地；它将随时发起进攻。

我惊恐万分，沿着洞壁往外逃，呼吸越来越急促。

从潮湿地面伸出的一根树桩绊住了我的脚，我摔倒了。毫无疑问，我的末日到了。

然而，等我回过头，我只看到浓密的雨滴织成一道水帘，熊并没有追过来。因为惊雷和闪电的缘故吗？也许它也在洞底瑟瑟发抖？

我站起身，沿着洞壁走，发现了一个大熊挤不进的狭窄洞口。我慢慢探索，等待眼睛习惯黑暗。当我确信这里没有野兽躲藏后，我深入洞穴，跌坐在石头上。

*

我在那里待了两天两夜。

只有喝水或想放松一下时才出去一会儿。恼人的大雨一直不屈不挠下个不停，两天里从天空倾泻的水量相当于平时几个月的量。在山洞的昏暗和潮湿中，雨滴单调的声音仿佛在人心头压上一块重石。

离开这里显然不谨慎，我不仅不知道自己身处何方，更何况连续的暴风雨让地面充满危险，让周围一片昏暗。一切都显得模糊不清，世界都液化了。我心里一阵抽紧，想到了我的弓箭、箭筒，尤其我的褡裢，里面有我生存下去的必需品：燧石刀、绳索、毛皮，以及点火所需的东西。我急需找回它们。

第三天早晨，雨终于停了。虚弱的我伸出脑袋，确认洞外没有大熊后，我钻出洞穴。

我这是在哪里呢？

我竭力搜寻逃跑时的记忆，以决定要往哪个方向走。可惜，不知是记忆模糊还是虚弱所致？我失败了，什么也记不起。

我在暴风雨中东躲西藏，最终来到一片陌生之地。

忧虑加剧了我的虚弱，如果不能尽快找回我的褡裢，我支撑不了多久。

我发着烧，寻找可以果腹的东西。可是这片树林只有橡树、山毛榉和枫树，没一棵结着果实的灌木。至于野味，没有弓箭，我根本无能为力。

我的处境看来十分绝望。

不知出于何种本能的韧性，我的双腿还在一直往前。它们比我聪明，沿着山坡往下走，就是说走向通向大湖的路。大湖离这里几步之遥抑或还有一天的路程？

临近中午，我又急又饿，在一段树干旁坐下。

我简直不相信自己的眼睛。

一只野兔悬挂在我对面。它被拴在灌木丛中的绳索套着,已经断了气。我顾不上追究是谁下的套,上前解下野兔。

我终于有东西吃了。吃生的?管他呢!一旦我将它开膛剖肚,我就吃它的肉!

我趴在地上,寻找可以划开它肚皮的锋利石块,这时我发现一个影子盖住了我。

我转过身、抬起头:那个巨人!

狂怒的游猎者,手握大木槌,准备将我砸烂。

我大喊:

"不!"

他开始砸下狼牙棒。

"潘诺姆!"

狼牙棒在最后一刻避开了我,砸到了我脑袋边上的苔藓。

巨人十分错愕,愤怒地看着我。

"你为什么喊'潘诺姆'?"

他这一问,我才意识到我在喊我父亲救命。他用气呼呼的语气重复道:

"为什么喊'潘诺姆'?"

我低下头,羞于承认。

巨人又举起狼牙棒,满脸怒气。

"你喊他,因为那是你的首领,可怜虫!不过你的首领也救不了你。你偷了我的东西,你必须死。"

他跃前一步,挥舞棒子。

"那是我父亲!"

狼牙棒擦过我脸颊,将地上的一块石头击成粉末。

"什么?"他咆哮道。

他扔下棒子。

"你离村子这么远干什么?"

"我离开了他。"

他的眸子中闪过一丝残酷的光亮。

"为什么?"

"我不想再见到他。"

他注视着我,在他的审视中,我明白疲惫又苍白的自己既无力逃跑,也无力与这小山般愤怒的肌肉抗争。他的拳头足有我两个拳头那么大,他的手臂三倍于我的大腿。我已经准备好了受刑。他却大声道:

"我的侄子!"

巨人把我举起来,贴着他坚实的胸膛,紧紧抱住我。

"我的侄子!"

我双脚在空中晃荡,脑袋贴着他蓬乱的头发和浓密的胡须,毛发扎进我嘴里。他的气息,他的拥抱如此强烈,我竟无法做出反应,生怕自己被闷死。

他把我放下,后退半步,带着俏皮的神情打量着我,猩红色的大嘴露出一丝微笑。

"是个帅小伙!"

他拍了一下我的背,我用尽力气才没有摔倒。

毫无疑问！我认得他：站在我面前的就是那个巨人，他在片刻间就结束了五个攻击我父亲的家伙。

这个巨人让村民印象如此深刻，丰富了我们的幻想。有人说他是村庄的神灵，是山神，或者说是我爷爷卡杜尔的幽灵，那是村里上一任首领。长辈们说很久以前就见到过他在大湖周边游荡，而我只是在父亲受袭那次见过他。现在他就在我眼前，我意识到他是个人。诚然，与一般人不同，他四肢粗壮、肌肉发达、轮廓清晰、披头散发、身形巨大，但终究是个人。

我低声道：

"你是谁？"

"巴拉克，你叔叔。"

"我叔叔？"

"潘诺姆的弟弟。"

我父亲从未说起过有个弟弟，他只提到过他的姐妹，都嫁给了远方村庄的首领，我从未见过那些姑姑。

他见我出神的样子，哈哈大笑。

"那浑蛋从没对你说起过我？不出我所料……他不仅认为自己高人一等，还认为自己独一无二。有时我在想，他会不会遗憾没能一开始就是他自己，而要依靠父母生下他，没能自己生下自己。该死的潘诺姆！"

提起我父亲时，他有点冰冷，尽管语气中偶尔露出一丝温情。他解释道：

"我是老二，总之，第二个男孩……在他和我之间隔了三个姐姐和两次流产。真的，你别笑，我是你父亲的小弟弟！"

这个快活的巨人拍打着胸脯，胸腔里迸发出一股强烈、沉闷、空洞的声音。

我注视着他。

"是你把他从五个游猎者手里救下的？"

他转过头，回避这个话题。

"是你？"我坚持道。

他咂咂嘴，叹口气道：

"我应该更早出手的，他们把他打得不轻。"

他盯着我：

"不是吗？"

我点点头，告诉他蒂博尔如何医治潘诺姆，锯掉了他的腿，再用鹿骨接上。

巨人做了个鬼脸，仿佛他敏感的灵魂对这些外科手术深感厌恶。他吐了口唾沫。

"你，"他问，"你叫什么？"

"诺姆。"

"你是他的长子？"

"是的。"

"你在这儿做什么？"

我摇摇头。

"说来话长……"

"我有的是时间。"

我眼前金星直冒，保持站立对我来说简直是酷刑。而且我的胃开始抽痛。感觉到他的好奇心带来的压力，我哑着嗓子承认道：

"我快饿死了，已经三天没吃东西了。"

他一阵大笑，很是开心。

"当然啦，我的小偷肯定是个饿死鬼！来吧，孩子。我们来烤一下你打算偷走的这个兔子。你可以先吃几颗核桃和榛子欺骗一下你的胃。"

承认我的窘迫让我感觉很丢脸。然而，在他的敦厚面前，一切拘谨都消失了。

他朝高处的树林走去，我勉强跟在他后面。他的步伐不见得比我快许多，但步幅很大，几乎是我的两倍，不断与我拉开距离。每当他背对着我的时候，我便可笑地一路小跑，尽量追上他。但他一转身，我又急忙回到庄重姿态。自童年以来，我还从未感觉到如此渺小。

我们来到一堵荆棘墙跟前，他绕过墙，弯腰从不长刺的灌木丛穿过，拨开树叶往里走，我们来到一间用树枝和兽皮搭建的茅屋前。

"欢迎。"

他抓起一个装满干果的袋子。

"好好享用吧。"

然后他就不再管我，举起一把燧石刀对付那只野兔。

我扑向那些核桃。

"慢慢吃，否则你会呕吐的。"他呵斥道。

我在大口贪吃时,他正在将兔子剥皮、砍去脑袋、取出内脏,切成碎块。然后他把肉压在二块石头之间。

"这样熟起来更快。"

他看着我,神色凝重。

"三天暴雨之后再来生火,可不是件容易的事……你有火炭吗?"

我向他解释说雷电击中那棵大树时,我丢了放火炭的牛角和我的褡裢,还有我的弓和箭筒。

"什么,你在一棵大橡树下躲雨?"

"是的,一棵无比巨大的橡树!但它还是被击中。"

"它更容易招来雷击。闪电容易被高耸的东西吸引。"

"是吗?"

"是的。比如说,暴风雨时人家把我们俩放在田野里,挨雷劈的那个是我,小家伙,不是你。永别了,巴拉克叔叔。"

他咯咯笑起来,接着又皱起眉头。

"在村里,没人教你这些?"

他耸耸巨型双肩,看着散落在茅屋里的各个袋子。

"我那该死的打火石到底放在哪里了?"

他一只只袋子搜寻,恼怒地骂骂咧咧,终于在第五只袋子里找到了生火的东西。

"总算找着了!"

我发现这个孤独的人一直在不停说话。是因为我来到他的小茅屋?还是他有这种自说自话的爱好?我越观察他,越倾向于后一种假设,因为他的唠叨、他的咒骂很少能得到回应。

他用黄铁石（一种金属矿石）摩擦打火石，火星四溅，散落到他事先放在一旁的火绒和麻屑混合物上，火还没有被点着。

我兴致勃勃地看着他忙活。他的技术并没有教给我什么新东西，我们村子里的人都会这个，只是我们不再使用。如果有人不小心熄了炭火，他就去邻居家借。我们传递火种，没有人会花时间制造火种。

火星终于变成了火苗，叔叔成功了！他拿出一只装了干燥刨花的口袋和另一只装木块的口袋。

"它们逃过了雨水浸泡，烧起来不会烟雾熏人。"

茅屋中央，他围了一个火膛，火开始燃烧。

"我的侄子打算怎么吃他的大餐呢？烤串还是石板烧？"

"选一个吧。"

"石板烧！"

火膛烧热后，他在上面搁了一些扁平的卵石，等它们温度升高，他在上面摊上野兔肉。

"现在，你闻一闻，你在期待，耐心等待。在等待筵席的时候，告诉我你是怎么来到这里的？"

我是很少吐露心声的人，却向他倾诉了一切。我对父亲的挚爱，我的婚姻，蒂博尔和他女儿的到来，努拉闯入我生活后我对米娜的厌倦，我想娶努拉做第二位妻子的愿望，潘诺姆的受伤和康复，以及他迎娶努拉的决定。

我在讲述时，巴拉克还是停不住嘴。

"啊，毒蛇！坏蛋！好色鬼！他就是这样，不会关心任何人、任何事，除非别人告诉他有人……他又故技重演！"

"故技重演什么？"

叔叔愣了一下，受惊道：

"没什么，你继续说！"

我继续讲述我的顺从，我回归米娜，我为接受现实做出的努力。最后，我的叙述结束在米娜的死和我们孩子的夭折。

"村子里已经没什么值得我留恋的东西。我尤其不想看见潘诺姆或努拉满心欢喜的样子，那超出我的承受力！"

叔叔的大手抚摸着我的手。

"我能理解你，孩子。"

随后他抬头看看屋顶，仿佛在寻找什么东西。犹豫了一下，他结结巴巴道：

"你母亲不会太忧伤吧？"

"是的，她哭泣。她有那么多理由陷入绝望，所有人都抛弃了她：我父亲，我。"

"啊？"

他似乎有些激动。我问他：

"你认识我母亲？"

"不，我不认识你母亲。"

他仿佛被打败，一脸沮丧，低下头，在兔子烤熟之前，一直没有再说话。

大餐吃完，睡意向我袭来，那效率就如脖子挨了一棒。我蜷缩在洞里，三天三夜没合眼，一直保持警惕，随时注意熊的出没，等待暴风雨结束。

打了个大大的哈欠后，我躺在巴拉克的席子上沉沉睡去。

等我醒来时，黑暗已经将我们笼罩。我看见叔叔正在我头顶上方注视着我。

"你睡着时在跟人说话。"他告诉我道。

"跟谁说话？"

"对一只鸟说话……你试图抓住它……请求它回来。"

我一下子坐了起来，米娜！米娜现在怎么样了？或者说附了她灵魂的那只山雀现在怎么样了？我这才意识到，自暴风雨开始以来，我再也没见过那只山雀。

"在狂风暴雨中，鸟儿们会怎么做？"我问叔叔。

"像我们一样，自我保护。有些做到了，有些没做到，后者就丧命了……"

我回忆起在我们的共同生活中，米娜总是害怕阴沉的天空，轰鸣的雷声，闪电和狂风。米娜躲在家里，米娜躲在席子下。彩虹出来后，她还会瑟瑟发抖。她能挨过大自然如此的暴怒吗？她逃走了吗？她躲在某一棵橡树上吗？如果是这样，她会不会被雷电击中？与树干一起被烧焦？

我一阵战栗，就算她活了下来，在我迷失方向穿过森林后，她也丢失了我。我设想那只孱弱的山雀，要么死了，要么孤苦无依，泪水模糊了我的双眼。

"你对我隐藏了什么事。"叔叔说道。

我没有回答。

巴拉克站起身，张开四肢，伸了个懒腰，关节咔咔作响。我从未见过一个像他这样的巨人，他的体格可以塞入三个我这样的。

"过来看看黄昏！"他命令道。

他走出去，我跟在他身后。

走过他当作围墙的荆棘后，他要求我们一前一后行走，保持一段距离。

"记住一点，诺姆，"他跨过一片蕨类后强调说，"不能留下有关茅屋的任何线索，总是走不同的线路到我家。不要踩倒同一片草地，不要碾压同一片青苔，不要踏足同一片地。"

"那你不会迷路吗？"

"路早就被标示。"

"不会吧。"

"真的！"

我观察地上厚厚的树叶，并未看见道路的痕迹。

他放声大笑。

"抬起头！"

我盯着昏暗天空下失了颜色的树叶。

"你看到没有？"他追问。

他手指着暮色中仍可辨别的一棵藤本植物，然后是另一棵，再一棵。

"我没有在地上标记出道路，我记录在了空中。这主意不错，不是吗？"

我拍手称赞。

水珠从树冠继续滴落，为植被注入了新的生机。荨麻长到我肩膀那么高，铁线莲攀爬树干。森林很快暗下来，我们刚才爬上的斜坡（有时很滑）也越来越陡。

我问巴拉克：

"为什么要这么防范？以你的力气，没人敢和你对峙，即便大熊也要犹豫一下。"

"确实！有一次一头熊袭击了我，它为此后悔；我却没有。它为我提供了冬天最好的被褥。"

"为什么你要躲起来？"

"多个游猎者一起出现时会有危险。"

"噢……可你一下子打死了五个。"

他嘿嘿一笑，意识到自己言不由衷。我追问：

"你到底在害怕什么呢，叔叔？"

"朝前走！"

他紧锁眉头，眼含不满，用一种不容违抗的语气呵斥我。

我们来到一片长野草的林中空地，仿佛是森林向天空打开的一个口子。往上可以看到天空，往下可以看到大湖。看到湖，我松了口气，仿佛它就是我家里的一员，内心安定了不少。

巴拉克似乎读懂了我，因为他喃喃道：

"如果说我不再属于村庄，但我永远属于大湖。你不也是？"

我使劲点头表示同意。我们体验到相同的心境，相同的难以言说的牵挂。

太阳落山了，空气凉爽。一头狼的长嚎似在向降临的黑暗致意。它凄凉绵长的哀号，更衬托出大自然的苍茫无垠。

在平坦、如矿物般静止的湖面上方，月色如水，清辉流泻，仿佛为大地镀上一层银色，覆盖了湖岸、毗邻的森林，为周围的景致涂上一层神秘的釉彩。

我转身看着叔叔。

"为什么有一天你来到森林后就再也不下山？"

他咬住嘴唇，咽了口唾沫，声音沙哑：

"那是很久前的事了……"

我尊重他的缄默。自今天早晨起，这个孤独的巨人已经说了无数话，比一个季节的话还要多。我仰望星空，出神了许久。

从此以后，狼的哀号来自边界，传到世界尽头，抵达听觉的极限。这种食肉动物阴森森的叫声如此遥远，我却无法摆脱。不知道是我仍能听见狼的叫声，还是我的幻觉。

巴拉克突然开口道：

"我最初的记忆就是我的哥哥潘诺姆，美好的记忆！我崇拜我的大哥，仰慕他的镇定、他的个性、他的见解和聪明才智，走在他身边，我备感自豪。无论过去还是现在的画面，潘诺姆都是那么帅气。他生命不同的年龄段，不管是小男孩、少年、年轻小伙还是成熟男人，都显示出十足的魅力。如果说神灵给了他一副好身体，就是为了有一天让我们知道，一位出色的老者会是什么模样。我小时候，属于那种病恹恹的孩子，我深信他的光芒照到我，就会温暖我，让我变强壮，甚至变美。因此我模仿他的一切，我在玩耍、表达、行动、吃饭时,都模仿他。他将我吸引到他那里,也就是说,让我向上提升,对此,我一直默默感谢他,他是我的偶像。我需要他的在场,就如我需要喝水。我感觉自己生命的走向十分清晰:留在我大哥身边直到时间尽头。不幸的是,我真该好好想想……"

他停顿了一下,擦洗自己的脚趾。担心他失了讲下去的兴致,我赶紧追问:

"想什么?"

"潘诺姆爱我吗?"

他注视着我。

"我,我爱他,一种真诚的、全身心的、毫无保留的爱。但他呢,他爱我吗?"

我低下头,他的追问如此强烈地引发我的共鸣。当我们在努拉的问题上起争执时,潘诺姆的强硬让我不得不怀疑他真的爱我吗?

叔叔继续道:

"潘诺姆赢得那么多的爱,让人以为他能感同身受。然而他的情况却要复杂得多。"

"就是说?"

"潘诺姆的爱是在符合他需求、在他方便时的爱。"

他的话如此精准,我打了个冷战。

"他喜欢他的小弟弟,这种关系太让他心满意足了。确实,还有比一个崇拜他、对他言听计从的小男孩更好的陪伴吗?不过到了青少年时期,这小弟弟就显得不那么讨喜了。"

叔叔指指他四肢发达的身体。

"看看我这个从毛头小子变出来的怪物!谁都没有想到,他没有,我父母没有,连我自己也没想到。我从小树枝变成了大橡树,浑身都在长,长个不停。曾被哥哥的力气惊得一愣一愣的我,现在的力气是他的三倍!我每天都在让他感觉自己落了下风。"

"他嫉妒了?"

"潘诺姆属于嫉妒不去触碰的那种自负的人。他十分自恋,并不打算成为别人。相反,他厌恶任何风头盖过他的人。我很快意识到自己超过了他,便想尽一切办法让自己停止生长、扼杀自己:我禁食、停止一切锻炼、束缚我的四肢,向神明和魂灵祈祷。出于谨慎,我还在我们兄弟间的竞争中弄虚作假:我们奔跑时,我假装跌倒;我们跳入大湖时,我故意呛水好游得慢一点;我们打猎时,我藏起一部分战利品——以我的臂力和背部力量,我的箭可以射得很远,捕获到更大的猎物……总之,我试着不刺激他。可惜大自然和神灵另有打算……"

"你就是因为这些才离开的?"

他咳嗽。我的问题让他无言以对。

"我永远不会因为这些离开。首先,因为我不相信我的哥哥不再爱我;其次,因为我爱他。"

"那么?"

他双眼直直盯着银色的月亮,仿佛眼睛里只有它。月光照亮了他长有黑斑的硕大面庞。

我抗议道：

"巴拉克，我对你真诚相待，你为什么就不能同样对待我呢？"

他清清嗓子，向月亮做了个道别的手势，转向我，叹了口气。随后，终于艰难地一字一句道：

"因为你母亲。"

"什么，我母亲？你刚才说你不认识她。"

他抬高嗓音。

"我……"

"你对我撒谎了？"

"我没有撒谎，我在争取时间……"

"是吗？"

"我承认，作为你母亲的她我不认识，但作为埃莱娜，我认识她……"

他发出这几个音节时，脸上的表情明媚起来。

我一下子呆住了，多少年来，我从未听说过母亲的小名。我们，儿子和女儿喊她"妈妈"；我父亲喊她"老婆"；村民们喊她"首领夫人"。"埃莱娜"这名字震惊了我，呈现了母亲不同的、陌生的、赤裸的一面；"埃莱娜"赋予她一种神秘的生活，一种出乎意料的丰富。巴拉克说到这个名字时的羞怯神态，表明他说的不是个小女孩而是个女人。对他茶褐色、肥嘟嘟的嘴唇来说，喃喃说出"埃莱娜"这个词，就相当于送出了一个吻。

他微笑、眼神迷离、眼睛半闭，盯着地面陷入遥想，他沉浸到他的往事中。

"我曾经到很远,离村子很远的地方去冒险,去捕鱼。捕鱼是我的借口。随着庞然大物般的身体占据了我,随着我的出现让潘诺姆越来越不自在,一些全新的情感冲击着我,我越来越陷入孤独。我尝试学会不跟在哥哥后面亦步亦趋地生活,不再用他的方式去表达,不再以他的思维去思考。觉察到他的不快,我恼恨自己的巨大身躯,自责我之为我,我逃离。每次远行,我都走得更远,探索未知的陡峭河岸,去一些陌生的小河游泳。那天,我追踪一些在芦苇丛中享受美食的苍鹭,这是出现成群鳟鱼或梭鱼的迹象。当我弯腰踩着泥泞地面往前时,我听到一阵歌声,紧接着便发现了令我心醉神迷的一幕:埃莱娜正在洗衣服,她的歌声像水一样清亮,飘过灯芯草,飘向天空。我被深深打动,躲在草丛中,屏声静气。她的面庞与她的音色一样,饱满、红润、纯净,令我着迷。她美丽白皙的双臂和美丽浑圆的肩膀的一系列动作,让我热血上涌。尽管我努力克制,还是忍不住一声感叹。她抬起头,我站起身。她没有因为草丛中突然出现一个巨人而吓得惊叫,反而露出微笑,无与伦比的微笑,从玫瑰般的双唇和完美齿间绽露的微笑。无须说话,我们第一眼就相互爱上了。"

他压低声音,仿佛担心有人偷听。

"我们养成了在水边见面的习惯,这很快成为我们不可或缺的事。那时候大家都在操心潘诺姆的婚事,不关心我。卡杜尔选择了伊莎,邻村首领马尔多的女儿。潘诺姆很满意他的未婚妻,那是个漂亮姑娘,干净,稍许冷艳,嫁妆丰厚,出自富裕人家,他们家统治着一个有二十多间房子的村子。潘诺姆带着平静的、并不狂喜的满足跟我说起此事，已经沉浸在一桩好婚姻将会带来的好处里。而我，很担心自己选择未婚妻不符合规矩。我留了个心眼，利用光明节，就是庆祝一年中日照最长之日的节日。那天，湖畔的人按照惯例聚集在发生过伊洛德战役的郡马平原。节日给人们提供大吃大喝、尽情跳舞，尤其是寻找心上人的机会。我成功地将埃莱娜的家人介绍给我父亲。埃莱娜是首领之女，哦，是个很小村落的首领之女，在卡杜尔眼中，埃莱娜对他的长子和接班人潘诺姆够不上一桩合适的婚姻；但配给自己的小儿子还是绰绰有余。大家起哄让我们在一起，让我这个巨人和湖畔迷人的姑娘在一起。后来，不知是酒精还是炎热起了作用，我们双方的父亲竟然当场同意。我们的计谋成功了：我们假装刚认识。这天晚上和后来的很多晚上，潘诺姆与埃莱娜相遇，两人的关系遵循着一种热情而有礼貌的模式。当他和埃莱娜交谈时，我从未在潘诺姆的眼神中读到诸如'她比伊莎出色，我更喜欢她'这样的信息。他还没有意识到她有多么热情果敢。"

他挠挠头皮。

"我就在这里做了蠢事。"

他捋了捋胡须，眼神痛苦，嘟哝道：

"多么愚蠢！"

他手捶胸膛。

"是啊，回头看，我发现了自己的错误。"

"什么错误？"

他脸色开始黯淡。

"我渐渐把我的激情传染给了潘诺姆。我向他吐露我的迷恋、我的狂喜、我们心跳加速的约会,我们亲吻时的美妙,我们互相抚摸时的激动(即便我们还没有一起睡过觉),被埃莱娜的形象点亮的梦境,我醒来时对她说的情话。从这时开始,潘诺姆有些失落。"

"他为什么失落?"

"为他的情形和我的情形而失落。因为他在伊莎身上体会不到我在埃莱娜身上体验到的那一切,他认为这些都是伊莎的缘故,而不是他自己!他断定伊莎激发不起他的爱情,而埃莱娜可以。因为他渴望感到我所感受的一切,他就把埃莱娜从我手中抢走了。"

我张大了嘴巴。埃莱娜……努拉……相隔二十五年,我父亲故技重演。现在我终于明白,在我吐露心声时巴拉克那句愤怒的"他又故技重演"的含义。

偷窃自己的弟弟……压榨自己的儿子……潘诺姆关注的并不是女人,他关注的是一个男人看一个女人的目光。对他自己来说,他并不选择,也不会为谁心跳,他需要通过自己亲近之人的欲望,来决定候选人,通过模仿,去产生激情。

猜到我心中的百转千回,巴拉克由着我咀嚼心情。随着与他的相处加深,我发现这个凶猛的大块头却有着细致入微的心思。诚然,他容易激动,但情感细腻,小心着不伤害别人。

我们坐在一个小山丘上,四周一片寂静,猛禽飞过、树叶抖动、猫头鹰最轻的咕噜都放大了这种静。我们心情沉重,遥想着那些过分的往事。

一声声狼嚎传来,让人不禁浑身颤抖。嚎声越来越密,嘶哑的声音宣告着围捕、抓获、猎杀，尖利的牙齿从猎物腹中扯出内脏。

"我父亲是怎么从你手里夺走……我母亲的？"

巴拉克站起身，来回踱步。

"当时，我对他的计划并未起疑。"

他停下脚步，注视着我。

"我可能要讲给你听一个令人非常不愉快的故事，诺姆。"

他犹豫着，屏住呼吸，又猛吸一口气。最后下决心道：

"卡杜尔本来永远不会改变主意：潘诺姆将迎娶马尔多的女儿伊莎，对于权力、财富与和平，这是一场必要的联姻。事关他的继位，卡杜尔绝不会妥协。他允许我别出心裁，但他要求潘诺姆绝对服从，要有与他所继承事业相符的虔敬之心。潘诺姆不能偏离他成为首领的命运。"

"后来呢？"

马尔多掌管的村庄陷入衰败，成为烧杀抢掠的目标，游猎者专门攻击他们。

"没过几个月，他们的给养、牲口、果园、农田都被洗劫一空。很快人员也急剧减少，因为战争让他们惨遭杀戮。马尔多在一场冲突中被杀。总之，那个时候他也就只剩一条命还可以丢了。"

"那伊莎呢？"

"她用不着丢性命。"

"什么意思？"

"潘诺姆气得满脸通红，指责卡杜尔逼他娶一个贫穷的孤儿，来自被碾成粉末的一个村子。卡杜尔表示歉意，潘诺姆利用卡杜尔软弱的这一刻，提出要娶埃莱娜。我父亲召见我，那时我正从山坡上下来，刚刚打死了一头熊，我的第一头熊。我还没来得及向父亲夸耀我的战利品，他就说嫡长子的权力，要求我必须把埃莱娜让给我哥哥。"

"神明和魂灵总是偏向潘诺姆！"

"与神明和魂灵一点关系都没有。"

"不管怎么说……马尔多的村子几乎被灭……"

"不用提神灵、偶然或环境。潘诺姆策划了这一切。"

"什么？你在暗示我父亲……"

"我没有暗示，我有证据。"

"什么？"

"游猎者们的证言。"

"哪些游猎者？"

"就是那些被收买去摧毁、去抢掠、去屠杀的游猎者。"

"那些游猎者单独生活而且他们……"

"有些人会为出高价者出卖自己。他们成群结队到处流窜，他们对定居者的仇恨会打消他们的迟疑。如果有人告诉他们在哪里下手、如何进入、抢什么、对付谁，他们要价不高。只需给他们几袋麦子，他们就可以杀人。那时候，我像你现在一样，容易受欺骗，我根本不相信还会有这样的操弄。我以为就是撞上了父亲蛮不讲理的命令。在我眼里潘诺姆完全无辜，甚至还是受害者。"

"你怎么回答卡杜尔？"

"我完全愣住了。"

"你?"

"肌肉并不带来聪明,我一向反应迟钝。"

"你有没有据理力争?"

"我左右为难。一方面我爱埃莱娜,另一方面我爱潘诺姆。我希望他们幸福,而且我必须服从我父亲。"

"所以?"

"当天夜里,我避免碰见任何人,我离开了。"

"没有给潘诺姆和埃莱娜任何解释?"

"第二天,他们得到了一个解释:我死了。"

我吃惊地盯着他。

"在靠近村子的一块林中空地,我让人相信我被咬死了,伪装了撕扯现场。我把野猪血洒到地上、石头上、树干上,又把衣服碎片挂在不同地方,就如有头猛兽把我撕碎了那般。然后我又暗示我逃跑的线路,在上面留下我的褡裢,受损的弓箭,折断的箭头,丢下我随身携带的东西和我撕成碎片的衣服。最后,我光着身子来到面向大湖的大石头,前一天夜里我在那里放上了大熊的尸体,我那新近的骄傲。黎明,当牧羊人出现在山坡时,我用尽力气大声叫喊,举起熊的尸体,装着与它搏斗的样子。它击打我、碾压我、吼叫、咆哮,我则装出挫败、精疲力竭的模样。最后,我发出一声绝望的惨叫,抱着那野兽倒向悬崖的另一侧。水流带走了我们,带走了熊和我。因为在这个河水泛滥处,水形成一股激流。我水性很好,我保持不动,任凭水流把自己带走。远处,我看到牧羊人一阵骚动,用手指着漂走的两具尸体……人们就这样宣告我在一头大熊攻击下死亡。"

他的拳头猛捶自己的大腿,多少年过去了,往事依旧让他愤懑不已。

"晚上,我松开熊的尸体,投到湖中央,然后游到这里,上岸。浑身赤裸,一无所有,一直生活到现在。"

"巴拉克,你为什么要这么做?"

"我要让埃莱娜感觉可以自由嫁给潘诺姆。如果我活着,她永远不会接受他。我活着,潘诺姆娶不到她,会强迫她。我活着,他们的婚姻会是一场折磨。我活着,无论埃莱娜还是潘诺姆,都不会幸福。"

我注视着坐在我身旁这个弓着背的身影。尽管天色已黑,我还是能看见他眼皮微微颤动,巴拉克竭力控制着内心的激动。

"我只是替她着想,替他着想,所以我消失了。"

他吸吸鼻子,叹了口气,然后泪眼婆娑地注视着月亮。

"我甚至希望,在为我的死哭泣时,埃莱娜通过嫁给我的哥哥,找到某种忠诚。"

*

巴拉克教我如何在野外生存。我们谁也没有提议,自然而然就住在了一起。我们一起打猎、一起捕鱼、一起吃饭、一起午休,我们分享阳光、骤雨,分享树皮搭建的小屋。我们的亲近显而易见,纵然血缘将我们维系,但我们真正的亲密源自共同的命运:

我们都是潘诺姆的牺牲品。

然而，那个窃取了我们的未婚妻、逼得我们隐居遁世的人，我们却没有谴责他，为什么？

"当你开始爱，便永远不会停止爱。爱会变化，但不会离开。"

巴拉克有一天灌输给我这想法，我很同意。尽管我们谴责潘诺姆，但并不厌恶他，更多是一种苦涩，一种对他的深深失望和悲伤。在这失落中，我们承受了我们的那部分责任：如果说潘诺姆跌落神坛，那是因为我们把他捧得过高。先要陷入半醉，然后才能彻底清醒！被他的魅力迷惑，我们没能斟酌付给他的爱；感受到他的出色，却对他的自私毫无意识；我们缺少判断。至于他，他对我们一贯忽视。潘诺姆没有变，他只是暴露了本性。

我们变了，他没有。

抛开幻觉后，我们远离潘诺姆所象征的社会关系，以此疗伤。男人背叛了我们？女人逃离了我们？没关系！大自然成为我们的伙伴，成为我们惊叹和喜悦的源泉。我觉得叔叔和我，我们很相像：我们都在寻求魔力。

这就是为何巴拉克总是絮絮叨叨。他通过崇敬鸟类、喜欢各类果实、喜欢跃入水中，来扎根于他所选择的自我放逐。他用旧世界的语言，来阐明他的新世界。受达观天性的驱使，他最终认为他做出了最优选择，甚至感谢他的过往逼迫他与往事一刀两断。

"我们在这里不比在村子里过得更自在吗，小家伙？如果我想睡觉，我就睡觉；如果我想奔跑，我就奔跑；如果我想吃饭，我就伸出手去。"

他把这种孤独视为一种解放，而不是一种剥夺。

"你还记得在那里的日子吗？整天干不完的活，要像牛马一样劳作，为了让你的同类也一起干苦活。事情是这样进行的：人们把任务拆分，为了让它变轻松点，实际却变得更加繁重。每个人最终都沦为劳役的囚徒，还迫使身边的人陷入同样的囚禁。人们活着就是为了劳作，而不是劳作为了活着！来到森林，你得到了什么？拥有完整的一天。"

我同意。偶尔我也会自问我们是不是有点夸张——从真诚滑入吹嘘，界限有时并不那么清晰——不过把我所忍受的一切断言为自己的选择，这让我心里好受一些。

巴拉克密集的话语砸得我晕头转向，我从未碰到过比这位隐居者更滔滔不绝的人！他从早到晚一直喋喋不休，描述周围的风景、云彩、植物状态、他的消化，解释他做过的事情或将要做的事，扯到无数的话题。这是在补偿他这么多年的沉默？或者说趁有同伴在时，挽回他失去的时光？总而言之，尽管他不承认，但我认为没有什么比分离更让生性善于交往的他感觉烦闷。

巴拉克身上矛盾交织：作为隐居者，他珍惜有人陪伴；独来独往，却又饶舌；他狂热，却又温暖可亲；他暴躁，却又散发着温柔。

同样，他在腼腆羞怯与厚颜无耻间摇摆。他善于隐藏情感（尤其是敏感的心思），却又暴露身体。在起床和睡觉时，我都见他赤身裸体。任何身体活动都不能打断他的无聊聒噪，手捧生殖器、畅快撒尿时，还继续回我的话；蹲下拉便、脸涨得通红时，还在继续说话。

他的自得其乐，尽管有些粗鲁，却有着某种健康的特性，促使我思考我们的行为模式。为什么要对我们的肉体感到羞愧？为什么要出于羞耻感隐藏我们的需求？当着我的面撒尿或大便，叔叔让我很吃惊，但并未让我觉得厌恶。他那种无拘无束反倒体现出某种智慧，"我是大自然中天然的一分子"，他似乎在肯定这样的观点。他教育我说，羞耻感来源于人为的约定俗成。人是因为遵循了这种习俗就自以为是人？他们并没有表现出是人，只是村夫罢了。我学会以更放松的姿态存在。

然而，巴拉克直白的色情表现让我不舒服。他不仅让他的生殖器在空气中晃荡，还要挺向空中。有多少个早晨我听到他津津乐道自己的射精？

"瞧瞧，我们多么精神抖擞！"他笑着对他的命根子说道。

他起身，让我看，要我见证他那大家伙："嘿，小家伙，看看我夜里发生了什么：它又长大了！"然后走出茅屋去放松。他走得并不远，因为我能见到他的手腕在抖动，见到他的喘息，见到精子射出，听到他的低吼，最后是不可思议的咆哮。这个叔叔，一切都出格……回屋后，他还要解释他的行为：

"我可一点都没有疲乏，每次都像第一次一样。爽死了！"

这样来过几次后，他憋不住问我道：

"你不手淫一下，小家伙？"

他打量着我，露出快活、鼓励的神情，又有些许不安。

我支支吾吾，我本应向他承认那难以启齿的、私密中的私密，我与山毛榉的交合，但我再次封闭了自己。

他耸耸肩。

"当本能向你求救时，伸出手去。这对你、你的心情、你的身体，都有好处。"

我用令人可憎的方式回应他。我没说真话，却用一种成年人训斥毛头小伙的口吻向他解释说，我从十三岁起就和女人做爱，我用不着无谓地分散精力。

"哈，你需要一个女人？"他平静地回答道，"很正常，我理解，我知道……你要我给你提供这个？"

"什么'这个'？"

"一个女人。"

"听上去就像你要给我一只苹果。"

"一只苹果只能吃一次。"

他朝我会心一笑，然后离开了茅屋。

"等你想要时，我们再来聊这事……"

巴拉克教会我放弃村里人的视角，放弃我的防御观念。

因此，当定居者憎恶暴风雨时，他却很享受，他不认为暴风雨是一种惩罚，而是神明和魂灵的宽厚。"对植物、大树、动物有好处的事，对我也有好处。"我们一起呼吸雨滴飞散时无味的水沫，巴拉克帮助我欣赏暴风雨带给周围凄惶景象中的高贵之色，赞赏天空的消失、影子的遁去、色彩的简化。阳光碾压植物，雨水则将它们拉长，它奇妙的微光给树干、树叶、岩石带来一层厚度，仿佛它们即刻补充了足够的水分，一切显得那么饱满。

暴风雨结束了，我们赞美它迟来的效应：大地云雾缭绕、小溪欢快奔腾、植物汁液饱满、小草挺拔、鲜花怒放、树叶生辉、鸟儿雀跃，蓝天下空气清新。

"我们现在去哪儿，叔叔？"

"多么蠢的问题！"

他迈开大步，大得我二话不说只能跟上。

过了一会儿，在一个光秃秃的山包上，可以凝望大湖直至无尽的远方。我再一次问道：

"我们要去哪儿？"

"我们就是在走路，你没看见？"

他朝迷宫般的植被深处走去。

经过漫长的下坡后，他指着一棵倒伏的，正好可以当凳子坐的橡树。

"我们歇会儿吧。"

在这片树干光滑的树林中，阳光穿透树叶，斜斜的光柱里，有昆虫在飞舞，成千上万双翅膀，在白日的昏沉中起舞。浓密的森林生机勃勃，回响着虫吟鸟鸣、植物拔节、翅膀扇动的声响。

一片光亮提示树干后面有林中空地。一长列母鹿穿行其间，灵巧而优雅，画着眼圈似的大眼睛，四肢又细又轻盈。它们那种高雅的慢悠悠，让人感觉时间仿佛为了让我们欣赏眼前的一幕而停滞。

两头公鹿闯了进来，在鹿群中颤动身体，摆出一副对打的架势，鹿角相抵，相互威胁。它们深色的眸子中燃烧着争夺的火焰，鼻子喷着愤怒的气息。它们在为哪一头母鹿剑拔弩张？

巴拉克朝我笑笑：

"人也是动物，有着同样的麻烦！"

搏击依然没有开始，它们只是处在相互恫吓的阶段。蹄子刨着地面，表达着它们的愤怒。

其中一头鹿鸣叫一声，一顿足，准备攻击。另一头却低下了脑袋，转向右侧，随后又惊恐地跳了一下，旋即装着什么也没发生过，退到林中空地一侧的边缘，它放弃了。第一头鹿鼓胀威严的胸膛，以胜利者之姿，打量着母鹿。

巴拉克收起笑容，他从刚才放弃战斗的那头雄鹿身上看到了自己。他转身看我时，我知道他也从我身上认出了战败者。

灌木丛中传出咔嚓一声，母鹿受惊一下子四散逃窜，仿佛水被突然搅浑。林中空地骤然变得空荡荡，我们几乎要怀疑刚才是否遇见过这些柔美的动物，它们仿佛是被森林隐藏的秘密，拿出来展示后又立即收回。

"吃点核桃吧。"巴拉克说道。

在浓密的绿荫下，我们享受着这一方小小的避风港。一切都在展现生命的力量：橡树的芽点、蔓延的根蘖、从倒伏树干上蓬勃生长的丛丛根茎。

"多么壮丽！"我喃喃道，"所以你坚持要带我来这个角落？"

"完全不是。我根本不知道我们到了哪儿。"

"你说什么？"

他站起身，打算重新出发。

"就是为了知道要去哪儿我才上路的。"

我们到处游荡，我发现巴拉克确实没有撒谎。他并不预知他的脚步将他带向哪里，他凭着欲望前行，纯粹想要消耗体力的欲望，想要探索的欲望。

"到某一个节点时，你便什么也看不见，这时路程就变得令人厌倦了。"

他邀请我让自己去邂逅意外，去迎接我们的闲逛带来的收获。

"这里有个关键：慢慢品尝。当你知道要去哪里，便会满足于匆匆经过。"

活在当下，将目标置于背景。巴拉克的教育与潘诺姆完全相反。

天色渐暗。

"回家吧，叔叔。告诉我该往哪儿走。"

"不，你来带路！"

"可是……"

"如果我给你指路，你就不会迷失。"

他让我走在前面，我有点狼狈，希望表现得不那么蠢，不那么优柔寡断。于是，我任意朝一个方向坚定地走下去。

夜幕降临。

我停下脚步。

"我……我想我走岔了。"

"没关系。"他回答说。

他接管了局面，很快点上一堆火，我们吃了点东西以恢复体力。他铲平了一块地，弄成两个铺。

我担心地问道：

"你能找到回家的路吗?"

"我完全不记得路。"

"那我们怎么办?"

他仰身躺下。

"我们抬起头。"

他指给我看乌黑的布满星辰的天穹。

"天上的神灵会帮助我们。"

星辰为观察它们的人指引方向:小蝌蚪星座、大蝌蚪星座,尾巴就是最亮的那颗星[1]。

"那颗星指引的就是大湖上方。"

经过这番观察,他得出结论:

"明天,我们朝那个方向走。"

巴拉克说得有道理,加倍有理。

首先,他的直觉带我们回了家;其次,定好一个目的地,会剥夺旅行的乐趣——与昨天晚上不同,今天我专注回程时,顾不上欣赏我们所经过的那些地方。

黄昏,我们回到了茅屋。我在为长满水泡的脚底抹油时,看到巴拉克一丝不挂地走来走去。他一边用刺耳的大嗓门唱着歌,一边搓揉满是伤疤的身体,摩擦他的睾丸。

一阵怀疑浮上我心头。会不会是他?那个怪物会不会就是他?

---

[1] 大小熊星座尾部最明亮的那颗星就是北极星。

我想起我们聊天时他说过的烦人的话："你需要一个女人？你要我帮你找一个吗？"

大湖周边流传着一些谣言：大熊掠走年轻姑娘，让她们迷上自己，然后与她们结合。有人说它把她们关在洞穴里，占有她们。如果她们生的是男婴，那就长成半人半熊、浑身长毛的两足动物，而且力大无比。

因为他暧昧的反应，我在想巴拉克是否就藏在这些失踪案背后。夜里掠走姑娘的那头大熊是否就是他？月光下从远处看，他的身影很容易被误认作一头熊……

"叔叔，你有没有听说过有头大熊专门掠走湖区的女孩？"

他没有看我，嘟哝了一句：

"听说过啊。"

"那你怎么看？"

"我怎么看？"

他停下抓挠，盯着我。

"我小时候，人家就不断重复这些无聊的话。"

他又冷笑道：

"我很想见见第一个看到那头熊的那个人。"

我没听懂他的话，仍然固执地问道：

"为什么？"

"因为那家伙做了坏事，然后通过揭发一个令村民恐惧的罪犯，来掩盖自己的罪行。后来，与他一丘之貉的一些浑蛋也拣起他的谎言。这种谎言已经延续了多少代？"

他把手指捏得咔咔作响。

"熊并不垂涎我们的雌性,我偷偷观察过它们。熊只和母熊交配,而且并不过度,每两年才交配一次,然后就结束了!毫无疑问,就是那些掠夺和强奸别人的定居者杜撰了这个熊的故事。多么低劣,他们让我恶心。"

他说服了我,但我坚持想解开心中的困惑。

"叔叔,你会强迫一个不接受你的女人吗?"

"你说什么?"

"如果你想要的时候……"

"诺姆,如果我想要,我自己解决!独自解决!我想你已经注意到这一点,因为每天早晨你看见我出去,回来时面带倦容。大自然给了我们双手,孩子,为什么呢?再说,单手就够。"

"如果你想要……不是泛指……而是说如果你想要某个具体的女人……"

"怎么……"

"如果她拒绝你,你会强迫她吗?"

"我遇到过这样的情况。"

"什么?"

"我在一个女人眼睛里看到了惊恐,一下子没了兴致!"

"哦……"

"更糟,这让我很长时间都没有兴致!我认同她的感受,感觉自己就是个恶魔。"

"叔叔,你……你完全可以让人喜欢上你。"

他眨眼、吸鼻、干咳，徒劳地掩饰自己的激动。

"我知道……我让你母亲喜欢上我……我这辈子就够了。"

突然，他停止遥想，用手指着我：

"嗨，我明白了为什么你对我提这些问题……因为我说'要给你找个女人'？"

我低下头，很是尴尬。他拍着大腿，哈哈大笑。

"噢，我的侄子呀……我的侄子……我想说的是'带你去找个女人'，我知道去哪里找一个可以和你睡觉的女人。"

"你说什么？"

"我知道一些女游猎者，她们……"

我惊恐地后退一步，我没听错吧？叔叔竟然建议我跟一个女游猎者交媾。

他以为我睁圆眼睛表示乐意。

"那我们走吧。不过我们得牺牲一头母鹿、一头野猪，这是必需的礼物，因为……"

"可是，巴拉克，一个女游猎者，那可不是女人！"

"是吗？那是什么？"

"是动物。"

"你，我，我们也是动物。"

"有的种族高贵，有的种族低贱。"

"你从哪儿听来的，小家伙？如果说这几年我学到了点什么，那就是定居者有关男女游猎者的那些偏见纯属骗人的鬼话，是为某些人的利益服务。有人试图用看不见的绳索捆绑人们，他需要利用这些传说。高贵、低贱！人、非人！文明、野蛮！多么可笑……江湖骗子被看作学者，人们受了骗还要感谢骗子。如果你父亲没有利用人们对游猎者的恐惧和蔑视，他怎能成功……"

他打住话头。

"不，我还是闭上嘴比较好。"

"奇怪……你很少闭嘴。"

"我闭嘴是为了你好，或者说为了你还残存的幻觉……"

尽管叔叔总是滔滔不绝，但他守口如瓶。面对我的固执追问，他答应将来会对我披露实情。

"为什么不是现在？"我坚持道。

"等你有能力听到这一切的时候。"

"那你什么时候有能力告诉我呢……"

他沉默了，我正中要害。

我想我爱死了与他共度的这几个月，他选择生活的光明一面。他既忧郁又快活，他选择轻松；他既活跃又懒散，他培养自己的无所事事。这位奇妙的伙伴尽管有点冲动，但从不缺幽默感。如果我嘲笑他的怪癖（看着湖水大喊大叫，每天跳到冷水里像鹿一样哀鸣，擦去通向茅屋的所有痕迹），他也不生气，反驳说：

"请保持尊重，小家伙！别忘了你是在跟一个死人说话。"

他，那么有远见，却要玩隐身。即便过了二十五年，他还是坚持他的消失。

"你为什么不驻扎在更远些的地方呢，巴拉克？这样你就不用伪装了。"

他叹了口气,被这问题问倒了,但又为此感到如释重负。

"我尝试过的……"

他给我讲述他的尝试。在自我放逐两年后,在他觉得已经埋葬好他对埃莱娜的爱情后,他朝着与我们这里看到的最亮星星相反的方向走,也没有计算一共走了多少天。

"我在一个村子停下,人们接纳了我。有趣的是,那里的人对我很好,我的体型震慑了他们。展示一个巨人,对他们似乎是一种明智的保护。我在那里什么都不用干,只用表示我住在那里,在不同房舍间闲逛。有一天,首领宣布说要把他的女儿嫁给我,我谢绝了。"

"出于对埃莱娜的忠诚?"

他吃惊地盯着我,说他没有想到这一点。抛开这个说法,他重复了他一贯使用的理由。

"我远离的那个地方,我是把我的村庄也背负在身,而新的村子我觉得没那么好。当我离开我的村庄时,我把未婚妻也带在心上,而新的女孩不及她的脚踝。一切都不如从前的。若要冒与某个女人结合的风险,我更愿意是埃莱娜;若要冒生活在某个村子的风险,我更愿意是原来的村子。这对我似乎太多又似乎不够,这让现实很苦涩。最后我决定,我只与……野外生活结合。"

他让沙子从他粗大手指的指缝流泻。

"诺姆,如果我建议你动身,去别处安顿,要走很多天的路,你会跟着我吗?"

"我……我不知道。"

"现在,我们走吧!你来吗?"

答案在我身上自动冒出,它让我沮丧。我对自己如此失望,搜肠刮肚想找出某个未知的愿望。很遗憾,这个顽固专横的"不"浮上来,我不得不承认它。叔叔垂下肩膀,并不吃惊。

"你需要留在他们附近。"

"留在谁附近?"

"人想要逃离的东西,未必是真想离开的。人们只是远离一点,仅此而已。"

巴拉克几乎每天都带着我采集和打猎,他最不喜欢未雨绸缪。

"储备食物,多么可怕!潘诺姆就是通过这种手法,让村民变得有依赖性!生产、堆积、储存、看护、分发、规划,这就是被奴役被控制的路径。他们自以为掌控了这些东西,殊不知是这些东西掌控了他们。从前,不是这样的。"

"从前?"

"潘诺姆把对待岩羊、山羊、原牛、猎狗的那一套用来对付我们:他把我们变成温驯的人群。在驯服家畜的同时,他又发明了仆人。服从到处蔓延,再没人能自由生活。每个孩子都出生于法律、规则、职责的绊索间,他们必须融入其中。唯一的出口?诺姆,就是离开,抹去他教给我们的一切。所以我不愿去未雨绸缪,永远都不会,一如野外生存的要求。"

"可是,当我遇见你时,你正在收拾你的陷阱,巴拉克。"

"设置陷阱,那是打猎!"

"设置陷阱,就是未雨绸缪。"

"暴风雨妨碍我出去,我必须……"

"你预见了未来!"

"给点尊重,小家伙!别忘了你在跟一个死人说话。"

巴拉克顽固地将昨日世界与今日世界对立。从前的一切在他看来都是自然的,而今天的一切都变了味,人在其中占据了过于重要的位置。人不是从容易满足的身体局限中挣脱,而是去创造更多额外束缚,社会、道德、精神等众多沉重束缚把人们禁锢在村子里,就如关进一个大监狱。[1]

---

[1] 与巴拉克在一起,我第一次发现了我在以后数千年中将不断遇见的一种对立,那就是陈旧与现代两派的争端。陈旧派希望保留,现代派希望转变。总之,这是他们认定的……因为更仔细的观察则辨别出另一些事物。

陈旧派想要拯救这个世界,并不按其现在的样子,而要按照从前的样子。在他们眼里,当下已经堕落,引起他们的愤慨。他们毫不犹豫指向一个他们并不了解的过去,以此作为好的模版。我的叔叔巴拉克,满脑子新石器时代,挥舞着辉煌的过往和业已消失的黄金时代。那时人们还没有社会化生活,是一种怀旧的乌托邦。

现代派推崇创新,自认为理性、务实,所以他们玩火,甚至纵火。他们不仅摧毁已经存在的事物,还建立起无法预见其未来和危害性的新元素。我父亲潘诺姆在我们那里引进农业,将其视为一种进步。他没想到对人类来说,全身心投入土地的生活会导致更多劳作,让人永远锚定于一地;导致烧毁森林、抹杀生物种群多样性、面临饥荒、食物短缺的局面;导致劫掠和战争,甚至让地球超载。进步并非只关乎知识的累积,它也展现无知的累积:其后果就是盲目实践和乌托邦展望。

乍看在这场两两对峙中,一切似乎围绕着知识:陈旧派基于从前的知识,现代派创造新知识。

实际上,陈旧派过度想象了他们以为掌握了的东西,现代派则过度想象了他们将要知道的东西。所以我很担心一切都在围绕着无知打转。

有一天，我们成功进行了一场出色的围猎，运气眷顾我们，我们收获了远超预期的猎物：四头体型高大的烟灰色野猪，它们的防御在其黑不溜秋的嘴脸上留下道道深沟。四头野猪，即便已经僵硬，看起来还是随时准备冲锋的样子，巴拉克欣喜若狂。

"多么了不起的一天，小家伙！好天气、好收获、饕餮大餐。值得去找个女人，不是吗？"

他越来越频繁地对我说这句话，每次我都装聋作哑，这让他很开心。

"只要我一说'女人'两个字，我侄子就变哑巴了。这真是个奇怪的毛病……问题是这种病只能靠女人来治愈。"

这一天，他更起劲地撩拨我：

"哦，我觉得你的聋哑症状好了一点。"

我低声抱怨了一句。他笑得更开心，对我说道：

"我不指望你马上答应，诺姆。我以后还会问你的。"

在一棵大树下睡了个午觉后，他伸着懒腰嚷道：

"附近有道激流，我要去游一会儿。你去不？"

我更愿意安静地坐在青苔上，看蚂蚁没完没了地忙碌。他低声哼着小曲离开了。

午后，时间流逝，周围宁静而芬芳。巴拉克很快回来了，身上是干的，在我身边坐下。

"诺姆，我差点被人发现。"

"被谁？"

"我在村子周围曾经见到过的一个男人。"

"什么？"

"一个穿一件大褂的男人，一件黑色的很宽大的外套。"

"灰白头发，瘦削面庞？正在沟渠、山坡上翻找什么？"

我一拍脑门，惊呼道：

"是蒂博尔，努拉的父亲。"

我还没来得及考虑其中缘故，蒂博尔的出现足以让我激动不已。

巴拉克听到这消息后，轻轻摇了摇头，吐了口唾沫，狐疑地问道：

"为什么他要来这儿探寻？"

"他在收集可以治病的草药。"

"需要离村子这么远？"

"是有些奇怪，但为什么不可以？"

我撒谎了。蒂博尔通常在黄昏时结束远行赶回家，这就限制了他的活动范围。一个念头突然浮现在我脑海：蒂博尔在找我。这念头让我不安，我使劲丢开这个想法。

"我摆脱了他。总之，他认不出我的。"

当我叔叔为避人耳目表现出忧虑时，我会生出一丝同情。

"放心吧，巴拉克。你早已成功消失。大家从来没对我说起过你，不仅因为这个话题会让我父亲和母亲觉得尴尬，而且人们都以为你死了。"

他看着我，有些不确定。我很肯定地安抚他道：

"我是唯一知道真相的。"

他的舌头在嘴里打了好几个转，咬了咬嘴唇，最后喃喃道：

"你肯定不是。"

"你说什么？"

"有人知道真相：潘诺姆。"

我惊呆了，盯着叔叔那张凹凸不平的脸。他避开我的眼神。

"我哥哥的聪明程度超过所有人，骗得过众人的事根本骗不过他。我留下的线索、痕迹，我在牧羊人能瞥见我时发出的叫喊，我摔落在别人不可能救援我的地方，一切那么明显，显得很刻意，足够巧合到让他产生怀疑。事情发生得那么恰到好处，我怀疑他已经猜到了我的计谋，并假装相信我已经死了。他从中获益匪浅！一个老婆和很多幸福。"

"巴拉克，这是你的胡思乱想！"

"也许。总之，现在他已经知道了。"

"这……"

"当我把他从五个游猎者的围攻中解救出来时，他看见了我。他的眼神中，恐惧变换了颜色。在他与攻击者对抗时，他表达出的恐惧是害怕自己即将死去。等到我出手相救，他表现出的是一种不同的恐惧，一种遇见鬼魂、遇见过去幽灵时的惊恐。他惊骇地大叫一声，然后晕了过去。"

我每次向潘诺姆提及他的救命恩人，那个神秘巨人时，潘诺姆总是回答我说他当时失去了知觉。当我再要追问时，他就冷冷说道"蒂博尔救了我"，然后便陷入沉默。他的态度可能就是为掩盖叔叔刚才提及的真相。我越探究，越意识到我父亲装满了秘密，甚至是卑鄙的秘密。

"你那天在村子边缘做什么呢?"

巴拉克差点想回答,随即又打住了。

"那是另一个故事……"

他站起身。

"好了,我们聊得够多了。多么好的天气,我的大侄子!值得来上一个女人,不是吗?"

他朝我笑笑,眯缝起眼睛,挥手示意我跟上。

"还没到时候……"

他大笑。

"哦,还没到时候……有进步呀,小家伙。总有一天你会对叔叔说可以?"

"也许。"

我抬起头,这回轮到我朝他笑笑。

"去吧。我知道我让你失望了。你自己去吧,你不需要我。你就像从前一样做。"

"你肯定?"

"你值得拥有一个女人!"

他赞赏我的反应,朝掌心啐了一口,抓起一头野猪厚实的猪鬃。

"这可是一份绝好的礼物!行了,我去洗个澡,然后消失。可不能让女游猎者等太久。晚安,我的大侄子。别给我同样的祝愿,我的这一夜可是要火花四溅的。明天见。"

他吹着口哨,昂首挺胸,步履轻快地走远了。我感觉他在努力克制着不立即小跑起来。

他的身影一消失，我蜷缩成一团，心乱如麻。潘诺姆的谎言……蒂博尔的出现……我有很多心事要想、要排遣，要与往事抗争。我的村庄一直萦绕在我心头，存在于我的记忆和想象中。更糟：就如钻入果实的虫子，蚕食我的思维并不断长大。

蒂博尔应该有事要告诉我。这肯定很重要，他才会冒这么大的风险闯入这里。

会是什么事呢？

*

第二天中午，叔叔带着荣耀和疲惫回来了。他鼻翼张开、双唇饱满、眼皮肿胀，证明着他的幸福。感官的极度满足枯竭了他的话语，只剩下脸上一直浮现的微笑。不管我说什么，他都只是点点头。

晚上吃饭时，我向他承认昨晚起一直缠绕我心头的担忧，但没有提及蒂博尔。

"叔叔，我想回到村里去。"

"什么？你要抛弃野外生活？"

"不，我会继续，我要和你在一起。不过……我还是想看看我们的村子……当然，远远地看……它……"

"我明白了。照着你的意愿去做。"

我并不是乞求他的准许，但我不知道怎么回到村里去。暴风雨摧毁我躲藏过的大橡树的那天，我盲目抱头乱窜了很久，完全没有记住周围的环境，所以只好向他求助。

他答应陪我一起去，我们日出时出发。他又补充了一句：

"正好我要给你看一样东西，你会用上的。"

这回，我用心观察我们所经之地，记住一切标记，比如坍塌的岩石、林中空地、小溪、陡坡等。依靠巴拉克回到村庄，束缚住了我的自由。尽管我很喜欢他，但我拒绝这种依附，再说了，他也持同样的想法。

我们快速往前，通常巴拉克一天就可以走完这段路程。尽管在他身边，我已经大大提高了力量和耐力，我还是得咬紧牙关跟上他。

累得筋疲力尽，清早一路上的标记也已经塞满脑子，当我们登上一个似曾相识的小山岗时，我已经什么都不想去记了，我睁大眼睛注视着眼前的场景。

暴风雨开始时我当作庇护所的那棵孤独橡树，现在像一个伤者倒在草地上呻吟。

雷电的巨斧穿透树干，将其从中间劈开，裂缝一直延续到离地面十英尺，撕裂了纤维。随后两半树干在树叶的重压下轰然倒塌。今天这棵巨大橡树只剩下一根巨大的树桩，失去了枝叶，露出细长显眼的木芯。地面上，它原先壮观身躯的残存物成为真菌和昆虫肆虐的乐土。

"别靠近，诺姆。损伤已经深入树根，大火已经把它的内部全毁了，一直烧到地上。直立的那部分随时可能倒下。"

我一直运气很好，逃过各种危险……从小我就遇到过雷劈的大树，大部分活了下来，长满凸起的伤疤，因为雷电仅擦伤树皮，留下一些瘢痕。有时火球也会击中树中央，将其炭化，留下一个树洞，但并未将大树杀死。我和小伙伴还会把我们的宝贝藏在这些树洞里。很少有大树被完全烧毁，因为那需要暴雨及时停下。而这次，雷电达成了它最大的破坏力度。

"我们在森林边缘休息一会儿，吃点东西，睡一觉，"巴拉克提议道，"明天你就能见到村庄了。"

我们放下褡裢，在蒲公英草地上躺下。我们身后，天空呈现一片绛红色，我们眼前的天空则浮动着一片琥珀色。

一阵突如其来的翅膀扇动掠过我眼前，我本能地闭上眼睛。等我再度睁开眼睛，我看见一只山雀在跳跃，翅膀扇来扇去，小嘴张开，欢快地喳喳叫。

"米娜？"

她被不可遏制的喜悦推动，跳到一根枝头，向我招呼，打转转；随后从枝头跌落，又重新站上，最后敏捷地一飞，停在不远处。尖尖的小嘴，叽叽喳喳地叫着，明亮的眼睛盯着我看。

我一阵激动。眼前的小鸟让我的过往汹涌展开，一段涂上米娜色彩的过往。瘦小的、笨拙的米娜，像一团微弱的小火，持续发出她的无助、悲愁和顺从。我的眼泪不受控制地上涌，我匍匐着尽可能凑近那只愉快的小鸟，低声道：

"我很高兴见到你，米娜。"

一个粗哑的声音响起：

"你，你在跟山雀说话？"

受惊的山雀飞走了,蜷缩在一根树枝的凹陷处。巴拉克惊讶于我的哭泣,我颤抖着告诉他:

"我不是在跟山雀说话,我是在跟一只雌山雀说话,我丢失的那一只。"

他张大嘴巴、睁圆眼睛、点点头,仿佛明白似的,他在向我表示他真的很想搞明白。于是,我给他讲述我埋葬米娜的那天早晨这只山雀出现在米娜墓地时我的感受,看着她离去时我的悲伤,最后重新见到她时我心碎的喜悦。

巴拉克点点头,凝视着远处在暮色中叽叽喳喳、盘旋飞舞的一群群山雀。

"山雀成群结队生活,你的那只却不这样。你说得对,我的孩子。"

他递给我一些核桃。

"吃过晚饭后,你还有力气吗?"

我叹气道:

"没剩多少了,巴拉克。我,我不是个巨人。"

"我要为你揭开你父亲的一个秘密。"

"一定要在今天晚上吗?"

他坚持道:

"一弯细月的夜晚,几乎没有月光,要好好利用。甚至,趁此机会,我们……算了,我不能告诉你更多!"

他将我身后的草丛压平。

"休息一下吧。等森林和村庄都入睡了,我叫醒你。"

半夜时分，叔叔摇醒我，示意我合适的时刻来临了。

我们摸索着移动，天和地都笼罩在一片黑暗中，唯有猛禽凄厉的叫声在夜空回荡。

巴拉克嘱咐我不许说话，尽最大可能紧跟上他，亦步亦趋。他对这条线路了如指掌。

我们靠近一排高悬于村庄之上的岩壁，从来没有人上去过，因为大家一直传说有熊蛰伏于此。我正要提醒巴拉克时，我们听到了一些响动，我们躲在一片小树林后面一动不动。

我们下方，一队黑影正攀上崎岖的小路。当乌云忽然飘散露出月光时，我发现那是五个人。我们只是隐约看见他们，但我立刻认出那是些游猎者。

他们越来越近，喘着粗气，骂骂咧咧。似乎还背着些包裹……

"跟我来！"等他们走过我们躲藏的那个拐弯处，叔叔低声道。

巴拉克抓住我的手腕，用一种我意想不到的敏捷和轻巧，把我带到岩壁上端，然后我们趴在地上爬到岩壁边缘，看到下面那群人正在往前走。

他们刚刚贴近岩壁，一条黑影窜了出来，站在他们面前，他在迎接他们。

"把这些都放下。"

我一阵战栗，这似乎是……不……不可能……

"现在，我们来算一下账！"

毫无疑问：我听见了我父亲的声音。我转头看向巴拉克，他无声地确认了。

游猎者们卸下一包包麦子、谷物、鹰嘴豆。我父亲一一数过,然后指着地上的一道分界线。

"这些给你们,这些给我。"

游猎者们低声埋怨着拿走了他们的那一份。

"我给帮我藏好这些东西的人额外加一包。"

一个身材矮小的游猎者冲到他身边,在他的指引下,那人搬开一块石头。我所处的位置让我没法看清后续的任何事情,但那场景已经十分清楚:他们把粮食放入我父亲的一个窝藏点。

任务完成,那个游猎者迅速赶上他们的队伍,队伍随后消失不见。我父亲又等了一会儿,然后跛着一条腿,缓慢而坚定地一步步下山。

在深沉的夜色中,巴拉克和我,我们默默铺好地铺。我完全失去方向,慌乱无措,千头万绪涌上心间。这一幕把我几十年来对我父亲的敬仰击得粉碎。

我们躺下后,我喝了口水,把水壶递给巴拉克,问他道:

"我父亲……游猎者……我不明白。"

"你都明白,诺姆,但你不愿承认,就跟我从前一样……潘诺姆与那些游猎者沆瀣一气。你想想看:他依靠什么来维持他的统治?靠他的能力和给大家提供的保护。他的能力,他不断发展;他所提供的保护,需要得到证明。为此,他必须在村民中制造一种不安全感。当你父亲注意到游猎者食物匮乏时,他决定与其中一些游猎者勾结,主要在风高月黑的夜晚时不时进行一些劫掠。这些不流血的抢劫召唤强硬的权力……"

"但还是有人受伤……甚至还死了两个人!"

"这就更增加了可信度。"

"你是说我父亲组织了针对自己村民的攻击?"

"攻击和偷窃。不是所有游猎者,因为真正的游猎者还是存在的,他收买了另一些。"

"恶魔!"

"特别是做得很巧妙。无可争议的首领,是很会选择自己敌人的人,然后他给他们好处让他们成为更好的敌人。"

我挠挠头皮。我一向以为父亲诚实高贵,现在才发现他原来是个骗子、无耻之徒、操纵者。

有个细节让我愤慨:

"为什么在这过程中他要扣下一部分他的收益?他并不需要,他有足够多的食物。"

"你在定义财富:拥有之物超过实际需要。你父亲一直渴望富裕殷实。"

"不可理喻!"

"命运呈现给我们三种可能性,孩子:富足、贫穷、幸福。富人拥有的超过他的需要,穷人满足不了需求,而幸福的人则拥有与需求相当。听你叔叔的,他观察他哥哥太久了:潘诺姆一向沉溺于富足,他从事这种偷偷摸摸的勾当已经很久。再说了,这也让我能够救了他……当时我偷听到他雇用的那五个游猎者的对话,他们抱怨被你父亲压榨,没有分到更多赃物,实际是他们在冒风险。他们好几次提出要增加分成,都被你父亲倨傲地拒绝:'如果你们对此不满意，我还认识其他游猎者，别以为你们不可替代！'除了被拒绝，游猎者们更不能忍受他的傲慢自大。在这些野蛮人眼里，傲慢的潘诺姆不仅压迫他们，而且视他们为无物。他们深感屈辱，仇恨在他们心中日益生长。我感觉到他们会采用暴力，便开始跟踪他们……我以为他们会在夜里出手，然而他们十分担心错失机会，所以那天当他们看见潘诺姆单独与他的羊群在一起时，便毫不犹豫发起攻击，尽管有猎狗在。就在他们扑向他的那一刻，我冲了上去。可惜，他们比我抢先一步，等我赶到的时候，我……"

"他们正要结果他，你救了他……"

"是，可是……"

巴拉克一直自责自己出手太晚。他所揭示的一切让我感觉天旋地转……我父亲的背叛……巴拉克的忠诚……

我抓住他粗糙的大手。

"你为什么要救他？你又不是你哥哥的保镖。"

"不，我是。在我很小的时候，他是我的保镖；等我长得过于高大时，我成了他的保镖。"

叔叔那纯粹的心灵让我深受震动。

"你不顾一切地爱着潘诺姆，巴拉克？"

"当然。"

"他配不上。"

"这并不改变什么。小孩子的时候，我的爱很盲目；长大后我的爱很清醒；但终究是爱。"

"这不公平。"

"爱与公平没有任何关系,诺姆。"

*

这天早上我睡了很久,起来时感觉像做了一场梦。然而,夜里的那些揭秘、那些疲惫酸痛把我唤醒,我头脑昏沉、身体僵硬、无精打采。

我垂头丧气,开始了一个幻灭的儿子的第一天。

潘诺姆的表里不一让我目瞪口呆。他是怎么做到去领导一群人,去主持正义,去扮演正直,去推行美德,而私底下竟可以如此无耻?如果说我能一直感觉到他对权力的渴求,却误认为那是他的责任心,是他的克制。然而他这种邪恶奸诈、这种虚伪贪婪……

我是这样一个人的儿子……

我曾经那么崇拜他……

我甚至还那么爱他……

也许我现在还爱他?

我想到蒂博尔冒险走这么远的路追寻我的足迹,想想他的为人与我父亲为人的差距,我生起与他重聚的强烈愿望。也许我做这趟远行就是为了他?

我身侧,叔叔小山般的身体躺在兽皮上,鼾声正浓。看到他经过昨晚的远行,也会感觉疲惫,我心安了不少。我凑近他的耳朵:

"巴拉克，日头升高时我回来。"

兽皮上的那个人嘟哝了什么，算是回应。

我希望蒂博尔也会去我们道别的那个地方，他曾经答应我在那里碰面。我的期待没有落空，我辨认出了那件深色大褂。治疗师正跪在一株灌木前仔细倾听，手里拿着一把刀。我喊他，他转过身，一脸惊喜。

我们向着对方奔去，热烈拥抱良久。我激动地把这个瘦弱的身躯紧紧贴着自己。

他后退两步仔细端详我。我多么高兴又见到他轮廓分明的苍白面庞、挺直有力的鼻梁、灰白卷曲的头发。他用仿佛来自九泉之外的声音喃喃道：

"你看起来不错，我很高兴。"

"你呢，蒂博尔？"

他变了神色，灰色眸子黯淡下来。

"噢，我……"

这个男人从未对我讲起过他自己的感情，我们总是一起谈论植物、树木、解剖、汤剂、毒药、疗愈。尽管我们日复一日讨论聊天，但我对他的内心一无所知。我该坚持问他吗？

尽管他逃避回答，我还是试着读懂他的表情。他似乎察觉到这一点，一动不动地注视着我。

"我以为你死了，诺姆。有一天我在被水淹的一条壕沟里，捡到了你的褡裢、弓箭。这让我很担心，我承认我找过你。稍许找了一下。"

"稍许？"

"使劲。"

我没有向他坦白说，巴拉克在离村子很远的地方瞥见他时，我已经猜到。我也没敢问，是他自己要找我，还是他女儿要求他这么做，因为我讨厌提到努拉。禁忌妨碍了我们之间的谈话，蒂博尔关切地把他的大手放在我肩头。

"有些事情，你和我，我们都不想提及；有些事情，我们不想听到。说说你想说的，诺姆，随你的心意。"

我放心了，几乎被允许说点假话。我向他讲述了我的出走、我目前的状态、我的野外生活。但去掉了山雀、巴拉克，以及对我父亲的发现和我的真实想法后，这份叙述显得那么苍白干巴。

他认真听着，我真怀疑他从我讲述的内容中猜到了一些我有意忽略的内容。接着是一阵沉默。

他皱皱眉头。

"你的褡裢、弓箭，我都小心收藏着，我把它们带给你？"

"不，谢谢了。没有它们，我也可以对付。"

再度沉默，我们的嘴仿佛被上了套，谈话进行不下去了。

蒂博尔用话语试探我：

"你想打听点村里的消息吗？"

"我不知道。"我回答说，完全封闭自己。

"我理解，"他沉重地附和，"离开，就是决定什么都不想知道。"

"是的！"

沉默再次笼罩，而我们心里，却翻腾着无数我们没有说出口的话。我们相互试探，我们既是所负重压的受害者，也是其同谋。通过眼神里的歉意和友善，我们再次确认我们的同病相怜。

"总之，我会终身遗憾你没有做我的徒弟，"蒂博尔声称道，"你对于学习、铭记和发现草药的特性，真的很有天赋。我很想把我的所知传授给你，你会让它更完善，让它产生更好的效果。很遗憾，我的所知将随我一起死去。"

"你并没有失去传人。"我反驳道。

"什么？"

"你可以传给你的孙辈。"

"我的孙辈？"

"努拉的孩子……"

我浑身颤抖。如果我还能挤出努拉的名字，要我说出"努拉和潘诺姆的孩子"实在超出我的勇气。

蒂博尔摇摇头，陷入沉思。我从他的脸色中捕捉到了什么，但他故意换上一副搪塞的表情。努拉和潘诺姆的结合有什么后续？她是否已经怀上孩子？还没有？这些问题在我脑袋里打转，但就是出不了口。

我们之间的沉默变得越来越难以忍受，况且我们有那么多话想要说。

"就此别过，蒂博尔。"

我怯懦地转身离开，满心羞愧、失望、窘迫。

蒂博尔的声音还在回荡：

"诺姆！诺姆！"

他急匆匆地赶上我。

"诺姆,我可以请你帮个忙吗?"

"永远为你效劳,蒂博尔。"

我终于能说出一句真诚的话,没有什么比表明我对蒂博尔的尊敬和爱戴更让我欣喜。

他紧皱眉头,摸着脖子,焦躁地朝四周看看,仿佛有敌人马上就要冲出来。

"村庄面临巨大的危险,我不能告诉你更多。万一事情发展过快,你能保证我可以来告知你吗?"

"蒂博尔,我已经离开了,我不再关心村里的事。"

"为了你母亲、为了你父亲、为了努拉……"

"不!"

我大声吼道。我的粗暴拒绝丝毫不影响蒂博尔,他抓住我的手臂。

"我是一个明事理的人,诺姆,你了解我。我害怕的事情并不多,但这次,我真的怕了。你能保证圆月的时候我还能在这里找到你?"

我挺直身子,想甩掉他的手。他把我抓得更紧,满脸担忧,哀求似的看着我。

"求你了,诺姆。"

这令人难堪的一幕让我十分不安,我退让了,从嘴角挤出一句:

"我对你说'好的',但不是对村子。"

听到我这句话,他脸上的表情舒展了一些。蒂博尔放开我,叹口气道：

"谢谢你，诺姆。月圆的那天早晨，我们在这儿见。"

我急匆匆离开，心头的怒火还未平息。我不能忍受他强加给我的这份诺言。

*

比什么都不知道更糟糕的，便是猜测……

因为我拒绝知道有关村子的任何细节，于是只能想象那里发生的可怕灾难。缺少可供思考的元素，我只好翻来覆去咀嚼着那些可能的不幸，被填饱得几乎想吐。

蒂博尔的欲言又止隐藏着什么？他在担心什么？尽管他遭遇过巨大不幸——妻子的过世，儿子们的横死，自己的村子消失在泥石流下，变得一无所有——但他一直保持着自己的风度，保持着利他主义和极强的好奇心，保持着对别人的善心和救死扶伤。他从来没有飘忽不定、跟跟跄跄。与我父亲不同，他从不遮掩自己的灰暗部分，除了内心最深处的痛苦。但现在，这位如此坚强、如此正直的治疗师，承认自己在发抖，到了要哀求我的地步。到底发生了什么？

你想要逃离的东西总会缠上你。从此，村庄和村民再也没有离开过我。

那只山雀也跟着我，保持着一只谨慎鸟儿该保持的距离，执着地陪伴我。

而我叔叔，他的喜悦溢于言表。是否因为我只做了片刻的逃兵，又回到了野外生活？是否因为他倾吐了他哥哥可怕的秘密？是否因为他可以从此放肆地大声嚷嚷"犒劳自己一个女人"而我不会反感？

所以他就这样消失了好几次，第二天疲惫不堪地回来。

"嗨，小家伙，我是多么羡慕那些动物！它们只在发情期才交配。剩下的时间，它们不会心痒痒，它们休假、睡大觉，它们的裤裆不烦扰它们，休息！而我们呢……一整年都是发情期，每个季节都燥热不安，真倒霉！有时候我还真想做一头熊。"

"你开玩笑？"

"当然啦，我的大侄子！我多么高兴我的血还在沸腾，我可不想放弃。"

"有什么事能让你生厌吗？叔叔。"

"能带来愉快的事，我都不会生厌。下次我带你一起去？"

"也许……"

这个"也许"让巴拉克高兴了半天。他认为只有我陪他一起去了，他才算让我真正立足人生。我的迟疑不决在他看来是一种病态的幼稚。

月亮逐渐变大，我带着焦灼不安看着它一天胖过一天。那场约定将带给我什么？

当我判定月亮的体积达到顶峰时，我告诉巴拉克我会消失两天。他似乎猜到了我要去哪里，因为他没有要求任何解释。

我以他的速度走完这段路程，迈开如巨人一样的大步对我已不似从前那般吃力。夜里，我睡在那棵被雷劈过的树桩不远处。而后一大早便来到我与治疗师约好的见面地点。

当我看见三个身影出现时，我的心几乎跳到嗓子眼。在岬角处等待我的是蒂博尔、母亲和努拉。

4

母亲紧紧搂住我不放,我们融为一体,就如从前,就如我出生前和出生后。她抱住我,伏在我肩上轻声地、小心翼翼地哭泣。仿佛受到传染,我的眼眶也开始湿润。她身上的温热、丝滑的皮肤、柔软而丰满的身体、芬芳的玫瑰香水,她散发的所有气息都令我陶醉,消弭了当下,将我带到另一个时刻,纯粹、温暖、光明、永不变质的时刻,跳动着母子之爱的时刻。我怎么能够远离她呢?

抚摸着她的背脊、她的腰肢,我将她紧紧贴着自己。闭着眼睛、闭着嘴巴,我想以我们身体的接触告诉她,自从我知道了她的芳华,知道了她对巴拉克的挚爱,知道了她被毁的幸福、她的哀伤,知道了她后来一声不吭勇敢地与我父亲开始新生活后,我更加爱她了。在她日益笨重的身躯里,我感受到悲伤、放弃、妥协、决心的分量,这让她的身躯无比动人。

她后退几步,我们四目相对,母亲显得很有女人味。第一次,我投向她的目光,不再是一个孩子的目光,而是一个男人的目光。

"你瘦了。"她摸着我的脸颊说。

努拉走上前。

"早上好，诺姆。"

我浑身一颤，看见如弓弦般紧绷的努拉，听到她天鹅绒般丝滑的声音，我十分慌乱。她一如她向来的做派，没有笑容，完美无缺的脸上呈现一种自然的光芒。

蒂博尔有些不安地看着我。

"请原谅我的造次，诺姆。我并不想辜负你的信任，但迫于形势。"

他们俩神色凝重地注视着我，向我示意认亲告一段落。

"我们需要你。"母亲喊道。

"只有你才能救我们。"努拉补充道。

眼下，我的惊讶多过担忧。我感受到的努拉和我母亲之间的关系让我困惑：这完全不是竞争对手的样子啊，她们发出同样的声音；如果说她们之间看不出有什么友谊，但也没什么敌意；危险面前的团结一致搁置了争执。

"到底发生了什么？"

母亲转向努拉。

"向他解释一下我们现在的处境。"

努拉动动下巴，以示感谢。

"在众多臭气熏人的野人掩护下，某个叫罗布尔的家伙来到我们村里。他们不是游猎者，但也好不到哪里。他们就像狗身上的跳蚤，生息繁衍取决于别人，如果他们嗅到没有油水可捞，就会离开。而我们的村子恰恰很富有，加上它的首领……"

她犹豫了一下。

"是个残疾人!"母亲补充道。

努拉眨眨眼以示赞同,继续道:

"当潘诺姆命令罗布尔和他的那帮乌合之众滚蛋时,罗布尔一阵冷笑。"

"更糟糕的是,罗布尔宣称他要成为这里的首领。"母亲补充道。

"他凭什么?"我大声道。

"凭他的拳头更硬。"蒂博尔回应道。

治疗师绞着布满结节的双手:

"罗布尔当着潘诺姆的面,在公正大椴树下扎营,当众挑衅道:'如果你想保护你的村民,那就证明你能做到。'他们要决斗。"

在我小时候,有些僭越者勾结趁火打劫的坏蛋质疑过我父亲地位的合法性,主张他们对村子的领导权。潘诺姆与这些无耻小人一较高下,把他们一个个打趴下。血能解决这一类纷争。

"我们应该惧怕这个罗布尔吗?"

母亲对我嚷道:

"要是几年前,你父亲一下子可以把他打翻。但现在他缺了一条腿,也老了,缺少锻炼,他的反应迟钝了。我担心他对付不了。"

"他肯定不行!"努拉冷冷地附和道。

母亲很气愤,狠狠瞪了她一眼。不管今天还是从前,她不能接受别人批评潘诺姆。但她还是决定忽略努拉的放肆无礼,因为形势所迫。

"决斗的结局不会太好。"她喃喃道。

"潘诺姆意识到这一点儿吗?"

我的问题换来一阵沉默,谁都不愿冒险给出意见。母亲看看努拉,后者又看看蒂博尔。他们的叹气声此起彼伏。

母亲打断这踌躇不定的局面:

"就算他没有意识到,但我们心里都清楚。罗布尔也清楚!他会赢得决斗,会杀了你父亲。"

"他将统治我们的村子。"努拉断然道。

我努力思考着形势。

"村民们做何反应?"

努拉露出一丝轻蔑的表情。

"村民就是被恐惧支配的。他们更惧怕什么?是潘诺姆的衰败还是罗布尔的暴力?他们犹豫不决。别指望这些消极动物能出什么力,当我想到为了他们,潘诺姆可能会死!"

母亲气愤地表示赞同。

内心深处,我在纠正她的断言:潘诺姆的决斗并不是为了他们,而是为了他自己,出于傲慢、出于自恋、出于对权力的迷恋。在我心里,我早已不相信我父亲的任何利他主义。

母亲、努拉和蒂博尔当然不知道我的心思,眼巴巴看着我。他们在期待什么呢?我能带给他们什么解决办法?他们无声的祈祷对我不起作用。

我把话挑明:

"我已经离开村庄了。"

"那可是你的村庄!"母亲愤然道。

"我已不在那里生活。"

她涨红了脸,盯着我道:

"你用几个月时间就抹去了过去的几十年?你就不担心别人欺负你家人?你不再有亲人?我不再是你母亲?你不再是我儿子?"

我低下了头。

"我又能做什么呢?"我嘟哝道。

母亲站到我跟前,抬起我的下巴,盯着我,不容置疑地命令道:

"回到村子里去,向罗布尔宣告,首领的儿子诺姆不容许有人偷走继承权。"

努拉热烈赞同:

"就算那浑蛋连火都不会生,到时候,他也会明白,跟你打,他冒更大的风险。罗布尔计算得很快。"

"回到你的位置上去吧,我的儿子。"母亲把手按在我肩膀上,请求道。

我一下子不知该如何是好,就如被两股反方向的风撕扯着的凌乱的林中空地。怎么办?救援母亲还是回野外生活?满足努拉还是回去找巴拉克?拯救村子还是从村子脱身自救?这些念头在我心里相互撞击,意外事件再次将我分裂。我到底是谁?哪个诺姆做出回应?

眼前是我所珍视的三个人,他们的焦虑、他们的恳求、他们的满心期待占据了上风。

"好吧。"

他们的脸色一下子舒朗,我则很气恼,已经在心里斥责自己:我没有做出选择,我只是让步。

"决斗什么时候开始?"

"今天上午!"蒂博尔说。

不敢耽搁,治疗师、努拉和母亲带着我朝村里走去。

一路上,有个困惑一直在我心里翻腾,我该如何面对潘诺姆?现在巴拉克给我揭示了潘诺姆的无耻嘴脸,我即将见到我真实的父亲,而不是多年来我天真想象的那个父亲。我预感到我的蔑视将变成强烈的憎恶。

进入村子,我们并没有去潘诺姆和努拉结婚时修建的爱巢,而是来到家中的老屋,我在那里一直住到自己结婚。

我走进正房,潘诺姆正忙着为决斗做准备,在打磨他的燧石剑。他半裸身体、弓着腰、眼睛微闭,并没有听见我进屋。我趁此机会,掂量着他的改变到底有多大。他的肌肉开始萎缩,手臂的皮肤在收缩的二头肌下晃荡。肩膀、肘部的骨骼突出,腰身肥了一大圈,松松垮垮。同时出现的消瘦和肥胖让他的身材失了匀称。

察觉到我的惊愕,母亲轻声道:"娶个年轻老婆并没有让他变年轻。"

她的冷酷正中靶心。潘诺姆再也展现不出胜利者强健的胸肌、宽阔的肩膀,那是他保持首领气度的唯一依靠。年龄压弯了他的背,双鬓和头顶的黑发掺杂了斑驳的白发,显得脏乱。除了脸上的皱纹，蜡黄的脸色也说明了他深居简出、缺乏锻炼、鲜在户外行走和他的种种忧虑。

在他偷藏货物的那个夜里，我凭借他并无变化的声音认出他，并未觉察出他的虚弱。而现在是大白天，他的虚弱让我心情沉重。一种出乎意料的情感涌上心头：怜悯。这位父亲，在他身边时我曾视之为偶像，离开后又极度蔑视，现在我有些怜悯他，怜悯他在衰老和截肢蹂躏下的担惊受怕。我想安慰他。

他抬起头。

一股真切的喜悦浮上他脸庞。

"诺姆！"他叫起来。

他想也没想，张开双臂朝我扑过来。

"我的儿子。"他重复念叨着将我搂在怀里。

复杂的情感让我们有点窘迫……那是在我们生命之外的另一种生命，仿佛它们脱离了一切背景而独立存在。抛开当下，我一下子回到了七岁、十二岁、二十岁，我不再是那个得知父亲不上台面的无耻行径后，变得冷酷、幻灭的诺姆；我永远是如第一天般一心一意崇敬父亲的那个孩子，那个矢志不渝的儿子。

他带着感动审视我一番后，喃喃道：

"我原谅你。"

瞬间，我的热忱骤然退却。

他原谅我！

他沉浸在欣喜中，眼里闪烁着宽恕的光芒注视我。他原谅我……原谅我的出走？原谅我没有他而活下去？原谅我犯下伤害潘诺姆的罪？在他的设想中，我因自己的错误而后悔，我的回归证明大家只有在他身边才能继续活下去。

他原谅我……避开了他的自私、他的专横、他的背叛？

他原谅我……这句话让我明白，他什么事都做得出来，无论是最糟的还是最棒的，他永远认为自己有理。无论他做什么，他认为那就是正确的、合法的做法，超越和独立于他的行动，他认为自己很美好。他的力量来自他的自命不凡。

他原谅我……他有没有想过更应该是我原谅他？显然没有。

他露出一副宽宏大量的嘴脸，还有什么比这种宽宏大量更让人无法忍受？人们还以为他爱我，而实际上他爱的是他的爱我。更甚：从爱我中他爱了他自己。

我朝身后看了一眼，母亲、努拉和蒂博尔，都很满意父亲对我的迎接，鼓动我向前一步，解开眼下的困局。我终于下决心说出我们事先酝酿过的那些话。

"父亲，我回来要回我的位置。"

我低下头，又加了一句：

"如果你能接受我的话。"

潘诺姆抚摸着我的头发。

"欢迎，我的儿子。"

我立即接上最紧急的话题：

"那个罗布尔到底是谁？"

父亲立即挺直身体，恢复了精神。他踌躇满志地拍打着胸口，握紧手中的剑，指指磨尖的剑锋：

"是我今天要杀掉的那个人。"

他语气轻松,踌躇满志,努力稳住步伐从屋里穿过,尽管假肢放大了他的步幅和动作。他在充好汉,对我(以及对另外的那几位)自吹自擂,说那个小瘪三挑衅了他,他要让他尝尝跟癞蛤蟆一样的命运:他会对他一剑封喉。他充满激情地讲述着他从前的诸多胜利,深信还能继续延长这份清单。

"常胜将军,诺姆,我从来没有输过。"

我是否该向他挑明,以他目前的情形,他将从胜利者姿态毫无过渡地进入尸体状态?而饶舌的潘诺姆越说越起劲,陶醉在他的传奇、他过往的壮举和未来的功勋中。他在扮演一个角色,英雄的角色,以虚构的能量来过度补偿他业已缺失的能量,一切显得那么刻意。因为他已有感知,所以变本加厉,竭尽夸张。

怜悯再次浮上我心头,但这次少了温情,是一种带有谴责的怜悯:我觉得他作为从前了不起的首领,如此小丑般地夸海口,就是一种病态。

我打断他的独白:

"我让你在这儿热身,父亲。考验开始前,就先不打搅我们的冠军了。过后再一起庆祝你的胜利。"

他说到一半的话打住了,生生咽了回去,尴尬地看着我,为竟然说服了我而语塞。

清醒的状态结束,潘诺姆装腔作势回到屋子另一头,去寻找适当的武器。

我们分别。一到屋外,母亲、努拉和蒂博尔就围上我。

"你应该向他建议与罗布尔谈谈!"

"代替他去?"我反问道。

"对!向他建议直面罗布尔!"

"代替他去?别像他一样痴人说梦了。你们和我一样清楚他自以为力大无穷,你们和我一样注意到他宁可倒下也不愿后退,尤其在我们面前。他早已不住在这个世界,他还活在那个已经消失的年轻有力的潘诺姆统治一切的世界。"

我抓住蒂博尔的手臂。

"必须由他自己提出让我代替他,只能是他自己。为此,你得帮我的忙。"

"我?"

"你有药炭鼠李吗?"

蒂博尔看着我,眼里闪过兴奋的光芒。

"我以为你是最出色的学徒,但这次,学徒超过了师傅。"

他放声大笑,我也跟着他一起笑。

母亲和努拉对这个把她们排除在外的游戏可不怎么高兴。

"我们可以知道是怎么回事吗?"努拉捏着鼻子嗡声道。

蒂博尔转身对着她,终于逮着机会教训她:

"我经常指给你看这种灌木,女儿。不过以你一贯的做派,你既没听进去也没记住我的解释。狍子最喜欢它小小的红花,这种花能让它们变得好斗。而晒干的树皮可以泡茶,能治疗便秘。"

"那又怎样?"她回嘴道,并不觉得自己有什么错。

"我们的朋友诺姆打算用它和父亲干杯。"

"没错!"我确认道。

"一杯醇厚好酒,很香,因为我们要撒进去的药粉有一股难闻的气味。为了保证效果,我在里面掺了一点剑麻籽。"

我向母亲和努拉解释道:

"潘诺姆的肠胃将翻江倒海,他不得不做出妥协,就看他如何选择。"

母亲不由自主地拥抱我,在我耳边轻声道:

"但愿他做出对的选择。"

潘诺姆并未察觉有诈,频频与我干杯,并不断寻找舒适的姿势。在他的比画过程中,我发现他腹部的痉挛让他十分不适,疼痛时的苦笑掠过他苍白的面颊。但他强撑着忍受内脏的折磨,甚至还放大了他的虚张声势。突然他的脸煞白,起身离开了我。

过了一会儿,他脸色铁青地回来,但还装着若无其事的样子,直到又一次强烈的痉挛让他再次逃离。

这回他缺席的时间更长,等他再次回来,已经浑身发热,满头大汗,颤抖着摇摇晃晃。

"诺姆,我无法进行决斗了。"

"延期决斗吧,父亲。"

他瞪了我一眼。

"如果我请求延期,那罗布尔就占上风了,我就把胜利拱手相让。他就会占有我们的村庄。"

他擦了擦额头。

"我有主意了。"

他把挂在他上身的那串象征权力的硕大珍珠白贝壳项链递给我。

"我让你做首领,说到底,我这一生就是在培养你,现在到时候了。你去对抗罗布尔,让他吃土去吧。"

"父亲,我不知道……"

"我说过了!为了我,就这么定了。"

他一只手按住我肩头,另一只手撑着墙壁,摇摇晃晃,情绪激动。

"我把权力传给你,我为你骄傲,我的儿子。我爱你。"

*

我走出屋子,变了模样,身上披戴着权力的象征,手握武器。母亲、努拉和蒂博尔立即猜到了发生的事情。为了不让潘诺姆发现我们的共谋,大家都没作声。母亲拥抱了我,蒂博尔祝贺我,努拉朝我微笑。

一阵骚动在蔓延。

有节律的敲击声和叫喊声在房舍间响起。人们用木棍敲击地面,唱诵着古老的歌谣。女人们咕咕叫,男人们砸着舌头。这些喧哗渗出死亡的召唤,屠杀的气息。蒂博尔冲向嘈杂声的源头。

"快!罗布尔在广场上顿足有一会儿了,他越来越不耐烦。村民们在那里围了一大圈,这浑蛋在辱骂你父亲,嘲笑他的迟到,把村民争取到自己一边。"

我跟在他身后，出现在公正大椴树旁边。

叫喊声、叩击声突然间停止。

人群随即响起惊讶的窃窃私语。人们已经几个月没有见到过我，更想不到我会手执长剑、佩戴着那串瞩目的项链出现。

我站立在罗布尔面前。用不着核实他的身份，那矮壮的五短身材，身高与身宽一样；戴着护身符，挂着獠牙坠子，脑袋上顶个熊头。他所有的装扮都为了表现他是个可怕的战将，甚至他肮脏的胡子和蓬乱的头发都在说："畏惧我吧。"

他让我觉得滑稽可笑，倒不是他的外表缺乏说服力——他公牛般的脖子青筋暴突，肌肉鼓胀，拳头紧握，矮短腿让他重心稳定、步伐快捷——而是他狭窄额头上两道深深的皱纹、充血的瞳仁、翕动的鼻翼和易惊的举止都在展现他的愚蠢、固执，就是那种错把自己的攻击性认为英勇无畏、把自己的野心认为是气度魄力的智力有限者。

他打量着我的项链和佩剑，呵斥道：

"你是谁？"

"诺姆，潘诺姆的儿子。"

他吼叫道：

"潘诺姆没有儿子。"

"那是你没有打探清楚。"

我拉村民们入局：

"我是诺姆，是潘诺姆的儿子吗？"

他们大声回答："是。"这让罗布尔十分生气，他感觉天平正倒向我这一侧。

他蛮横地跺着脚，吐沫星子飞出。

"潘诺姆在哪儿？"

"在家里。"

"他拒绝决斗！"

"和谁决斗？"

罗布尔被我的反应激怒。

"当然是和我！"

"为什么？"

"因为我向他发出了挑战。如果他赢了，他仍然做他的首领。如果他输了，我就成为首领。"

我们的对话让他火冒三丈，同时又让他陷入不安。他原本冲着一场轻而易举的胜利来的，但他的计划未能如愿实现。我冷静作答，我知道我的冷静更让他心里没底。

"我想你搞错了，罗布尔。你声称要与村里的首领决斗？而我就是这个村庄的首领。"

"从什么时候？"他气急败坏道。

这个浑蛋的暴跳如雷向我证明，要么是他愚蠢，要么是他知道会失败。

"二十五年前和不久前。我父亲刚把属于我的位置传给我。"

我指着那条项链说道。从我们面对面开始，他就一直贪婪地盯着它。为了强化我的权威，我傲慢地问他道：

"那你呢？你又是谁？"

"罗布尔！"

"那好，我还是劝你赶快离开吧，罗布尔。"

村民们闹哄哄地表示赞同。在他们眼里，我代表着合法的首领——或按照努拉的说法，他们认为我的保护能力更胜一筹。

罗布尔举棋不定，一方面他希望离开这里，另一方面他又不堪当众受辱。当他转身征询他那些打手的意见时，那些尖酸、暴怒的家伙用啸声和尖刻的手势示意他把我干掉。因为他们不用下场打斗，任由愤懑和仇恨的情绪发酵，憋着劲要一场杀戮。他们加剧了罗布尔的拖延。

这一位正在颤抖，他发现自己进退两难。无论从哪一方，风险已经确立。要么他面对我，要么他面对自己的手下。

蒂博尔凑近我，在我耳边低语：

"准备战斗，诺姆。"

"罗布尔还在踌躇……"

"不会拖延很久。谁推他做了领头的？是那些野蛮人。他被那些野蛮人裹挟。"

确实，罗布尔再也不敢靠近那些歹徒，他们对他使劲喝倒彩，表现出强烈的攻击性、仇恨和紧张。于是罗布尔转向我，盯着我。

"准备好干架了吗，老跛子的小兔崽子？"

他的打手们欢呼喝彩。

"准备好了！"我答道，握紧了拳头。

罗布尔高高举起他的斧子。

"胆小鬼的儿子，垃圾兔崽子，我要把你剁成肉酱，让你吃下自己的蛋蛋，如果你有蛋蛋的话……或者你那老子，他自己的蛋蛋跟腿一起丢了，也没想过要给你安上！小臭虫，阉人，我一斧子就能劈开你的脑袋，你在完蛋之前先尝尝我斧头的滋味！"

这些辱骂根本干扰不了我，迷惑不了我。如果说罗布尔是靠谩骂来给自己打气的土匪，那说明他缺乏真实的底气和真正的勇气。

我举起手中的剑。连我自己也很意外，我很乐见发生这一切，多么巨大的满足！从早上，甚至几天以来我蓄积的愤怒终于可以爆发。这个送上门来的蠢货正好让我出出气。

我尽量克制自己的不耐烦，宣告道：

"够了，罗布尔。现在，要么你离开，要么你死！"

他挥舞斧子朝我冲过来，眼睛喷火，嘴里吼叫着。

我躲过他的第一击，他瞄准我再次进攻，我灵巧地躲开。他认定我是个胆小鬼，以为他控制了局面。我让他多次冲向我，丝毫没有还手，为了让他更胆大妄为，然后体力不支，失去平衡。

等到第八次进攻，我不再躲避，迎向他，将他的斧头挑得远远的，并毫不犹豫一剑刺向他的腹部。

他盯着我，眼睛睁得滚圆，惊讶地张大了嘴，然后一下子跪倒在地。他痛得大声惨叫，试图拔出剑来。我带着一种残忍的快感，把剑插得更深并旋转了几下，意在绞断他的内脏。他发出凄厉而微弱的惨叫。

终于，在我下定决心后，我一下子抽出剑。

罗布尔扑倒在血泊中，短暂地哼了几声，颤抖了几下，又发出一声尖叫，便一命呜呼，僵卧在地上。

我朝他的那群匪徒喊道：

"把他拖走，然后都给我滚蛋！要不然，这就是你们的下场。"

村民们爆发出长久的喝彩，乌拉乌拉和呦呦呦声此起彼伏。他们表现出的狂热和敌意，让人以为是他们刚刚进行了一场搏击……

母亲和努拉在一旁注视着我，充满赞赏。

对所有人来说，我成了一村之主。

*

庆功宴之后，我回到与米娜一起生活过的原来的家。

我难以入眠，一连串迅速发生的事件搅乱了我的心神。命运，在我越轨的野外生活后，贪婪地追赶时间。

为了庆祝我的继位，村民们举行了一场欢庆。有人拿来肉、有人穿肉串、有人点篝火、有人带来水果，有人献出美酒。庆功宴上，蒂博尔坐在我右侧，母亲坐在我左侧。她容光焕发，再次成为村里最尊贵的女人，唯一的首领夫人。这不仅因为我的妻子已经过世，而且因为她作为母亲的地位没人能撼动，也不可能取代。我十分欣喜地看到她在我身边容光焕发、志满意得、光彩照人。

潘诺姆忙着清空他的肠子，缺席了宴会。出于情理，努拉也没有来。然而我在记忆中依然保存着当我洗去罗布尔留在我手臂上的血迹时，她掠过还未冷却的尸体看向我的目光，不止于赞赏，我还看到一种放肆的迷恋，暴露在她慌乱的神情中，脸颊和脖子涨得通红，尽管她竭力克制，还是抛下了她的矜持。她是否第一次把我看作一个强有力的男人，而不是潘诺姆唯唯诺诺的儿子？从她眼睛里，一闪而过，我看到了自己的帅酷。

开杀戒并未让我感觉厌恶，反而觉得这似乎是一种很好的解决之道。在杀死了带皮毛或羽毛的猎物后，现在我夺去了一个人的生命。与动物不同，是罗布尔先对我发起进攻；与动物不同，是罗布尔想要伤害我。形势严峻，我认为，最简单的解决之道就是杀了这个畜生：我解除了危险，也把我在他身上看到的愚蠢、嫉妒、怨恨等一下子解决掉。

我懒洋洋地躺在席子上，米娜和我就是在这里努力造孩子。有关我们的回忆没有让我难过，只是带给我一种无力感。随着时间推移，我只记住了米娜的温存，她笨手笨脚的献身，她努力做好事情的意愿，而忘了我当时感到的无聊、不悦或不耐烦。米娜成为我生命中我所珍视的一幕，带给我一种温暖的忧伤。

我父亲将这所房子原封不动地保留下来，没有让别人住，这也深深触动了我。通常，没有任何房子会空关，首领很快会将它分配给某户人家。对我，潘诺姆延长了征用期限。他在希望我的回归？

我的看法有了些改变。他把权力移交给我，平息了我的疑虑。在放弃权力的前一夜，他表现出强烈的责任心，忠诚于他的职责，希望为他的村庄和为他的长子争取到最好的结局，他证明了他的可靠。作为首领和作为父亲的路，他在经过如此多的战斗、操了如此多的心之后，已经走完，他终于可以休息了。

黎明时，我谴责自己对他缺少细腻的情感。多么粗线条！我要么仰慕他，要么蔑视他，我就不能对他抱有一种恰当客观的看法？接受他的复杂性？潘诺姆同时具有最令人吃惊的缺点和最崇高的优点。是的，他的美德伴随成正比的恶习，就是说严重的恶习。但如果没有不完美，完美又如何体现？显然，你必须极度热爱权力才能承受其重……有人会不管他人要不要而为他人利益献身，从不想自己？如果说潘诺姆维持着某种恐惧，是为了保持村庄的太平与协调，他从游猎者的赃物中收取自己的那份，是在向他们显示他才是主事者。诚然，他欺骗了他的臣民，但后者不也在第一时间表现出忘恩负义？面对罗布尔的威胁，我早已证实了这一切。他们不再支持一个虚弱的潘诺姆，他们更愿意他去死。潘诺姆私藏一部分财物为了保持生计、改善晚年生活、应对财富丧失，不就显得可以理解了吗？统治别人并不能消除忧虑；保障安全也不能抵御不安全感。

当然，他的行为掩饰着他的缺点。但伪善不也是大家共同的财富？如果说潘诺姆给出的只是貌似公正，表现的只是假装正直，但这些表象构成了他的本质。尽管他虚伪，他也为民众提供了一个模板，他具体化了每个人都应该复制的必要品德。其实，他在黑夜暗影中表现出的另一面不重要，因为没有人知道！甚至隐藏秘密对他来说也是一种掌控力的体现。

我是多么缺少敏感性！我不断将他涂抹成单一色，要么全白要么全黑。从此以后，我会接受他的多面性。

朝父亲家走去时，我决定在我的首领生涯初期要和他共同治理，对于大多数决定，要咨询他的意见，以照顾到他的心态，让他平缓隐退。

我到达时,他大笑着迎接我。

"哦,诺姆,我现在感觉好多了。"

"那就太好了,父亲。"

他递给我喝的。

"努拉向我描述了你与罗布尔的决斗。你手都没有抖一下,我真为你骄傲。"

"我必须这么做。"

"而你做到了,祝贺。"

潘诺姆指着象征权力的那串项链:

"你可以还给我了。"

我呆若木鸡。

他十分自信,上前一步走近我,不觉得我会有任何异议,从我胸前取下项链,挂到自己脖子上。

当他看到我扭曲的面孔时,他嘴角微微向左提升,看着像在微笑。

"什么?你还当真了?"

"可是……"

"诺姆!你出色地完成了这场游戏,谢谢。现在我也从暂时的不舒服中恢复,一切走上正轨。"

"你……"

他收起诙谐,一脸严肃,用不容置疑的口吻对我道:

"肚子有点不舒服并不能夺取我的权力,也不会因此把权力赋予你,别搞笑。"

我挺直身体,严肃地冷冷说道:

"父亲,你违背了自己所做的决定。"

"昨天,我做了昨天的首领该做的事。今天我做今天的首领该做的事。诺姆,我无法进行决斗,但我们必须捍卫我们的村子,作为首领,我派你去干掉那蠢货。今天早上,我恢复健康,我继续作为首领收回我的权力。"

"你认为我没有能力行使首领职责?"

"我培养你就是为了这个,但我现在还活着,我的孩子。你要等到我死之后。"

他笑了,他在嘲笑我的惊愕,他把我当成小孩子。他的关切、他的愉快如匕首般刺向我。他又温和地强调说:

"是的,诺姆,等待。我也耐心等待过我的父亲卡杜尔。"

"这不一样。"

"哦,是吗,为什么?"

"卡杜尔是在阳光照耀的路上突然倒下。魂灵和神明们迎接的是活蹦乱跳的他。而你……"

"我?"

"你的胃肠道病不再困扰你,父亲。但你撑着一条腿,不经任何训练就去决斗,你能打得过罗布尔?难道事后你不觉得自己影响了身边人的心情?你的状态很不好,父亲。一旦你停手,你的感觉会好很多。"

潘诺姆沉默了。他绞尽脑汁却找不到一条反驳我的理由。我指望着他找不出理由便会恢复理性。

但他挺直身体,愤怒地盯着我。

"休想!"

他气愤得浑身发抖,等他意识到这一点后,抖得愈发厉害。

想着赶紧结束这不愉快的场面,我上前一步欲夺回项链。他以手护住,愤怒道:

"你真以为我把权力交给你了?可怜的蠢货。"

我停下手中的动作,以同样的愤怒回敬他:

"我本该警惕,本该记得你惯于窃取别人的东西。"

"你说什么?"

"这是你的癖好……从巴拉克手里夺走埃莱娜,从我手里夺走努拉,现在又要夺走我的权力。"

巴拉克这个名字给我父亲猛烈一击,他浑身一颤,眨巴着眼睛。他不明白我是如何知道这一切的。我趁机给他致命一击:

"更不用说你的那些宝藏……是的,你的宝藏!或者说你的赃物?在游猎者帮助下,你从村民那里诈取的赃物。得了,别假装吃惊!几年来,你藏在大熊崖壁下多少包裹。我甚至在想那附近可能一只熊也没有……这么久以来,你在所有事情上向所有人撒谎。"

潘诺姆紧靠着墙不让自己倒下。他不敢看我,陷入一种深深的慌乱。

接着,他咬紧牙关、面露狰狞、离开墙壁,抓起两件武器,递给我其中一件。

"动手吧。"

"什么?"

"如果你想要权力,那就来取。动手吧。"

我后退一步。

"绝不。"

"为什么?"

"与自己的父亲决斗?"

"动手吧。"

他用剑指向我,我没有理会。他挥舞着剑想挑起战斗,我石化般一动不动。他恼怒地跨前一步,朝我的手臂砍上一剑。

我用空着的那只手捂住受伤的手臂,不让血流出来。

"动手吧!"他咆哮道。

我盯着他,一字一句回应道:

"我不会和你决斗。"

"为什么?为什么?"他晃着手中的武器大声叫嚷。

"因为我肯定会赢!"

我把剑扔到他脚下,跑着离开。

离开房子之前,我见他倒在地上,愤怒地大喊大叫。不仅是愤怒,还有痛苦和怨恨。

我径直爬上一个个小山丘,感觉到一种醉人的自由。我并不是逃离村庄,我只是重新找回我的野外生活,我所选择的生活。我的每一步带给我更多力量,我腰肢颤动、大腿滚烫,几乎忍不住想奔跑。

结束了！永别了阴谋诡计、竞争对抗、背信弃义！我与充满陷阱、伤害、窒息的人类社会做切割，离开了一个为他自己而非为我将我抚养成人的父亲。当潘诺姆声称培养我的统治能力，他在撒谎。如果说行使权力需要诈骗和贪污，他早就应该告诉我，然后训练我。但他更愿意让我浸润于无知，因为他喜欢把我当作一面恭维的镜子，在我面前闪闪发光，自诩正直诚实，吹嘘自己的英勇，这些对他才更重要。骄傲自大损毁了我父亲的优点。

我把他扔在了地上，他遭受侮辱，婴儿般哭泣。他知道我不再天真无知，已经知道他的阴险狡诈，他诅咒我。多么好的消息！让他恨我吧，是的，让他咬牙切齿地恨我！他的仇恨让我从他那里彻底解放。

我走了很久，这让我心情渐渐平复。最近几周，即便阳光普照，日子却更显艰辛和刺骨，冬天来了。

我在小窝棚找到巴拉克时，夜色正好降临。他开心而平静地迎接了我，根本想不到发生的事。[1]

---

[1] 在写下这几行字时，一件往事浮现心头。

巴黎1749年，我因一笔没有偿还的债务被扔进监狱。那座石灰岩的堡垒潮湿、寒冷、臭气熏天。要不是里面关着一个迷人的、看上去很年轻的男人，那真会是一场灾难。那个人爱说话、热情活跃，我们的谈话甚至还吸引了狱卒。大家称呼他金大嘴。他的不信神让他陷入困境，好在他的上层关系和他的高度聪明稍许缓和了他被拘禁在樊尚的处境。他不但可以有书、有纸笔，还可以接待朋友们。其中有个与他年纪相仿的朋友每周来看他，外表没他那么出色，内里却更有光彩。大家称呼他音乐家，因为他要么唱歌，要么冲到金大嘴搞到的羽管键琴前。我很喜欢与他们一起度过的时光。一个阳光明媚的周日，也许我们喝了太多、吃了太多，我向他们讲述了我青年时期的一鳞半爪。我谨慎地并不作为我的亲身经历来讲述，而是作为我模糊记忆中读到过的已经记不起作者是谁的（转下页）

"我们在户外吃饭吧,小家伙。很快就不能这么做了。"

我们在惨淡月光下的一块石板旁坐下,群星散发着朦胧的光亮,仿佛被蒙上一层薄纱,将黄昏打湿。

"我膝盖有点儿痛,"他喃喃道,"快下雪了。"

他在点火时,我向他讲述了我的远行。他听着,惊愕不已,张大了嘴没说一句话。

等我讲到最后一幕,讲到我提及巴拉克、埃莱娜和他在黑夜中的走私等细节,将潘诺姆一举击溃时,他双眼放光,看得出我

(接上页)意大利故事。金大嘴和音乐家听得津津有味,我提到了巴拉克,他那种天生的善良、他的豁达、他的善解人意、他远离村庄的生活。"这正是人的自然状态,是人在被社会化腐蚀之前的状态!"音乐家感慨道。随后,我依然以小说的方式,描述了我的父亲潘诺姆,他的贪欲,他公开的和暗中的致富方式,他为保护他的财产所攫取的权力。音乐家喃喃道:"我的朋友,你启发了我!"金大嘴看着他朗声道:"我明白了!你终于可以回答第戎科学院关于不平等起源的问题了,而且,你不用站在任何人那一方。"音乐家大笑,"那是因为没有人和这位先生一样。你叫什么名字?"我决定开个玩笑,回答说:"事实上,我叫尤利西斯,但当有人来向我申诉债权时,我就叫**没有人**。"金大嘴很快离开了监狱,后来我再也没有见过他,也没再见过音乐家。但几年后我发现了音乐家的书,他刻画了一个处于自然状态下的善良野人,我从中认出了叔叔巴拉克的影子。书的第二部分是这样开头的:"将一块土地围起来说'这是我的',然后找到一些单纯的人去相信他,第一个这么做的人便是文明社会的真正创建者。多少罪恶、战争、杀戮,多少贫穷、悲惨没有放过人类,人类一边拔掉木桩、填平水塘,一边向同类喊话道:'要警惕这个骗子,如果你们忘了果实属于大家,土地不属于任何人,那你们就输了!'"随后,音乐家在眼花缭乱的篇章中区分我们不去探究起源的天然不平等和人为的社会性不平等。所有权的制定产生了与体力不平等无关的财产不平等。后来,这种不平等催生了压迫、阶级和冲突。

多么令人吃惊,我的天真叙事竟然产生了哲学!我经常重读音乐家的这篇文章和他的其他论文。我也会浏览金大嘴的文章,他的文章也许不那么深刻,但弥漫其中的快乐自由的气息很刺激,让我想起他在聊天时的那种迷人任性。对了,还有一个细节:金大嘴实际上叫德尼·狄德罗,音乐家叫让-雅克·卢梭。

244

的话替他报了仇。

我讲完后，他喊道：

"你没有向你母亲和努拉道别？"

"没有。"

"很好！如果我向她们道别的话，就走不成了，或者走得很艰难。"

对她们的任何一点粗暴，我都受不了。

"总之，她们得到了她们想要的！"

"什么意思？"

"她们不是希望我回去，她们只是希望拯救潘诺姆和拯救村庄。"

被额外的痛苦刺激，我补充道：

"她们要维持她们的地位：首领夫人。她们利用了我，与潘诺姆如出一辙。"

我清楚自己在夸大其词中伤她们，但我真的污蔑了她们吗？很显然，努拉竭力想保留她的特权，而母亲，尽管她很爱我，但更乐意充当首领母亲的角色。这些野心勃勃的女人共享对权力的喜好。没有权力，她们怎么能忍受潘诺姆？再说了，她们到底爱他什么呢？

我的角色瞬间显得不那么荣耀，我一直以为我的行动完全出于自己的意愿，而实际上我只是完成了潘诺姆、努拉、母亲甚至蒂博尔希望的事，沦为被他们操控的工具人。我真是个蠢蛋！

巴拉克俯身向我：

"这么说来,我差点失去你?"

他明白我完全有可能不回来了,所以自责在等待我时怎么可以那么没心没肺。我打量着他:在这堆发达的肌肉中,在这样健硕的身体里,在这些泛着光泽的浓密头发和蓬乱胡须中,藏着一颗柔软的心。在他气愤的双唇间、在他恳切的目光里、在他额头的皱纹里,叔叔的真诚是那么强烈而显著,与父亲式的狡猾完全不同。我多么想紧紧拥抱他。

他觉察到了,于是一把揽住我,紧紧拥抱,热烈中带点粗暴。紧贴他宽厚的胸膛,我有些喘不过气,但我没有推开他,任由他散发的热情将我感染。为什么我没有投胎成巴拉克的儿子?

"叔叔,我只有一件事要说。"

"什么事,我的侄子?"

"我们配得上一个女人,不是吗?"

他一阵大笑。

*

寒冷来得猝不及防。

清晨,我们看见藏着雪花的一团团铅灰色乌云缓缓移动,慵懒地塞满天空,直到将它完全遮蔽,让天色阴沉。最初几片雪花在空中飞舞,犹犹豫豫,仿佛笨拙的侦察兵去触摸大地,一触地便消融不见。终于,成群结队的雪花大批涌来,遮天蔽日,四周白茫茫一片。

雪连着下了几天几夜。为抵御寒冷，我们穿上兽皮，包括外套、鞋套、手套。我们小心维持着窝棚里的火苗，靠藏在鹅卵石下仅存的一点食物充饥。

一切气象状况都将我与叔叔紧密相连。我们带着深深的谦恭，凝望大自然、神明和魂灵带来的景象。巴拉克从不担忧，他只是欣赏。即使面对更猛烈的暴风雪，他也会甘之如饴。

他对我重复过很多遍，说从他童年时代开始，湖区周围天气就越来越热，无论冬天还是夏天，气温高得越来越离谱。

"从前，大湖要结冰五个月，而现在只结冰一两个月，不会更多。那时，潘诺姆和我在厚厚的、光滑的、没有危险的冰面上玩得多开心啊！有时候我们会走得很远。有一年冬天，我们甚至还想穿过整个湖区。幸亏饥饿让我们在六天后折返回家。"

我不知道他说的是事实还是略带夸张，巴拉克是那么喜欢回忆他与哥哥肩并肩一起探索世界的迷人时光。

"我们的祖先面对的是比我们今天更严酷的环境。我也不知道出于什么原因，神明和魂灵更善待我们。我们不用像老祖宗那样不得不整年生活在洞穴中。"

有一天早晨，我睁开眼睛，醒来恍如隔世。时间凝固了，空气也变得浓稠，一种宁静感扑面而来。

我走出窝棚，发现雪停了。

从蓝天倾泻的强烈光线照亮森林，洁白的大地将蓝天衬得更蓝。

寂静呈现出另一个世界，它以令人炫目的比例放大了空间，吸收一切。我只能听见我自己,听见我的心跳,听见我鼻子的吸气。当我走动几步,我感觉我和我吱嘎作响的足音搅动了整座树林。我停下,担忧地侧耳倾听。任何一根枯枝的断裂,任何一丝远方翅膀的扇动,任何小松鼠细小爪子的攀爬,任何一丁点响动都在扰乱这宁静。夏天,这些声响融化在寂静中成就了寂静;冬天,这些声响却在寂静中显得突兀。

巴拉克走过来,有些感动。

"这就是三天来神明和魂灵为我们精心炮制的漂亮活计。"

披上白雪的树叶不再颤动。雪花决定凸显出白桦树鳞片状苍白树皮的优美,却把橡树和杨树变成一截灰暗的树干,让它们失去优雅。

"我们得搬家,诺姆。窝棚抵挡不了寒流。"

"如果我们填塞裂隙、抹上苔藓呢?"

"不够。反正,我们走向窝棚的足迹太明显了。积雪会指明道路。"

"巴拉克,我们到底在躲谁呢?"

他没有回答。我最后问道:

"我们去哪里?"

"去我知道的一个山洞,离女游猎者洞穴不远。"

"你是想……"

"是的,是的,我的侄儿。我们就是要去拜访那些我们常提起的女游猎者,因为那天你说过我们值得有个女人。"

我们把一些必不可少的东西全部从窝棚里带走,朝我们的庇护所走去。我们的行进被积雪阻挡，为什么双腿一旦插入雪中，那些轻盈细腻的雪花就变得如此沉重？在费力行走的折磨和寒冷的折磨之外，我还受着其他折磨：下半身，摩擦让我的大腿和脚踝火辣辣地疼；上半身，寒冷刺痛双手，让我双臂僵硬麻木，让我脸上皮肤生疼。落在巨人叔叔的后面，我不得不大口喘气，努力跟上他的节奏。

"巴拉克，你肯定是这条路？"

他埋怨了一声，说如果大雪覆盖了一些标志，会凸显出另一些，根本逃不过他锐利的目光。而我使劲眨眼，被明亮的光线晃得睁不开眼。

我们走过一片被大雪柔和了的风景，陡峭的山坡变成起伏的波浪，不时在某处生出几道皱纹。

巴拉克指着半掩在积雪中的一堆大石头说道：

"这就是我们的新家。"

"没有熊在里面冬眠吧？"

"我把洞口堵住了。"

说着，他搬开一块巨大的石头，又搬开第二块、第三块，洞口露了出来。

"你可别让我天天干这个，巴拉克。"

即便只搬开其中一块石头，也已经超出我的能力。巨人回应道：

"我来负责这些小石块，小家伙。大自然是那么巧妙地设计了我们：你可以钻进去，我可以抱起这些石块。每个人有自己的武器。"

我们在岩洞里待了好几个月。

*

"小家伙,我们得打扮得漂漂亮亮去见女游猎者,这还真是个问题……看看这天气。"

冰冻造成缺水,巴拉克深受折磨。谁若是以为孤独会让巴拉克变邋遢,那他就错了。虽然说巴拉克很少修剪他的胡子和乱蓬蓬的头发,但他遵循着严格的卫生习惯。他会先用灰烬擦拭身体,然后再到河里洗澡或在瀑布下冲洗。他有一块多细孔的小石头,经常用它磨去脚后跟的死皮。吃过饭后,他会用竹片刷他那口洁白无瑕的牙齿,然后用薄荷水漱口。[1]

我发现在去拜访女游猎者的那些夜晚,他会特意打扮一番:用蜂蜜涂抹身体,让蜂蜜被吸收一会儿后,出去游水,回来时全身皮肤光滑油亮。在出门前一刻,他用动物脂肪抹整齐头发,随

---

[1] 今天的人类介绍起自己的祖先(比如新石器时代我叔叔这样的),总说他们满嘴发臭、牙齿松动或脱落。这错得离谱,我就能证明。与固有观念相反,史前的男人女人牙齿非常好。为什么?因为我们没有蛀牙一说,我们由肉类和野生蔬菜组成的食谱,保护了我们。我跟你们说,正是耕种的谷物以面团或面糊的形式占据了我们的食谱后,才出现龋齿现象。这种食物不仅含有大量糖分,而且在把谷物加工成面粉的过程中还混入了很多研磨物:磨盘在研磨谷粒的过程中,会留下一些晶体,侵蚀牙釉质。最后,第二次出现大量龋齿的情况发生于十九世纪工业革命后,后者带来更精细、含糖量更高的食物。食物的进化史呈现的也许是一种进步,因为个体变强大,但它也体现了一种退化,我们腭部的退化。

后用藏在瓦罐里的艾菊花擦拭手腕、脖颈和脚踝。大部分人把艾菊花这种黄色植物叫作"香氛",因为它会散发出一股浓烈的樟脑香味。我们在外徒步时,蒂博尔曾告诉我说,艾菊花能让我们远离跳蚤和植物上的蚜虫。他得出结论说,艾菊花驱除了那些小虫子,很可能有利于产妇的宫缩,推动婴儿的降生。

冬天时,巴拉克在我们的岩洞里辟出一个蓄水池。他在一些空树干内填满积雪,当积雪融化,空树干便化身饮水槽,有些用来饮用,有些用来做饭,有些用来洗东西。即使沐浴条件有限,巴拉克在保持清洁这一点上,绝不含糊。

"准备好了吗,小家伙?"

我们事先准备了礼物。尽管猎物很少出现(大部分动物在冬眠中),不过一旦它们冒险外出,就会在雪地留下明显痕迹。野兔、树䶄或水獭等有点呆头呆脑、略显迟钝的小动物倒在我们的弹弓下,甚至我们都不用亮出弓箭。它们的尸体在雪地上冒一小会儿热气,很快僵硬,变成棕色,然后我们就将它们藏在洞穴外的冰雪下面。这种方法很有效,有时一个早上就可猎获到几日之需。

叔叔为女游猎者们捕到了一头狍子。当他自豪地把狍子扛在肩上时,我猜他需要维持他友善巨人的好名声。

我们走到小山丘高处,大自然呈现一派不同色调的白,有灰白、带彩的白、带蓝的白、带绿的白。尽管我披上所有衣服,还是感觉冷彻心扉。我躲着叔叔,冷得牙齿直打架。但巴拉克一直保持着快速行进,最后我也走得浑身发热。

我们走到一处低矮的岩壁下,巴拉克发出一串猫头鹰似的咕咕叫,连叫三次,这是暗号。石块开始松动,而我以为的灌木丛实则是挡在兽皮帘子前的一道伪装。

一名女游猎者出现,她认出了巴拉克,立刻双眼发光,撩开帘子,请我们入内。

山洞宽敞明亮,各处点着油灯。无数刺鼻的气味充斥我的鼻腔,有烟熏野猪肉的气味,烤岩羊的气味;有火药气味,有菜汤和腐烂水果的气味;还有牛粪的气味。几匹矮壮结实的棕褐色马,在洞口处昏昏欲睡。看见我们进来,无精打采地嘶鸣了几声。在来的路上,巴拉克告诉我,女游猎者们培养出一种驯服野生四蹄动物的天赋,让它们产生依赖性,然后再骑坐它们。

"噢,我的侄子,来看看女游猎者抓住马鬃,双腿夹着马肚子策马奔跑的样子……"

他向我解释说,这里的女游猎者,山洞女游猎者,不与男人一起生活。当她们愿意时,允许男人接近她们,但不与他们分享生活空间。她们拒绝成为从前女游猎者的样子,也拒绝现在女游猎者的生活方式。在传统的游猎生活中,女游猎者属于族群的一部分,她们围捕、瞄准、猎杀,与其他人没什么不同,除非她们刚生下孩子。不过她们并不经常生孩子,顶多五年生一个,她们持续照料孩子,给新生儿喂好几年的奶。在定居民族那里,一切都变了:女人留在家里,从事打扫整理,一年生一个孩子。洞穴女游猎者蔑视这种生存条件,女人不受重视,男人压迫她们,她们的生活缩减到只是妻子、母亲、家庭奴隶的角色。

"我不明白，叔叔。她们到底是女人还是女游猎者？"

"区别只存在于你的脑壳中，我的侄子。定居者或游猎者，都是相同的种族，和我们一样。我反复告诉你，你可以去核实。"

一名威严的女游猎者来到我们跟前，高大得像座小山，手臂有我大腿那么粗，大腿有树干那么粗壮。她解开可笑的外套，露出随着她的步伐而晃动的胸脯。她的腰身臃肿得几乎不可见，但还是随着她的脚步，柔软地左右扭动，仿佛在跳舞。脸颊占据了她整张脸，仅露出一双栗色的小眼睛和一只细小的朝天鼻子。

叔叔见到她后，满脸放光。

"玛拉坦特拉，我的大美人！"

胖女人咧嘴微笑，露出一排可爱的牙齿。巴拉克把狍子放在她脚边，她发出刺耳的笑声。

"给你介绍一下我侄儿，诺姆。"

她把我从头到脚打量一番，仿佛在打量一块人家送给她的鲜肉。这番检查应该得出一个良好结论：她拍拍手掌，喊了好几个发音奇怪的名字。

几名女游猎者围上来，更年轻也更急迫。

叔叔给我介绍今天晚上详细的节目：

"我们会喝一点蒲公英酒，咬几根芹菜[1]，然后你选择你喜欢的女人，但愿她也愿意。"

---

[1] 野芹菜，柔软、清脆、多汁，可以在潮湿的河滩找到，是一种出名的春药。蒂博尔曾对我描述它就像是一个"植物阴茎"。今天的化学研究表明，它能调节激素平衡，并可对抗男性性功能不足，这证实了那位民间医生的说法。

我们朝山洞深处走去，里面包含几个分工明确的区域：过了最外面的马厩，接着就是厨房区，制造工具的区域，睡觉的区域（靠近火塘），最后是存放垃圾的区域。

聊天很热闹、很友好，因为有巴拉克活跃气氛。但也很辛苦，因为我们能交流的词汇很少。我不知道女游猎者们操的是哪种语言——她们使用一种借鉴了很多其他方言的土话，仿佛就是一串旅行纪念品。

大胖子玛拉坦特拉躺在巴拉克脚边，我怀疑他就是为她而来。

有一个女游猎者引起我的注意。她脸色冷峻，透着一副倔强、不可战胜的表情，身上有一种野外生活留下的坚强结实。她身材高挑、大腿矫健，削肩长手，浑身散发着一种孤傲的不可驯服的女人味。尽管我们在火塘边有些昏昏欲睡，但她身上的警觉从未消失：她反应敏锐，随时起身、拿酒、倒酒、递给我们核桃。不管怎样，我的目光一直围着她转。有一回，她的猛然转身让身披的兽皮掀起，我瞥见她皮肤下肋骨弓形的轮廓，我的下身一下子勃起。

巴拉克注意到我的激动，他的眼神没有离开我，俯身在女巨人耳边说了些什么。她看了看我，又打量了一下那位女游猎者，唤她过来。

女游猎者在玛拉坦特拉身边蹲下，听到她的话后，做出激烈的手势回应。我有些担心。

注意到我脸色发白，巴拉克问我道：

"她是个哑巴，我的侄儿。你不会介意吧？"

这就是为何她很显眼！因为她口不能言，便用整个身体来表达。我注视着她，她颤抖着情绪激动，正在跟胖女人讨论着什么。血一下子涌上头顶，一股强烈的冲动让我几乎丧失思考。她是要我还是拒绝我？这唯一的问题占据了我全部身心。

那个女游猎者站起身，盯着我看。她眼神里明显表露出对我的欲望，挥手招呼我过去，一种急迫的召唤。这事可真有趣，本来我是提出要求的人，现在她却装着是主导者。

她走向岩洞的一处角落，掀起一块山羊皮帘子，指着她的兽皮床铺。我躺下，她放下帘子，缓缓趴在我身上，以她的方式、她的节奏引导我。我们四目相对，她把唇贴上我的唇，我感觉自己被融化。我从前品尝过这一切吗？我们的唾液相互交融，相互丰富。

随后她滑落到我身边，仰面躺下，示意我可以占有她。我的手指抚过她灼热的大腿、紧绷的小腹，然后在衣服下试着摸到她胸脯。她一下子挣脱，站了起来。我十分担心冒犯了她，因为从她的反应里，我看到了愤怒。然而她却一把扯掉衣服，露出赤裸的胴体，我惊得张大了嘴巴。与米娜不同，她身体上没有任何妊娠纹，紧致、光滑、纯洁，仿佛今天早晨才刚刚被创造出来。

她很满意我对她的欣赏，重新在我身边躺下，微笑着闭上了眼睛，完全把自己奉献给我的手指。多么幸福，可以嗅吸女人的气息，抚摸女人的形体，在这金色的皮肤上制造战栗，攀上精致高耸的乳峰，让乳头在我的手指下变硬！

我惊跳了一下：她握住了我的生殖器，双眼因我的坚挺而闪烁着喜悦的光芒,催促我进入她的身体。

她仍旧仰面躺着,岔开双腿,微微抬起臀部,便于我进入。插入她潮湿身体的最深处,没有什么比这更容易、更热切、更令人陶醉的了。

随着我身体的抽动,她完全听凭我的运动,享受着她的感官。她身体的一切都在回应我的来回抽动,胯部伴随我动作的节奏起伏;或者反过来,有时她会突然居于主导。我那坚硬的器官被她炽热、隐秘的肉体所包裹,服从着她的请求。我不是在为自己做爱,而是为了对她的爱。她的反应同样也刺激着我,甚至比我自己的感觉更让我兴奋。我成为发生于她身上的无与伦比的神奇事件中的一个工具。

她开始呻吟。她喉咙口发出的任何一点低吟,都令我销魂,引导着我做什么或不做什么。我带着激情侍奉她,让我体验到一种前所未有的感觉:付出愉悦所带来的愉悦感。

突然,她浑身战栗,我感觉她达到一种难以置信的疯狂释放,而我也很快达到了高潮。

我从她的身体里抽出,将她搂在怀里蜷缩在她身边,我们俩的心脏还在咚咚跳动。然后我们沉沉睡去。

*

我喜欢这个冬天。大地仿佛裹上了一层裹尸布,僵硬得像一具尸体。而我,感觉到从未有过的活力。我和叔叔,常去光顾山洞女游猎者。我们带去丰厚的野味做礼物，然后与我们选中的女人一起过夜。当巴拉克和玛拉坦特拉在他们的巢穴里颠鸾倒凤、发出欢快的呻吟时，我和我的哑巴女游猎者躲在一处，消耗着我们无限的青春活力。

每一个这样的夜晚，我的阴茎要勃起好几回。睡过一小觉后，女游猎者会央求我再来一次。其实她身上那种神秘的气味，那种浓烈、蛮横、溢满、源源不断的气息本身，早已刺激得我欲罢不能。我不知该如何形容这种有机的芬芳，我说不出它的任何组成成分，也对不上任何已知的散发源。那是一种原始的嗅觉，隐藏于我的意识之下，陶醉于我的野性，让我的血涌向我的生殖器，推着我总想把自己的器官放入她的器官内。今天，在我写下这几行字时，记忆挫败了词句，召唤着彼时的气息，让我的小腹阵阵发热。

我的女游猎者名叫蒂塔，或者说是她的同伴这样大声叫她，因为她听不太见。她结实沉稳、有耐力，赢得整个团体的尊重。她从不视自己为残疾，反而比其他人更精力充沛，不放弃任何努力。我见过她搬运狍子，将它们剥皮，见过她驯服烈马，搬离巨石，拖走一袋袋积雪，加固房梁支撑，用大车运来树枝生火。白天她一个人干四个人的活，夜里照样能像四个人一样做爱。

她选择了我。玛拉坦特拉告诉我说，到目前为止，蒂塔拒绝了几乎所有来访者。

"自从你出现，唯有你才是最重要的。"玛拉坦特拉补充道，并赞赏地看了我一眼。

蒂塔完全是米娜的反面，强健，任劳任怨，更多是支配者而不是被支配者。她彪悍，喜欢感官享受。当我面对她们，我不会去比较两者，反而会产生某种忠于米娜的幻觉：我没有背叛米娜，即使在她身后也没有，因为我交往的就是她的反面。

蒂塔同样呈现出努拉的对立面。她像努拉一样矫健苗条，但不说一句话，蒂博尔的女儿却是词汇高手，她在喋喋不休中、在心里、在对话时记得每一个词。我决心不再去想努拉，对我来说，她已经死了，或者至少属于一个已经死了的世界，我永远都不会再回到那个世界。

如果我坚持以她的对立面来抹去她，那我真的忘了她吗？冬天没完没了，十分严酷。严寒偶尔的缓和让动物们心生希望，它们把脑袋伸到外面。然而，刺骨寒风不可避免地抹杀了它们的荒唐念头，雪片凝固成尖利的冰针。

一场突如其来、无休止的暴风雪让人根本出不了门，强迫我们留在女游猎者处。狂风如此猛烈、刺骨，任何人胆敢往外伸出一个肩膀，立刻被狂风致命抽打。

岩洞渗透出色情的意味。有些地貌呈现男性化，比如凸起的岩石、垂直的崖壁、陡峭的石墙等；有些地貌表现出女性化，比如裂隙、漏斗状洼地、狭窄的山洞、潮湿的凹坑等。墙上的涂鸦更强化了这里的色情味，女游猎者们画了大量阴唇和一些阴茎，有些人还擅长将洞壁磨光滑，在上面精雕细刻一些图像，还涂上颜色。

尽管与玛拉坦特拉和蒂塔在一起的日子很愉快，但我们一点不喜欢这种被迫的猫冬;那些被狂风的呼啸惊吓到的马儿也不喜欢;女游猎者们也不喜欢,她们排斥男人的持续在场。

借着这次禁足,我明白了玛拉坦特拉是如何得到她那副豪横的身材:她几乎只吃骨髓,纯粹的、油腻的、黏稠的骨髓。女游猎者们替她把野兽的长骨,比如股骨或胫骨敲碎,将它们在冷水中浸泡一天一夜,洗干净、去除血水,然后放在火上烤。玛拉坦特拉允许我品尝一下,我觉得这种有榛子味的、入口即化的东西十分美味。结果,每当我注视她,我就会天真地想象玛拉坦特拉是由一堆脂肪化的、美味的、糖焦化的物质构成,我羡慕叔叔。

有一天早上,暴风雪势头减弱,天气平和下来,雪片也渐渐稀疏。到中午时分,最后几朵雪花飘飘洒洒,轻盈灵动,仿佛一些被耽搁的舞者,不是来奔赴大地,而是飞向空中。

巴拉克和我终于上路。

周围的景色呈一片青灰,而非纯白色。积雪将它们覆盖得太厚了。大自然被简化到只剩苍白、潮湿和无生机。

"走这里!"

幸亏巴拉克在这片变化的风景中找到了方向。我们之间的距离越拉越大,我的步子跟不上他的步子。

"还行吗,我的侄儿?"

"没问题!"

我们的声音被积雪吸收,一点回声都没有。按照习惯,我们沿湖岸走,这是唯一可靠的参照。

"那是什么?"巴拉克突然喊起来。

他的喊声回响在大湖的冰面，逐渐消失在远方，又在相邻的山丘间回荡。

他指着远方岸边躺着的一个人形，衣衫褴褛，身上还落着些积雪。

"那儿有具尸体，某个不小心的家伙死在那里。"

他走下缓坡，靠上前。

"一个女人。"

他弯下腰。

"可怜的女人！她肯定是冻死的。这样的天气跑出来真是找死！"

为了追上他，我在雪地里深一脚浅一脚，跟跟跄跄跌倒了好几次，积雪沾满我的鞋底。等我筋疲力尽赶上巴拉克时，他正把那人翻过身来。

"多么悲伤的事！"他叹息道，"还是个漂亮姑娘。"

我也凑到跟前：努拉躺倒在积雪中。

*

等叔叔小心翼翼将她扛回我们的山洞，我立即扑向她，耳朵贴着她的胸口，然后叫道：

"她还活着！"

我听到努拉的心脏在跳，跳得很快，太快了。我用手探她的鼻息，她的呼吸短暂急促，尽管胸口看不出起伏。努拉没有死，但已经奄奄一息。

她应该在我们发现她之前刚刚昏过去。

"诺姆,要不要我搓揉她一番,将她救醒?"

"千万别!"

我本能地拒绝,担心叔叔的毛手毛脚。而且好几个世纪后,医学从科学角度支持了我的保守:如果通过能量接触来提高皮肤的温度,会加速血液流向周边血管,从而加剧体内的寒冷,这会引发心跳骤停。我对叔叔的提议自发产生的抵触避免了一次心脏意外。

然而我觉得我无法脱去努拉的衣服,我是那么仰慕她。

"巴拉克,把她的湿衣服脱掉,否则她会继续发冷。我把我们所有的被褥都拿来。"

他在忙碌时,我转过身,掏出藏在牛角的火苗,点燃我们设置在山洞里的几处火塘。

"完事了!"叔叔嚷道。

我转过身。努拉面色苍白、太阳穴发紫,眉头紧皱,蜷缩在一大堆被褥中。巴拉克跪在她身侧,双手摸着挂在自己胸前的护身符,口中念念有词祷告。我跪在他身边,闭上眼睛,也开始祷告神明和魂灵,直到头晕目眩。

叔叔站起身,把橡木碗中的水加热,加入蜂蜜,然后哄着努拉道:

"来,孩子,喝一口吧。"

没有办法知道她是否能听见我们的话。巴拉克小心将她扶起,微微张开她的嘴唇,一滴一滴慢慢喂她一些糖水。

"把你的软帽给我,现在她的头发干了!"

我递给他我的兔皮帽,他把帽子套在努拉头上。

我不断观察她:她的皮肤似乎有了点血色,鼻翼似乎张开了一些,呼吸也厚重了些。然而一旦我这么说服自己,立即又升起一丝怀疑,我无法确认这到底是事实还是仅仅是我的希望。

傍晚时分,努拉终于睁开眼睛。她放大的瞳孔没有认出我。

"我在呢,努拉,你什么都不用怕。"

她含混不清地说着:

"爸爸……"

她浑身战栗,眼神涣散,嘴里发出不成句的喊叫。巴拉克在我耳边道:

"她在说胡话。"

"我该怎么办?"

"没办法。"

温热的糖水似乎让她安静下来,喝了几口后,她睡着了。

我拽住巴拉克的胳膊,把他拉到洞穴最深处,尽量远离那个垂死的人。

"我要去找她父亲蒂博尔,一位了不起的治疗师,他知道如何救治她。"

巴拉克挠挠头,皱眉道:

"看看这雪,你要两天后才能到达村里,然后再花两天时间和那治疗师一起回来,还是在没有新的暴风雪的情况下……这样冒失且无用。她的命在此一搏,要么她缓过劲来,要么她离我们而去。"

"我要做点什么!"

"做,做,做……做傻事,去做啊!"

"那怎么办?"

"看护和祈祷。神明和魂灵会做出决定,保持洞穴中良好的温度。"

这一天一夜,努拉在生与死之间徘徊。有时战栗不止,睁着无神空洞的大眼睛,嘟哝着冗长的不明所以的话,过一会儿又陷入深沉得令我们担忧的睡眠中。最后,她终于坐起来,看着周围,看到我,她露出微笑:

"诺姆!"

我上前一步,十分激动。

"努拉,你好点了吗?"

她有些不安,垂下眼睛。

"我饿。"

一声胜利的欢呼在洞中回响。

"得救了!"

努拉听到叫嚷声,吓了一跳。她转过头,发现了巴拉克,他正蹲在她附近。

"很高兴遇见你。我是巴拉克,诺姆的叔叔。"

她结结巴巴说不出话,我解释道:

"巴拉克在雪地里发现了你,把你背到这里,照料你。他救了你,努拉。"

他朗声大笑,用洪亮的大嗓门道:

"我有理由救你,姑娘。要不然的话,我侄子会把我吃了。他对你可上心了,这家伙!"

他朝她挤挤眼睛,巴拉克对所有陌生人都能自来熟。努拉颤抖着,发现被褥下面自己几乎赤身裸体,连肩膀都涨红了,她竭力保持仪态,眨眨长长的睫毛,朝他道:

"谢谢。"

她的唇间吐出这个词,带着如此的优雅和温柔,巴拉克高兴得手舞足蹈。

努拉看向我。

"我在这里过了多久?"

"两天。"

她点点头,陷入沉思。然后从褥子中伸出双手,盯着它们看,看到了裂纹,愣了一下后急切地问道:

"你有没有油脂?"

"什么?"

"搽皮肤。"

我还没来得及反应,巴拉克递上他每次去找女游猎者之前,用来涂抹胸口的那个罐子。

努拉虚弱地朝他笑笑,开始仔细涂抹她的手指、手掌、手腕,一切恢复正常。心疼她、被她吸引的我感觉那个任性、刁蛮的努拉马上要支配我们的时间安排了。

我问了她那个从昨晚就一直横亘在我心头的疑问:

"为什么你要在湖边行走?"

她盯着我，震惊我竟然没有猜到。她用清脆的声音答道：

"我来找你啊。"

我立即嗅到她又要叫我去干预村子里发生的什么事。我很讨厌，决定拒绝，我往后退缩道：

"你来找我有什么事？"

她耸耸肩，放下油脂罐，用手指挑了些油脂涂到干燥的嘴唇上，抿抿嘴，咬了咬唇，咂了咂舌头，说道：

"不，我是来同你在一起。我不想留在潘诺姆身边，我要和你一起生活。"

这番表白之后，努拉嚼了些核桃、榛子、干果，然后又睡着了。

这一整天，叔叔一直在偷偷观察我，他想问我点什么，又不敢。我发现他一直在无声恳求我，又躲避我，找一些新的活计做。我将自己包裹在沉默中。

晚上，努拉稍能动弹，在半睡半醒中喝了一碗我们为她准备的汤，然后又筋疲力尽地躺下，闭上眼睛。

巴拉克把我拉到洞外，暮色四合。

我们四周，旷野无边，发生过一场大战，白雪与黑夜的大战。白雪赢了，它一统天下。覆盖大地的白雪闪闪发亮，透过光秃秃的树枝，白得发蓝。我们在灿烂的星空和如水的月光下往前走。

巴拉克手按我肩头。

"高兴了，我的侄子？"

"我为什么要高兴呢？"我用难以抑制的赌气声调反问他。

"努拉，你想要的那个女人来找你，说明她爱你。"

我低下头认输,很痛苦。我还没来得及细想当下的处境,他愤然道:

"如果当年埃莱娜来找我,我才不会这么低着脑袋!"

"巴拉克,你会强迫我母亲过这种野外生活吗?她出生在村庄,一直过着那种生活。你会和她一起冬天住在洞穴里,夏天住在树林里吗?"

"我……"

"你和我,我们喜欢现在这个样子,因为我们是男人。但女人……"

"女人也没有太多不同,不是吗?"

他淳朴的大脸上真诚地写着这个问题,同时也真诚地担心着答案。

"她们不一样,巴拉克。努拉来我们村子时,带了三十来条裙子,而且还是在泥石流湮没他们的家乡之后!努拉疯狂喜欢衣服、首饰、鞋子、小玩意儿、香水、油膏。她属于村庄的世界。"

"她会变的。"

"为什么?"

"因为爱情。我们就改变了不少,我们。"

"我们因为失望的爱情而改变!为了逃避我们的失败和我们的痛苦。"

巴拉克用脚踩了踩雪堆,叹了口气。他突然捧住我的脸颊劝说道:

"听听她对你说的话,好好听进去。不要犯和我同样的错误。

诺姆,不要把你的生活搞砸。"

然后他迈着坚定的步子朝山洞走去。

我张大嘴呆在那里。在我眼里,巴拉克并没有搞砸他的生活。他为什么要这么说?这么想?

"听听她对你说的话,好好听进去。"这些话在我脑袋中回响。他或许说得对……好好听努拉说的话,或者就是听着。

努拉两天没有说话,仿佛她的痛苦掂量过我消化我们间对话所需的时间。我一直无精打采。

这天夜里,春天的第一场雨噼啪落下。我被雨声吵醒,听见成千上万滴温暖的雨砸进残雪,敲击树干枯枝,沿石缝流淌。黎明,我走出洞口,遥望四周越来越清晰的景色,植物、矿物重新呈现各种色彩。当然,这色彩还略显孱弱,病恹恹的黄绿,灰白的棕色,但它们显示出康复的迹象,与努拉的情形很呼应。这一切触动了我。

我回到努拉身边,递给她喝的。

"告诉我,我离开后发生了什么?"

"一切都越来越糟,诺姆。我不知道你们最后一次见面发生了什么,潘诺姆余怒未消。他整天骂骂咧咧,尖酸刻薄,在他眼里再也没有一件好事。从前,他表现出的是谨慎,现在是多疑。他怀疑一切:怀疑途经村子的异乡人,怀疑集市日来赶集的人,怀疑常住的村民。当日子一切正常时,他又怀疑别人对他隐瞒真相,肯定隐瞒了不好的真相。别人说的每一句话后面,他都能听出恶意、听出背叛。照他的说法，他身边都是居心叵测的坏人，他的村庄就像一口被文火炖着的冲突四起的大锅，毒害他，盼他死。他这样认为。"

最后她简单总结道：

"我不幸福。"

我本能地试图抵抗她带给我的心软。

"你要过吗？"

"你说什么？"

"你要过幸福吗？"

她额头皱起，尤其是她精心描绘过的两道眉毛。

我继续道：

"你想要的是首领妻子，而不是要幸福。"

她深吸一口气，为了更好接住我的言下之意，然后转身看着我。

"确实，我想做首领妻子，但不是那个首领的。"

她目光炯炯，搅乱我的心神。

"什么意思？"

"我要做一位伟大首领的妻子，而不是一个苟延残喘的、残疾的、空有首领之名的首领的妻子。他一天不如一天，一天比一天暴躁。你父亲让我们不堪重负，他发出一些荒唐的、自相矛盾的命令，就是为了要我们服从，以证明他还在统治着。他压制整个村子，压迫你母亲，让我不得安宁。他只放过蒂博尔，他需要他。你临走前到底对他说了些什么？"

"什么也没说。"

我的反应令我意外，我为什么要再次护着父亲，向他人隐瞒他的阴暗面？我还一直爱着他吗？或者说我是出于自爱，羞愧于自己是这样一个恶人的后代？如果说自尊促使我维护父亲，我把自己也搭了进去。和他一样，我遗传了他的毛病……

"你什么也没对他说过？"努拉重复道。

"没说什么特别的。"

她皱皱眉，不相信。我自责于自己的不坦率，但若说出实情，我又深感屈辱。

"总而言之，看清自己的今不如昔，让他深深自卑。但他不归咎于自身，却把恶气出在别人身上。意识到他的衰败，他试图变本加厉地削弱我们。真是一种可悲的算计！"

"所以你就逃离……"

"不，我不是逃离，我只是来这里找回你。"

为什么我不愿相信她？为什么我要抗拒这本该让我欣喜的事情？我是否像潘诺姆一样，总是任性地戒备一切？

努拉抓起我的胳膊，像从前一样，她的触碰让我浑身起鸡皮疙瘩。

"我误入歧途了，诺姆。我更多遵循我的理性而非我的心。当你父亲迷恋我时，我成了首领之妻，这让我很安心，很受用。这是多么愚蠢！如果我能听从我的内心，我本该……"

"本该怎样？"

"我本该听从你的建议，让潘诺姆讨厌我，打消他娶我的念头。只不过理性劝我选择了野心……至于我的心……"

"你的心？"

她朝我微笑，平静、灿烂。

"我在这里了，诺姆，我为你冒了生命危险。"

她抓起我的手，紧紧握住，放到她的唇边亲吻。我激动得说不出话来。

我们深情对视。一个念头突然浮上我心头，我丢下努拉，站起身，转身离开她的床榻。

"怎么啦？"她喊道，惊讶于我的粗暴举止。

我必须说出萦绕心头的疑问，我猛吸一口气，用坚定的语气问道：

"你没有怀孕吧？"

她睁大眼睛，握紧拳头，挤出一丝苦笑。

"我怎么会怀孕？"

"什么？"

"我怎么会怀孕呢，因为……"

她凝重地注视着我。

"婚姻生活并没有被履行。"

再一次，我觉得难以相信她。我们的交谈折磨着我，我在她身边跪下来。

"潘诺姆明明垂涎你！"

她脸色一沉。

"是的，他送给我无数礼物，可是……"

她犹豫着，食指挠着被褥，叹口气，又朝四壁看看，仿佛在寻找某种鼓励。随后说道：

"他在游猎者的攻击下差点死掉的时候，不仅失去了腿。"

"你说什么？你侮辱我父亲……他们对他……他缺了……"

"不，他完好保存一切，但……已经不起作用了。"

她沮丧地咬住嘴唇。

"这件事折磨着他。娶我，他可以想象自己还年轻，还有活力；但不能履行丈夫的职责，让他意识到自己不过是个腐朽的废物。我父亲给他开的风轮菜煎剂一点不起作用。他再也不能忍受，他恨自己。"

我后退一步。

"努拉，你对我说的都是实话？"

"人们通过什么确认真相，诺姆？通过让人屈辱的事实。我向你承认了一件让我屈辱的事。"

她看上去是真诚的，我不住点头。

她继续道：

"我们的婚礼，你的离开……潘诺姆足够聪明，不会意识不到他犯下的一连串错误。出于顽固的虚荣心，他不愿接受他的错误，更愿意怪罪全世界而不是怪罪他自己。"

她大声嚷嚷，突然又两眼放光，轻松问道：

"你能接受我吗？"

"在这里？"

"对。"

"努拉……住在这样一个岩洞里……这不是你待的地方……配

不上你……我不能……"

她捧起我的脸,将她的唇贴上我的唇。我心脏猛烈跳动,我们终于完成了最完美的相遇,此时无声胜有声。一种强烈、神圣的感觉将我们包围,通过我们的双唇进入,我们从一个人的世界进入另一个人的世界;从一个我们难以摆脱的悲惨的现实世界进入一个我们拥吻在一起的光明世界。我立刻感觉到我们将从此紧密相连。

她稍稍后撤,手指在我唇边画个圈,然后在这里亲上一口,又在那里亲上一口,在我唇边献上一个比一个湿润、一个比一个清新的热吻。然后她睁大充满喜悦的美目,宣布道:

"噢,我困了。"

她懒洋洋地侧身躺下,闭上眼睛,香甜睡去。

*

远处,湖面的冰块正在开裂,发出沉闷的声响,惊得鸟儿飞起。努拉以和大地相同的节奏恢复健康。

春天姗姗来迟。大地从融化的积雪,从让它显得孱弱、疲惫的泥淖中挣脱。如果说阳光已经灿烂,但热量还不够;天空虽然不似冬天时那般苍白,也还未呈现明艳的蓝。大自然的各种颜色跃跃欲试,但还未达到最艳丽的时候。

努拉开始吃东西、下床、行走。

我们的热吻让我们变得平和。我们没有更进一步,甚至没有复制我们的吻。

我们咀嚼着这一吻带来的巨大效应：确认了我们之间的心心相印。

有一天晚上，我被她的声音撩拨，难以克制地凑近她的唇。努拉严肃地阻止了我：

"我是你父亲的妻子，诺姆。我们不能继续下去，只要我……"

"只要什么？我们生活在这里。"

"我父亲肯定担心得要死。潘诺姆并不知道我离开他，但愿他不会认为我被熊吃了吧！"

她咯咯笑着，影射巴拉克的离奇失踪。这两位相处得如鱼得水，可以聊上一整个下午。

有两个晚上，巴拉克借口给我们留空间，自己跑去找他的山洞女游猎者。我担心我们聊起这件事的话，会让努拉得知详情，所以对他的开溜，我更愿意扯个谎或保持沉默。

在他第二次出游的第二天早晨，我和他单独出来打猎，巴拉克告诉我说蒂塔有点悲伤，因为我不再造访她。

"你是怎么说的？"

"我说你在照料我们的动物！我选择她会上钩的鱼饵。"

"她上钩了吗？"

"当然。别忘了我们养着三匹出色的马，你还喂着一对狼夫妻。即便这些不能和努拉相提并论，也已经不少了！"

他放声大笑。和他不一样，我并不觉得这场景有什么好笑。

"蒂塔在等我？"

巴拉克点头。我有点不知所措。我与女游猎者睡觉,当然是出于欲望,但也出于愤怒。与我父亲发生冲突,离开村子,我要证明自己并没有被判决孤独终老,证明享乐在陪伴和刺激我的生命。如果说后来我专门去找蒂塔,那是因为我喜欢她,而且我以为再也见不到努拉。想到我那野性的女孩,她的活力和坦诚,我觉得自己真不厚道。

"最好不要执着于任何人、任何东西。"我叹气道。

"只需执着于自己的自由。"

野兔四处窜动、雀跃蹦跶、翻跟头,在春天交还给它们的草地和林间来回奔跑。巴拉克微笑地看着野兔们的小屁股东窜西跳,怎么也看不厌。大多数野兔在草地上奔跑打滚,释放着纯粹的快乐;也有一些贪婪啃噬着它们期待了那么久的柔嫩青草;还有一些野兔鼻尖贴着鼻尖摩擦,耳朵耷拉,完全沉浸于彼此的亲热,不久该会有小野兔诞生吧。

为了尊重小动物们的欢乐,我们达成共识,决定更多采集而非狩猎。

"瞧,玛拉坦特拉的竞争者来了!"

我没明白叔叔的话,他指给我看几只带毛的秃鹫。我看了它们一会儿,终于明白叔叔的意思。这些猛禽发出尖锐的吱吱声,正分食一头母鹿。不一会儿,其中一只秃鹫用爪子抓起一根沉重的大骨头,沉着地飞向高处,将骨头丢下。骨头砸到地上,碎裂开——大鸟看准了地面一块有尖角的大石头。随着清脆的破裂声,秃鹫俯冲到地面,抓起一块碎骨头,津津有味品尝起它够得着的骨髓。

"这是些敲骨吸髓的秃鹫,它们也会如此对待乌龟,将乌龟从很高处摔下,摔碎它们的壳。"[1]

巴拉克带我们来到一个生长着马齿苋的地方。我们采摘伏地攀爬的茎叶,随后他又指给我们看一片长着樱桃萝卜的地方。我们很容易就将萝卜拔起,粉红色的果实不一会儿就装满了我们的裙裾。

"你什么时候出发去村庄?"巴拉克出其不意地问道。

我愣住了,十分恼火。

"你为什么这么说?"

"总会有这一天的。"

恼怒的情绪让我难以平静,一种类似的预感压迫着我,每天早上我都会自问,我们还能坚持多久?为那不可避免的前景而焦虑。

"诺姆,女人不一样。努拉和我们在一起,她是没得选,她恢复健康,她满足你。然而我知道,你知道,她也知道,她在这儿的日子长久不了。她不是已经对你解释她要理清她在那里的处境

---

[1] 长久以来,秃鹫就生活在村庄附近,后来到城市附近。倒不是因为他们热爱人类,而是因为它们会利用我们的腐烂尸体。所以偶尔有人会被一根从天而降的骨头砸中脑门,尤其当他不小心驻足于周围风景时。在希腊,有一天,一位秃头老者正靠着一堵石墙睡午觉,一只秃鹫飞过,砸下一只乌龟。我不知道它最终有没有打开那只乌龟壳,却敲开了它误以为是块石头的那个人的脑壳。一位两千多年后我们还在上演其作品的最伟大的悲剧诗人就这样丢掉了性命。这个人就是埃斯库罗斯,我后面还会提到他。

吗？她不是说过要通知她父亲她还活着吗？如果说她的脚步不能将你带去村庄，她的话语能够。"

两只毛发光亮、腰背浑圆的野兔垂下长耳朵，用胡须相互撩拨着。巴拉克注视着它们，用严肃而温情的语气说道：

"我的孩子，我留在这里，那是因为你母亲坚信我已死，从来没有来找过我。如果她突然出现，我会回到村里，要回欠我的东西。"

"欠你的东西？"

"在她身边的生活，一种正常幸福的日子，而不是逃跑者的生活。我变成了幽灵，诺姆。村民们把我看作一位神，一个魂灵，一个属于过去的幻影。我对任何人都不存在，我只对我自己存在。"

"那玛拉坦特拉……"

"玛拉坦特拉，我永远的阳光。你有没有注意到夏末时，她就像一头熊，胖乎乎地准备冬眠，但迎接春天时也如此吗？我们的玛拉坦特拉永远那么生机勃勃。"

提到醉人的胖妇，巴拉克又高兴起来，兴奋地拍拍自己的手。一声绝望的惨叫撕裂空气，野兔四处逃散，一只饥饿的狐狸逮住一只野兔，疯狂甩动、撕咬，直到兔子最后的抽搐。狐狸松了口气，叼着它的猎物走远，走向树丛。

"你，你对某个人很重要。"巴拉克沉思着坚持道，"你有责任。"

"可是……"

"我们把话说清楚：你爱努拉吗？"

"我爱她。"

"你希望她幸福吗？"

"是的。"

"那你很清楚你该做什么。"

*

太阳刚露脸时我们就出发了。空气变暖，但露水清新依旧。

我们在山谷中不停地上下穿行，大自然恢复了它的雄伟壮丽。山脊上星星点点的积雪，撕裂开一片生机盎然的绿色。靛青色的湖水倒映着一片小小的、孤独的、飘飘荡荡的白云。很久以来，我没有听到这么多的鸟叫，听到它们音调丰富的歌声——丝丝叫、喳喳叫、咕咕叫、啾啾叫、啁啾鸣叫、高声长鸣——它们一展斑斓的羽毛，为我们演绎一场热闹纷呈的音乐会。

努拉趴在巴拉克的肩头前行，他们像喜鹊一样叽叽喳喳说个不停，从不吝啬大呼小叫。他们在我前面行进的轮廓十分有趣，反差如此强烈。行走者显得越发高大，年轻女孩越发娇小。我感觉就像跟着一个背着孩子的巨人。

我享受着在这片还未开垦的土地上行走的喜悦，感觉我在叔叔身边无忧无虑的日子就要结束了，我不知道后面会发生什么，但我知道我的野外淳朴生活结束了。

傍晚时分，我们接近村庄。纤细挺拔的树丛正在抽枝发芽，仿佛一排排守卫湖泊的哨兵。湖面上方，蓝黑色翅羽锃亮的燕子正叽叽喳喳盘旋飞翔。

"先休息一晚。明天，我的漂亮姑娘，你就可以回到你的村子了。"巴拉克放下努拉说道。

*

我父亲正在那棵大椴树下主持公道。

我们默默地靠近他。

他看见我,面色一沉,随后认出牵着我的手的努拉,更是眼中冒出怒火。他嘴角抽动,脖子青筋暴突,太阳穴微微抽动。他看着我们走向他,仿佛火山灼热的岩浆正汹涌扑向他。

我在几步开外停下脚步。

"你不受欢迎。"他低声吼道。

"早上好,父亲。"

我决定不理会他的挑衅,保持着坚定的镇静。

他又指向努拉:

"这个女人不许再踏进这个村子,让她立即滚出去。"

我们没有动。

他冲着努拉道:

"我以为你死了,我巴不得你死。"

努拉迎着他的目光,答道:

"我也是,我也以为自己死了,并为此高兴。多亏了诺姆,我发现自己还活着,这让我更加高兴。"

"闭嘴。"

"我可怜你,潘诺姆。你想成为一切,结果你什么都不是。"

他涨红脸，声嘶力竭道：

"闭嘴，毒蛇！"

她顽强地跨前一步，将额头抵着他的额头。

"等你将我休了，我才会闭嘴。"

"滚开！"

"请公开把我休了吧！将我休了！还我生活，收回你自己的生活。"

村民们你传我、我传你，迅速聚拢到广场，我母亲冲了出来。

潘诺姆咬牙切齿道：

"我永远不会做任何让你如愿以偿的事，蛇蝎女人。"

努拉对着他一阵大笑，然后诘问我道：

"这就是一位丈夫的精彩声明，不是吗，诺姆？"

潘诺姆气疯了，一把掐住她的脖子。她颤抖了一下，但站得更直，没有反抗或自卫，而是轻蔑地直视着他。

"来吧！掐死我！你做不到杀死一头野猪或一个男人，杀死一个女人，也许你能做到……"

我父亲气到发疯，用尽力气掐，努拉脸色发紫。我出手干预。

"放开她！"

被一种无法控制的怒火驱使，潘诺姆推开我，仍然死掐着努拉。我扑向他，打他的脸、胸口和手臂，把他推倒在地。

努拉面色通红，大口喘粗气。

潘诺姆挣扎着想站起来，没能成功，活像一头四脚朝天倒地的毛茸茸的岩羊，无法转过身子让脚着地，最后只能被活活闷死。

我向他伸出手，他本能地想抓住，随后又甩开，朝我吐口水道。

"休想！"

我母亲冲向潘诺姆，命令我别动，随后将他扶起。而这时努拉大口喘着气，用手搓揉着脖子。潘诺姆站起身，掸去衣服上的灰尘，来回看了自己几遍，试图挽回一点尊严。他身体和精神都在痛苦，我有些可怜他。在我心底深处，我不愿意看到父亲丢失他作为英雄的形象。

我凑近他，用只有他一个人能听到的声音说道：

"我回来，确保对你的继承，父亲。你累了，让我来分担你的重任，你终于可以歇息。管理我们这个村落需要更多的精力，你现在做不到。你手握所有权力，包括移交这份权力的权力。时机到了，我是你儿子，你就是为着这个意愿将我抚养长大。在我童年时代，我觉得自己永远也成不了你这样的伟大首领，今天我依然不确定。但是不要再犹豫了，请相信我。请相信我，我想试一试。"

我曾怀疑我一路上酝酿的这番说辞是否有效，等我说出来后，我发现这些话触动了我父亲，我低估了他的脆弱。他的厌倦、疲惫、意识到自身的局限性，让他对我的提议有所心动。

他动摇、犹豫。在他内心深处，疲惫与自负正在打架。

他用眼角瞟了一眼努拉。

"那她呢？"

"如果你同意休了她，我会娶她。"

他同意了，一面掂量着他的失去和他的解脱。他忧伤的眼睛下面露一丝苦笑。

"所以你要剥夺我的一切,我的儿子?"

他终于找到一丝安宁,尽管他没有说出来。他已经接受,他和我,我们都知道。

一个愤怒的声音响起:

"他没有剥夺你任何东西,潘诺姆。是你夺走了他的一切!"

缓过劲的努拉痛斥潘诺姆。

一粒火星是否会引发一场大火?努拉的抢白激怒了我父亲。一瞬间,他目光里充满怒火,冲着我咆哮道:

"你出手吧。"

我厌倦地嘟哝道:

"父亲,不用再来一次吧。"

他朝我大喊大叫,意思我们不用说悄悄话。

"动手吧!"

他鼓起胸膛,抓起他开庭时佩戴的长剑。他走动,摆着各种姿势,在村民面前尽力表演着,无可救药地秀着存在感。

"找一件武器,来决斗吧。"

"我永远不会和你决斗!"

他大叫大嚷:

"朋友们,如果我住手,这就是别人强行塞给你们的首领,必须来一场决斗!"

尽管我感觉自己正在失去冷静,还是继续低声道:

"我结果了罗布尔,你真健忘。"

"你也是,你也健忘:你难道忘了如何决斗?"

一个洪亮的声音从村子高处传来,在房屋间回荡:

"潘诺姆,你要决斗的人应该是我!"

所有人都转过脸去:巨人巴拉克正从山坡的小路走下来,光彩夺目:宽厚的肩膀,结实的肌肉,宽阔的胸膛,矫健的双腿,长发梳在脑后,扎成一个浓密的发髻。他的出现吓坏了所有村民,大家摸着护身符,口中念念有词,开始祷告。

母亲跨前一步,惊得目瞪口呆,几乎停止了呼吸。她不敢相信眼前所见。什么?她年轻时代的恋人还活着?她认为她的头脑在欺骗她,她以手扶额,又咬了一口自己的手腕。接着,她看见巴拉克继续走来,雄性风采达到顶峰。她转身看向我,惊慌失措。

我意味深长地微微一笑,对她道:

"对,就是巴拉克。"

她的嘴唇无声念着"巴拉克",双手按住胸口。我真担心她的心脏承受不住如此冲击,赶紧冲过去扶住她。

巴拉克竭力回避着她的目光,害怕汹涌而来的激动——母亲的激动和他自己的激动——他继续走他的路,穿戴整齐,有一种王者的从容,径直走向潘诺姆。

后者全看明白了:他弟弟的回归,我母亲的激动,他们的感情没有丝毫改变。他咬紧牙关,瞳孔收缩,用尽力气不让自己倒下。

巴拉克在他面前站住。

"你与我决斗吧。"

我父亲浑身颤抖,本能地护住胸前的首领项链。巴拉克一声冷笑，让他明白他是多么可笑。

巴拉克对人群说道：

"做儿子的不想伤害父亲，这是他的体面！相反，兄弟对抗兄弟，就没什么顾虑了。"

他掏出他的斧子。

"我已准备好。"

他又自嘲地加了一句：

"终于准备好了！"

这意想不到的处境让父亲一下子呆若木鸡。我太了解他，一下子就能猜到，他执着于保住自己的位置，不能丢脸，他肯定会扑上去。

我丢下母亲，立即冲到叔叔面前。

"巴拉克，别挑衅我父亲！这场决斗不公平，你肯定会杀了他！"

他做个鬼脸，看看潘诺姆鹿骨做的假腿，大声嚷嚷道：

"我侄子对我说什么？潘诺姆只有一条腿而我有两条？"

他放声大笑，凑近蒂博尔，后者刚刚赶过来，一把搂住了努拉。

"我猜想，你就是那个替他截了腿再装上另一条腿的治疗师吧？"

"没错。"

巴拉克点点头，随后回到广场中央，面对着潘诺姆。他让全体在场者做证：

"蒂博尔曾经做过的活，还可以再做一次。"

巴拉克高举斧子，咆哮着朝自己的右腿砍去。

人群尖叫，母亲昏了过去。

巴拉克倒在地上，面色铅灰，表情痛苦。他别过头，紧紧按住自己的大腿止血。但是他的双手止不住流出的鲜血。他对潘诺姆说：

"现在我们平等了，哥哥。等到治疗师切断了我的腿，我们就来决斗。"

*

接下来的一段日子在我的记忆中有点模糊，显然因为我们中间充满了混乱。

叔叔被截肢后，我把他接到家里。我们刚把他接来，母亲就站在我门前，脚边放了个小包袱。

"我住到你这里，诺姆。"

"我很乐意接待你，潘诺姆他……"

"我才懒得管潘诺姆！我住在这里，我来照顾巴拉克。你父亲试图拖住我，我对他说去湖底吧。"

她凑近巴拉克，草药作用下，他还在睡觉。她用手撩开他的头发，抚摸他的脸颊，轻轻掠过他的嘴唇，将被子拉到他的脖颈处掖好，将他的手臂放到他胸前。她带着一种对待新生儿般的细致入微照料他，这里巨人代替了婴儿。巴拉克的昏睡让我母亲可以重新触摸他，可以无所顾忌地打量他，敢于做出她本来会克制的动作。我觉得母亲变年轻了。

"他跟从前一样英俊。"

她凝视着他，深情款款。突然，她一个激灵，有些不安地问我：

"他告诉过你我们的故事吗？"

"告诉过。"

她脸上泛起红晕，又自豪又激动。我按住她的肩头，安抚她道：

"他一直爱着你，妈妈。他这一生只爱你。"

泪水滚落她的脸颊，她激动地解释道：

"我以为他死了！"

"他就是要你这样以为……"

她低下头，心如刀绞，又好奇道：

"你知道的比我还多……"

我微笑。

"你们有很多话要说呢。住在这里，照着你的心意布置这屋子。"

这时，一道影子出现在门口。努拉抚着门框，带来蒂博尔准备的绷带和药剂。这场景让人想起潘诺姆养伤期间，她去他家的情形。就是那个不幸的事件开启了一连串悲剧。我担心会有一场争执：母亲想要亲自照料，而鉴于这两个女人的脾气，一场冲突在所难免。

母亲看着努拉，请她进来，用平和的语气请求道：

"请给我示范如何照料他，努拉。我会照着做。"

努拉点点头。她友善地、耐心地、毫无保留地向母亲解释如何护理。

"如果你不放心，我会经常过来看看。"她最后说。

"谢谢，努拉。不过你还是保持距离吧。上次那种暗算可不能再度上演。"

努拉忍不住咯咯笑起来：

"不会有危险！我刚碰见巴拉克时，他就那么滔滔不绝说起你，听得我头昏脑涨。"

母亲像个真正的小女孩那样听着这些话，既激动又疑惑。她仍能激发起巴拉克的爱吗？努拉和我已经向她证明，然而他还未对她表白，到目前为止，他们还没说过一句话呢。

"爸爸想和你聊一下。"努拉悄悄对我说。

我跟着她来到蒂博尔家，她已经抛下潘诺姆，重回原来的生活。

我们一到，蒂博尔手里捧着一碗酒，向我讲述了手术过程。锯掉这样的一根骨头，割断这样的肌腱，切开这样的肌肉，把他累惨了。他从来没有做过如此困难的手术，而且一旦巴拉克醒过来，需要十个人摁住他，需要不可思议剂量的镇静剂。

他建议我陪他出去散散步。看着他的目光，我明白他希望与我讨论努拉的出路。

"我很乐意去寻找你发现的那些新植物，蒂博尔。"

努拉抬眼看看天花板，表示她想留在家里。出于我不太理解的动机，她认为她父亲的探寻没什么意义。

我们朝大湖方向走去，光滑平静的湖面如一面巨大镜子，倒映着没有一丝云彩的澄澈蓝天。湖岸边，树林的深色暗影让湖面呈现一种深不可测的神秘。

我按捺不住喜悦的心情，我感觉期待中的对话，老丈人与未来女婿的对话呼之欲出。但蒂博尔仍在谈论着蓟属类植物的功效，我终于抢先道：

"我们要商量一下努拉的事情吗？"

"不。"

我一脸诧异。他戏谑道：

"我女儿从来不给我任何对她的权力。也许就是这个缘故，我才如此喜欢她。"

他注视着我。

"这是后面将要发生的事：巴拉克打败潘诺姆，你将成为首领，然后你娶努拉为妻。是这样吧？"

"但愿如此。"

他说完这番现实，仿佛那已经是属于从前的事，不值得多花时间。他向我承认说他从不为努拉担忧，甚至在她消失的这段时间他也不担心。他知道她拥有足够的活力、智慧和异乎寻常的决心。

"如果说所有人都得死去，她也能活下去。我从未见过比她更顽强的生命。实际上她近乎残酷。"

"蒂博尔！"

"我为什么要为生了这样一个与众不同的女儿而脸红？我为此自豪。我感到这是一种荣耀，她可以不需要我。"

"这不妨碍她在快要冻死说胡话时呼唤你。"

"她说什么？"

"'爸爸'……"

蒂博尔清清嗓子，抬头看着蔚蓝的天空，眨了眨眼睛，我的这个小细节让他很惊讶。一只鸟儿的笑声在林间回转，朝深处扩散，直至完全听不见。我们下方，一些机灵的少年正在沐浴清洁自己。

"我要跟你说我的一个梦，诺姆。我时常会做的一个梦。它让我害怕。"

"哦？"

"我们就在这片湖岸上，我们正被大水淹没。"

"我们？"

"你、我、努拉、你母亲，我们村子、湖区的所有村子，还有动物，还有树林，没有一样东西能幸免于难，一场浩劫。"

我无比尊敬蒂博尔，但看到他有过于夸张的恐惧倾向，我想把他拉回现实。他打断我：

"我十分害怕。"

"行了，蒂博尔，并非所有梦都预示未来。"

"不，我们的梦出自未来，它们在提醒我们。睡眠是未来为了向我们现身而能够穿越的唯一大门。"

"我也做过一些梦，但并没有成为现实。"

"你活得还不够久，我所有的梦境都被验证了。这就是为何努拉的失踪并没有折磨我：我的梦告诉我她会回来的。"

太阳升高，越来越晒。我们几乎没怎么动，就已经开始出汗。

"我看到洪水淹没了我们的世界。"

这个声明破坏了如此祥和的风景和迷人的寂静，我实在无法将蒂博尔的话当真。

"我们离这些还远着呢，尤其今天。半个多月没下过雨了。"

"在我的梦中，水并不来自天上，而是来自地上。"

"那是怎么做到的?"我有点讥讽地问道。

"别像个傻子,诺姆。来自天上的水只能形成水塘,而不是大湖。我们面前的辽阔水域来自地下涌出的泉水,泉水滋养了小河,小河又滋养了大河,大河又注入这里。"

"好吧……"

"在我的梦中,大湖开始暴怒、膨胀。它吐出泡沫,它咆哮。"

"以前也发生过这种情况,涨水后接着退水。"

"在我的梦中,大湖没有安息,它死了。"

"大湖死了?"

在我们那时的世界,没有哪一句话会比这句话更荒谬、更愚蠢的了。大湖就是生命,是生命之源,是超越一切之上、不可触碰的神之所在。蒂博尔怎么会想象它……

"当这一切发生时,我们也都会完蛋。除非……"

他转向我。

"你在成为我们的首领后,请保护我们。"

我目瞪口呆。他觉察,皱眉道:

"我对你说了太多蠢话吗,诺姆?"

我想了想,急切道:

"没有一句蠢话,蒂博尔。你要么知道,要么不语。你的话语与你的沉默一样切中要害,你从不胡言乱语。"

"以此为据,请相信我。"他焦虑不安地央求我。

更多出于安抚他而非笃信,我回答道:

"我会重视你的预警,蒂博尔。请你先守住这个秘密,别告诉人家我已经知道这个预兆。"

他接受，眯缝起眼睛，指着日升之处：

"离这里三天路程的地方，有一个部落会造船，造湖区最大的船。去找那些人，请他们为我们做事。"

我挠挠头皮，我的统治要以这种不恰当的方式开场吗？

"诺姆，你相信我吗？"

我端详着这张目光深邃、双颊瘦削、爬上长长皱纹的脸。

"你是我唯一愿意相信的人，蒂博尔。"

巴拉克清醒过来，伤口结痂，慢慢康复。他第一次与我单独相处，趁努拉和我母亲都不在场，他急迫地向我求救道：

"我的侄子，快救救我！"

我上前刚想安慰他，但他不让我说一个字。

"拿我的褡裢来，快，把那小雕像拿出来。"

我伸手在他的衣物中掏，摸到了那件让他担忧的东西：用骨头雕刻的一个女人模样的雕像，有着迷人的胸脯，高耸的乳房，硕大的臀部和大腿包围着的饱满阴户，盖着一点点阴唇，正是门户大开的模样。头部缺失，仿佛艺术家只看重性特征的价值，可以让使用者放上任何他所希望的面孔。

"帮我把这东西给扔了，要是让埃莱娜看见……"

他的惊慌让我觉得好笑。叔叔很少有难为情的时候。

"母亲会怀疑，这么多年来，你应该会……"

"闭嘴。我从没意淫过玛拉坦特拉或任何女游猎者。"

"放心好了。"

"我不接受她认为我只想着这个……想着这一类女人……而我爱的是她。把这个给我扔到湖里。保险起见,还要祷告几句,一种献祭。你明白我的意思。"

我把小雕像藏进我的包裹。

"我把它留给我自己。"

巴拉克松了口气,亲热地用手臂撞了我一下,差点把我撞翻在地。[1]

我期盼他能有符合他大力士强健生命力的快速康复,却发现他恢复得很慢。

那天,我很担心,就去找蒂博尔,他笑了。

"你叔叔恢复得比你所见好得多,诺姆。他是那么享受作为病人的状态,所以故意延长。"

观察他时,我才意识到蒂博尔说得多么贴切。巴拉克很乐意成为母亲唯一的关注中心,享受着她慷慨给予的照顾。

"要是我早点知道这法子……为什么要等待?赔上一条腿还是很值得!"他向我吐露道。

---

[1] 我觉得很有趣,在我叔叔那个年代很普遍的那种小雕像,几千年后会在挖掘到它们的历史学家中引发那么多解读争论。他们从中看到的是"丰饶的象征",是对"母亲女神"的崇敬。他们甚至还把有些雕像上的阴茎认为是"指挥棒"或"标枪矫正装置"。多么天真可笑,这种过分的腼腆真让我吃惊,直到我注意到十九世纪的那些研究者属于天主教神职人员,而二十世纪的研究者属于学院派。显然,这两个阶层的人并不愿意重视性的问题。随后,有些更夸张的知识分子认为这是"淫秽",我觉得如此定义一件充满健康活力的情爱物品,甚是不妥。

他们建立起一种游戏：真假回忆的游戏。母亲或他，轮流讲述着如果他们没有被拆散，他们可能会共同经历的生活。为了讲述能够继续下去，讲的人需要得到一个首肯"真的"，不然就轮到听的人讲。他们在即兴想象一种生活，因此这个标准如何执行呢？很有可能的事变成了真事；不大可能的事变成不可能。就这样，当母亲无数次说到巴拉克消失半个月出去打猎，巴拉克抗议："瞎说，我从来不能忍受将你丢下哪怕一个夜晚。"稍后，当巴拉克提及他们的十个孩子，母亲生气地提醒他，她哺育了十五个新生儿，而且，鉴于父母双方的健壮身体和孕育他们时的热烈情感，所有孩子都存活下来！相反，他们彼此都会心满意足地让对方重新描绘那些夏夜，那些在独木舟上的泛舟而游，那些热闹的节日，那些享受情人之爱、沉溺床榻的清晨。

我听着他们的对话，满心柔软。这两个成年人，以玩游戏的方式弥补着他们错失的时光，给予彼此被潘诺姆夺走的那份激情。最后，巴拉克总是一成不变地总结道：

"值得搭上一条腿！"

有一天，我指着他被我母亲清洗后仔细包扎好的残腿问：

"说正经的，巴拉克，你为什么要这么做？"

"做什么？"

"自残？"

"你是想要善意的解释还是恶毒的解释？"

"什么？"

"善意的解释：我为你打扫战场；我不仅要将村庄从一个占着

茅坑不拉屎的无能首领中解放出来，还要将我的宝贝侄儿从一个轻率虚伪、背信弃义的父亲手中解救出来。恶毒点的解释是：我要复仇！我将带着幸福摧毁那个抢夺了埃莱娜，并逼得我像游猎者一样生活的贪婪者。"

他笑了。

"不用在两种解释中做选择，它们相辅相成。"

母亲敏感细腻，一直处于激动状态。巴拉克的回归让她既幸福又痛苦：如果说她终于能享受到他，她也意识到她错失了那么多。经常，当我们去集市，走出家门时，她会落泪，充满矛盾的眼泪，交织着喜悦和痛楚。

"你从未像现在这般美丽，妈妈！"有一天我这样说。

"瞎说，潘诺姆早就把我搞得面目全非。"她回答道。

"完全没有，我发誓……"

"我的灵魂很可憎，都是他的错！我一生都在试着爱潘诺姆，我以为我已经做到。我欣赏他，我觉得他健壮、聪明、正直、敏锐、强大。我被自己说服，于是和他生了孩子。但你父亲亲手摧毁了我耐心建立起的这份感情。现在我才知道他卑鄙地除掉了他原来的未婚妻，又从他弟弟手中将我夺走，还把他逼走。再后来，他娶了努拉，将我遗弃在充满过往的角落。况且他这么做背叛了我的儿子。马上，他又要与我唯一钟爱的男人决斗。你认为还有比这更不幸的吗？他逼迫我变得比他更邪恶，逼迫我厌恶他，逼迫我心存卑鄙、仇恨、蔑视、报复。此刻，我要尽一切力量希望他失败。你能想象吗？诺姆，我盼望潘诺姆死！我活该这样吗？我活该让这些可怕的情感支配我吗？你父亲让我变得丑陋，还在继续让我丑陋。"

今年的季节表现得有点奇怪，与冬天异乎寻常的寒冷相反，春天热得出奇。

嫩芽刚刚变成花苞绽放或长出新叶，阳光就将其晒焉、晒干、晒焦。天上一滴雨也没下，瀑布、溪流、小河却水流丰沛，而且湖面在不断升高。诚然，湖面每年都在升高，但一般要等到夏季。为什么会出现这样的涨水？水平面会爬升到什么程度？

大部分村民带着喜悦迎接这波热浪，因为住在湖边，我们既不缺饮用水，也不缺浇灌庄稼的水。而我，却为此十分担忧……我不能忘记远行时父亲告诉我湖水从地里面一直在不断抬升。我也不会忘记蒂博尔的梦境，湖面上升是致命的。

我父亲被家人、被朋友冷落，包括他的一奶兄弟、被他厌恶的制陶匠丹达尔。他每天跟村子护卫队的士兵们训练剑术。尽管我不再和他来往，但有时还会在林中空地见到他，顽固地喘着粗气，僵硬的身体挥汗如雨。他努力想在他残缺的身体里重新打造一个战士形象。

巴拉克这边，借助蒂博尔给他做的假肢，已经可以站立，但他并没有为决斗做准备。

因为有天早上我责备他，他气愤道：

"你不至于真要我为杀我哥哥做准备吧！"

"但他，他不会为杀了自己的弟弟而有所顾虑。"

"每个人都有自己的武器。他用暴怒，我用力气。"

随后，他又担心地加了一句：

"当然，我希望是这样。"

好几次，我无意中发现他的迟疑。巴拉克身上兼具两种截然不同的思维：作为伟岸男人的想法和作为弱者的想法。面对村民，在母亲或努拉面前，他表现得是个巨人；在他大哥面前，他就变得弱小。他从前对身体的感知横亘在现实与他这个人之间。

但愿我父亲不知道这个缺陷！我惊恐地思忖着。否则的话，他会占据优势。

*

日上三竿。

汗水从头顶淌到眼角，刺激眼睛；腋下一片汗渍；即使我们没怎么动，汗水却在我们腋下、后背、大腿不断渗出。甚至吸进的干热空气也在烧灼我们的肺。这是大戏上演前的极端气候，仿佛是一种预兆。

决斗者出现，相互掂量着对方。做出怎样的努力让对方代价更大？前进一步还是原地站立？大家看得出他们在持续移动中还能保持平衡，但随时有摔倒的危险；他们站立不动时，人们能感觉到他们在用尽力气保持姿势。两位主角让人心生怜悯。

村民男男女女挤作一堆，围观这场决定他们命运的对峙。母亲和努拉并排站在我身后，浑身颤抖，十分紧张。

想什么呢，要不我真该不顾一切来阻止这场决斗？这是我爱的或者说我曾经爱过的两个男人的对峙,他们是教会我最多东西的人,每一个都曾以自己的方式热切希望我幸福。然而他们的血即将喷涌。

我父亲首先发起进攻,持剑向前,巴拉克躲过几剑,并未还击。巴拉克曾向我保证决斗不会持续很长时间,因为他讨厌让人看热闹或让我父亲过度疲惫;不过他也说他会让潘诺姆发起几次进攻,好让他输得不要太难看。通常,巴拉克一斧子就能结果对方。

我见他履行了自己的诺言,让哥哥多次发起进攻。

潘诺姆则过于神经质,出手时完全凭着愤怒而非肌肉。在扑了一个空后,栽倒在地。这种摔倒通常很致命,但巴拉克仿佛没看见似的,站在那儿一动不动,给对方足够的时间重新站起来。

我父亲恼羞成怒,一次次进攻,预判其动作的巴拉克则尽力避免与他正面交锋,以免他再次摔倒。

当我父亲又一次摔了个嘴啃泥后,巴拉克说道:

"我们到此为止,潘诺姆?"

"什么?我还没输呢。"

"那是因为我允许你重新站起来,这已经是第二次了。"

"胆小鬼!"我父亲喊道,"你根本不懂决斗,却假装用你的高贵灵魂来掩饰你的无能!"

巴拉克并不回应他的进攻。潘诺姆艰难挪动四肢站起来后,继续挑衅:

"况且你对自己的力气抱有幻想,而我一开始就占据上风。"

巴拉克没有说话,但他阴沉下来的目光和紧锁的眉头表明他哥哥的话刺激到了他。他准备结束潘诺姆的夸夸其谈。

而潘诺姆还真以为自己占了上风，跳起来疯狂扑向巴拉克，他的剑划伤了巴拉克结实的胳膊。一个表浅的伤口，但让这场决斗见了血。

自以为胜利的潘诺姆欣喜若狂，陶醉在深深的恶意中。

"怎么样，还以为你更厉害吗，巴拉克？"

这位巨人叹了口气，决心结束这场闹剧。

当他举起斧子，心中的怜悯多过攻击性。当他将武器砍向潘诺姆时，他的动作仿佛在说："停止让我失望吧。"当刀锋砍断胸部的肋骨时，他抱歉的目光仿佛在命令他哥哥："停止做这个可笑的潘诺姆，重新成为一个死了的光荣的潘诺姆吧。"

我父亲躺倒在地上呻吟了几声，身下渗出一摊棕色的液体，与灰尘混杂一起。

人群向巴拉克欢呼。后者冷冷地看着他们，他觉得这场景没有任何值得高兴的地方。但他克制住内心的蔑视，示意人群安静。

"我把我刚刚获得的权力移交给我的侄子诺姆，他会审慎地行使这份权力。"

他指指我。

人们向我们欢呼，拍手、跺脚的声响一直传到湖边。

巴拉克和我，我们互视的目光，传递着同一种无奈。什么？所有这一切就是为了这个结果？为了这些人？这些大喊大叫的人？我们的痛苦、我们的受伤、潘诺姆的死就是为了这些遇到恐惧或快乐只会怪声高唱的人？但谁会只满足于怪声高唱？

我凑近父亲，跪在他身边。他还剩一口气，我将他的脸转向我。他看见我时，眼中闪过一丝喜悦。

"诺姆……"

"父亲……"

"我为你留下了完整无损的她……"

他努力想挤出一丝笑容，我意识到他想对我吐露一个他深感自豪的秘密。

"父亲，你想说什么？"

一丝阴影掠过他的面庞，他眼中的光亮也开始熄灭，他双唇微微颤动：

"努拉……她是完整的……"

生命离开了他。

*

努拉站在我身边，我凝视着大湖。

湖面没有任何可以吸引目光的东西，除了一只黑色的小船，一队鸭子。白天的热浪扼杀了所有声音，一切都静止不动。

那场决斗结束后，努拉一直设法让我开口，但我始终保持沉默。我父亲留下的最后一句话将我抛入深渊。"努拉……完整……"他在离开这个世界时向我透露，他为了我保全了努拉的贞操；多亏他，她逃脱了其他男人的纠缠，逃脱所有的猎艳者，能够纯洁地出现在我们的婚礼上。这是他留给这个世界的最后礼物，留给他儿子的一份馈赠。

我十分厌恶这个念头！我唯有痛恨潘诺姆，才能让我接受他的死去。相反，如果他做实他曾经是位自我奉献的好父亲，是我的保护者，我真要崩溃。

"他到底是谁？魔鬼还是英雄？"

气温下降了一些，变得舒适宜人。双脚踩在灯芯草上，我感觉周边是一种难以描摹的无垠的存在。大湖表面上看来一片死寂，实则充满潜在的能量，攒动着滋养它的一切来源，那些穿过繁茂森林而来的瀑布、溪流、小河，扩充着大湖。

蒂博尔焦急地追上我们。

"巴拉克昏过去了。他浑身抽搐，冒冷汗。"

我立即站起身。

"不可能，他只是有点擦伤。"

努拉给出一个更合理的解释：

"他为处决了自己的哥哥而难过。激动。甚至负罪感？没有谁比巴拉克更敏感的了。"

蒂博尔咬咬牙，迟疑道：

"我更担心的是……"

"是什么？"

"不，太可怕了……"

他闭上嘴，低头看着地面，几乎被压垮。他知道真相，我能感觉，但他不敢向我们透露。

"蒂博尔，告诉我们！"我叫喊道，"我们可以承受一切。"

他抬起头，看着我的眼睛：

"潘诺姆的剑在哪里？"

"我捡起来后放回他家了。我打算明天将剑同他一起下葬。这样他就能以首领的葬礼安息。"

"在这之前，我想检查一下他的剑。"

我们急忙来到我家的老屋。蒂博尔绕过尸体，没有看一眼，只是拿起那把剑，然后手拿抹布，仔细查看这把剑，又嗅了嗅，在剑锋涂上一层黏稠的液体。最后他宣布道：

"正如我想的：他在剑上抹了毒药！"

"什么？"

"潘诺姆知道他会输，但他要确保他弟弟也会输，不能在他之后活下来！"

我扶住墙以抵挡这个消息带来的震撼。巴拉克要死了？我父亲真的阴狠毒辣到底？

我从他留给我的最后一句话"努拉……完整无缺……"中找到了答案。这句话是第二道毒药，是他为我准备的毒药。

努拉和蒂博尔来到我家，母亲正焦急守护着巴拉克，他发着高烧并说胡话。

我深受打击，垂头丧气，拖着沉重的脚步来到湖边坐下。

很快我将陷入孤独，没有了长辈，成为一村之主。我会见证世界的末日。

我没有意识到这将一语成谶……

温暖的琥珀色黄昏降临，天边抹上一层蜜糖般的颜色，对面的天空，暗绿的天幕上，出现初升的几颗星星。甚至叽叽喳喳的鸟群也不再打搅这宁静时刻，一股来自深邃天穹的祥和笼罩万物。片刻间，森林幽暗，与湖岸连成一片。

我真该在记忆中刻下每一幅画面、每一种声音、每一缕气味。这片我们所崇敬、祈祷、持续献祭的大湖被我们视作神灵，有着至高无上的力量，是我们世界的源泉和尽头的大湖，它即将消失。它在如火的夕阳下汨汨流淌的日子已经所剩不多了。

这是我最后一次见到它。

很快，大湖及围绕它的一切都将被淹没。

人、动物、植物都将陷入地狱般的痛苦中。仅有少数人逃过一劫……

还不一定是最优秀的那些。

想到潘诺姆、想到巴拉克，我感觉那是一个时代的终结。但我并不知道我将要面对的是世界末日……

第二部
大洪水

引　言

"我们一起用晚餐吧，我请你。"

诺姆在这个四十多岁、微笑着跟自己说话的潇洒男人面前，后退了一步。

建立联系？有什么用……

每当他遇见一个人并生出一些好感时，总会收到某种警告，将他拉回理智："千万别有所依恋，你会让别人痛苦，然后也让自己痛苦。"对诺姆来说，坦率是被禁止的事，他不能透露自己的真实身份，也无从诉说自己的回忆，更不能提及他的特殊性：他的对话者要么排斥他的坦承，怀疑他是个疯子；要么相信他，但过了新鲜劲后，开始羡慕他，进而发展成愤慨和气恼；毫无例外，友谊翻船。至于女人？诺姆叹了口气。如果说男人尚是他可耕耘的一块天地，女人就是一片让他迷路的森林。他从来没有搞明白女人如何反应，至少他不知道该如何应对女人……

"海神饭店看起来还不错。你喜欢吃鱼吗？"

小心陷阱：如果他对这个烹饪问题持肯定回答，那意味着他接受邀请，进入一段关系的开端。

"好极了！"他回答道。

甩掉一个令人为难的要求的最好办法，通常就是允诺它。小窍门或是一种怯懦？不重要。

两位闲聊者离开他们打发黄昏的马尔·米哈伊尔酒吧，钻进一辆酒红色敞篷跑车，他们穿过贝鲁特城。哈桑一边闲聊，一边转动方向盘、换挡，或向路过的朋友打招呼、掉头、摁喇叭、感谢，一气呵成。他昂首挺胸、动作潇洒、展露出一副至高无上的派头。他释放着活泼开朗的魅力，洋溢着中东男人特有的轻松和大男子主义的自信。他的滔滔不绝，掩盖着他的真实意图，不能上当。

他们两周前在咖啡馆遇见。自从在寡妇古布里尔的出租屋开始写回忆录，诺姆写作时不需要独处，也不需要什么仪式，他随处都能写。他离开他的房间，但并没有从他的书中离开，他随身携带，甚至就安驻其中。如果说最初他自觉坐到书桌前，就如同渔夫来到大海；现在他无须寻找他的故事，故事自己会来找他。他刚醒来，今天的内容自己会来呼唤他，他只需俯身，那一行行字便争先恐后、蜂拥而来。

就在这个周一，哈桑杵在他面前，偷瞄他的练习簿。诺姆一下子看到一个圆滚滚的屁股裹在一条深色牛仔裤中，高档的牛皮腰带，洁白的衬衫被里面的针织衫衬得十分醒目。

"你是作家？"

诺姆抬起头，看到哈桑那张古铜色的喜庆、生动的脸。

"不是。"

"可是你写了一整天呢。"

诺姆脸红了,仿佛在做一件私密之事时被逮个正着。他对过去的专注让他忘记他还是个可见的人。

"我不是作家,我是……"

哈桑眼巴巴等着他的回答,诺姆只得随口答道:

"历史学家。"

"太棒了!关于哪一段历史?"

"新石器时代。"

诺姆以为谈话到此为止,因为几千年来他早已意识到人们对史前历史并不很感兴趣,因为那些人就像是暴发户要竭力掩饰他们的贫穷父母,担心被人揭了老底。

"妙极了!"哈桑喊起来,拉过一把椅子,"我正需要写一篇有关史前历史的文章。"

从此,哈桑和诺姆每天都见面。结束一天的工作后,这个黎巴嫩人便会在这家小酒馆待上一个小时,用于聊天。

哈桑管理着一份时尚杂志《幸运儿》,厚厚的抛光纸,刊登当红明星照片和双语文字介绍。杂志靠给美容、手表、服装等国际大品牌做广告为生。如他的杂志一样,哈桑也对无数主题感兴趣。他八面玲珑,聊天可以从政治聊到电影,还包括时尚、装帧、运动、烹饪、文学,等等。什么都可以打动哈桑,但浅尝辄止,他的优势也正是他的缺点所在。如果说他发展出百科全书般的好奇心,深入探究却让他厌烦。他赋予肤浅足够的价值,认为局限于单一主题的会面是粗鲁的。他讨厌持之以恒,学院派的严谨妨碍他的高雅品味,细枝末节的东西让他昏昏欲睡。这位思维跳跃的健谈者加速给诺姆带来当下时代的各种信息，他不能期待有更高效的向导了。

穿过拥挤的人行道时——路面稍宽就被机动车占领，路面稍窄又被慌慌忙忙的行人和小贩占领——哈桑感谢诺姆那篇关于新石器时代人们饮食习惯的文章。

"石破天惊！"

起初，诺姆为了证明自己所言"我是历史学家"，接受有关他自称专家的那一段历史的一系列问题。他的回答借助他的记忆而非图书馆看来的知识，他很确信地告诉哈桑那一时期的风俗习惯。他唯一的破绽在于涉及专家们的争论。由于没有留下书面证据，只留存一些无言的器物，专家们通过假设、想象、灵光乍现、争论进行五花八门的解释。当哈桑问诺姆属于哪一个阵营时，诺姆慌了。如果说诺姆了解他那个时代，却不了解人们针对那个时代都发表了些什么。从哈桑的话中听出，史前史就是由历史学家们设计出的各种史前历史。

今天下午，他将一份已经收到过慷慨稿酬的四页稿纸交给哈桑，文章旨在触动黎巴嫩的纨绔子弟改变不良饮食习惯，重新回归新石器时代的饮食。

"我建议一个题目：《我们的未来藏在过去：像古人一样饮食！》。"哈桑宣布道。

写这篇文章让诺姆既着迷又困惑：地球上从未有过如此多的大胖子！女游猎者长老玛拉坦特拉代表的那种惊人稀缺性，让巴拉克叔叔垂涎欲滴的那种肥硕身材，现在成了家常便饭，再也引不起人们的尊敬，也没什么诱惑力。如果说玛拉坦特拉以她的肥胖建立统治，她是大地之女、自然之女、生殖之女，等等，而她的当代同类则失去社会地位，被边缘化、被嘲笑。丰腴的身材从辉煌、罕见变成常见和病态。当然，诺姆在文章中并没有做任何以肥为美的评论，他克制地提到在大部分时代，人们都看重丰腴的维纳斯，她的曲线代表着个人的绽放和经济的成功。他只是强调今天的新事物是昨日的荣光。

所有改变都催生进步吗？通过描写新石器时代的生活，写那时的人们出行靠双脚，那时的人狩猎、采集、制作工具和武器，诺姆意识到现代人是一种整天坐在室内的人，就如盆栽植物，从不经受风吹日晒。他们不仅不再活动，还不再挪动，出行靠汽车、火车或飞机。他们吃一些完全不同的食物：首先，他们吃盐（诺姆和他的家人根本不知道盐的存在，而是用植物碎末、辣椒和香料为菜肴调味）。其次，他们吃糖（诺姆只采用蜂蜜，那是一种很珍贵的食材，因为蜂巢在树上的高度和蜜蜂的攻击性，因此蜂蜜很难获取）；现代人还吃黄油和植物油，古人则不知道这些油脂物；还有，现代人借助农业耕种，可以消费小麦、燕麦、大米等谷物。最后，现代人不怎么做饭（或完全不做），而去购买制作好的成品：面包、面条、饼干、肉制品、预制菜等。对于这些眼花缭乱的变化，诺姆的文章对比了新石器时代人们的饮食习惯：水果、坚果、野菜、猎物、鱼类。人们身材苗条，因为野兔、母鹿、野猪、鸟类的肉脂肪含量很少，与人工饲养的公牛、小牛、猪等完全不同。尽管他父亲潘诺姆饲养了一些岩羊（绵羊的前身）、原牛（奶牛的前身），但这些牲畜主要吃草，而不是吃谷物。高血压、糖尿病乃至癌症，这些恶疾从前并不常见。

哈桑提到一个细节：

"你与倡导旧石器时代食谱的美国医生保持距离：你拒绝食用蛋类和奶制品。"

"我想，实际上我们的老祖宗很少能吃到蛋，只有在春天，如果他们能在鸟窝里偷到一些蛋的话。但出于对大自然的敬重，他们避免这么做。一直要等到家养鸡出现，蛋类才开始进入人类的食谱。"

"从什么时候开始的？"

"很难确定时期，"诺姆虚张声势地说道，以掩饰他的盲区，"至于奶、黄油、奶酪，需要完全定居的条件。我们的祖先花了极其漫长的时间才领会这些。"

"这样说来，你又如何解释这些人身体那么好，却都死在四十岁之前？"哈桑嚷道。

这个直截了当的问题让诺姆陷入忧伤，他眼前立即浮现一张张逝去的他所爱之人的面孔，首先是米娜和潘诺姆。

"那是一个健康但暴躁的时代，人们来不及活到年长。冲突总是以决斗方式解决，人们相互驱逐、相互争斗，严寒、风暴也置人于死地。危险的猛兽四处横行，人们逃跑、跌倒、割伤、摔伤，各种受伤。还有各种无药可医的感染，鲜有疾病能够得到治疗，卫生知识缺乏。分娩和出生造成的死亡比出生的生命还要多。那个尚且年轻的世界只给年轻力壮的人留有位置，没有留给老年人……"

"有意思,"哈桑惊讶道,"你说起这些时真像是个亲历者……"

诺姆一阵大笑——最好还是让哈桑自认为诙谐,而不是洞察力。

跑车在一幢镶嵌着带扶手楼梯的高大房子前停下,那些楼梯因楼层不同,大小宽度各异。一名年轻人从门厅出来,快速来到车门边。哈桑没说一句话,也没看他一眼,站起身,把车钥匙放到那车夫的手掌里,径直走向入口。把自己的豪车交到一个陌生人手里,正常人都会有点担心,至少会交代几句,有个接触,核实一下对方的职责,建立一种信任。哈桑偏要与这种小心谨慎背道而驰:这位高雅的小资产阶级毫不掩饰他对下等人的蔑视,虽然他把自己的豪车托付给了他。

他们走进一间宽敞大厅,里面装饰着东方风格的大块图案刺绣,精致体现着传统,简洁体现着现代。一些穿着闪亮服装的年轻姑娘在各张桌子间穿梭忙碌,沉默而优雅。另外,还有丝绸靠垫、大鹅绒软垫长凳、细木镶嵌的椅子、穆拉诺枝形吊灯、水晶高脚杯和镶金边的餐具。远处,一位长得如竖琴般的女子——金发、皮肤白皙——正在靠近露台处演奏竖琴,夜色中的露台上点缀着一些上过釉的双耳瓮。宾客们打量着刚刚走进来的人,诺姆因自己的简陋穿着而略感窘迫,殊不知他的明眸皓齿、修长身材、轮廓分明的五官,是一张比时髦华服更重要的通行证。

哈桑一边落座,一边查看他的电话,他引以为荣地总是同时操作两件事。

"哎哟喂……我表哥马上要来了!"

"什么？你不喜欢他？"

"不，不！自打我受洗过后，我就经常和他来往，在我祖母那里。只是……"

"什么？"

"那是位生存主义者。"

"什么意思？"

"一位生存主义者。"

"抱歉，在新石器时代，这个不存在。"

看着他一脸窘迫的样子，哈桑哈哈大笑。

"瞧，他来了！"

一个瘦长的人出现在门口，看到哈桑后，朝他缓缓走来。他高瘦、疲惫、躬身走路、脑袋耷拉、含胸驼背、肚皮干瘪、罗圈腿。这具无精打采的消瘦躯体，缓慢往前，仿佛空气给他造成了流水般的阻力。每走一步，他纤弱的臀部让人觉得他正在提起灌了铅的鞋子。这个身上毫无色彩和特点的男人被呆板乏味淹没。他的衣服、肤色、头发、眉毛、胡须都显得黯淡无光、苍白虚弱。他的双唇勉强还有一点血色，鸡蛋壳一样的颜色。

"他病了？"当那个皮包骨头的人穿过大厅时，诺姆低声问哈桑。

"不，詹姆斯把整个世界扛在肩膀上，不堪重负！"

詹姆斯来到他们的桌子，有气无力地打过招呼后，便瘫坐在椅子里。擅长社交、饶舌又独断的哈桑很快主导局势，远远地伸出食指开始点开胃酒和主菜。他的手指像一根磁铁棒，指挥着女侍者忙前忙后。

哈桑一直滔滔不绝，诺姆和詹姆斯之间则没有任何对话。前者观察着后者，后者沉浸在一种沮丧的冷漠中。他为什么要来这里？诺姆心想，当一个人在哪里都感觉无聊时，跑来跑去又有什么意思？

突然，一个细节改变了氛围：当哈桑吹嘘诺姆对于史前历史的渊博知识时，詹姆斯的脸上突然有了光彩，他仔细打量起被他冷落的客人。

"你是否了解史前的技术情况？"

"我想是的。"

急于佐证这一点，哈桑概述了他的朋友刚给他的有关旧石器时代[1]饮食习惯的文章。詹姆斯瞟了一眼诺姆，竖起耳朵。渐渐地，他来了精神，从倦怠、懒散、冷漠变得急躁和入迷。他表弟刚把话说完，他就高声道：

"我对我们老祖宗的科技十分感兴趣。他们懂得如何生存。"

诺姆微笑着纠正道：

"应该说他们懂得如何生活。"

"说得对！"詹姆斯答道，"是我们漂泊不定，他们有很多可以教我们的东西。"

出于礼貌，诺姆隐藏了他的相反见解。他活过了几千年，见证过各种技术、生物、医学的发展，他不会理想化古代社会，不

---

[1] 此处原书如此，可能是写错了。——译注

会有任何怀旧。

詹姆斯俯身看向他,修长的上半身几乎盖住了半张桌子。

"你可以帮到我们。"

"帮什么?"

"帮助我们做准备。"

"准备什么?"

詹姆斯又靠回他的椅背,懒洋洋地责怪他表弟:

"你没有对他说?"

"我还没来得及……"哈桑嘟哝道。

詹姆斯盯着诺姆,一字一顿说道:

"我属于**世界末日倒计时**组织。"

诺姆点点头,双唇紧闭,眉头紧锁,掂量着这份披露的重要性。世界末日倒计时……它唤醒了一些模糊的记忆,那还要追溯到二十世纪五十年代,那时科学家们提出了一个概念性时钟,来揭示人类被清除的危险。时钟的子夜象征性地标记着世界的消失。每年,他们都要评估时钟是否又接近了一点那致命时刻,这种计数提醒人们关注危险的扩散。那个年代,核武器的泛滥和美苏之间的冷战让人忧心忡忡,以致人们担心会有一场末日之战。

"一直在芝加哥吗?"诺姆问,他想起了那些核物理学家的简报。

"是的!"哈桑确认道,并没有注意到诺姆使用的是上一个世纪的一些信息而非当代信息。"詹姆斯加入了一个风险评估团队,与最出色的学者一起工作……有多少个诺贝尔奖?十五个?"

"十八个。"

"祝贺。"诺姆低声道。

詹姆斯再次凑近他:

"我们离世界末日还有一分钟二十秒。"

凝重的沉默笼罩三位宾客。女侍者端上梅兹[1],一大堆小碟子,里面装着塔布雷色拉、蚕豆、蔬菜面饼色拉、鹰嘴豆泥、茄泥酱、葡萄叶肉馅包、调了佐料的土豆泥等,用餐者可以慢慢享用。侍者走后,詹姆斯补充道:

"我们从未如此接近……灾难将在八十秒后发生。"

詹姆斯列举了令人担忧的种种因素。如果说自古以来,人们害怕的都是自然现象,如巨型陨石的撞击、火山爆发、致命病菌的传播,现在人们担心的是人为造成的损害。不仅原子弹在第三次世界大战中的使用会引发一系列灾难,而且恶意操作或意外失误也会造成计算机病毒破坏性地大流行,引发多米诺骨牌效应,让银行系统、安保系统陷入瘫痪。还有,人口不可避免、不可控制地过度膨胀将导致饥荒。至于气候变暖,更会招致世界的崩溃。

"人类正在确切无误地奔向自我摧毁。我们生活在一个前所未有的时刻,一个历史转点,我们即将进入后历史时代,至少我们中的一些人预见到了这一点并着手准备……其他人则会死去。"

"你是说生存主义者?"诺姆抛出道。

詹姆斯脸红了,失去了平静:

---

[1] 黎巴嫩的一种特色饮食,由各类小菜集合而成,类似小吃拼盘。——译注

"一些朋友和我，我们建造了一个掩体，在里面储存了一些生活物资。但这只是一个短期计划，我们最好重新学会过狩猎和采集的生活，像我们的老祖宗那般。这样才能面对世界末日之后的生存。"

哈桑朝诺姆投去略带讥讽的一瞥：他的表哥已经跨过了荒谬的边界，他觉得与其哀叹还不如嘲笑。

结果，诺姆开口时，哈桑愣住了。

"我可以加入你们吗？作为回报，我可以教你们史前有关取火、围猎、捕鱼、编织、制陶及狩猎采集饮食等种种技能。"

詹姆斯向诺姆伸出手。

"一言为定，同志！"

*

一辆有空调的豪华轿车，由一名年轻叙利亚司机驾驶，将诺姆带去黎巴嫩山山顶。离开贝鲁特充斥煤烟味的空气、嘈杂、堵车和被晒化的沥青路需要一个小时。挣脱了车流的车拐到公路上。

诺姆凝视着周遭的景色陷入回忆。他认识这片曾是处女地时的土地，认识它原始的模样，有着取之不尽的瀑布、有着属于野外生活的丰富植被和动物种群。接着，他看到构成黎巴嫩宝贵财富的无边无际的大森林却逐渐稀疏，被砍伐成做家具的木料。现在，他目之所见到处有人工的痕迹，他们把寸草不生的石头山改造成富饶的田地。多少个世纪以来，黎巴嫩人收集岩石和碎石构筑挡土墙、建造梯田，让腐殖土吸收小溪的水分，梯田变成可耕种的良田。这些构筑梯田的围挡层层叠叠，从海岸一直向上延展到终年积雪不化的山顶，尽管曾经的桑树园和葡萄园越来越少，被果园和橄榄树代替。一个接一个的水泥路肩紧挨无黏合剂的石块垒成的狭窄路堤，承受着来来往往的机器或被搭建上种菜人的暖房。在古老的村庄之间，散落着一些度假住宅，邻近各处采石场，人们从那里开采建筑材料。农业和乡间住宅的增多破坏了大自然，大自然被奴役、被规划、被物化，被矮化成受制于集市波动的一个个项目。

司机停车加油，诺姆从车上下来，想活动活动腿脚。一股热浪立即扑向他，仿佛有一只手掐住了他的脖子，逼迫他小心翼翼地呼吸。尽管戴着太阳眼镜，面对被烈日烤得发白的天空，诺姆不得不眯缝起眼睛。离加油站几米远，有一个铁丝网围起来的水塘，有几个躁动不安的人，正远远地大声喊着什么。

诺姆走近，看到水泥池塘下方插着几根管子，却不见水流出。他看出这是一个靠周边小溪供水的淡水养鱼塘，而小溪的水流已经改道，这个地方失去了它的宁静祥和。工人们正在用大抄网将水池中的鳟鱼捞出，堆放在地上，鱼没有动弹。诺姆发现它们毫无动静，肚皮朝天，在池塘水面上就已经死了。他朝小溪看了一眼，立刻明白发生了什么：极低的水位无法及时更新养鱼塘的水，使得池子里的水温高于二十度，超过了鳟鱼可以忍耐的极限。鱼因缺氧而死。

人们要拿着成千上万的死鱼怎么办呢？肯定研磨成粉，再来喂鳟鱼……诺姆感觉一阵恶心，叹口气，重新回到车上。

他回想起一个场景，在一个明媚的夏日，巴拉克和他沿一条水流丰沛湍急的小河抓鱼。当他们离开激流，来到一处水波平静、小飞虫在水面上打转的河口，巴拉克突然窜出，高高举起一条白肚金背的巨大白斑狗鱼。大鱼用尽力气疯狂挣扎，巴拉克不得不将其在石头上摔昏。他把鱼放到地上，温情地注视着它的尖嘴和通红的鱼鳃。

"你看到没，诺姆？这可是条鱼王，十分厉害，是个征服者。它战胜了所有陷阱诡计，打败了所有敌人和渔夫，它只能被我打败。看看它的牙齿！它可不会让它的对手留下什么。我们必须表现得对得起它。"

"你是什么意思？"

"对它的烹饪必须配得上它的身价，寻觅最好的香草，采最新鲜的野菜，仔细品尝每一口鱼肉。它值得。"

巴拉克对这条刚被他杀死的鱼有一种由衷的崇敬，向他的猎物致敬。这天晚上和后来的几个晚上，他达到美食的最高境界。

发动机重新启动。

这就是失去的东西，诺姆心想。当生存主义者詹姆斯哀叹新石器时代的技能消失时，他陷入一个误区：那其实是智慧的丢失，那是将人类作为自然界一员置于大自然的智慧。巴拉克认为自己比败在他手下的野兽更强大，但并不更高一等，也非与众不同。他尊重他打下的猎物，具有博爱精神的他不仅从不将野外生命关到笼子里养起来，而且肯定拒绝吃被囚禁的动物，比如在暖箱中长大的兔子，不会奔跑的鸡，没有见过水藻的三文鱼等所有非自然的动物。"大自然的主人和拥有者"？笛卡尔的这种思想定义了现代人类，把人从大自然中摘出，仿佛是人类主宰、控制、利用大自然的存在。是的，这种愚蠢的自大傲慢肯定会让巴拉克笑掉大牙。

司机试着搭讪，诺姆只是简短回应他。

诺姆已经两天没有说话，藏在自己的屋子里，躲着哈桑，等待詹姆斯答应来接他的车。他思虑过多，各种念头此起彼伏。他已经逃脱过多少次世界末日？末日真的会来临抑或只是当代人的自己吓自己？

世界末日是个没完没了的故事。通常，诺姆基于自己的经验，对有关大灾难的预言一律充耳不闻。这两千多年来，他已经多少次听到过末日即将来临！一神宗教依据《圣经·新约》最后的篇章《启示录》，时不时让民众陷入恐慌。首先是天主教徒的不遗余力，据图尔的马丁大主教说，反基督者、激进的招摇撞骗者将在公元 400 年左右毁灭地球。黎巴嫩的比图斯告诉我们，793 年 4 月 6 日耶稣将再次降临，时间会在那天被彻底清除。多么精确的日子！千禧年的末世论引发了普遍的焦虑：首先引起了教皇西尔韦斯特二世的不安，他又将这不安传给基督徒。中世纪，灾难研究专家弗洛拉的约阿西姆预言世界将在十三世纪毁灭。由于预言迟迟没有兑现——没有什么比灾祸更难驯服——他的学生又将预言后置了好几次。英国天文学家也卷入其中，导致 1524 年 2 月 1 日的伦敦大撤离（两万居民撤离），因为他们说泰晤士河的涨水会引发大洪水。面对预言的失败，他们又将其推迟了一个世纪。东正教教徒把接力棒接得那么好，以至于这些可怕的预言深深撼动了十六、十七世纪。从托马斯·梦泽到马丁·路德，中间还有米哈伊尔·斯蒂费尔、简·马蒂斯、米歇尔·塞尔万。这股思潮也蔓延到英国圣公会教徒，跨越大西洋，在美国发扬光大。诺姆不会忘记穆斯林对沙巴泰·泽维[1]的影响，也不会忘记二十世纪耶和华的证言，这些见证反复设计着世界末日。

不过一道分水岭改变了这种预测巨变的陈旧怀疑论：不再是无所不能的神要惩罚人类，而是人类要终结大自然。从那以后，上帝被从世界末日中挤了出去，有人类在就已足够，让他们自己去应付。

人类以自己的天赋，用一种悲剧的方式，让自身的命运越来越脆弱：核武器扩散，总有一天会灭了自己的创造者的机器成为主宰，能源耗竭，环境污染影响气候。所有危险在不断增加，造成世界崩溃的因素在不断蓄积。在诺姆看来，比起那些教徒、伪善家和宗派主义者几个世纪以来不断增加的恐慌，生存主义者面对恐慌表现得更为理性。

豪车在一扇灰色金属大门前停下，门与围墙一样高，遮掩了内里的房屋。门卫仔细检查了他们的证件后，又把两人浑身上下摸了一遍，搜查了后备厢，还用爆炸物探测器检查了座椅下方，然后用对讲机通知了里面，大门才打开，让他们进去。

---

[1] Shabbetai Zevi（1626—1676），是奥斯曼帝国的犹太宗教领袖，他似乎曾短暂地以弥赛亚的身份领导泛犹太宗教运动。——译注

没有柏油路通向内部，只有一条硬泥小路，供汽车小心行驶。车轮碾过小石子，发出玉米粒在锅中爆裂似的声响。车穿过一片针叶林，在灌木丛环绕的中央，出现一座平行六面体的房子，宽敞却低矮，长度达五十米却只有一层，上面覆盖着太阳能板。

詹姆斯在门前台阶上迎接他。

"欢迎来到诺亚方舟。"

他称赞诺姆随身只带了一个褡裢装东西。当门卫要求诺姆留下手机（掩体内禁止使用电话），发现他根本没有手机时，詹姆斯再次赞叹。史前历史学家极简单的生活让富商之子、电子用品收藏家詹姆斯十分感兴趣。

他们开始参观掩体。在底楼，那些房间呈现的就是普通度假小屋的模样，间杂着公共空间和修道士的斗室。不过地下一层则体现出生存的考虑。穿过一道自动开闭的金属双门，他们来到阿里巴巴宝库似的储藏室：罐头食品、一盒盒面粉、一袋袋米、一桶桶饮用水堆满冰箱上方的货架；冰箱里堆放着肉、鱼、蔬菜，这些冰箱与一组发电机相连，以备停电之需——这在黎巴嫩是常见现象，每个公民都要向私营的能源供货商订购，以补充公共服务的不足。另有一个地方堆放了大量聚酯薄膜毯或羊毛毯子；还有一个地方存放了一些基本药品和口罩，从预防亲近人员间传染的简单口罩到大型防毒面具，一应俱全。有一间更衣室内储藏的是鞋子，第二间更衣室内储藏了各式各样的防水防火的连体服。

"我们储备了可供六个月自给自足的物资。"詹姆斯声称。

"太棒了。"

"六个月于事无补,这就是为什么你来到了我们中间。如何生火?采摘怎样的水果、草、菌菇?如何设陷阱捕猎物?所有这些老祖宗的窍门……"

"包在我身上。对了,你们有武器吗?"

"没有。教我们如何在没有武器的情况下打猎和搏斗,或者说如何在大自然中制造武器。"

看过食盐、食糖库存,参观继续,又看见成堆的肥皂、牙膏、牙刷、洗涤剂、消毒液等。这个地道一直通向詹姆斯有意避开的一道安全门,他提前折返。

"那个呢?"诺姆指着厚厚的铁门问。

"那里没有什么,是锅炉……"詹姆斯说着请诺姆回到地面。

*

周末,诺亚方舟向生存主义者成员及一些感兴趣的人士开放。二十来名实习生进行了一场前所未有的尝试:不借助任何现代化便利措施,在森林中生活三天。

马尔穆德是一名肌肉结实的退伍军人,负责这次远征,并由当过警察的查利协助。查利中等身材,精瘦干练,除了喜欢棕色香烟,看不出有什么高贵气质。动物学家柯罗德和诺姆作为顾问参与行动。

参加者的身份和年龄各不相同:有三十来岁的银行家和工程师,有退休后的环保积极分子,有从事教育工作的中年夫妇。

马尔穆德定下规矩：在密林深处寻找食物和就寝，在那里搭建能抵御天气变化的藏身之地，在缺乏数字导航设备和指南针的情况下行进。通过角色扮演模拟意外情况：比如演练中有人受伤，遭遇歹徒攻击等。

诺姆渐渐感受到构成这个项目的焦虑成分。马尔穆德和查利敞开膀子，露出二头肌、三头肌，训练参试者如何贴身肉搏，如何用棍棒打斗；向他们解释如何用树枝做掩护，如何擦去痕迹躲避猎狗的追踪；最后迫使他们像突击队一样行动，先威慑，然后进攻。

有三名参与者起先以为这是场娱乐性的体育活动，现在则开始担心。马尔穆德摸着脖子辩解道：

"如果遭遇不幸，有些人会组织起来，有些人不会。忍饥挨饿、不惜一切手段、独自或结伴穿越这个国家的人最终会变成强盗，没有警察也没有军人会阻止他们。在我们看来，活下去就意味着面对无政府主义、混乱和暴力。对此，我们应该有所准备，清醒、有效地准备。"

在队伍里面，有些人咬紧牙关。动物学家柯罗德教大家捕捉、清洗、烧熟昆虫的课程，让学员们心安了不少。随后，在饱餐了一顿蚂蚱盛宴后，诺姆的课赢得满堂喝彩：他教大家取火的技术，挑选植物的艺术，调制新石器凝胶、收集桦树皮树脂的方法——烤热树皮，不停咀嚼使其在冷却变硬的过程中保持软化。于是，那些深受牙痛之苦的人，像老祖宗一样得到缓解。

时间一点点过去，团队涣散，失去了协同。不同动机驱使这些人来参加生存主义者培训。城市年轻人试图重新触摸树木、大地、河流，希冀忘记城市的钢筋水泥。最有钱的那些人希望借此治愈当代消费主义顽疾，这种培训能让他们从冗余中抓住主要东西，挣脱物品的束缚。另一些人则希望在这个人人依附于他人工作的碎片化社会中，取得一定的独立性，重新学会自己搭建窝棚、自己取火、制造弓箭，一支长矛就能带来自由。有些人为平淡的日常找点刺激，玛丽就是这样一位退休的坚定环保主义者。她承认这三天的活动结束回家后，她会更珍视那些最基本的公共服务：比如水龙头流出的水，煤气燃烧的火焰，运转的冰箱。"我将住在充满奇迹的公寓里！"事实上，大部分参与者通过生存主义活动长进智慧，但很少有人把生存主义视为最终目标。

诺姆辨认出三位核心人物：马尔穆德、查利和二十岁的年轻电脑工程师雨果。这些人切实预见到了明天的世界，当社会结构（政府、警察、军队、互联网、能源）陷入瘫痪，造成的政治、经济、社会、财政后果都将是灾难性的。他们并不认为这是童子军演习，而是带着灾难性时刻正在逼近的信念投入训练。

最后一个下午，小组成员回到诺亚方舟，坚定的生存主义者与玛丽之间产生了分歧。玛丽幽默地说她遇见的唯一的真正对手就是一群小飞虫、叮咬人的牛虻和隐蔽的螨虫，她对这场培训以军事化方式进行感到不满。

"我不明白你们斗争的执念到底是为了什么……遭遇不幸时，我不会把自己变成其他人的敌人，相反，我会帮助他们。"

"我们不可能帮助所有人！"马尔穆德拍死自己太阳穴上的一

只蚊子，回答道。

"必须试一试。"

"异想天开，想做天使呀！哪怕只是救下二十个人也好过大家一起完蛋！没有政府、警察和军队，我们就会陷入人人为敌的战争。"

"你不相信人类的互帮互助？"

"不相信！"

"唯有最强大的人才能存活下来。"查利补充道。

"我不同意你们的观点，"玛丽说，"成为环保主义者，就是要拯救人类、动物和植物。"

"我不是环保主义者，我是生存主义者！"马尔穆德咆哮道。

"我们为自己的幸存而战斗。"查利强调说。

"诺亚建造方舟躲避大洪水时，他意在保护所有生灵。"玛丽提醒道。

"哦，是吗？"查利嘲笑道，"然而他只带走了他的家人。我们也是，我们只关注我们的生存主义者大家庭，即便彼此没有血缘关系。"

"其他人类将成为你们的敌人？"玛丽朗声问道。

"天选之人在做准备，落选者自生自灭。我不能容忍天选之人向落选者屈服。落选者终将失败，天选之人必将胜利。"

玛丽沉默了，查利点起一支烟陷入沉思，马尔穆德抓挠脖子上的皮肤，留下一道道红印。詹姆斯圆滑地岔开话题，昆虫学家柯罗德也出手相助。

大家相互道别，相互拥抱，各自回家。

当基地里的人都走完，诺姆发现詹姆斯不小心将他的帆布上衣落在一截树桩上，于是他捡起来准备替他带回别墅。走在路上，他碰到了其中一个衣袋，里面有一串沉甸甸的钥匙，那是打开地下室大门的钥匙。他偷出钥匙，大功告成后，将帆布上衣挂到门房的衣架上。

这天晚上，方舟里只留下马尔穆德、查利、詹姆斯、雨果等几个负责人，诺姆也分享了这个待遇。经过三天的户外运动、星空下的短暂睡眠，大家显然已筋疲力尽，在饭桌上表现得无精打采。除了詹姆斯，其他人都不怎么说话，只想早点结束饭局，看都不看一眼诺姆。

他感觉自己妨碍了他们。

出发时，他就引起他们的怀疑，尽管詹姆斯对他表现出极大的热情。他的国籍令他们心生疑窦：诺姆自我介绍是希腊人。如果他说自己是黎巴嫩人，可能会带来麻烦。因为说出一个姓氏，别人很快会问起他某一处的表兄，另一处的姑妈，山里的大伯，等等。尽管黎巴嫩有几百万居民，但人们似乎仍保留着紧密的家庭纽带，相互来往。

选择希腊身份带给诺姆一定的安全性：除了因为希腊有一个令人喜欢的首都，他还能讲一口流利的希腊语。但他小心翼翼不流露带有古风的句子，那是他在索福克勒斯和柏拉图时代所使用的纯正雅典语，今天早已面目全非。现在他进一步了解了马尔穆德、查利、雨果，意识到他们对外国人、移民、流动人口抱有一贯的偏见。

诺姆借口有些疲惫,迅速离开他们,回到自己的房间,耐心等待。

二十三点,整幢房子陷入沉睡,隔着墙都能听到詹姆斯的鼾声。

诺姆小心翼翼悄悄走到地下室,用偷来的钥匙打开门,溜进储物间,随后谨慎地将身后的门掩上。他没有打开天花板上的吊灯,而是借助手电筒,穿过储藏室,来到詹姆斯白天止步的那扇大铁门跟前。

钥匙转动了一圈,果然不出他所料:武器库。三张桌子上摆放着无数明晃晃的冷兵器,有刀口锋利的,有具穿透力的,也有钝器类。第一张桌子上有砍菜刀、双刃弯刀、弯形大刀、匕首、利剑、军刀、长柄镰刀、斧头;第二张桌子上有长矛、标枪、鱼叉、梭镖、吊钩、三齿叉、三叉戟、弓弩,配备方镞箭和铁针的吹管;第三张桌子上摆放的是大头棒、短木棍、大铁锤、榔头、链锤,以及放在一袋袋钢珠边上的弹弓。靠墙放着一排火枪:有卡宾枪、猎枪、冲锋枪、机枪、精确步枪。稍远一点,货架上排开一系列各式手枪。地上则整齐摆放着机枪和一箱箱填满小格的弹药。诺姆的直觉得到证实:诺亚方舟并不是一座避难所,而是一座地堡。

诺姆进到另一间库房,这里是爆炸物仓库,他看到了手榴弹、地雷等。这时,他听到有争吵声和脚步声传来,立刻关了手电,躲到一个角落。

马尔穆德、查利和雨果走了进来，穿着无袖圆领 T 恤和粗麻布裤子。他们在一张空的小办公桌边坐下，把一台电脑放到桌上。雨果看上去就像两块不协调的东西拼接在一起，一张金发的娃娃脸黏合在运动员般的高大身材上。

诺姆躲在火药库的黑暗中，大气不敢出。

"到二十三点半准时，我们将与 D. R. 建立联络。"雨果连上线路后说道。

其他人松了口气。

"不能抽烟真有点不爽。"查利抱怨道。

"蠢货！你早就应该戒烟了。你可以在灯火管制中存活下来，但逃不过肺癌的。"

"别烦我！"

"我说得没错！"

"你说得没错，所以你让我心烦！"

马尔穆德满意了，屈尊闭上嘴，却又是打嗝，又是吐痰，还隔着裤子挠痒。诺姆发现詹姆斯不在时，他们表现出另一副面孔，更加放肆和粗鲁。

雨果停下手中的摆弄，坐下来高兴地说道：

"D. R. 在线了！"

这句话立刻改变了氛围，那三个狡猾的家伙马上正襟危坐。

屏幕上出现一个形象，诺姆看不清楚。随后又传来一个经过滤波器处理过的声音：

"你们好，贝鲁特。你们到哪一步了？"

"六个月的自治，D. R.。"查利回答道。

"关于生存下去的技术呢？"

"几乎完成。"

"什么？"

马尔穆德赶紧救场，站到摄像头前，狠狠瞪了查利一眼后宣称道：

"已经准备好了，D. R.！"

一阵沉默，他们有些慌张。那个单调、数字化的声音又响起：

"我们即将启动末日骑士行动。"

他们一阵战栗。

"什么时候？"

"就现在。"

"在哪里？"

"我们将从美国开始，扎卡里小组已经做好了准备。他们将分头行动，攻击五座核电站。"

"哪五座？"

"你们已经知道得太多了。欧洲会紧随其后，然后是俄罗斯、中国。至于你们，攻击的是查布鲁大坝？"

"计划已仔细研究过，物资也准备好了。我们等待你的行动命令，引发爆炸。"

"就是这几周的事，你们保持待命。"

一阵啸声结束了这场通话。

已经有点冻僵的三个家伙高兴得手舞足蹈，拍着手喊道：

"重大日子就要来了,伙计们!"

"到处会有爆炸!"

"一个崭新的纪元即将开始!"

"雨果,去找点啤酒来!"

诺姆明白了这几个家伙是背着詹姆斯,他们天真的资助者,擅自行动。更重要的是,他们的野心已经超过生存主义理念:这些狂热分子并不是为世界末日做准备,相反,他们准备了世界末日。

1

从黎明开始，我就凝视着它……

大湖如在梦中沉思。没有路、只有一些细节，没什么能持续，一切烟消云散。它宽广又静谧，不可触摸的五彩光斑，轻微的汩汩之声泄露了它的喘息；偶尔闪过的涟漪时断时续；所有逻辑都稀释在它深深的沉默里。微波轻漾，大湖半睡半醒，波澜不惊。平静的湖水下，活动着一些静默的、转瞬消失的生灵，人们偶尔瞥见它们的背、它们的鳍。它们在做什么呢？为什么它们从不面对白日的光明？这一切相互贴近、相互纠缠、相互交织，熟悉又陌生，大湖保守着它的秘密。大湖无盖，却蕴藏着远超可知的不可知。

面对这种令人出神的风景，我陷入了沉思。

危险如何会从这样一处和蔼可亲之地突然冒出？

湖区的百姓不怕大湖，我们崇敬它不带狂暴的那一面。当然，它也会吞噬一些笨拙的游泳者、鲁莽的独木舟划桨人、大热天迫不及待跳入水中的冒失鬼、忽略了破裂先兆在冰面滑行的游猎者。然而，过错不可避免地都落到了人身上，它的浩渺之水并没有攻击我们。如果水位上涨，那是一点一点涨起来的，没有攻击性，没有任何欺骗。呈现一种高贵的缓慢……

其他的水则让我惧怕：气势汹汹、劈头盖脸抽打我们的来自天上的水；林中仙女的活水此刻正被一股令人费解的怒火驱使，汹涌奔腾，让小河涨满，河水漫出河床。相反，这大湖，尽管水位也高，却表现出永远的心平气和。

蒂博尔坐在我身边。

"巴拉克缓过来了。"

我欣喜若狂。

"你调制出了解毒药？"

"不，巴拉克自己把毒素一点点排出。他的体魄真是令人惊叹，先是从截肢的创伤中挺了过来，现在又自己排出了致命的毒素。"

"这就是巴拉克！"我高兴地喊道。

"是埃莱娜！"他回答说，"她不仅帮助他活下去，还带给他活下去的理由。"

"确实……"我说，神情黯淡下来。

埃莱娜和巴拉克的幸福美满让我百感交集。一方面我疯狂爱着这两个人，衷心祝愿他们幸福；另一方面他们狂热的性吸引又让我感觉窘迫。作为母亲，她看上去不再是妈妈，而是一个让我失去了参照的女人。不久前，她的丰满是一种让人放心的、无足轻重的、居家型的丰满，现在却散发出性感的光彩；我以前认为年龄带给她的笨重现在却拥有了一种淫荡的质感。挣脱了忍辱负重的外壳，母亲容光焕发，宛如一位充满挑逗的情爱女神，点燃了巴拉克眼睛里的欲望之火，而这也返照在她自己的眼睛里。他们这对情人充满肉欲，身体同频共振，永远渴望着融为一体。他们在我身边时，我感觉自己妨碍、阻拦了他们的冲动，限制了他们的目光、抚摸和突然兴起的交合。我觉得他们一旦独处，一定会一个立即扑向另一个。巴拉克的残疾、他的恢复期完全不妨碍他们的性吸引，多少次，我在半夜听到兴奋愉悦的大声呻吟，无论是他还是她。从我高贵的母亲那里，释放出一个以前从未有人想到过的角色，一个放纵、自由、迫不及待、无拘无束的情人角色。

"你母亲比你还年轻，诺姆。"

蒂博尔仿佛看透了我的心思，给我来了这么一句。他继续道：

"她敢做你不敢做的事。"

"我不明白。"我含混道，希望岔开话题。

"你母亲有勇气正视她的感情，你不敢。"

我向他转过头，他激将我：

"向我请求吧。"

"什么？"我吸了口气。

"请求娶我的女儿。"

我闭上眼睛，思绪混乱。自从潘诺姆死后，我找了无数理由推迟我与她的结合。张罗葬礼，照料我叔叔，安慰我母亲，保障公正，管理村子的日常，一切都在解释我不娶努拉的理由。

"小心，诺姆，她即将发难。"

"目前她一直在支持我的工作，没有说一句话，也没有一点责备的眼神。"

"她在向你证明她很擅长做首领的女人，不过应该让她成为你的妻子。"

我低下头坦白道:

"当人习惯了保持自尊,这种事让人不安……很久以来,我都被迫视她为继母。"

"释放你身上男子汉的一面吧。"

我闪烁其词:

"我……我……我有些害怕。"

"害怕什么?"

"害怕她。"

"错了!你怕的是你自己。怕自己力不从心,不能给予她你想给的。"

"合情合理,不是吗?"

"这种害怕只会引起新的害怕,以自信取代害怕。相信你的爱情,相信你的欲望吧。努拉和你,你们相互需要。"

"你真是个奇怪的岳父,蒂博尔……"

"我首先是个奇怪的父亲。"

他笑了,而他平时总显得很忧郁。

"实际上,我生了个奇怪的女儿!"

他抓起我的手,紧紧握在他干枯的、骨节分明的指间。

"别让努拉不耐烦,她不懂得等待,她会抱怨你。如果你拖拉不决,你将面对一个暴怒的女人。"

"你最了解她……"

"没有人了解努拉!"

蒂博尔突然打开话匣子，向我讲述他的无助。一个单身男人该如何教育一个年轻姑娘？这份挑战超越了他的能力。作为鳏夫，蒂博尔既不能求教于他妻子，也不能指望自己的姐妹，因为她们都死在泥石流中了。他曾经凝视努拉，凝视这个神秘的造物，她既固执又外向，既多情又封闭，他不知道她的梦想会飞向何方。她在生命过程中希冀什么呢？她要勾画怎样的蓝图？她总让他捉摸不透：冷漠的孩子、热情的孩子，但绝不会不冷不热；某一天很温柔，某一天又很强硬；有时不怎么说话，有时滔滔不绝；碰到高兴事放声大笑，对寻常笑话嗤之以鼻，对只有她一人关注到的小事笑得直不起腰。热衷于悲剧和神秘事物，沉浸其中，被一些她闭口不提的任务召唤。从温柔可人到傲慢自大，从天真无邪到厚颜无耻，她拒绝服从任何命令，不受任何影响。蒂博尔在这个天不怕地不怕的女儿面前一筹莫展。她只认一个向导，就是她自己；只认一个榜样，就是她自己；只承认一种自洽，就是她自己。很快他发现她可以带着同样的自信投身完全相反的道路。有时候，她会约束自己的想法，不流露出软弱、胆小和礼貌：转身遗忘对她来说很恰当，那是一种适时的策略。其他时候，她表现得率真、生硬、锋芒毕露，蔑视一切礼节，因为她心直口快。努拉到底算耿直还是狡猾？真诚还是工于心计？两者皆是……她早上的性情迥异于晚上，入睡时是一个样子，醒来后又换了个样子。

"不存在一个努拉，而是无数个努拉。天真无邪的努拉，凶狠刁钻的努拉；满心欢喜的努拉，欲壑难填的努拉；一个脆弱又粗野的人，极致的优雅，极致的狂野。我在结婚时，想着要多生几个女儿,神灵应允了我:他们把一百个女儿集于一个。不过,我没有抚养她,她就是在我身边长大。"

"你夸张了吧,她听从你这个父亲。"

"当她想要一个父亲时,她就授予我父亲的身份;另一些时候,她把我变成她的兄弟、儿子、伴侣或顺从的影子。我的角色通常概括为贴身随从。"

我正为他意想不到的兴致发笑时,他顽固地坚持道:

"向她表白吧!去吸引她……如果说努拉喜怒无常,不过有件事很肯定,和她在一起,你总能担心更糟糕的事。"

"谢谢,蒂博尔。我答应你采取行动,我也向自己保证……现在来说说你那个预言性的梦吧。"

蒂博尔脸色发白。

"昨天晚上我还收到另一个异象,非常可怕!我们这个世界没什么能幸存下来。"

"你建议我怎么做?把我们的房子筑到树上去?"

"大树也逃不了厄运,一切都会被淹没。"

"那怎么办?"

他揉了揉太阳穴。

"我们只能以水攻水。"

"你有什么建议?造一些水上漂浮的房子?"

他被问住了,看着我的脸陷入思考。

"多么出色的创意!我想你找到了解决办法。"

他站起身,手指远方。

"在离此十天路程的地方,有一个会造独木舟的部落,船造得最好,别人跟我说起过。他们的村子叫'众神之门'。"

"众神之门?"

"据说神灵经常在他们那里鱼贯而行……我知道的就这些。总之,他们可以将木料加工到绝妙,掌握开凿、塑形、拼接、止漏的精湛技艺,把木料做成船,增加面积。去找他们吧。"

他打住话头,有些不安。

"对不起,诺姆!我在命令,请原谅我。你是首领,不是我。"

"你是首领的顾问,蒂博尔。我欣赏你,你带给我们村子的东西,没有谁能比得上。"[1]

我向他致意,走向世界即将坍塌的台阶。在我的统治初始,我有点炫耀自己。我的出现让人相信我接过了权力,村民将他们

---

[1] 人们也许奇怪我怎么会完全相信一名治疗师的话,以此制定村庄的决策。要理解这一点,人们应该记得雨天或纯净的蓝天都来自神灵,天气带来神灵最直接的意思。几千年来,不管人们信奉泛灵论、多神论还是一神论,都如此认为。气象学揭示的不是物理现象,而是神学。暴雨、阳光、风、雷电、龙卷风属于神灵的戏剧。天空提供了巨大的舞台,上帝、众神、仙女或精灵在此解决他们与人类的争执,在这里惩罚他们一下,又在那里奖赏他们一下。我从来没想到过,比如大湖上方积聚的暴风雨还有别的成因。在我那封闭的世界里,边缘并不存在,我对地球和宇宙没有任何概念。我永远不会想到是蒸汽凝集和气压产生了云层,造成它们的密布或稀疏。一直要等到公元前四世纪,哲学家亚里士多德才开始解释天气变化是一种自然现象而非超自然。在《气象学》一书中,亚里士多德认识到由太阳产生的大气现象导致蒸发效应。不过亚里士多德尚未大获全胜,直到十八世纪,人们还把科学观察与对上帝的惧怕混为一谈,认为上帝是游戏的主宰,甚至是魔鬼的主宰,是人类的迫害者。风暴、龙卷风、酷暑、干旱继续被夸张化和过度解读。蒂博尔是我俩中最能看见和听见神明、仙女和魂灵的那一个,所以他的预警对我来说具有不可辩驳的合法性,这就是为何我会依他之言而行。

的忧虑托付给我，而探访者回去时描述了我这个年轻的首领。

在我完成了几桩交易后，努拉过来找我，我跟几个重要供货者说话时，她一直紧挨在我身边，俨然一位陪伴丈夫的妻子，她的举止近乎完美。

不过，有时笑容也会从她略带不耐烦的嘴角消失，接二连三的到访者破坏了我们之间的亲密，她不时皱起眉头。和她一样，我也越来越烦躁，我们之间有什么东西正在磨损。照这样的节奏，我们在收获友好默契的同时，失望沮丧最终也一定会困扰我们，让我们心生嫌隙。

趁两件事中间的空档，我在她耳边轻声道：

"今天晚上我可以去看你吗？"

她微微颤抖，灵巧地转身对着我。

"当然可以。"

等那些讨厌鬼把我们烦够了之后，她又加了句：

"爸爸今晚不在，他要去采一些只有在月光下才能采集的药草。"

我感觉她的扯谎十分有趣：这也说明她是多么看重我，并且印证了蒂博尔今天早上说的话——她按着自己的需求操控她父亲。她离开我时，我猜想她会去说服她父亲今晚把家空出来，而他呢，则会装着被说服。

白天过得既快又慢。一方面，我巴不得白天赶快结束；另一方面，我又如此惧怕晚上，以至于我把时间用来处理村子里的无数琐事。我忐忑不安，感受到一种深刻宁静（我做出了正确的决定）的同时又有一种急不可耐。我该如何表现？

夜幕降临前，我消失在村头，去了我常去沐浴的小河，准备我的约会。我心脏狂跳，电流般的战栗传遍全身。没有谁能比努拉更让我惶恐不安。

我洗漱干净，涂上香油，穿戴整齐，下坡去她家里，敲了敲门。

努拉明艳动人，洁白的皮肤，乌黑的长发，穿一条轻薄得几近透明的连衣裙，站在她平常休息的地毯上，不眨眼地盯着我。

"是你？"

多么奇怪的招呼！白天我们一起度过，说好今天晚上我来拜访。现在她却用大大的问号来迎接我。

"是我！"我的回答也有点奇怪，既蠢又无用，等于什么也没说……或者说……如果它能转达我们寻常对话的言下之意，那我们的对话应该是这样的："是你吗？是那个爱我的人上门来了吗？""对，我就是那个人，我来就是为了爱你！"

努拉没有说话，我感受到这种沉默的压力，踌躇道：

"我没有打搅你吧？"

"你永远不会打搅我。"她用一种掩饰尴尬的语气轻声道。

如何才能释放囚禁于我心中喷薄欲出的柔情呢？

她并拢双腿端坐着，决定不理睬我，又忍不住伸手拢拢头发，仿佛没有更重要的事可做。她露出洁白细嫩的脖颈，宛如一朵只在暗影中生长的花。她打了个哈欠，露出粉红色的口腔和一颗颗光洁的牙齿，深深叹了口气。

我急得直跺脚。

她没看我，但半睁半闭的眼睛透过长长的睫毛关注着周遭。

我朝她靠近一步。

她转身看着我，没有表示反对，反而带着献媚的放肆。她正等着呢，提前驯服自己，她的慵懒让我蠢蠢欲动，她露出一丝笑容，柔弱中带着自信。

我放下所有自尊跪下来，抓住她的手，激动得眼含热泪。她的手是那么温暖、柔软、迷人。我亲吻她细嫩的手腕，十次，百次，滚烫的唇表达着我爱她，拜倒在她脚下，只为她的幸福而呼吸。

她淘气地抬起我的下巴，将自己的脸凑近我的，然后孩子气地递上她柔滑的小脸蛋。我发现了她的狡黠，便无视她的脸蛋，直接把自己的唇贴到她的唇。我们的双唇立即粘连一起，战栗传遍全身，努拉欢快地长舒一口气。我们的舌头相互寻找，相互舔舐，新鲜、炽热、活泼、贪恋。

努拉仰面躺下，将我揽在她身上，我担心会压着她，然而她牢牢抓住我。她的双目凝视着我，慵懒中写着急迫。她要我给她一个极致的快乐。

我进入了她。

同样，显而易见的是我的生殖器仿佛生来就是为了进入她的。她含混不清地呻吟着她的惊喜、兴奋、贪食。我们的眼睛再也没有离开过彼此，每时每刻它们似乎都在问："你喜欢这个动作吗？你感受到它了吗？"作为回答，我们喉咙中发出叫喊、呻吟、低吼。

我屡次克制我的高潮。

突然，努拉停止不动，身体僵直，睁大眼睛，眼角有些湿润，瞳孔黯淡下来。我似乎觉得她在我的眸子里寻找另一个人，不是趴在她身上的这个温柔体贴、强壮的诺姆，而是超越这份殷勤温和的另一个诺姆，一个霸道情人，征服者，一个打破了她控制的胜利者。

我铆足劲，猛烈插入她。

达到满足的努拉，再次松弛下来。

我撞击她、抽动她，她脸上露出的战栗表情表明她对正在发生和即将发生的一切充满好奇。她在我身下颤抖，头脑清晰又全情投入。她耳朵发红，脖子也涨得通红，双乳变硬，喘着粗气。

努拉大叫，我也一样。我所失去的温柔、细致、快感，都被兴奋刺激替代。有些事情超越了我们的控制，我的激情不再属于我，它穿透我，我只能跟随它、服从它。努拉和我一同陷入某种癫狂。

她呻吟着，脚趾扣紧，双拳紧握，脑袋从左到右、从右到左来回晃动。我停下动作，有些担心。

她尖锐地抗议：

"继续！"

我坚持不懈。她拍打我的胸口，抓挠我，打我耳光，这些拒绝的动作却应允她相反的事，完完全全接受我的身体进入她的身体。

她浑身战栗，大声叫喊，我们同时达到了高潮。

奇迹完成。

我们浑身像散了架。

一切变得简单了，既强烈又寻常。我们不再耐心，不再期待：我们已经彼此拥有，我们已经是我们。

她蜷缩在我怀中,突然显得很弱小,让我心生怜爱。能够这样在一起多么幸福啊,没有紧张压力、没有沮丧、没有无话找话、没有嫉妒和遗憾,懒洋洋地紧紧相拥,倾听生命在我们体内跳动!我们享受着当下,被我们的强健、被我们的青春润泽。

当我爬起来去给她倒喝的,努拉用感动和迷离的眼神看着我,她的目光让我觉得自己很男人、很可怕、很出色。

她端详着我,这让我变了个人。我生平第一次自问,我以前是否不够英俊。

*

获得幸福的前提是不是遇到障碍?

我刚刚在努拉怀中品尝到了极乐,我的职责让我必须离开。湖水又升高了,小河的水溢出来,一片泥泞。农田拒绝种子,剩下的植物因潮湿而腐烂。无数细节让人相信蒂博尔的担心。

我首先移开了眼睛,努拉太过夺目,她让我品尝到前所未有的喜乐:早上,我们懒洋洋相拥而卧,不说话,我不停亲吻她不再藏着掖着的身体;或某天的一整个下午,任凭她摆弄我的头发,得到一个"可爱"或"可怕"或"可笑"的发型。我哪会想到我竟然喜欢变身为女孩子的玩具?我哪会想到当她嘲笑我时我的心会融化?与努拉在一起不可能感到无聊,她会化身为两个、十个、二十个、三十个女人!事实上,她是个无穷无尽的女人,某天顺从,另一天专横;某天淫荡,另一天无精打采,某一天又兴高采烈。在床上，她总能制造新的惊喜：柔软迷离、霸道紧张、急迫狂热、缓慢慵懒、挑逗和淫荡、挑衅和坚定、诱惑和被动、奉献和懒散、怕痒和不可触碰、大胆妄为和贪婪。

因为她代表着所有类型的女人，我便化身为所有类型的男人：情人、朋友、敌人、自私者、行善者、放浪者、冷漠者、淫荡者、迫害者。在日出日落间，我渴望紧紧拥抱她、扼住她，我想哭、想笑、想逃，我想炫耀她、隐藏她，为她牺牲。

很遗憾，我必须下决心离开。我要去找独木舟工匠，几名训练有素的村民陪我一起去。去程需要十天，在那里停留几天，回程需要十天，所以我要离开一个月左右。

出发的那天早晨，努拉病了，脸色苍白、头痛、眼神黯淡无光、皮肤干涩。她向我伸出手，没有从被子里起来。我亲吻了她滚烫的小手，她手指的纤弱无力仿佛在对我说，我不能再享用它们。

"去吧，我的诺姆，做最好的应对。我会努力好起来。"

她在两个层面做出回应：当她认可诺姆作为首领时，她鼓励他进行这趟远征；当她认为他是丈夫时，她谴责他丢下卧床不起的妻子。

我刚跨出屋门，就被我母亲迎面堵住，她涨红了脸。

"如果你接受，我就不认你这个儿子！"

她岔腿站在那里，拦住我的去路。怒目圆睁，咬牙切齿，一脸怒气，气得浑身发抖，这反而让她变得更美。

"怎么回事？"我问。

"你答应我一定要撵走他。"

"你在说谁呀?"

"巴拉克。他要陪你一起去。"

叔叔从没对我这样提过,至少现在还没有。他真的想增援我们的小组吗?

母亲大叫大嚷道:

"你拒绝他,否则……"

她用手指着我,我不知她要用什么惩罚来威胁我,最后她拧着眉头愤然道:

"我警告过你了!"

我上前安抚她。她误解了,以为我在哄骗她。她争辩道:

"行走、旅行、打猎、搏斗,他不能,是的,他不能。"

我忍住笑,想到有天夜里我听到的喊叫声,我叔叔就是个迷人精。我竭力克制想打趣母亲的念头,纠正说实际上是她不能……没有他。

她看出了我的戏谑,立即改变了语调,开始打感情牌:

"你知道的,诺姆,我等了他一辈子,他回来了,我照顾他,现在他逮着一个机会就想靠一条腿蹦跳着溜走!"

她身后响起一个声音:

"我不是要离开,埃莱娜,我是保护我侄子。"

听到巴拉克浑厚、洪亮的声音,她皱起眉头,听见他就足以让她激动。她转向正朝我们走来的巨人,竭力保持着她的恼恨:

"诺姆知道怎么保护自己!"

"我也是呀,我知道如何保护他。对吧,我的大侄子?"

巴拉克神清气爽，眼睛明亮，充满活力，已经为这趟任务全副武装。穿上皮衣、背上褡裢，站得笔直，带着一身腱子肉和急迫的神情，让人完全忽略他缺了一条腿，代以鹿骨做的假肢。

他用大手摸了摸埃莱娜的脖子，轻轻将她揽在怀中，亲吻她的肩膀。

"埃莱娜，让我好好爱诺姆吧。我不仅疯狂爱你的儿子，我还把他视如己出。"

"我们的儿子？"埃莱娜多情地暗示道。

他们贪婪地拥抱亲吻，当着众人面都无法克制他们的亲热。

一段时间以来，我隐约感觉到埃莱娜和巴拉克所营造的状态：在他们竭力描绘梦想拥有的孩子的过程中，我变成了他们的孩子。他们抹去了潘诺姆的父亲身份。

等他们终于停止亲热，我向巴拉克打趣道：

"谢谢你护送我，叔叔。"

母亲停止抱怨，强打精神，带着哀怨看着巴拉克。

"那么，我是没法影响你的决定咯？"

"你影响我的行动：我会迅速回到你身边。"

她自豪地咯咯一笑，掩饰住她的得意，假装不满地嘟哝，转头对我说道：

"好好保护他，诺姆，他已经不再年轻了。"

"调皮鬼，你喜欢乳臭未干的臭小子？"他抚摸着她的背探问道。

她没有回答，贪婪享受他的抚摸。

"妈妈，请你照顾一下努拉，她很痛苦。"

"当然。"母亲答道。

"'当然'什么?你照顾她是当然?还是说她很痛苦是当然?"母亲冷笑。

"按顺序:她痛苦是当然,我照顾她也是当然。这就是一个年轻女人和一个成熟女人之间的差别,我的孩子。年轻女人病倒,成熟女人发火——她节省体力……历经岁月,我们要抗议什么东西时绝不搭上自己的健康。"

*

我们沿大湖的边缘前行。

被商人、手艺人,甚至牧羊人踩出的小路在我们脚下若隐若现,有时还被水淹了。好几次,当平地被水淹没太多时,我们不得不折返;相反,陡峭的山路受涨水的影响略少。

即便远离河岸,被水浸泡的土地依然泥泞、打滑,行走困难:要么滑倒,要么淤泥没到脚踝,要么我们沾满泥巴的鞋子再也承受不住淤泥和潮湿的蹂躏。

我隐约感觉喘不过气、心情沉重、喉咙干涩,体会不到作为旅人的乐趣。本来未知的召唤会让我们精神一振、畅快呼吸,让我们挥洒喜悦和快乐,也就不觉疲累。但现在我拖着麻木的身体,垂头丧气,毫无胃口。

巴拉克拍拍我的肩膀,他也一脸憔悴。

"现在,离开村子让我们心力交瘁。"

"我感觉被人痛打了一顿。"

"我们的心早已留在那里，留在她们身边。"

巴拉克说的是金玉良言。我们的世界变了：这世界为我们提供了一个中心——给他的是埃莱娜，给我的是努拉——而中心之外死气沉沉的周边让我们抑郁。远离她们，我们感受到被流放似的沉重和痛苦。

"当人深陷爱情时便不再自由。"巴拉克叹口气道，"爱情和自由，哪个更有价值呢？"

他自问自答时又露出了微笑：

"毫不犹豫，当然是爱情！这么多年来我早已用足和滥用了自由，已经够了！拥有做一切事情的自由，但为了什么而做呢？自由是一种失败的标记，是一种孤独的疾病，是一种可怜虫的缺陷！我只想着奔向埃莱娜，只想着让她幸福，只想着为她的在场、为她的喜悦而喜悦。"

"每天，我都会更恨潘诺姆几分。他从我们手里偷走了埃莱娜和努拉，偷走了我们的幸福。我怎会那么愚蠢地忍受他。"

"那我呢？"巴拉克嚷道，"我哥哥只有一个优势，就是让我相信他的优势。我盲目吞下这种念头：他比我优秀，他值得更好的。"

"我也是这样。"

"正常，做儿子的总是不由自主将所有品德投射到父亲身上。至于我？即便发现了他的诡计和背叛，他的表里不一在我看来仍然是一种无与伦比的特长，是我所不具备的足智多谋。我真是个可怜的笨蛋。你的应对正及时。"

"多亏了你……"

"还有努拉。她冒着生命危险来找你。"

一想到那段经历,我就浑身激动,恨不得打道回府,将努拉紧紧抱在怀里。叔叔打消了我的冲动。

"这大湖在搞什么鬼?"

"蒂博尔接收到几个梦,大湖突然涨水,漫出湖岸。"

"为什么?"

"蒂博尔只是接收到一些画面,一些声响,没有任何解释。"

"真遗憾!要是我们知道原因,就可以在湖边采取点什么措施。"

"蒂博尔有点不相信献祭和祷告的作用,叔叔。再说了,我也不大相信。"

"嗯……"

巴拉克本能地按了按他的护身符。

尽管在松软土地上行走有些费劲,我们的远行并没有多大障碍。渐渐地,行走的魔力抵消了辛劳、忧虑和离别之苦。现在我接受了这种暂时流放,开始欣赏周边流动的风景。有时,大湖大面积向外延展,贴着薹草,形成沼泽。鸭子们在水草间嬉戏、欢叫、扑腾、翘起脚丫子。有时,大湖拍打湖岸的岩石,野山羊在成堆的石块间跳来跳去,似乎有一些小道在保障它们的攀爬。

晚上,我们生了一堆篝火烤肉,驱赶野兽,然后与太阳一起睡去。

第二天,走过一条从树林流出的小河后,巴拉克放缓了脚步。

"你的腿?"我低声道,有些担忧。

他摇头否认,让我放心。

"孩子,我不跟你们走了。"

"你说什么?"

巴拉克尴尬地挠着手臂,这个动作让他的肌肉越发鼓胀。我常常惊讶他长着这样的二头肌,却还能弯曲手臂。

"这条小河通向女游猎者洞穴,我去那儿。"

我睁大了眼睛。他又补充说:

"我陪你来,同时也是为了这个。"

我气愤地吼道:

"巴拉克!"

巨人后退了一步,为我的愤怒而生气。

"浑蛋,你想什么呢?"

"我什么也没想,我知道。"

"知道什么?"

"我知道有人去女游猎者洞穴要做什么。"

巴拉克拍了拍脑门,忍住笑,轻蔑地从头到脚打量我一番。

"多么可怜和讨厌的小气鬼!可恶的包打听。我去女游猎者洞穴不是为了私通,而是为了向她们告别!"

"告别?"我嘟哝着有点不相信。

"是的,我的告别!我在那里度过了一些很美妙的时光,我很想去谢谢那些女游猎者。"

"唔……尤其是玛拉坦特拉。"

"当然，首先就是玛拉坦特拉。"

看到我撇嘴，巴拉克发火了：

"玛拉坦特拉向男人出卖色相，是的。但这个敏感的女人知道我还活着并找回年轻时的爱情，肯定会很高兴。"

"巴拉克，你敢肯定你能抵挡玛拉坦特拉的诱惑？"

他盯着天上的云，想了一会儿。

"我不敢。"

他向我转过头，微笑着对我补充道：

"考虑到风险，我做好了预防措施。"

"什么措施？你把你的睾丸留在村子里了？"

他一阵大笑。

"绝妙的主意，这一定让我们的老婆高兴……你想想看，亲爱的侄子，当我们出门时她们用罐子把睾丸密封起来。"

他晃动着他的浓密长发，继续大笑。

"我对玛拉坦特拉采取的预防措施是，我什么也不带给她，没有野猪，没有母鹿，没有兔子，甚至一只小老鼠都没有。她有自己的尊严，她会明白的。"

这回轮到我笑了。

"对不起，巴拉克，请原谅我的不信任。"

"多么讨厌！差点让人觉得是你父亲在说话。"

我接受他的揶揄，向走在前面的队伍做了个手势，他们正疑惑着我们的磨磨蹭蹭。

当巴拉克即将转向另一方向时，他在我耳边轻声道：

"有什么话要捎带的吗?"

"我?没有。"

"不用捎话给任何人?"

"没有……"

他有点不高兴,盯着我。

"诺姆,你再次让我想起你父亲:他会忘掉所有妨碍他的事。"

"这和我有什么关系?"

"蒂塔。"

这名字让我惊愕,羞愧感涌上心头。那个野性迷人的蒂塔,那个我炽热良宵中的女游猎者早就淡出了我的记忆。突然,回忆如上涨的潮水般涌来。

"蒂塔……"我回应道。

我生命中努拉的到来完全抹去了蒂塔。面对叔叔,我想到蒂塔曾经存在过,现在依然存在,而我的遗忘和我的冷漠对她是一种侮辱。我已将她抛在脑后这么多个月……

巴拉克指出我这个毛病,证明我很像潘诺姆:支配别人,然后再将人踢开。

我结结巴巴:

"告诉她……告诉她……"

"告诉什么?"

"就说我回到了村子里,我结婚了,我是迫不得已。"

"说你结婚了?你太夸张……请允许我现场即兴发挥。"

"我信任你,巴拉克。我不知道还有什么野人比你更善解人意。"

他紧紧拥抱了我。

我们分开时我朝他喊道：

"我们下一步怎么办，巴拉克？二十天后，我去找你？"

他跳起来，忙不迭道：

"瞎说什么！去那个山洞绕一下后，我会在众神之门那儿追上你们。要提防风险！如果我耽搁好几个日夜的话，我可能会再次为玛拉坦特拉去打猎哦。"

他转进了浓密的树林。

随着接近众神之门，我们发现一些独木舟和划独木舟的人，他们在水平如镜、映照着纯净蓝天的湖面捕鱼。

鸟儿发出阵阵鸣叫，鸟叫声在空中回荡，比这湖水更起伏、更流畅。

树干凿空后的独木舟，不满足于只沿着湖岸划行，它们冒险前往湖中央。划船人的无畏勇敢让我很吃惊。到目前为止，我只看到一根竹竿，就能让小船移动，渔民把竹竿插入水底，或拉或推。我还看到一些一头扁平、能在水面划动的短桨，可以一直划到深水处。这种新颖的做法让我目瞪口呆。我预感到这种创新会为旅行打开崭新的视野。[1]

---

[1] 在此之前，用整块木料打造的独木舟只能靠近湖岸活动，主要用于捕鱼。人可以舒舒服服待在鱼群出没的地方，避免被水弄湿，并将捕捞所得堆积在凹槽中，没人发现这也可以是一种移动工具。至于船能够用于旅行和勘探，更没人想到过，更不用说用船做交易或发动战争……航行那时还不存在。

终于，我们看见了那个村子，村前因树木被砍伐而露出一块块空地，村民在那里开凿小船。我们向几个正在削砍树枝的人打招呼，一个光脑袋的砍伐人问我们找谁，我向他表示说我是离此十天路程的一个重要部落的首领，我很需要他们的技术。

光头把我们带到他们的首领跟前，弗拉姆，三十来岁，棕红色头发、金黄色胡子，身材强壮，短额头，正带着他的儿子们挑选松木，他在他的作坊接待了我们。在一股浓烈呛人的树脂味中，有人正用燧石挖槽，有人加上麸炭，使之完善。地上，几只小奶狗正在金色的刨花[1]中玩耍。

自我介绍后，我说明来意：

"我们需要一些漂浮的屋子。"

"漂浮的屋子？我从来没有听说过这个……为什么？"

"以备湖水高涨时用。"

"可以把房子造在比湖岸更高的地方。"

"如果湖水继续上涨呢？"

我的回答纯属逻辑推理，这让他很困惑。他揉揉太阳穴，注视着湖岸，又把关注点转向我：

---

1 石器时代？更应该是木头时代！我们将木头看作朋友，借助它的柔嫩、柔软或坚固做所有东西。几千年后，考古学家并未认识到这一点，因为木材无法保存，它们在发掘现场就已经灰飞烟灭。十九世纪出现的三种时代划分（石器时代、青铜时代、铁器时代）让我觉得很可笑。丹麦史前史学者克里斯蒂安-尤尔根森·汤姆森为了整理哥本哈根博物馆的一些藏品，将时间分为不同时期：石器年代、青铜器年代、铁器年代。他按照这样的时间顺序分类是对的，因为青铜器一经发明，人们就不再使用石制工具；而铁器发明后，同样的青铜工具也不再被使用。一种材质取代另一种，但我很想提醒他自始至终未被取代的是木头。

"大湖为什么要攻击我们?"

"没有人能猜得到大湖的意志。"

"确实……"

"到目前为止,它还是平静的。"我最后说道,没有提及蒂博尔的梦和他强调的事。

弗拉姆转头看看他的儿子们。

"漂浮的屋子!你们会造吗?"

他们放声大笑。

我坚定地继续道:

"都说在大湖这带,你们拥有最好的技术。如果说有人能成功造一座水上浮屋,那一定就是你们。"

弗拉姆欣然接受我的恭维。从他们的说话方式、语音语调和简单句子,我怀疑这些粗野工匠只发展出一种技能,就是做木工,那是他们最引以为傲的本领。

弗拉姆在他的儿子们中间走来走去,沉思着重复道:

"一座浮屋……"

"在木筏上造几面墙!"大儿子说道。

"用筏子做底部,那是肯定的。只是将许多树干捆扎在一起还不够稳定,还需要一些浮筒。"

"用羊皮袋?"刚才那个儿子喊道。

"用双耳尖底瓮?"另一个儿子建议道。

弗拉姆点点头,继续思考:

"当浮屋乱碰乱撞时,它应该有一圈围边抵御波浪的侵袭。"

"用木板?"

"那会加重船的分量。"

"用栅栏?"

"还是用特制的、轻巧的船帮为好。"弗拉姆建议道。

听着他们不断冒出的主意,我意识到这个部落还真不是浪得虚名。

"祝贺你,弗拉姆。你已经克服了难题,我们成交?"

弗拉姆差一点就要与我击掌,不过伸出的手又缩了回来。他慢慢坐下,喝水,擦了擦嘴唇和胡须,询问道:

"那你能提供什么?"

"我们村落拥有湖区最大的交易集市,我用粮食、牲口、种子、皮革、布料、陶罐来交换你的制造。"

弗拉姆两眼放光,很感兴趣,不过眼神随即黯淡下来。

"如果你的村子离我们有十天路程,怎么操作呢?"

"我每周给你送一次货,提前送。"

"你没有明白我的意思,诺姆。你怎么运回那些浮屋呢?"

我长大了嘴巴,我怎么没有想到这一层?

"你……你不是送货上门?"

"不送!"

"那我派些人过来。"

"你开玩笑!我做不到的事,你派来的人也做不到。那些浮屋太重,扛不动。你想想那得需要多少树干……"

"哦,确实是。"

"它们在水里也很难移动,缓慢移动都不行。"

"为什么?"

"因为不可能做成独木舟的样子,独木舟可以冲破水流。总之,短桨的动力够不上,浮屋会随处乱漂……"

我果断提议道:

"那么,到我们那儿去制造吧,弗拉姆!"

弗拉姆和他的儿子们惊愕地看着我。

"离开这里?"

"只是造浮屋的那段时间。"

"绝不可能!"

他转过身,认为谈话到此为止,并开始为他造好的船抛光。其中一个儿子凑近他。

"父亲,你还记得德里克说过的话吗?"

弗拉姆瞪了他一眼。

"什么?"

"德里克曾经说我们即将……"

"闭嘴!"

"父亲,德里克的预言……"

"别再胡说八道!大家都去干活。"

他对我叱喝道:

"你和你的那些人,今晚就在覆盆子树林的空地休息,拿一些劈柴生火。我们的女人会给你们送去喝的。明天,你们就回家吧。"

我找到我的同伴,没有告诉他们我的失败。实际上我仍保留着再赌一局的希望。尽管会面进行得并不顺利，但在他儿子提到德里克的时候，我发现了弗拉姆的软肋。

通过向汲水的妇女打听，我知道了此地由两个人统治：弗拉姆和他的同母异父弟弟德里克。前者名义上统治村子，后者非官方统治。弗拉姆拥有正统的统治权、力量和学识；德里克在精神层面施加影响。

人们越向我描述，我对这位德里克越发好奇。尽管他是私生子（他母亲是世袭首领的妻子，与一名陌生人生下了德里克），但他成功地在同母异父兄弟弗拉姆身边站住脚跟，在村里同样也有一席之地。大家叫他神秘之手德里克，因为他总是戴着连指手套。他吮吸母乳的时候，他母亲将他的手指盖了起来，从来没有让人看见过。现在他经常换手套——皮的、毛皮的、布料的——但从不脱下手套。这个怪癖倒成为他独具特性的标志：德里克能与神灵沟通。他对村民的控制也来源于这个非同寻常的天赋。受神启发，鼓舞人心，他引领着这个地方的灵魂。

因为我表达想要见他的强烈愿望，妇女们告诉我，为了与众神沟通，一个月以来他一直住在山里。

她们还告诉我为什么这个地方叫作众神之门。每年有好几次，雪域的神灵会沿河而下，来到大湖里。

它们在湖里做什么呢？

"它们消失在湖里。"

神灵们一代又一代来过这里，受优待的、荣耀的村民对它们的到访感到无比自豪。

"你们跟它们说话吗?"

"我们匍匐在地,它们经过。"

"它们经过时不说一句话?"

"一言不发,很感人。"

就在这时,一只原牛号角声从远处传来,牧羊人的另一只号角声也越来越近,悠远绵长。

这两个饶舌的妇女全身颤抖,注视彼此,呆立不动。

过了一会儿,她们开心地转向我。

"神灵要来了!"

"你可以瞻仰它!"

她们开始躁动。周围的男女老少都从屋子里、从作坊里冲出来。

那两个饶舌妇女嘱咐我跟上她们。所有村民都涌向一条湍急河流边的草地,跪在地上,我也学着他们的样子。

他们吸气,摆弄自己的吉祥物、护身符、图腾物。

"看,神灵来了。"其中一个饶舌妇说道。

我紧盯着河面。

一艘体积颇大的小船出现在河床,船身涂着鲜亮的颜色,黄色、赭红、朱红、大红,挂着许多由白色、深浅紫色的新奇鲜花编织的花环或花冠。船的亮相是那么夺人眼球、高贵威严。

我们看不清神灵,但隐约可见它仰面躺在船上,头朝着上游,默默地、安详地漂浮在凶猛的激流中。

村民们背诵着祷告词。

那艘异域风情的船漂过草地,直抵大湖。奇怪的是,它并未减慢速度，而是直冲远方的地平线。

村民们唱起热烈的颂歌，真诚、幸福、感恩，因信仰而坚定的歌声响彻四方。

等狂欢场面结束，我问妇女们：

"你们会靠近神灵吗？"

"它们不允许，它们通过得那么快。你有没有注意到那些花？那么美丽又陌生，那是来自神灵之国的花。"

"神灵会站起来看看你们，和你们打招呼吗？"

她们咯咯笑着，觉得我很无知。

"你觉得我们有那么重要吗？"

我认可她们的反应，只是有个问题困扰着我：

"有没有人去过上面，去过那个神灵之国？"

"在德里克之前，从没有人去过。"

"哦？"

"他去过那里，带回很多信息。多亏了他，我们平平安安地兴旺发达。"

毫无疑问，我需要见到这个男人。

我很羡慕这个村子优先受到神灵的造访，睡觉时我把希望寄托于那片不可抵达之地，神灵之国和湖中心。这两个地方会不会由某条秘密通道连接在一起？一条地下通道可以让神灵一直登到山顶？无可争议，地下王国与天上王国一定有联系。

第二天，我铁了心要等待德里克，我借口腿疼，希望能推迟我们的出发。因为德里克请教过神灵，也许他能知道大湖在酝酿着什么？他能带给我补充蒂博尔梦境的一些信息吗？如果发生这种情况，也许他会持与他哥哥不同的态度……

临近中午，我回到河边，假托想来个健康的沐浴，以缓解我疼痛的双腿。

大自然永远不会缄默，激流咆哮，枯枝在摇曳的草丛上方咔咔作响，灰色的夜莺呱呱叫，松鸦也在林边叽叽嘎嘎，鸽子扇动翅膀栖息到高处。总而言之，一切都在低吟浅唱、絮絮叨叨。我坐在河岸边，把双脚浸入冰凉的河水中。

于是我听到一只神奇的鸟。从一堆浓密树叶中传出一个明亮的声音，略带爱抚、性感，华彩的乐句和柔和的颤音在蔚蓝的天际婉转啼唱。歌声有时变得尖锐、带有金属之气，直至细长一条，收窄到只剩一丝啸声。有时，这歌声又下降，总是以精巧迷人的方式重新变得宽厚、披上颜色。在我耳中，从未有动物能发出如此连续的气息、丰富的音阶和创造性，比夜莺的歌声还要多姿多彩。

我很想看看这只能发出令人难以置信的颤音的鸟儿到底长什么样，我从水中出来，蹑手蹑脚，小心不吓着它，悄悄凑近松树群。阳光散射成斜斜的光柱，无数小飞虫在里面跳舞。

歌声持续不断，兴奋急切，自我陶醉。这歌声让我着魔，它的温柔或清脆都深深感动我。我在树干间慢慢前行，一边注意观察树枝树叶，希望能找到这只鸟。很遗憾，还是看不见鸟儿。

它飞远了，我追过去。这个小山谷的植被出现了变化，主要是一些疯长的、茂密的粗糙小灌木，山楂树的尖刺刺痛了我的大腿，咬住我的脚踝。尽管我几乎忍不住呻吟（除了植物的刺，各种石头也把我赤裸的双脚硌得生疼），还是悄悄靠近这只神秘之鸟，对它迷恋至极。

越来越靠近它，我的目光在枝叶间搜寻，无果！我低下头，隐约看见一个人影倚靠在一块岩石上。悠扬的鸣啭来自那里。

真不敢相信，那个既不像男人也不像女人的声音原来是眼前这个穿了很多皮衣、头发蓬松、身躯高大的人发出的悲歌，它将我征服。

那个人看到我，停下吟唱，直起身子，神色忧虑。

我很尴尬，安抚道：

"你好，我叫诺姆，是邻近一个村落的首领。很抱歉打搅到你，我把你的歌声听成鸟儿的歌唱呢。"

他耸耸肩。

"你在这里做什么？"他警惕地问道。

"我想找木匠干点活。"

"哦，是吗？干什么活？"

"造一些浮屋。"

他冷冷看着我，怀疑自己没有听清楚。

"造……？"

"浮屋。"

他正低声嘟哝时，那两个妇女突然出现，她们喊道：

"德里克！我们听出了你的声音。你还好吗？你从神灵那里带回了什么信息？"

他严肃地点点头。她们隆重地接受他的这个回答，随后指着我。

"我们向你介绍一下诺姆，尊敬的潘诺姆的儿子。"

听到这番介绍，德里克打了个哆嗦，对我的态度发生了变化，变得热情、好奇。

"你认识我父亲？"我喊道。

他迎着我的目光。

"这个名字我不陌生。"

我知道潘诺姆在湖区的人民中很有声誉，所以并不感到惊讶。当那两个饶舌妇人叽叽喳喳说话时，我偷偷观察了一下他带着水獭皮手套的手。神秘之手德里克……为什么他要做这样的防护？他有什么缺陷？他是在避免人家看到他手上可能令人恶心的结痂、斑点或畸形？

我注意到此刻他也在观察我的手指。

他恢复常态，几乎很真诚。

"我们一起回村子里去吧，你给我解释你想要的东西。"

由那两个聒噪妇女陪着，我们穿过树林、小河、草地。一路上，他仅限于聊一些家常话，很明显，他一直在忍受那两个女人的絮絮叨叨，在我们单独相处之前，这种絮叨纯属多余。

我则借机继续观察他。

德里克个子很高，给人的印象就是瘦长，没什么肌肉，上身安在两条瘦骨嶙峋的腿上，肩膀狭窄，肘关节突出。他似乎只顾着往上长，忘了往宽里长，仿佛被人拉抻过一样。他的长相让人有点讶异，可以看出他的腿肚子、手臂、胸脯都没有毛；宽阔凸起的额头上却是浓密干枯的褐色头发,软塌塌披散在他粉红色、细嫩但缺少光泽的皮肤上。如果说他皮包骨头的身材还透着一丝从容潇洒的高贵,他的脸上却露出些许心胸狭窄。一双眼距太小的褐色小眼睛,在睁开看外界之前,先盯着自己的鼻梁。他干涩、内收的嘴唇露出一种沮丧。他的下巴和双颊没有胡须,让我很难确定他的年纪,他这种罕见的光溜溜比起络腮胡子反倒更有遮蔽性。吊诡的是,他的声音却呈现出一种绝妙的力量,包括他说话时的悦耳、圆润、响亮,有一种丰富而香甜的共鸣。吐出最少的字,这声音就能吸引住人,让时间停滞,让人迷惑。令人遗憾的是,声音是德里克身上唯一悦人的元素。

他让我感觉有点不自在,因为他自己也感觉不自在?他似乎讨厌自己,甚至有点自惭……

一路上,我们经过时,我注意到那些缝纫、刺绣女工都会抬起头来,德里克的独特性很吸引女性。她们对他抱有几近畏惧的尊敬和赞赏,这从他引起的入迷气氛就能看出。

到他家以后,我们各自坐在一个三脚凳上。他倒给我一杯馥郁的覆盆子酒,然后听我叙述。我讲到自己近期接过的权力、我们村落的财富、治疗师蒂博尔在梦中接收到的危险信息,他认为我们住在湖边面临着极大风险。

"为什么不搬到更内陆?"

"我们就是湖区的人民,我们不知道内陆有什么地方可去。而且,蒂博尔确信那样也是徒劳。"

他眯起眼睛表示赞同。最后我说到造浮屋的主意,我冒昧来此的目的，弗拉姆的拒绝。我刚说完，德里克就站起来，俯身对我说：

"我致敬神灵给出预言的那个人。"

"什么意思？"

"在上面，它们告知我重大灾难即将发生。"

"在哪儿？"

"大湖周边！"

"啊？它们告知你了？"

"告知很久了。这一次，我们无法用献祭抵挡灾难。灾祸已经不受神灵控制，大湖将疯狂泛滥！"

听到他的话，我的腹部仿佛挨了一记重拳。他的消息与蒂博尔的消息完全相符！他接着道：

"它们向我保证有个人会过来，他会拯救这个村子，带着大家迁徙。你就是这个人，诺姆。"

他再次弯腰致意。

"欢迎神灵的特使。"

谈话的突然转向让我困惑不已。

"我，神灵的特使？不会吧！无论在梦中还是现实中，我向你保证都没有……"

"神灵难道没有联系蒂博尔？然后，蒂博尔难道没有把你派到这里？"

"确实是……"

"神灵难道没有告诉我这些？"

"当然是。然而神灵却从来没有对我……"

"不重要！无须评判神灵以何种方式干预我们的事情。它们也赋予了我一个角色：决定让村民归附于你。服从上帝的策略，完成我们的命运。"

"可是……"

"我的命运在于拯救我的村子。你的命运在于拯救人类。"

德里克的斩钉截铁令我震惊不已。他神情严肃，冷峻的目光散发出一种让我张口结舌的坚定。神灵想到我，指望我，这是多么超越我有限能力的事情啊！

*

德里克表现出惊人的能量。

在我们村里，有谁能做到他正在做的事？几天之内，他试着带领大家抛弃世代居住的故土，搬迁到我们那里。

他不留后路，不放过任何一个人：对不乐意听从的人，他预言他们最惨的结局；对指望只是暂时离乡背井的人，他保证相反的结局。他大声疾呼：

"众神之门已被判决，很快，神灵将不再光顾。"

"为什么？我们做了什么坏事？"

"我们没对神灵做任何不好的事。因此，它们试图保护你们，通过我的传递，建议你们逃离。我们应该跟诺姆走。"

"为什么？"

"因为这个地方即将消失。大湖发怒了,湖水很快会上涨,将我们吞没。"

德里克完全与我反其道而行。他不安慰人,反而让他们担心,甚至恐吓他们。他双眼通红、嘴唇颤抖,大声威吓,描述未来世界末日的可怕景象。每个细节都让人胆战心惊:滔天的巨浪,被淹死的婴儿,像核桃壳一般被卷走的孩童,被狂怒波涛溺毙的母亲;男人躲在屋顶或树冠,直到巨大的泥石流掩埋一切;滚动的漩涡,漂满动物和人类尸体的激流,还有被冲垮的坟茔泛起的祖先的遗骸;恶臭、腐尸、暴雨、黑暗、死亡。

德里克在演说时浑身颤抖、冷汗直冒、脸色蜡黄,时而结巴、时而大喊、时而哽咽,被自己看到的预卜中惨烈的场景击垮。他的预言显得那么真切,而且他声音中具有的催眠功效很快让听众进入一种惊慌失措的眩晕。

蒂博尔,他的高贵表情、他的克制、他深思熟虑的判断永远不可能如此深入人们的灵魂和内心。我也做不到,我只会选择自己消化焦虑而不是去扩散。

巴拉克来找我们时,正赶上德里克的演讲。他们俩完全相反,一个如此阳刚有力,另一个具有女性的特质。但演讲者征服了我叔叔。

"我太喜欢了!"在宣讲结尾时他欢快地喊道,而人群正陷入哭泣和恐慌。

"巴拉克!"我生气地呵斥,"他相信他说的事,我也相信,大家都相信!"

"我也相信的,我的侄子,我信……我还品味!我开心呢!多么辉煌的场景!"

巴拉克在女游猎者洞穴短暂逗留几天后,平静地归来。玛拉坦特拉很得体地祝愿他们夫妇幸福。

"她甚至都没让我身体发热。好极了!这样我就无须与诱惑做抗争。"

"反正,你什么也没带给她。"

他有点尴尬。

"在路上,我捕获了一头母鹿。"

"巴拉克!"

"习惯了!我不可能空着手去见一位夫人。"

"玛拉坦特拉不是一位夫人。"

"哦,不,我的侄子,那是位夫人,真正的夫人……这一点,我记得很清楚!"

当下,德里克为了我们的目标,每天都在给大家洗脑。

我对他的感受有点复杂。如果说我欣赏他的效率、他的声调和他声音的魔力,他有些方面又让我困惑:他可以轻易从神灵附体的状态中挣脱,一旦我在场,只需一丁点时间,他便可变得快活开朗,喝过量的酒。每每这种时候,我打交道的不再是一个负责发出警告、全身心投入的先知,一个深受忧虑折磨的预言者,倒像个自得其乐、不假思索的享乐者。我有时真怀疑他用震惊、恐吓来取乐,来获取赞同,甚至陶醉于操纵整个村子。

他的毫无底线与他宣告的灾难同样令我惧怕。根据不同的对话者，他会改变神灵的话；他肆无忌惮地扭曲话语、变换结论，发布他个人化的预言。

当我向他指出这一点时，他轻蔑地扔过来一句：

"神灵命令我说服大家。你希望我失败？"

"当你提到神灵，你是要承担责任的，它们的责任……"

"我没有撒谎。"

"可是……"

"我没有撒谎！我在传达真相。"

毫无疑问，他篡改他的记忆有他正当的理由……我最终接受了他用谎言强加的真相。

*

月初，弗拉姆通知我晚上去他家里。

"我们的部落已经准备好，诺姆。我们整理打包工具，填装袋子，塞满必要的用品。你保证会很好地接待我们？"

"我向你发誓。"

"德里克让所有人转变了想法。"

"毫无疑义，我很佩服你，弗拉姆。统治一个村落时身边还有个人，通常这样的权力分享带来的问题要远多于解决的问题。"

"我有选择吗？"他叹口气，摸摸因准备搬家而酸疼的腿脚。

他给我们递上喝的，在一个三脚凳上坐下，岔开双腿，背靠着一根木梁，重重呼了口气。

"如果说我拥有权力,德里克却拥有权威,他能影响村民。"

"幸亏他是你弟弟。"

"我同母异父的弟弟。"

"你对一个私生子表现出了足够的宽容。"

弗拉姆脸色一下子煞白,迟疑地扫了一眼黑魆魆的周围,低声道:

"小心,千万别说这个词。"

"私生子?"

他大骇:

"嘘!所有这样称呼德里克的人最终都会后悔。反正,如果他们还来得及后悔的话。我父亲就是第一个!"

"怎么回事?"

"那时德里克大概十五岁,有一天,我的父亲阿兹里尔当着我母亲的面,嘲笑了他的声音(实际上我父亲已经足够包容他):'你是跟谁生下的这个私生子,和一只布谷鸟?'一星期后,我父亲就死了。死于高烧、抽搐、窒息。神灵惩罚了他。这样的事又在村里一个老妇人身上重现,她骂了德里克。后来,还有一个小男孩用这个话题编了一首恶作剧的儿歌。死了三个!从那之后,这个词就从我们嘴里绝迹。德里克欣喜于神灵对他的保护:它们不满足于仅仅同他说话,它们还要保护他。"

弗拉姆一口喝下杯中物,敞开心扉道:

"我和我的村子一起离开,但我不是引领,我只是跟随。"

"什么?你不是因为被说服才离开?"

"我离开，正因为我是仅剩的一个没被说服的。有时，首领也要听从他所指挥的人。我决定在流亡路上亦步亦趋跟随我的儿子们。"

第二天早上，三十来个男人、女人、孩子，肩背手提离开他们的出生地，并做好了永不回来的打算。很多人止不住抽泣。

巴拉克凑近我悄声道：

"很高兴能回家了。我想念埃莱娜都快想出病来了。"

"我想念努拉！"

他笑笑，然后从下往上端详了我一会儿。

"你不向我打听打听她的消息？"

巴拉克提及了自打他回来后我一直回避的话题。我咽了口唾沫，略带生硬地回应道：

"当然打听。蒂塔怎么样？"

我机械地提出这个问题，仅仅为了让巴拉克高兴一下。他字斟句酌答道：

"她怀孕了。"

"蒂塔？"

"怀了你的孩子。"

在我们前面，弗拉姆一声令下，队伍出发了。

*

最年幼和最年长的村民开始表达不满。比起指望重建生活的中年人，旅途的艰辛对他们来说尤为沉重。老头老太们拖拖拉拉，掉在队伍最后面。他们抱怨、唉声叹气、哭哭啼啼；见到要爬的坡，吓得腿脚发软；想到要绕过一大堆塌方落石，立即泄气。孩子们看到父母愁眉苦脸、气氛压抑，能感受到处境的艰难比他们想象的还严重，不停哭泣。

我们这群人与穿越大自然的那些群体完全不同。当游猎者耗尽一个地方的资源换一个地方时，他们表现出的是征服者的兴高采烈、活跃、坚定，被新的目的地吸引，一头扎向更美好的未来。他们不是在抛下什么，而是去拥抱什么。

我周围的情形完全相反，我只看见悲苦的脸和乡愁。这些村民，没有一个人愿意去别处，所有人都因迫不得已才搬家。迁徙者，就是指那些不想离开的人。[1]

---

[1] 迁徙者队伍，几千年来我遇到过很多。不仅从来没有停止过，而且随时间推移，越来越多。迁移的频率增加，组成迁徙队伍的人数也越来越多，从这样三十多人扩展到几百人、几千人、几百万人。对那些怀疑人类正在得到改善的人，我必须指出这个无可争辩的进步。现在，我在电视屏幕上看到一些惶恐的家庭逃离独裁统治或气候灾难；我在贝鲁特大街上行走时，会碰到一些叙利亚人，他们逃避恐怖分子的奴役，逃避摧毁他们城市的大轰炸，逃避饥饿、贫穷、不公正和混乱。大批人口的外移反映了那里人类的生存条件。

然而，那些没有逃离的人拒绝接受这样的现实。暂时弄个栖身地，在自己的地方扎营，就如橡树扎根土地，他们把自己的双脚也看作根。他们认为那些空间属于他们，视迁徙者低人一等，而且有害。多么盲目的愚蠢！我多么希望他们祖先的精神能在他们的身体里流淌，让他们想起那些长途跋涉、无尽的栖息地转换、对不确定性和饥饿的恐惧。为什么在他们的皮囊深处，没有残存一丝老祖宗们战胜危险、敌意、贫穷和战争的记忆？对老祖宗们搏命的勇气或牺牲精神的记忆能让他们少一点愚蠢。如果他们能了解和重新了解他们的历史，了解他们结构上的脆弱，了解他们身份的动荡，他们就会失去那种高人一等的幻觉。不存在住在这里比住在那里更合法的人。迁徙者不是别人，迁徙者就是昨天的我或明天的我。通过祖先或后代，我们每个人都身负着上千个迁徙者。

对他们来说，停下脚步的意愿远胜于继续前进。尽管德里克很有天赋，但他描述的危险是抽象的，不能让人真切感受，对他们来说只是一种预设。

我知道我们必须花双倍的时间才能抵达我们的村子。

巴拉克与德里克一见如故，而很多人对这位神灵的宠儿表现出一种不由自主的不信任。一路上，巴拉克非常喜欢跟他聊天、开玩笑，有时甚至一起唱歌，用他搞笑的嗓音配合德里克的天籁之音唱出阿拉伯风格的调子。

晚上，巴拉克单独点了一堆火，邀请德里克和我过去，坐在他身边。他掏出从女游猎者那里换来的一壶酒，德里克跟着他喝，完全屈服于对杯中之物的喜好。

酒过三巡，他俯身看着德里克，嚷道：

"女人们都喜欢你！"

"我？"德里克无精打采地反问。

"好几个呢，各种年龄，都愿意和你一起扑倒在灌木丛。你没想过结婚？"

"我宁愿不要。"

巴拉克一愣，想了一会儿这句回答，重复道：

"你宁愿不要？"

德里克十分平静，几乎冷漠地吐出这句：

"我宁愿不要。"

巴拉克求助似的看了我一眼，那意思："我搞不懂了，你懂吗？"

跟他接触越多，我越难看懂他。我的第一感觉得到了证实：神秘之手德里克不是个普通人。单凭他男不男女不女、鸟人般与众不同的长相，他就不指望能像普通人一样生活。娶个老婆、有个窝、有个家庭？他想都不敢想。有份职业？更不可能。他只能满足于奇特、与众不同、独一无二地存在着。神灵选中他，一点也不奇怪。

"我宁愿不要。"是否可以更好概括他的神秘？"我宁愿"说明的是一种欲念，而"不要"又将这欲念转变为空无。这句话不但没有揭开他的面纱，反而更遮盖了他。

至于我，夜里睡得很不好，白天则全是痛苦的念头。蒂塔怀了我们寻欢时造下的孩子……换一个人，也许会夸耀自己与这个漂亮、强健、骁勇的女人得了一个后代，我们血脉相交，生下的一定是强壮、健康的孩子。若在几个月前，我也一定会兴高采烈。然而，努拉回到了我的生命中，成了我的妻子，我宠爱她。

一天晚上，趁着德里克不在，他为长者们鼓劲打气去了，巴拉克朝火堆里添了几根枯枝，带点讥讽地微笑看着我。

"你是不是忘了我告诉过你的事，我的侄子？你是不是早已把让你为难的记忆抛诸脑后？你是不是把让你懊悔和遗憾的过往一笔勾销？哦，你，真不愧是潘诺姆的儿子。"

我猜他是想通过激将法与我谈论蒂塔的事，我躲不掉这场对话。

"没有忘，我在想这件事，但还没想好。蒂塔……努拉……孩子……你有什么建议？"

他放声大笑。

"我？你问我的建议？"

"你是我在这个世界上最爱的人，巴拉克。"

他涨红了脸，有点得意，不好意思地说：

"你也是，我的侄子。"

他清了清喉咙，指出：

"你在向一个错过了爱情生活的笨蛋讨要建议。"

"最近才不是呢！"

"我是在最后时刻才尽力弥补，我承认。"

"你主张怎么办呢？"

他拍拍我的大腿。

"和努拉在一起，她将是你孩子的母亲。"

"那蒂塔怎么办？"

"她将是她孩子的母亲。"

他站起身，走了三步，在包围了火堆的黑暗中撒尿。他低吼、吸气，长长的一泡尿撒得酣畅淋漓，仿佛享受到了无比的快乐。

任务完成，他塞回他那玩意，有点怅然若失。然后回到火堆边。

"蒂塔不想要你的陪伴。洞穴女游猎者拒绝与男人住一起。她们是没有丈夫的情人，生下的孩子也没有父亲，她们独自将孩子抚养成人，男孩或女孩都无所谓。女游猎者们就像熊一样强大。她们只有在觉得我们必不可少时才会容忍我们。否则，离我们远远的。"

他用力搓搓手臂。

"这是关于谦虚多么重要的一课，你仔细想想！我们的微不足道也许应该让我们闭嘴。"

他看着我：

"蒂塔不知道为什么你躲着她,也不知道为什么她的孩子永远见不到父亲。"

"因为……因为……"

"你不喜欢?"

"喜欢,但是……努拉!"

他摸了摸胡子喃喃道:

"努拉……"

我着急问:

"你告诉蒂塔我娶了努拉吗?"

"当然。这影响不了她,她不懂嫉妒这件事。像所有经常更换男人的山洞女游猎者一样,蒂塔无法想象努拉会阻止你见她和见你的孩子。"

"如果努拉知道这件事,肯定会离开我!"

巴拉克吃惊地转向我。

"离开你?我觉得你还是过于乐观了,小家伙。她会杀了你!至少……"

他在火堆两侧吹了吹气,重新燃起火焰。

"最后,你的问题不是'我要和谁一起生活'而是'我要向谁撒谎'。"

一天早上,离我们的村子还剩两天路程,我们正准备拔营上路,弗拉姆苦恼地找到我说:

"诺姆,老人们撑不住了,他们实在走不动了,日趋衰弱。请允许他们休息几天吧,即便我们快要接近目的地……"

我立刻打断他:

"我们就地留下,要多久就多久,等他们恢复体力。"

听此消息,大伙松了口气,但并没有兴高采烈。除了不愿意走向未知的地方,这些上了年纪的人也早已失去走路的习惯。休息时,他们晾晒出被不同程度的水泡所折磨的双脚,有的水泡刚形成,有的干瘪呈粉红色,有的磨出了血,有的结成黄色鳞片。

我想起蒂博尔教过我的办法,我让巴拉克陪我去找些草药,来治疗那些体弱多病的老人。

"我们找什么草药呢?"

"燕麦和鼠尾草。"

"你是怎么记住这些的?我老是混淆那些药草,忘记它们的名字,从来记不住它们可以治疗什么病。你也可以做个治疗师了。"

"蒂博尔希望如此。"

"哦,小家伙,你靠近他是为了他女儿,而不是为他那些知识吧!"

"实际上,我两样都到手了!"我笑着回击道。

巴拉克看得很准。植物的细节和它们的功效似乎都自动排列在我的脑海中,无意中变成一种知识。对于大自然的迷醉和好奇促使我去探索,我相信那里存在一个乐善好施的慷慨世界。大自然不是我的敌人,而是我的母亲,我与之难分难解:我来自它那里,我依赖它,还将回到它那里,了解它就是了解我自己。蒂博尔强化了我与大自然融为一体的感觉。发现、分析、盘点、分类、测试,这些被后人称为"科学"的行为属于我宗教的一部分,就是我的祷告。挖掘我对这个世界的关注就是表达我对神灵的尊敬、爱和感恩。对大自然冷漠是一种愚蠢，更甚，是一种背叛。赞美大自然是我的修行。

巴拉克找到了鼠尾草，很容易认出它毛茸茸的羽毛状叶子。我找到了野生燕麦。

满载而归回到营地，我嘱咐老人们把鼠尾草贴在水泡上；与此同时，我把燕麦浸泡在冷水里，然后煮沸，稍微冷却后分给每一个人泡脚。

对于孩子，我同样学会将薄荷、欧芹捣碎，让他们将糊状物敷在水泡处，等其干燥。

"随后，你们洗掉敷的东西，再敷一层，再洗掉。这样可以一直忙到晚上。"

巴拉克摸着胡须，赞赏地看着我一手打造的互助链。

"别告诉我你没有想到过！"

他眨眨眼睛，我装糊涂：

"想到什么？"

"它已经近在咫尺了。"

我知道他说的是女游猎者洞穴。早上，在我急切接受这次临时修整时，脑海中确实闪过一念。

巴拉克轻轻摇了摇头。

"命运的信号，不是吗？"

我笑了。

"你让命运说话，巴拉克。"

"不需要,它很爱说话。反而是人耳朵聋了。"

日光减弱,太阳滑向远方的地平线,为景物涂上一层温暖的颜色。岸边黑黢黢的森林之间,被夕阳染成金色的湖面波光粼粼,即将隐没于神秘的夜色,跌入幽暗的寒冷。

巴拉克和我来回忙碌,用枯枝生了一堆火之后,我们隐入树林边缘,开始我们的旅行。我们以为自己足够谨慎,然而才走了几百步,德里克的声音叫住了我们:

"你们要去哪里?"

我刚想说这和你没关系,我叔叔却说道:

"跟我们来,德里克!"

我惊愕地瞪着巴拉克:他怎么敢不问我就自作主张?来不及了!德里克已经来到我们身边,高兴地跟着我们去一场额外的探险。

"我们要去哪里?"

"礼物!"巴拉克捶了一下他的肩胛骨说,"你不会失望的。"

这真是始料未及。与巴拉克不同,我对德里克始终有一种本能的、毫无由来的不信任。我说不出他有什么不对,但我排斥他那种晦涩不明。尽管他从一开始就支持我的所有行动,但我仍难以相信他的奉献。他葫芦里卖的什么药?

诚然,当我看到巴拉克与他交换真诚的微笑,当我偶然撞见他们开心的交谈,当他们喝得酩酊大醉相互拥抱时,我为我的不信任感到羞愧,我怀疑这不信任中掺杂了嫉妒的成分。我发誓要在德里克在场时放松一些,遗憾的是,一到白天,我的审慎矜持又占据了上风。

硕大的琥珀色月亮高悬树顶。从猫头鹰翅膀的扇动和第一声长、第二声发颤音的叫声中，就能知道它们正扑向猎物。它们为什么这么咕咕叫？为了相互打招呼？为了宣示它们的领地？为了警示我们的潜入？

靠近悬崖时，巴拉克停下脚步，一拍额头。

"我们忘记猎物了！"

"巴拉克，你别犯老毛病！"

"我不带礼物不上女游猎者家门！"

"女游猎者那儿，我们什么也不需要！今天晚上没有交换。"

"确实，我不需要！你也不需要。但德里克呢？"

德里克看着我们，一头雾水。巴拉克终于给他解释我们要去的地方，那个洞穴的作用，女游猎者独特的待客方式。

最后他说道：

"如果你喜欢其中某一个——肯定会有一个——你就会度过无比美妙的一晚。"

"哦，是吗？"

"你配得上要一个女人，小家伙！"巴拉克大声表示他的宠爱。

"我宁愿不要。"

德里克又一次说出他这句谜一般的话，让巴拉克愣在原地。

"什么？不要快乐？你不想释放自己吗？一点流露，我的孩子！"

德里克又重复了一遍，面无表情，看着别处：

"我宁愿不要。"

再没有什么迅捷的回答能让巴拉克如此困惑不解。我趁机把他拉到一边，对他道出我的看法：我拒绝德里克进入那个洞口并了解我的秘密——蒂塔的存在，以及她所怀的孩子。当他遇到努拉时怎能保证他会守口如瓶？

巴拉克习惯性地赞同我，随后很肯定地说：

"你单独去，我和德里克留在这儿。我生火做点吃的。我带了一只野兔，以防万一……还有酒，一羊皮袋。至少，我不看见玛拉坦特拉就不用同我的欲望斗争。你出来后叫醒我们？"

"一言为定！"

"你借我的兔子去见蒂塔？"

"我宁愿不要。"

我们放声大笑，这玩笑似乎让我们感觉理解了德里克，至少通过嘲笑他，感觉我们在支配他。[1]

---

[1] 几个世纪之后，1830年左右，我在纽约认识一个人，他的生活就因为这样一句话而被毁。马多克斯·梅耶开了一家律师、公证人事务所，登记产权、起草复杂的文书。他在华尔街忙碌的办公室里，雇了几名抄写员，那年头还没有复印机可复制文本。抄写员中有一名孱弱、平和、有责任心、严谨、苍白的雇员，喜欢吃姜饼。有天上午，梅耶让他抄写一份合同，他回答说："我宁愿不要。"这很荒唐，因为雇他就是为了完成这个工作！过了几天，这样的情形再次发生。对老板提出的一切正常要求，那人总是回答："我宁愿不要。"殊不知对于梅耶，折磨才刚开始。"他那令人惊讶的温文尔雅不禁让我解除武装，还把我阉割。因为被阉割，才会被自己的雇员牵着鼻子走。"那个人不抗争、不直接对峙，既没有咄咄逼人，也不蛮横无理，他总是重复一句："我宁愿不要。"梅耶对他无可奈何，对其他雇员有用的办法，比如抱怨、威胁、讨好，对他一概不起作用。梅耶尽管很恼火，最后也产生了动摇，不再要求他任何事。那个人完全无所事事，赖在办公室不走，晚上睡在那里，白天就对着墙壁出神。梅耶抓狂到几乎想杀人，他意识到他的书记员快要把他逼疯。所以说是他，梅耶，需要搬家。他试着卖掉他的事务所，（转下页）

山洞里，威严的领头人玛拉坦特拉华丽地又添了一层膘，我再次见到蒂塔时不由地愣住了。她似乎比我记忆中更为美丽，如果说她仍然面若桃花、五官精致、身材修长、拥有女战士般矫健的双腿，现在还多了一层柔和的光芒。母性带给她别有风情的女人味，皮肤肉感，眸子水灵，双乳滚圆，骨盆宽大。她显得既陌生又熟悉，让我怦然心动，我一时竟不知如何开口。

很简单，她并不等我说话——反正她听不见——也不怎么拘束。她走向我，抓起我的右手放到她鼓鼓的腹部，她散发出的能量立刻传递到我身上。我精神一振，慢慢地、深深地一笑，随后揽着她的肩膀，带她走向她的小间。

我先脱光衣服，然后再脱下她的衣服。我们相拥而卧，突然有些害羞。我赞赏她，用目光和手指探索着她。我们的重逢有着初遇时的滋味，她任由我摆布。我们的相拥不带一点性的污染，即便我出于本能有勃起，我们之间荡漾的是关爱、敬重、赞赏。

我们皮肤贴着皮肤睡了一夜，我没有进入她的身体，性交会破坏这一刻的神圣。情色的交媾过程镶嵌着一段故事，有开头、中间、结尾，高潮也就意味着分离。与之相反，我们要肌肤相亲

（接上页）然而，每当有潜在买家，当人家发现还要接手一个"我宁愿不要"先生时，都不愿签合同。梅耶先生最后破产，然后上吊。

有天晚上，在纽约的一个酒吧，我请一个穷得叮当响的前水手喝一杯，他写了几部有关海洋的小说。他喝得醉醺醺，因为他最近的一部小说同前几部一样，没有任何反响。在我们喝酒的过程中，我给他讲了我律师朋友的故事。几十年后，我并不意外地发现，他以此为蓝本写了一篇小说，把那个书记员命名为巴特尔比！那个酒鬼名字叫赫尔曼·梅尔维尔。在此期间，他有关海洋的小说《白鲸》终于赢得了读者。

没有尽头，我们寻找一种不同于那种聚合之后又相离的快感，我们耕耘一种缓慢的、没有痉挛的、不只是来自下半身的极乐。比起生殖器官欣快之后的空虚，我们更喜欢抚摸带来的长久缠绵。

愉悦和忧伤折磨着我，两种感情交织在一起。在愉快探索这个完美、鲜活、充满元气身体的同时，想到黎明将至，我就要抛下她，这最幸福的拥吻不禁注入了苦涩。

客观上，成为父亲于我不是一件新鲜事，米娜怀孕过八次，其中五次生下过孩子。然而，当米娜说她怀孕了，那只是她的事，是她怀孕，不是我。事情的演变似乎和我没什么关系，妊娠对我来说就像是一种病，至少是纯属于女人的事件。而在蒂塔身边，我体会到相反的感受：我被涉及、被感动，休戚相关。然而与米娜不同，她会把婴儿留给自己，将我排除。在她体内蓬勃生长的美好生命来自我的火花，我感觉自己不是父亲，而是播种者。

和米娜在一起，我既不是父亲，也不是播种者，在她生产前，我紧密接触的是个孕妇；之后，我接触的是个疲惫不堪的女人。我远远看着她给襁褓里的孩子喂奶，清洗，最后以埋葬婴儿结束这一切，然后再一次开始。对于米娜的喜悦、米娜的悲伤，我都有点疏离。

我的心脏从未如此跳动，因为这个孩子真切地存在，就在她腹中悸动。这个孩子真切地存在，因为我梦想过他。通过蒂塔和我的身体，我想象着很多画面。起初，我想象的是一个像极了蒂塔的女孩，或像极了我的男孩。但我渐渐把我们的特征融合，急切渴望一个全新生命的到来，迫不及待地想看看我们的血肉、我们的热情相混后的造物是怎样的？是任性的直觉或预兆？对于米娜，我总有一种不祥之感，感觉那些孱弱的孩子将会被夺走。而这里，我预感到的完全相反，我这个后代不管是男孩还是女孩，因着母亲强健的体魄，一定能战胜童年诅咒，长成一个坚韧的男人或女人。

黎明，一夜缠绵后疲惫的蒂塔还睡意蒙眬，我凝视着她放松的脸，没有了聋哑带来的犀利眼神，这张脸呈现着高贵、平衡。为什么我不在她身边永久地留下来？为什么我要离开？我拿她的严谨诚实与努拉的精灵古怪相比较，为什么我喜欢努拉？蒂塔同样值得。

爱情没有公平可言。

清晨，我偷偷摸摸地离开，懦弱得没有勇气向我的女游猎者告别，向她承认我再也不会回来，也不会见我的孩子。

离开洞穴时我哭了，哭我的令人厌恶，我对自己很失望，为自己的行为而痛心。

我越是珍视蒂塔，就越鄙视自己。

当天空露出鱼肚白，我回到了巴拉克和德里克那里，他们正脚对头在余灰未烬的火堆边呼呼大睡。看着外表反差如此之大的两个离奇之人，我不禁面露笑容，他们之间的友谊怪诞得如一头熊和一只苍鹭间的友谊。尽管身高相似，但他们哪儿都不同。巴拉克魁梧，德里克瘦长；巴拉克肌肉发达，德里克佝偻孱弱；巴拉克晒得黝黑，德里克面色苍白；至于体魄，巴拉克浓密的须发体毛说明一切，而德里克光溜溜的白净下巴，真让人担心一道阳光就能将他烤焦。

我推了推叔叔，他低沉哼了哼，打个哈欠，接着伸开四肢咆哮，二头肌鼓胀，关节咔咔作响，睁开浮肿的双眼，打量着我，打量着周边的环境，努力回想自己身在何处。随后，他看到地上的德里克，便大叫：

"两件急事，我的侄儿！"

他跳起来。

"第一件，撒尿；第二件，告诉你一件事。"

他首先要履行他的老规矩，撒一泡酣畅淋漓的尿，心满意足地长吁一口气，然后抓住我的胳膊。

"过来，我不想让他听见，"他指着德里克低声道，"尽管他很妙，还跟着我们度过了美好的一天，但也太能喝了，这家伙把我的酒全喝了！"

我们在远处被风吹倒的树干上坐下。

"你想不到吧，小家伙，德里克昨晚把我的羊皮袋喝空了，喝醉后不能自控，吐露了不少隐私。"

"什么隐私？"

"你永远也猜不到！"

巴拉克试着吊我胃口，他还真做到了。我除了十分想转移一下注意力，也希望能理清德里克身上错综复杂的谜团。

巴拉克压低嗓门，语出惊人：

"众神之门并不存在。"

"你说什么?"

众神之门的人以为在好几天路程之遥的高山积雪里住着神灵。德里克去过那里,沮丧地发现那上面根本没有神灵,而是一个村子,普通的村庄,大半年时间被冰雪包围。那里住的是人。

"那么,那个缀满鲜花、有神灵躺着的船经过河流,又是怎么回事?"

"那就是个棺椁。山上的村民不埋葬死者,很可能因为他们挖不动冻土……他们认为亡者不会在地下复活,而是去一个死者的国度旅行。于是生者将死者清洗干净,打扮一番后,放到一艘宽大的独木舟里,盖上绘有亡者轮廓的罩子,再在小船上缀满鲜花,然后让流水带它漂向远方。"

他转向我:

"那就是你看到的场景。"

他凝视着我们前方的大湖。大自然在树叶的窸窣颤抖中、在矮树林的摇晃中、在昆虫的浅唱中、在飞鸟的喊喳中苏醒。

"雪山上的人并不知道这条河通向何方,他们认为那就是天国的门槛。"

他摸摸下巴。

"说起来也不算错,因为那条河通向大湖,大伙都知道湖中央就是天国的世界。"

我们都陷入沉思。一只乌鸦穿过叶丛,发出明亮清澈的欢叫。在巴拉克的叙述中,我看到两个村落的天真轻信,一个住在河流一端的天国,另一个在漂浮的棺椁中看到神灵。但我尤其看到的是德里克的不诚实。

"如果德里克知道这一切,为什么他不告诉村里人?"

巴拉克盯着我,仿佛我疯了。

"你开玩笑!没有人会信他。光说是不够的,还得有人听进去呀。"

"德里克应该要求他们听他说呀。"

"你说胡话吧,我的侄儿……多少代以来,村民们都认为神灵从他们家门口华丽通过。他们的那个山口,他们称之为众神之门!是他们的骄傲、他们的独特性,你不会想去摧毁吧?"

"可事实是……"

"如果事实带来屈辱?你真的想要对他们解释他们不是神灵的天选之人,而是一群蠢货?他们的祖先呢?祖先的祖先呢?你要告诉他们,他们属于一个蠢货的王国?"

"我不想。"

"那德里克为什么要这么做呢?"

我低下头,无言以对。因为我有一种指责德里克迫切需求,我选择了另一个角度:

"德里克欺骗我说神灵预见了大湖的暴怒,还说有一个人——就是我——会来拯救大家,带领大伙迁移到别处去。"

巴拉克叹口气,这回他也无话可说。

"确实是。"

"他在愚弄我!"

巴拉克提高了嗓门:

"诺姆,你以为你是谁?德里克并没有嘲笑你,他从一开始就在帮你、支持你。"

"靠谎言!"

"要是没有他,你永远不能让湖区最优秀的造船人离开自己的家乡去你那里。他并不是辅助你,而是他让这一切变成可能。"

"靠谎言。"我无力地重复道。

"靠谎言,是的!因为,你想想看,你靠事实能搬动一个村庄?"

他的斥责让我很狼狈。换作另一个人,无论是谁,我肯定不能忍受。但他是巴拉克,是我认识的最正直、最坦诚的人,他竟然接受这样的小诡计,这让我很困惑。我突然担心自己在不成熟中挣扎。

"也许你是对的,巴拉克。我要想一想。"

"什么对你最重要?是众神之门的木匠愿意到我们这儿来造船重要,还是让他们知晓他们遥远祖先的蠢事重要?"

"这么说,当然……"

"所以,该这么说!别再对德里克吹毛求疵!"

我们回到已经熄灭的火堆边,巴拉克一边等德里克醒来,一边让我们恢复常态。天色已大亮,几片橙色的云朵飘来,遮住了太阳,小飞虫在光柱里跳舞。

"巴拉克,我要告诉德里克你给我讲的这一切吗?"

"有益处吗?"

我陷入沉思。

"实际上,巴拉克,你把受益放在真实之前。"

"当我听德里克或你,听你们说话时,我只关心一个问题:为什么？为什么撒谎？为什么揭穿谎言？实际上出于同样的理由：为大家好。这才是最重要的！真实……虚假……我才不管呢。真相，如果真相啃噬我们，给我们带来恼怒，那就让真相在角落里完蛋吧。我也不在乎谎言，如果谎言能帮助我们，那就让它以自己的方式招摇过市吧！别再自欺欺人了，诺姆。你会告诉努拉你在女游猎者洞穴与蒂塔重新见面？告诉她蒂塔比从前更加美丽，而且她即将生下一个无与伦比的孩子？"

我一阵激动。

"你也这么认为？"

"什么？"

"你也认为蒂塔比以前漂亮？"

"当然了！"

"你也认为那将是个十分出色的孩子？"

"如果不是，让人割了我的蛋蛋！"

我的呼吸一下子被打断，眼泪涌上眼眶，双手颤抖。巴拉克揽过我的脖子，把我的脑袋使劲靠在他的胸口。他男人的气息，混杂着樟木味、木炭的烟熏味，让我备感放松和安心，让我放心流泪。他鼓励我：

"唉，我的孩子，抛开那些天真的念头。我爱埃莱娜吗？我欺骗她，从不提及玛拉坦特拉的名字。你爱努拉？那你就瞒她到底。不但为你自己好，也是为她好，为了你们两个人好。"

我耳朵贴着他的胸膛，他浑厚的声音在胸腔回荡，安抚着我，我听凭他的宽慰，即便巴拉克一直勉励我快快成长。

"对待权力和对待爱情一样,因为你肩负领导大家的责任,你欺骗他们是为了大家的利益。你不要向任何人承认,你是通过德里克的协助,让木匠们害怕。你要声称你只是服从神灵。"

"我以前相信他,巴拉克,我真的相信,我真心以为我在服从神灵。"

"事实就是这样。"

"德里克编造了这些。"

"通过编造,他抵达了现实。"

"神灵并没有派我来!"

"谁知道呢?你信赖蒂博尔吗?你认为你足够诚实吗?"

"是的!"

"德里克和蒂博尔确认了同一件事,一个通过虚构,另一个通过见证。人们抵达真相既可以通过坦诚,也可以通过谎言。"

*

木匠的安顿出奇顺利。我没有把他们混居到我们中间,也没有紧邻村子造一些新房子。我选择将他们安置在村子上方的高坡上,离我们一段合理的距离。这样,我们对大湖的视野和周围的环境都不受影响,而众神之门的成员自成一个独立社区。我把这片地塞给弗拉姆他们,借口那里有一条河和一片松树林,方便他们取材和工作。

我们的村民不常见到木匠们,除非他们下山赶集或去湖边。

他们很看重这样的往来,这有助于他们的生意。私底下,他们会嘲笑我的选择——远离水面造独木舟!但他们还是克制住他们的揶揄,过于高调会引来外人入侵他们的湖岸。

然而我觉得,靠近湖岸没有任何意义,我们要造的是房屋,不是小船。这些浮屋并不会被送到湖中,而是湖水涨起来后需要用到它们。

自我远行回来后,努拉的温柔乡几乎盖过了的我首领职责。我们彼此如饥似渴……无论她还是我,我们从未料到我们的新发现:并排躺着就可以无比幸福。聊天、沉默、大笑、休息、吃饭、睡觉、寻欢,我们沉浸在共同营造的幸福时刻。于是,努拉大白天也常会陪着我去木匠那儿,看看他们的进展。

弗拉姆勤勉地操持着我们的项目,为证明他自己和他族人眼中残酷流亡生活的合理性。最初几天,他在沙地上画画写写;随后在儿子们的帮助下,制作模型;最后当他估计解决难题后,便招来所有工人,着手建造水上浮屋。

他和他的族人住在一些大帐篷里,暖和的天气正合适。对那些急于过上舒适生活的村民,他劝他们加紧造船,以获取一处住所。果断、威严、公正,弗拉姆展现出色的领导技巧,完全无须德里克在身边,就能管好他的族群。而且触动我的是我总感觉弗拉姆对德里克有一种深深的、出自本能的警惕,这点与我完全一致。在弗拉姆身边,我觉得我们是谨慎的同道中人——不承想未来将证明我多么有先见之明……

德里克从木匠的村子转悠到我们的村子。如果说这是因为他与巴拉克的友谊，实际上他也想混迹我们的村民中。尽管他长得稀奇古怪，或正因为他古怪的长相，他成功地与大家打成一片。女人们被从他瘦骨嶙峋、细长身体中发出的丝滑嗓音惊得目瞪口呆。有些男人跟巴拉克一样，对他产生一种哥们儿的保护欲。他很快就赢得他们的信任，表现得祥和、亲切、热情。为什么我要对他心生警惕？

我指望蒂博尔能更看懂他——或更好地看懂我自己？有一天，在我们采集药草时，我问他：

"蒂博尔，你怎么看待德里克？"

他咬住嘴唇。

"一言难尽。"他吐出一句。

"德里克声称他能与神灵交流，他在骗我们。"

"我猜到了。"蒂博尔低声道。

"怎么猜到的？"

"他躲着我。一位预言者不会躲着另一位预言者。相反，我们应该交流所有信息。而他却一直在躲避。他逃避我，也在逃避他自己的欺诈。"

"欺诈？有这么严重？"我问道，震惊于他的严厉。

"那你，你是怎么知道他在欺骗我们？"

我转述了巴拉克泄露的秘密，关于神灵之国的虚幻，关于他虚假预言的某位拯救者，也就是我。

"你们有没有讨论过这事？"蒂博尔担心地问道。

"跟德里克？没有。他让我心神不宁。"

蒂博尔砍着荨麻陷入沉思。

"这很正常。"

"正常?"

"是,他那种特别的相貌……那么奇怪……让我们很不舒服。"

"你指什么?"

蒂博尔疑惑地盯着我的脸。

"你没有看见?"

"什么?他的手吗?"

蒂博尔浮上一丝难得的笑容,喃喃道:

"他的手……确实……他的手也算是……"

"蒂博尔,你到底在说什么呀?"

蒂博尔表现出一种完全不同的气势,直起身子,凝重地说道:

"不管怎么样,这样更好一点。"

"什么?"

"一切!"他冷冷地撂下一句话后,头也不回地走远了。

尽管我有些不耐烦和感觉被冒犯,但我深知蒂博尔的回应一定是经过深思熟虑。

浮屋诞生了,为了克服切削、上胶、拼接等工艺上的困难,浮屋最初造得很窄小;后来造到中等大小;弗拉姆现在开始建造最大的那种。

清点了村里的住房和村民人数后,我计算了一下,如果湖水泛滥,没有办法让所有人都上船,差太远了。这种可能性让我深感愧疚，我只敢向努拉吐露心声。她很干脆地答道：

"起草一份名单！"

"你说什么？"

"优先上船的名单。决定谁可以先上船。"

"可是……可是……这样太可怕了！"

"你总会有几个特别上心的人吧？"

"当然。你、母亲、巴拉克、蒂博尔、我的妹妹们、我的……"

"好极了！哪些人对你来说更有用？"

"仍然是蒂博尔、巴拉克，还有弗拉姆。"

"这不，你已经完成了一份名单！如果你想要第二份名单的建议，我建议选择一些身强力壮的年轻人，他们能活下来并繁衍后代。"

"努拉！你要抛弃老年人？"

"他们已经完成了使命。"

"每个生命都重要。"

"原则上是。但在一个群体中，不是！"她斩钉截铁地反对。

我无法接受需要做筛选，我必须对我村庄里的所有生灵负责，没有例外。解决之道就是加紧造船，让每个人都有一席之地。所以，我让巴拉克和几名年轻人干完田里的活之后，去帮一把弗拉姆，帮他砍树、修枝、锯木梁和木板。

几个月过去，浮屋一艘艘造出来。有时，我十分焦虑，估摸着我们永远都来不及准备。有时，我又不知道为什么要如此费心费力：白天还是那些白天，黑夜也还是那些黑夜，什么也没有变，大祸即将临头的想法显得那么虚无缥缈和荒唐。

*

一切在静默中开始。

那天早晨，蔚蓝的天空下，我们上山去木匠们的小村子，蒂博尔转身问我道：

"你听见了吗？"

"什么？"

"什么都没有。"

我有些不高兴，困惑地看着他。他解释说：

"我们什么都听不见了。"

这就解释了为何我有一种透不过气的感觉！小鸟突然都闭上了嘴，它们的安静反而像压向我们的某种喧嚣。

这种不同寻常的静默改变了空气密度，改变了阳光和风景的颜色。我下意识地感觉到了危险。

"快看！"

蒂博尔伸手指向山丘。我们身后，从洞穴里汹涌而出成群结队的蝙蝠，遮天蔽日，在空中慌张打转。而它们通常应该是夜间出没，白天睡觉。

一条蛇急匆匆游进草丛。接着，又一条，五条，十条。玻璃蛇、花蛇、游蛇、蝰蛇，到处都是蛇，从它们的藏身处游出，急速往山坡上窜。大鼠、水鼠、田鼠紧跟在蛇后面，完全是一个颠倒的世界：猎物跟随它们的捕食者……在我们途经的小路上，无数闪闪发亮、胖鼓鼓的金龟子挤作一团,也在笨拙地奋力往上爬。小路上到处是移动着的各类甲壳虫和鞘翅类昆虫五彩的翅膀。

村子里,狗开始狂吠。猪躁动不安、大叫、相互攻击,充满莫名的焦虑。一头驴子高声怪叫,所有牲畜都越来越躁动不安、浑身颤抖。

蒂博尔脸色大变。

"终于来了。"

我们扫视周围,一切似乎都没有变,远处乳白色的湖面一片宁静。

"那里到底发生了什么?"

我们快步下坡,去看湖畔到底发生了什么,我们看到一堆堆异乎寻常的灰绿色物体在移动。无数大腹便便、皮肤粗糙的癞蛤蟆从水中跃出,争先恐后跳到岸上,发出湿袋子扔到地上的响声。它们就如一只只长了脚的圆球,鼓噪着往前爬。在那条河入湖的拐弯处,我们看到一股股深色的逆流:鱼儿们离开平静的水域,纷纷逆流而上,如春天的鲑鱼那般。

蒂博尔拽住我的手臂。

"片刻不能耽搁,诺姆!快把大家带到浮屋上。"

这一回,我没有安抚我的村民,我冲到主路上,声嘶力竭大喊:

"大湖发怒了!立即撤离!所有人都到木匠那里去,快!"

一张张脸从门口探出,带着惊讶或不解。如果说湖面平静如常,空中却有成群结队的飞鸟从远处飞来,鹅和鸭子一排排紧挨,挤成密不透风的一团,径直朝我们冲来。村子边缘,野马飞奔而来,几乎盲目地擦过房屋,撞翻篱笆,然后跑得踪迹全无。很显然,动物们察觉到了我们未知的什么事情。

比危险扩散得更快的是对危险的恐惧。一眨眼工夫,恐惧感染了所有人,人们不再寻找缘由,只顾着逃命。

我窜回家里,抓起努拉的手,飞奔到巴拉克和母亲那儿。他们没说一句话,跟着我就走。随后,我们气喘吁吁爬上通向木匠驻扎地的斜坡。

他们也收到了警告:男女老少都跑来跑去忙着收拾东西。

一名老妇突然发出惊恐大叫,所有人安静下来,被惊骇得一动不动。

一团巨大的毛茸茸的东西冲入人群,一头巨型黑熊穿过村庄,撒开蹄子,奋力奔跑。它不看任何人、不扑向任何人,抿着嘴,半闭眼睛,只顾着往前冲。

黑熊的惊恐加剧了我们的惊恐。如果说被我们奉为神灵的兽中之王也要撒腿逃跑,毫无疑问,世界末日即将来临。

这时,有什么东西正在……

一开始,人们以为那是寂静,由大黑熊突然闯入引起的寂静;为被更容易听见而正在放大的寂静。实际上,正有东西在甩开这寂静,在扭曲它、逼它呻吟,在折磨它、使它力竭,有东西正在变成叹息、窃窃私语、低吼,直至咆哮。就是这个东西扼杀了寂静,是**风**。

狂风咋起,怒不可遏,凶猛无情。

一股前所未有、闻所未闻、令人眩晕的飓风。

没有什么比风更神秘的事物了。它来自哪里？要去哪里？从未知处来，又走向未知。它拍打、冲撞、抽击、撕裂、粉碎。通常我很讨厌风，讨厌这些突如其来的任性、毫无用处、不可捉摸的风。然而这次的风，我感觉最最凶险。

一只冰冷的手按住我的肩膀。

蒂博尔站在我身后，面无血色，瞪大眼睛，抬抬下巴示意我看向湖面。

一股滔天巨浪从张开大嘴的地平线跃出，朝我们扑来，誓将我们全部卷走。

2

巨浪气势滔天、毫不留情，一浪接一浪滚滚而来。

死亡瞄准了我们，我敢肯定，尽管我组织起大家竭力自救。我们忙着往袋子、水壶里装东西，忙着堆放铺盖、聚拢食物，这样总比呆若木鸡、两眼翻白、傻傻等死要好。为了不向恐惧屈服，我向忙碌屈服。我没有勇气绝望，我觉得忙得气喘吁吁，好过被吓呆在原地。

当巨浪还未扑到我们眼皮底下时，我们总还心存幻想，幻想能够逃过这场噩梦。然而当浪涛声萦绕耳际，它的嘈杂预示着即将拍晕我们的巨大威力。起初，是噼里啪啦的爆裂声，随后轰隆声渐起，越来越响、越来越沉闷，接着是排山倒海的轰鸣，伴随成千上万吨巨浪，连续不断地铺天盖地倾泻而下。

大部分村民惊惶逃窜，他们和那些牲口一样，朝巨浪相反的方向逃，指望着逃到山谷最高处。然而这种本能反应将置他们于死地。他们不可能比巨浪跑得更快、更远、更高。

"到这里来！快回来！"

我喊破嗓子让他们回来，但他们不管不顾，根本不听我的，也听不见。

我该承认吗？在努拉的眼神里，我明白折磨我几个月的头疼事——我们位置不够，谁可以进入浮屋？——已迎刃而解。

"快躲进去！"她喊道，十分沉着。

努拉让我意外。通常，她总是会被一点无足轻重的小事，比如一只蜘蛛、一只癞蛤蟆，甚至布片撕裂的声音，吓得哇哇大叫。但今天早上她却以极大的勇气迎接灾难，仿佛她知道那些小小的害怕，却不知道巨大的恐惧；仿佛她寻求那些小小的害怕就是出于乐趣，是一种游戏，是为给日常生活添点佐料。然而当真正的危难来临，害怕恐惧全被抛在脑后。努拉真不愧是蒂博尔的女儿，她保持着敏捷、专注、高效，完全不受外界痛苦的影响。巴拉克背起几个大口袋时，她搀扶我母亲，并嘱咐我的妹妹们紧紧跟上。我们朝浮屋方向奔去，弗拉姆、他的妻子和儿子们已经在里面。

在圆木充足的树林中建造的这座大浮屋，长约一百二十英尺，宽二十英尺。与我们由一间大屋子构成的住房不同，浮屋被分割成好多个小间。最窄的小间，每间可以挤两个人，中等大的那些，用于储存补给，最大的那间可作牲畜栏。虽然说我们提前为家畜准备好草料，但它们还在附近的田野里。

巴拉克冲出去，腋下夹着几只山羊回来。

"把它们拴起来，我再去找岩羊。"

"巴拉克，我们没有时间了！"

"你怎么知道？"他回应着又冲了出去。

隔间的外围是甲板，甲板外又围了一圈边沿。在隔间下面，弗拉姆造了一个中间鼓起的巨大空壳，他说这样可以保证最大的浮力。

危险迫在眉睫，我们已经可以清晰看见巨浪绿色的浪花。努拉从我身后闪出。

"爸爸在哪儿？"

我脸色骤变。

"蒂博尔！"

我咆哮着呼喊他的名字，希望他会在我的声声呼唤中出现。努拉脸上充满担忧，失去了刚才的镇定。

"他下山去收拾他的东西了。"努拉说道。

"他疯了，他真不该……"

我打住了后半句，羞愧于对努拉火上浇油而不是去安慰她。她的忧虑陡然倍增，开始颤抖。我打算离开浮屋去找蒂博尔，刚跨出第一步，努拉拉住我。

"不！你不能去！"

她眼中噙满泪水，为掩饰情绪，她沿着甲板朝各个方向呼喊她父亲：

"爸爸！爸爸！"

没有什么比心爱女人的惶恐无助更让我心碎。我在她面前的无力感比起在暴怒的大自然面前的无力感更令我羞愧。我本该去安慰她，我的使命难道不是保证她的幸福？

灾难呼啸而来。滔天巨浪从湖面排山倒海掀起，冲出湖岸，横扫一切障碍，冲击岩石，淹没树林，树木抵挡一阵后，很快弯下腰，如一丛小草般被连根拔起。

巴拉克从羊圈冲出来,高声问:

"德里克在哪儿?"

我没有想到他,尽管他属于我们这一组。

"在那儿!"母亲喊道。

她指着附近一棵松树的树冠,德里克正趴到上面,紧紧抱住树干,浑身战栗,比平时更苍白无力。他闭上眼睛,相信看不见危险,危险就能被排除。

"快下来!"巴拉克吼道。

德里克早已六神无主,没有反应。

努拉再次焦急地问我:

"爸爸怎么办?"

我转头看向大湖,说不出一句话,呆立在原地。没有一丝力气去运用肌肉、张开嘴唇。我很清楚接下来会发生什么:巨浪就像一头长满利爪和獠牙的巨兽,撞击、撕扯、碾压,一下子就可杀死我们,然后洪水将我们吞没。我们的浮屋根本没什么用,它够不着湖面,永远也不会漂起来。在此之前,它早被横扫一切的巨浪蹂躏、摧毁,只留下些碎片。

努拉使劲摇晃我:

"诺姆!"

她将我从呆愣愣的状态中唤醒,指着下方小路上走来的一个人影。从黑色大褂看,那人肯定是蒂博尔。

"爸爸!"

多么奇怪的注意力转移!我们不再等待巨浪,也就是说死亡,转而等待蒂博尔的到来。我们把危险挪了个位。蒂博尔的姗姗来迟遮盖了我们即将被摧毁的前景，这真是个幸福的细节！我们不再探究身处的这个建筑能否抵挡住巨浪，而是关心蒂博尔能否顺利上船。

这回，我没有犹豫，冲出去迎接他，接过他背着的妨碍他走路的大包小包，然后快步往回走，他紧跟着我。

走上甲板，蒂博尔松了口气，摸了摸我放在脚边的褡裢：

"我抢救出了主要的草药和药水，还有一些工具，都会派上用场的。"

努拉也十分高兴，放下矜持，紧紧拥抱她的父亲，摸着他的头发。我有些黯然：他们以为获胜了，而片刻之后，他们都将死去。

巴拉克继续劝说德里克行动起来，但那个吓得六神无主的家伙只是睁开眼睛，摇头拒绝。

我们面前，不可抗拒的力量呼啸而来，滔天巨浪直抵我们的村子，显然要将我们一举摧毁。没有任何理由水会流到我们这座船屋的下方，将它浮起。巨浪只会扑面而来，将我们拍得粉碎。

人人都在呼天抢地。

毫无办法，我们只能眼睁睁看着灾难降临，等待轰然而至的巨浪，等待灰飞烟灭的那一刻。终局的到来对我们也算一种解脱。

巨浪在扑向我们的村庄时遭遇到一些阻碍，地形的起伏限制了它。在峡谷两侧，它撞击到一些坚硬、隆起的部分，造成对冲，形成浪峰的回流。从巨浪左侧，另有一股水流横切而来，缓冲了巨浪的力量；右侧同样如此。于是巨浪散开，相互碰撞。我们无助地、呆呆地看着这一切,看着一堆堆巨浪的碰撞、缠斗。每一次相撞,浪涛都掀得更高,随后又重重落下,一个摔到另一个上。这场交锋有着巨人般的气势,翻卷的波涛相互撕裂。

一股从侧面而来的逆流蔓延到我们所在的林中空地,在此盘旋。在一阵可怕的咔咔作响中,我们的浮屋被摇晃,随即被抬升……

即便可怕的咔咔声每时每刻预示着浮屋的解体,但我们没有被击碎,而是被抬升到漩涡的边缘。

我们在盘旋起伏的过程中,经过德里克躲避的那棵大树。

"快跳!"

巴拉克朝他张开双臂。德里克受到这一动作的鼓励,松开紧抱着的树干,往空中跳下。

巴拉克将他接入怀中,仰头大笑。在大伙的惊魂未定中,他洪亮的大嗓门嚷道:

"快来看我抓住的这只奇怪大鸟!"

他话音刚落,德里克散架似的晕了过去。巴拉克钻进舱内,把德里克平放在一个铺上,用绳子捆绑住他,避免他的身体在颠簸中磕碰到什么地方。

可怕的、桀骜不驯的巨浪继续推进,我们已经成为它的一部分。我们周围,狂风掀起白色的浪涛,汹涌澎湃。尽管我们的浮屋随时有解体的风险,但还是漂了起来。我们在漂浮中,对被吞噬的恐惧是如此强烈而持久。在这场混乱、没有穷尽的骚动和挣扎中,我们总算找到一处临时落脚点。

四艘体积稍小的浮屋伴随我们。但它们没法控制方向，不能选择在某个岬角停下，只能继续漂浮，轻飘飘地蠕动。我们竭力驱逐虚无！我们不去想那些被巨浪撕成碎片、四处飘散的亡者，而是庆幸遇见了幸存者。我们相互打招呼，有种共同出发去旅行的感觉。

狂风和巨浪毫不吝啬地继续肆虐，上演着骇人的激烈缠斗，我们不幸成为牺牲品。它们比试着谁更能折磨人，巨浪将我们从浪尖摔到波谷，从山顶压到谷底。而风，被拦住它去路的巨浪所激怒，携带它卷起的一切，发泄着仇恨。它呼啸着，发出尖利的控诉和警告，从雷霆震怒到试图掀翻我们的屋顶、窗板和船壳。没有什么能阻止这两位狂暴者。

我嘱咐蒂博尔、妇女和孩子躲在舱内。努拉拒绝，我坚持道：

"没有足够的绳子系住你们！只有巴拉克、弗拉姆和我可以留在甲板上。"

努拉怕别人效仿，故而容忍了我的命令，在众人面前尊重我的权威。即便如此，我能察觉她很想跟我一样，目睹即将发生的一切。

风与浪相互较劲，当一个危险刚放过我们，另一个接踵而至；当我们被浪推上百尺高，风把我们刮得团团转；当我们被抛向空中重重摔下，胆战心惊等着船屋粉身碎骨，却惊喜地发现我们依然完好无损，站在甲板上，扛过了拍上来的阵阵巨浪。然而巨浪刚放过船屋，狂风又竭力想掀翻它。

另外，四艘小船屋逐渐消失不见，它们轻巧的体型很容易成为风浪的牺牲品，被抛向空中，再重重落下，其命运必然凶多吉少。狂风和巨浪肆虐到了极致，我们的船屋挺了过来。

还要持续多久？

我们徘徊在深渊边际，被浑浊的激流、狂暴的飓风蹂躏。我们在混沌模糊中随波逐流，不知前路，等待更糟的结局。

"哦，不！"巴拉克痛苦地呻吟，指给我看前方的一块陆地，巨浪将我们带到了这里。

我不明白他的所指。

"女游猎者洞穴。"

巨浪以排山倒海之势扑向洞窟所在的粉红色岩石，而我在这里面度过了多么美好的一些夜晚。

她能逃过这一劫，还是就此粉身碎骨？

我们朝岩壁漂去，凸起的岩石十分骇人。汹涌的波浪让我们无法瞄准它，既无法停下，也无法绕过它。岩石越来越大，等着我们一头撞上去。

一阵狂风将船屋吹向一侧，一股巨浪又将它抬升，岩石后退不见了。风和浪无序的搏斗让我们逃过一劫。

我接下来亲眼看见的那一幕，几个世纪以来一直萦绕在我的记忆中。

沿着通向山顶的小路，一个女人俯在马背上狂奔，马鬃和女人的头发因速度而迎风飞起。从坐骑和骑手紧绷的肌肉，我能感受到一种急迫不安。

突然，那女人转头去看追捕她的巨浪。

我的心脏在胸腔一阵抽紧。我狂喊道：

"蒂塔！"

她双腿夹紧马肚子继续绝望地拼命逃跑，那个又聋又哑的女游猎者怎么可能听得见我的呼喊？

她顽强地冲向前方，混杂着高贵和可笑。她不愿就这么无声无息地被巨浪吞没，她不接受失败，她要抗争到底，带着野性的、不可驯服的高傲。

我探身看，发现在马背和她的腹部之间还夹着什么东西：她逃跑时还在保护着自己的孩子。

她最后一次转头看那即将吞噬她的巨浪。她有没有看见我？今天，在我写下这几行字的时候，我坚信她看见了我，因而决定了她的行为。不然的话，她肯定是发疯了。对，她看见了我！她惊恐的眸子中闪过一道光亮，她认出了我，抓住了转瞬即逝的一丝希望。否则，如何解释她抓起孩子，使出超人的力量将孩子尽可能举高，朝我们的船扔过来？

她只来得及看到我顺势接过从空中飞来的孩子，巨浪便吞没了她，将她卷到激流最深处。

我看着手中的婴儿。

他没有哭，睁着天真无邪的大眼睛，对周遭的凶险一无所知。

我朝他微笑，他回我微笑。我就这样认识了我的儿子……

发生了什么？我的身体似乎散了架。当我勇敢地克服了各种各样的艰难险阻后，小婴儿这张充满信任的脸庞让我深深感动。

我再也坚持不住，一下子瘫倒在地。

随后，天空合上，一切沉入黑夜中。

*

没有月亮，没有星星。

世界漆黑一团。天上黑，地上黑。

还有风、浪、嘈杂和速度……

我不知道哪一样更令人恐惧，是看得见的危险还是看不见的危险。一方面，黑暗以惊人的比例放大了声响和碰撞，将轻微的响动化为咆哮，将晃动化为炸裂；另一方面，黑暗也让在白天饱受冲击和重负的视觉得到缓解。

我们毫无目的地漂荡，随波逐流。

巴拉克接过孩子，把他安置到内舱，弗拉姆也跟着进去，去找他的家人。

我独自迎着翻腾的波涛，蒂塔的献身为我打开了未知的大门，为我指引道路。在这末世的混乱中，当一切不再重要，蒂塔却高昂着头颅，显示着她的抗争，骄傲地追求她的尊严，拼尽全力只为一个使命：拯救她的孩子。直至那致命的一刻之前，她心中想着的只有她的责任，全然不顾自身的命运，对自己的末日毫不畏惧，只为她的儿子担忧。我深信她在被夺命巨浪吞噬之前，把这个小生命托付给我时，她的欣慰之情一定胜过其他感受。

巨浪扑倒蒂塔，也让她变得更加高大。如果说蒂塔在这个世界上死了，她在我心目中前所未有地鲜活和丰满。我的一世不够延长她的光芒，不够贡献给她的儿子。

贡献给我们的儿子……

如何向努拉交代呢？巴拉克肯定建议我撒个谎——他认为这是解决复杂问题最好的办法——但我不愿用狡诈来戏弄蒂塔，她值得我光明正大昭示我的孩子："这是我的儿子，我会永远守护他。"这是我该做的，否则的话，我就是个露水情人，也把自己贬低成一个露水父亲，那是万不可接受的事！形势的严峻和蒂塔的荣誉多么需要我道出真相，努拉会理解的。再说了，如果我认为努拉不能接受这个现实，是否也是对她的小觑？

我解开把自己捆绑在甲板上的绳子，钻入内舱。我刚进去，巴拉克有力的大手将我一把拉住。

"快来。"他低声说道。

我跟着他来到德里克的房间，他把我推入后就离开了，因为那儿待不下三个人——是四个，因为德里克正把孩子放在双膝上轻轻摇晃。

油灯的火苗让我可以凝视小婴儿金色的脸蛋，欣赏他长长的睫毛。在他小小的鼻翼，卷边的小耳朵，湿漉漉、软绵绵的小嘴面前，我的心都化了。

德里克指着他：

"这是你儿子？"

尽管我很激动，但装着颇为意外，因为我不想与他分享我的任何秘密。

"你为什么这么说?"

德里克盯了我很久,然后说道:

"你没有回答,所以这就是你的儿子了。"

尽管很是不悦,我仍用不经意的口吻道:

"哈!一个骑马的女人在最后一刻把他扔给我们,就这样。"

他纠正我道:

"据巴拉克说,是扔给你。"

"这有什么区别吗?"

德里克做了个鬼脸,用尖细的声音说道:

"我很失望,诺姆。你不信任我。"

他说得那么一针见血,我忍不住抵赖:

"完全不是!只不过你在我和这个孩子之间杜撰了一种不存在的联系,我否认你的断言而已,没别的意思。并没有不信任你。"

德里克俯身看着孩子,轻轻拿起孩子的小手,没有吵醒他。

"你看,诺姆,你把自己的标记传给了他。"

他指给我看小婴儿的手指,我打了个冷战。他有两根手指粘连在一起。这种罕见的特征,我祖父卡杜尔就有,我父亲潘诺姆也有,我也有。在我们家族里,我们将其视为长子的特征,皮肤将中指和无名指包裹在一起。

"这个细节可以阻止你对我继续撒谎。"德里克说道。

"德里克,不要让努拉知道。"我叹了口气。

他笑了。很满意我终于承认,很高兴我向他乞求。我继续道:

"我在流浪时与一个女游猎者睡过觉,那时我以为我和努拉将永远分开。"

"这对我不是问题,"他承认道,"但这个身体异常肯定会引起努拉的关注!她眼观四方,她可不蠢,她肯定能猜到,然后指责你,她不会原谅你的。"

我咬住嘴唇,他的判断不无道理。我很慌张,仔细查看孩子的手。

"我们难道不可以将它掩盖?比如包块布……或戴个手套……或……"

德里克举起他戴着连指手套的手,在我眼前晃了晃。

"类似这样的东西?"

他一声冷笑。

"有意思!"

"你要重复我母亲的行为……"

"你说什么?"

"我母亲在我一出生就把我的手遮盖起来,希望以此掩饰她对丈夫的不忠。"

他慢慢摘掉手套,我发现他的手与我拥有相同的特征。

我还以为自己看花了眼。除了我父亲、我祖父,我还从未见过其他连指的人。正当我对着他的手出神时,他歪歪嘴角,对我的抓狂很是得意。

"哦哦,诺姆开始怀疑他所不知道的事……我,我知道得比你早得多。"

"知道?知道什么?"

他指着自己的手、我的手和孩子的手。

"知道这个!"

我被震惊得想不出任何一种解释,头脑一片空白。我喃喃央求道:

"告诉我怎么回事,德里克。"

有东西撞击到我们的船,一个小山般的巨浪拍到甲板上,将龙骨和船板震得吱嘎作响。随后,船屋又进入疯狂的地狱之旅。

德里克重新戴上手套,俯身对我说:

"现在不是时候,诺姆。我们没有时间,隔墙有耳,以后再来说清楚。不过,我有个建议,"

他在我耳边轻声道:

"这个孩子属于我。"

我本能地后退一步,很是吃惊。

"你说什么?"

"为了你的安宁、努拉的安宁、孩子的安宁,还有船上其他人的安宁,你可以推说是我和一个女人孕育了这个孩子,我刚刚奇迹般地找回了他。巴拉克肯定很高兴讲述他如何参与救下这孩子。"

我不喜欢他的建议,但我能拒绝吗?这个建议既能保证我留下孩子,又能避免涉及努拉,可以解除我的一千个麻烦。

但在接受之前,我觉得有必要刺他几句:

"看样子,德里克,你很习惯于将谎言和真相混在一起。"

他愣住了,变了脸色。

"你在说什么?"

"神灵之国，里面一个神灵都没有。"

他松了口气，耸耸肩：

"哦，这个呀……"

我发现这对他根本构不成忧虑，又继续道：

"你让我相信是神灵派我来的。"

他闪着狡黠的目光，朗声道：

"最尴尬的不是我这样说，而是你相信了……"

他的冷酷让我哑口无言。他哄哄手中的孩子以打破尴尬的沉默。我恢复镇静后，打算结束这令人难堪的对话。

"你欺骗了我，应该向我道歉。"

"我的权宜之计也给你带来了好处，不是吗？"

"什么？"

"多亏了这些计策，我们现在还在这里，活着，没有跟其他人一起葬身水底。"

他说得对，我沉默了。他趁机给我最后一击：

"诺姆，我应该为让我们大家有可能活了下来而后悔吗？为帮助你拯救大家而后悔吗？"

他拥抱了我。像我父亲一样，他也有一种天赋，总能将处境翻转成对他有利。他几乎热情地把手按在我的肩头。

"诺姆，如果你对这些细枝末节的谎言都无法接受，我又怎能向你挑明其他事情？"

"其他事情？"

"横亘在我们之间的谎言。"

"我们之间？"

"所有我没有告诉你的事。"

"你向我隐瞒了什么？"

"很多很多事……"

"快告诉我。"

他严肃地看着我。

"等你能够承受得住这些时再告诉你，在此之前可不行。"

不等我抗议，他抱起孩子，冷冷道：

"这是我的儿子？"

我违心地点点头。他亲了亲孩子的脸蛋，轻轻咬了下他的小鼻子。

"你会在你父亲的怀中醒来，我的孩子。"

德里克对孩子表现出的柔情比起我们间的诡计更让我心碎。为平复情绪，我重新站了起来。

德里克问我道：

"她叫什么名字？"

"谁？"

德里克示意我放低音量，尽管环境嘈杂，或许别人还是能听见我们说话。他轻声道：

"我妻子。"

我无法忍受他一个个骗取我的隐私，更不能忍受他染指女游猎者。

"你妻子？"我不满地重复道。

"我孩子的母亲。"

尽管他一脸无辜的表情,但他热衷于惹恼我,我很肯定。

"蒂塔!"

我压住怒火,尴尬又恶心,感觉自己再一次背叛了蒂塔。我刚上到甲板,便转身急急地对着德里克说:

"对了,我们叫他查姆。"

"查姆?啊,已经取名了……"他嘟哝道,有些失望。

我的预感没错,德里克想以自己的喜好为我的孩子取名。我强调说:

"是的,查姆。蒂塔很喜欢这个名字,而且孩子会回应,你看着吧。为了纪念她,保留这名字吧。不管怎样,那是你妻子,孩子的母亲,德里克……"

他结巴着说不出话,掉入陷阱。他不知道的是即便由蒂塔自己抚养她的儿子,她永远也不会叫出孩子的名字。

当天色渐亮,我们终于再次看清周围环境,不由更加焦虑。成千上万阴沉沉的乌云密布天空,在地平线快速翻滚。[1]飙风和巨

---

[1] 人类需要经过漫长时间,才发明远处的概念!如果说最近代的学科之一,气象学,历经几千年才诞生,那是因为它需要经过两次头脑爆炸。

  首先是智力上的革命:不再去解释现象而是去评估。当现代科学的奠基者伽利略用数学来分析和综述物体的下落,他的两名学生则发明了测量工具,使得人类对气候的认识成为可能。卡斯泰利 1639 年发明了雨量器,托里拆利 1643 年发明了气压计。

  后来是地方观念的被打破:开始认为这里发生的事取决于别处。将观察者作为中心和目标的视角已经终结,气象学禁止我们认为这里是中心,别处是(转下页)

浪继续缠斗，竖起一道道盛怒的水墙。撞击、撕裂、加剧、嘶吼、咆哮。我们的船屋作为风浪的受害者，岌岌可危，所有声响预示着船屋的解体。

船上人人脸色煞白，都在恶心呕吐，加上恐惧、失去平衡、手足抽搐。谁都没有行船经验，更不知道如何对付风浪，况且我们更不知道还有海洋的存在——我们只知道大湖。

我承认尽管我是一村之主，但还不能立刻确定我就是一船之主。因为我与其他人一样，带着惊恐忍受煎熬，冒虚汗、牙齿打架、喘不过气、大口呕吐，有时还会因抽搐而动弹不得，无法站起身。当我勉强站起，头晕又将我打趴在地。这样，我根本无力阻止那些一心想结束痛苦和恐惧的人，越过船舷，纵身跃入水中。精神上，我对他们没有任何影响力；身体上，我也没法拉住他们。再说了，在这样的混乱嘈杂中，谁能听得见我的声音？我妹妹阿比达和她的丈夫，以及弗拉姆的一个儿子就这样在我们眼前消失了。

这并未让我愤慨，我甚至觉得那一刻我有些羡慕他们……

（接上页）外围。不再有中心，一切来自一切，远处决定了近处。即便今天卫星发送最少的图像都能说服最愚钝之人，但那时的人却很难相信。

我们不仅需要打破自恋的疆界，也需要打破国家界限。我在十九世纪多次遇到过亚历山大·洪堡，他通晓多种语言，是伟大的旅行家、全球探险家，如他这样的一大批学者打破了区域局限，引入了全球性视野。洪堡认为我们居住在"大气层底部"。追随他的足迹，十个国家的代表于1854年齐聚布鲁塞尔，探讨测量的通用规则和分享信息的可能性。在此基础上，国际气象学协会于1873年在维也纳成立。二十世纪的两次世界大战自然削弱了信息交流，导致气象学协会于1951年才被纳入联合国体系。远方仍在挫败人类对自身重要性的认识。

有三个人逃脱这普遍性的受难：蒂博尔、努拉和巴拉克。

蒂博尔当然也跟跟跄跄，但他毫不在意。"太棒了！"今天早上他这么说道。见我一脸惊愕，他解释说我们的遭遇为他的探索提供了机会。"新的病痛，就有新的药方！"经过几次试验后，他建议我们不要躺平，因为横躺会加剧身体的动荡，放大船屋的摇晃。最好采取坐姿，仰起头或站着目视远方。随后他建议我们采用他不久前在孕妇身上使用的一套方法：按压离掌根约三指远的手腕内侧，肌腱处的柔软皮肤。很快，我晕船的感觉减轻了许多。[1]

努拉的表现无可匹敌，不愧是治疗师的女儿。她照料着一个个病人，将薄荷叶分发给大伙咀嚼，以抵抗恶心呕吐的不适感，同时指给大家看前臂上的那个按压穴位。因为有的人没法集中精神，她就用植物染料画出那个点位。她还借机画出第二个穴位，就在锁骨下手臂开始处：如果按压这个点位，会有一种全身舒畅的感觉。[2]

---

[1] 几个世纪后，我并不吃惊地听说中国和日本的传统医学也采用了蒂博尔的这种方法。根据针灸疗法，这里涉及小臂内侧手腕皱褶与手肘皱褶间的 P6 穴位。中国人认为用手指按压穴位（日本人叫 do-in），指甲或指肚循环按压五分钟，就可以缓解恶心呕吐的症状。

[2] 蒂博尔经常借助皮肤上的这些标记，因为那个时代很少有人具备解剖学知识，所以他利用文身做治疗。这个技术与其他很多技术一样被抛弃，随之被遗忘。况且能在自己的四肢上证明这种技术的人早已化为尘土。1991 年，人们在意大利发现了一具冰封了五千年的人体。因其在阿尔卑斯山的奥茨塔尔地区被发现，人们便称之为奥茨兹。他的身体上就有一些起初被认为是出于仪轨或美观之需的颜料痕迹，需要坚持自由精神，才能注意到这些痕迹分毫不差地标记了多条经络上的针灸穴位。现代解剖学显示奥茨兹承受着腰椎和膝盖的病痛：叉和横杠标记了可以减缓背痛和膝盖痛的介入位点。

至于巴拉克，尽管他也被摇晃得跟跟跄跄，却能快速移动，尽管拖着一条假腿，依然强健有力，行动自如，将船上有散架风险的链接处逐步修复。

在这样的混乱中，女游猎者的孩子没有引起任何人的关注，这倒是拔掉了我脚底的一根刺。我已经向巴拉克透露过德里克和我准备好的一套说辞，以应付好事者，巴拉克很是同意。与之相反，德里克奇特的外形倒是很让人惊讶。

"他怎么会两根手指并在一起？通常情况下，这是几代以来鉴别家庭长子的标记。"蒂博尔问道。

他找到一个只有我们仨（蒂博尔、巴拉克和我）单独在一起的时机。

我担心努拉会跟在蒂博尔后面，因此表现得十分谨慎：我告诉他昨天晚上，德里克在一场奇迹般的拯救中，救回了他的儿子查姆。

"他的儿子？"蒂博尔重复道。

"是他和一个女游猎者生的儿子。"

"他是这么说的？"

"是的。"

"他胆儿倒是够肥！"蒂博尔嚷道。

面对他的怀疑，我觉得自己的秘密就要露馅了。

"毫无疑问，他儿子具备与他相同的特征。"

"什么？"

"第三、第四根手指的皮肤是连在一起的。"

蒂博尔注视着我。

"和你一样。"

"没有任何关系。"

蒂博尔盯着我看了好一会儿，挤出一句：

"哦，是吗？"

他不信我的话，他知道了什么？他是怎么看出查姆和我之间的关系的？

他的表情缓和一些，脸色蜡黄，注视着我，命令道：

"做个选择吧，诺姆。你在对谁说话？是对蒂博尔还是对努拉的父亲？"

我脸色苍白。他严肃地继续道：

"对蒂博尔，你可以道出实情。对努拉的父亲，你可以不说。"

他抓起我的胳膊。

"这里，是蒂博尔在听你说话。努拉的父亲去别处忙碌了。"

我抓住他的手。

"谢谢你让我放下心上的一块大石头。你比我更有价值，蒂博尔，我怎么可能糊弄你。我是在努拉嫁给我父亲，离开村庄其间有的这个孩子。我有这个权利，不是吗？"

"当然。只不过努拉不会原谅你。她要全部属于你，也要你全部属于她。"

我点点头，喃喃道：

"这就是为什么德里克和我，我们弄出这个故事。查姆成了他的儿子。"

"你觉得这样可靠吗?"

"是的。"

蒂博尔转头看看巴拉克。

"你觉得呢?"

巴拉克涨红脸,摇晃着在空中挥手说道:

"德里克不追逐女孩子,他对此不感兴趣。每次我们给他机会让他放松一下他的小棍,他是怎么回答的,诺姆?"

"我宁愿不要。"

巴拉克嘟哝着这句蕴含神秘的句子:

"'我宁愿不要。'这个德里克太奇怪了!他还声称从没碰过女人,太夸张了!"

蒂博尔站起身,拉直自己的外套。

"如果你们觉得这可信,我不反对。"

我们困惑地看着他。

"关于哪个话题……你不反对?"

他抖抖眉毛。

"没什么。"

他打住了话头。没必要再追问,不过我还是问了句:

"为什么德里克会有我们这样的特征,手指连在一起?"

"直接去问他呀,这个细节背后的原因,显然是他一切不幸的源头。"

"他的不幸?"巴拉克喊起来。

"是的。"

"你认为德里克是个不幸的人?"这下轮到我惊讶了。

"一个极其不幸的人,毫无疑问!可怜的家伙……"

巴拉克与我交换了一下窘迫的眼神。我们觉得德里克有些奇怪,与众不同,但并没什么好抱怨的。

"一个极其不幸的人,"蒂博尔肯定道,"因为这个缘故,我对他十分警惕……"

说完,他走了出去。

即便呕吐不止,我们也需要进食。在努拉的帮助下,我着手清点我们所携带的食物。这件事做起来颇费时间,每个人都带了些吃的,都认为这只涉及自己和家人,并不打算将之纳入公共储备。

我力争将资源统一管理,说服大家必须团结一心才有力量,而不是单打独斗。我同情那些抗拒分享的人:"哦,那你就只有这些!跟别人比起来差远了。祝好运。"这样就激起了他们害怕错过富裕的心理。

等所有食物集中到一间屋子后,我设立了监管:弗拉姆和巴拉克轮流值守在门口。

实际上,努拉和我深感愧疚。引诱大伙将食物集中在一处,并像对待重要宝藏一般派人看管,这给人一种似乎我们的储备可以用很久的感觉。而实际上我们并未搜集到太多东西。

此外,为合理分配,我们还需计算我们能坚持多少天。两天?十天?四十天?四十天后,也许我们都已经死了……

我们在困惑中改变了定量配给的目标：我们从今天开始挨饿，以便尽可能长时间挨饿。

"但愿大湖能平静下来。"努拉乞求道。

"但愿洪水能退去。"我补充。

我们还没意识到一种很严重的匮乏，淡水的缺失。

我们被水包围，水在我们脚下流过，水从我们头顶掠过，波浪涌上甲板拍打舱门。我们怎么会怀疑我们即将缺水？

当我们迎着扑面而来的浪花，当我们的舌头舔舐到水珠奇怪的、与平常不同的滋味，我们才意识到这种滋味来自飞沫。水花飞溅，水质变坏。巨浪翻滚、撕裂、旋转、搅拌，让这些水掺杂了呛人的苦涩。同样这些水，等它安定、平静下来后，也许会恢复大湖的滋味……我们只知道天上落下的水、小河里的水清冽、甘甜，是我们一直饮用的水。现在居然还有另一种浑浊、咸涩、喝下可能会让人生病的水，我们从来没有想到过。

第二个夜晚降临。

*

通常来说，暴力总是短暂的，它属于危机。一旦暴力持续，死亡便将其吞噬。死亡摧毁一切，也终结暴力，至少终结暴力带来的痛苦。说到底，在苟延残喘的折磨中，死亡反倒属于最大的幸福。

我们的暴风雨没有尽头……

浪尖和波谷的交替把我们折腾得筋疲力尽。我们反倒希望这艘船屋一下子碎了才好，省得没完没了忍受一阵又一阵的剧烈摇晃。多么压抑的静默啊！多少燃起又破灭的希望！多少弄人的片刻宁静！虚假的希望折磨人，彻底的绝望反倒令人羡慕。

日日夜夜，我们脚底有雷声，头顶有雷声。我们的感官越来越迟钝，我们的胃肠忍饥挨饿，又把吃进的一点可怜食物悉数吐出。

母亲十分虚弱，再也离不开她的小舱房，只有巴拉克被允许进出。至于努拉，作为首领夫人，她表现得比我这个首领更称职。她不知疲倦、随时待命、照料每一个人，倾听人们的诉苦，试着帮助他们。晚上她回到我们的床铺，我们疯狂、剧烈地做爱，被也许是我们最后一次做爱的念头激励着。

德里克经过一段时间的蛰伏，重新回到社会生活，尽量和船上的乘客拉近关系，戴手套的双手抱着他的孩子查姆。德里克对人有着巨大的影响力，他的嗓音有催眠作用，让人安心。他强化宗教抚慰人心的作用：祈祷、唱赞歌、为大湖奉上祭品。

尽管心存疑虑，因为我太清楚德里克是个编故事的高手，但我还是拒绝评估他的法理依据、他的言之凿凿，任由他在人群中周旋。如果能安慰人，他撒谎、编故事又有什么关系！他让我们这些可怜的受难之人有事做，给我们定目标、下任务——朗诵诗篇、吟唱颂歌、向水中投入东西——说服我们相信我们可以干预自己那脆弱、危险、被虚无所包围的命运。

弗拉姆并没有与我交流，但他同意我的看法。相反，蒂博尔一直用谴责的目光观察这种精神支配。

"真是个招摇撞骗的骗子！"有天晚上他嘟哝道。

"你疗愈人的躯体，蒂博尔。德里克放松人的心灵。"

"我可不是乱用东西给人治疗，而他靠胡说八道来缓解人的心灵。"

"心灵比身体更容易受影响……"

"更容易被操控！"他酸涩地答道。

我很难看透蒂博尔对德里克的态度。一方面，他有些怜悯这位"不幸者"；另一方面，他又不想看见他、听见他。当我请他解释时，他回呛：

"别再提德里克了，他是一份必需的痛苦。"

他像宠溺孩子一般对我，以及他对村民的安慰，我觉得是一份必需的财富。

*

一切突然停止了。

风散去，浪止息，风声雨声沉入水中。

这份宁静让我们害怕，它来得那么突然。如果风浪的狂怒慢慢退却，也许我们还不至于如此恐惧。是的，我们已经习惯陪伴、掂量、鼓励这些狂风怒涛。骤然而停的敌意在为我们设下圈套，准备给予我们最终致命的一击。

我小心翼翼来到甲板上。

这是清晨，明亮的阳光被水波反射，令我眩目。我猛眨眼睛，适应这明晃晃的光线和明晃晃的水波。

在我周边，水流平缓，疲惫的天空被风荡涤后，不留一丝云彩。没有鸟鸣，没有鸟儿划破蓝天。寂静显得纯洁、羞怯。

汨汨的微波接替了哗啦啦的飞沫，我重新找回熟悉的大湖，它比平时稍有悸动，稍让人不安，但没有敌意。

风平浪静后，世界的中心重新呼吸。

随着身体暂时安稳，我也感受到了精神的平静。神明和魂灵不再战斗，风与浪也偃旗息鼓。阳光灿烂，大湖又恢复它若有所思的生活。远离威胁让我滋生出一种强烈的舒畅感，但那不是喜悦——在我身上找不到欣喜、欢唱、雀跃——只有深深的感恩，奇迹般的欣慰。

有些病后恢复期并不能让人完全回归正常，更多是跨越一个阶段，疾病带来教育，人们在抗争中成长。这天早上，我并非平常地活过来，我重新学习活着，重新发现存在，觉察存在蕴含的意想不到的丰富。

努拉走到我身边，我们牵手凝望周围的景致。

到处是水。一望无际的水。唯有地平线。弧形的地平线。整个世界都被水淹了吗？

请别再追问了！留一点幸福吧。

此刻，努拉和我，我们呼吸空气，沐浴阳光，感受无垠、热烈和宁静，体会活着这不可思议的恩泽。尽管我们猜得到每一寸喜悦后隐藏的忧虑——我们有一天会靠岸吗？什么时候？我们还有东西吃吗？船屋还能撑得下去吗？——我们还是把麻烦事先搁置一边，沉浸于静默无言的场景，品尝第一回合的胜利，等着投入新的战斗。

"我爱你,诺姆。"

她把头靠到我的肩膀。

"因为我爱你,所以我从来没有惊慌过,我有信心。"

努拉让我惊讶,这种毫无保留的信任于我是多么不同寻常。我想回答她什么,却做不到。与她不同,尽管我深爱她,我却遭遇过恐惧、沮丧、绝望。我再次确信我一直以来的看法:努拉比我坚强得多。

"如果水位下降,我们要重建这个世界。"她又补充道,"我要你照着你的样子建设它,公正、透明、没有谎言的世界。"

我战栗,努拉饱含热情将我理想化,完全没有想到我作为首领、作为丈夫接受过多少妥协。

在内舱,查姆饿得哇哇直哭。

"听,黎明的歌声。"她微笑着说道。

我闭上眼睛,担心她察觉我的惊慌。她在我的怀中,完全放松,风情万种。

"很快,我们的孩子也会牙牙学语。"

我喉头一紧,说不出一句话,千头万绪涌上心间:但愿她什么也没有觉察!为什么她没有怀孕?

现实总是在纠缠中赶走幸福。

幸存下来的人渐渐走上甲板,看清了当下的处境。他们并没有体会到最先震惊了我和努拉的那种兴奋陶醉的感觉。他们看看四周,心生疑虑。

"陆地在哪儿?"弗拉姆问道。

"我们带的那点补给能支撑很久吗?"蒂博尔担心道。

"船屋状态堪忧!"巴拉克指出。

母亲从舱内出来,我以为自己看花了眼睛:满头白发,她的头发失去了栗色的光泽。她小心翼翼地、茫然地往前走,努力保持平衡。看到我们的惊讶,她察觉出了不对劲。

"怎么了?"

她本能地将她的长辫子挪到胸前,发现了自己的一头白发,尖叫起来:

"巴拉克!"

他箭步冲向她。

"巴拉克!我这是怎么了?"

巨人将她紧紧搂在怀中。

"这是第一天夜里发生的事,我的小心肝。这样很适合你。"

"什么?"她结结巴巴道。

"这样让你更柔软,变得更可爱。总之,你比从前更像你自己。"

"更像我自己?"

在坚定的爱情之上,我还感受到巴拉克话语里中肯的成分:从前母亲是漂亮的,此后母亲是可爱的。她的些许茫然让她脸上的表情柔和了不少,娇俏取代了蛮横,妩媚取代了威严。多条细细的皱纹折射出她敏感的灵魂,饱经沧桑、充满关爱的灵魂。从可爱到美丽,一张遭遇过挫折的脸与一张即将迎接挫折的脸有所不同。

"感谢神灵,终于安静下来,"德里克高声说,"现在让我们跪下来,双手举过头顶,感谢神灵的恩典。"

蒂博尔看了我一眼,那意思是"他又来了!"我装着没看见,与众人一样跪倒在甲板上。

德里克一字一句说着些深奥的祷告词(清晰的祷告词不一定能启示每个人),我们齐声重复,然后他唱起了赞歌。

我再一次深深赞叹他无与伦比的独特嗓音。那声音中有醇厚、有圆润,懂得减弱和拉升。高音中有空灵,低音中有凝重,音色嘹亮清脆。德里克一开口唱歌,总能牢牢吸引我,他的光芒驱散了他的阴暗,他对人有魔力,能让人心情平复。他是变了吗?抑或那就是他自己?

被包裹着的查姆就安放在他脚边,出神地听着他唱歌。此刻,看到他赞叹的模样,我不后悔把他托付给了德里克。

可惜,随后的几个日夜摧毁了这个壮丽清晨的祥和。

如果说我们逃过了暴风雨带来的危险,我们无法摆脱剩下的威胁。饥渴、等待、烦躁、绝望让人变了脸,彼此冷漠。

风暴之后的宁静带来暴风雨之外的考验。我们漂浮在望不到边的水面,一切固定标记都消失了,远处什么都没有,一望无际。也不能说迷路,因为根本看不到道路和标记,唯有太阳的升起和降落提供一点线索。然而那又有什么用?我们不仅不知道要去往哪里,而且我们还在漂泊,没能划桨,没有任何船桨、任何风帆指引我们到这里或那里。

船屋在激流中受到很大损伤,尽管弗拉姆和巴拉克竭力修补,它还是随时会有沉没的危险。

缓慢的灾难接替了轰轰烈烈的灾难。我们从此进入一场没有暴力、看不见敌人的战争。我们流离失所，在一片难以估量的战场中间，无助、倦怠、孤独，无法发起任何进攻。

如果说暴风雨是狂暴的杀手，海难则是冷酷的谋杀者。这种谋杀有条不紊、难以预见、阴险狡诈、步步为营。它迂回曲折、左摇右摆，试探着我们的耐心、我们脆弱的神经、干涩的喉头、饥饿的胃肠。无论延迟、拖拉、混沌，都无法扫它的兴，相反，它乐在其中。

许多人在最艰难的时候挺了过来，现在却失去了力量。在全身心投入紧张的抗争之后，他们再也没有力气坚持。伤口发炎、疾病暴发，而且我们发现咸水非但不解渴，反而让焦渴雪上加霜。难耐的焦渴刺激人忍不住再去喝咸水，如此便造成恶性循环。脱水摧毁了我的一个妹夫，他趁着黑夜投水了结了自己。

幸亏雨水填满了几个酒桶，混杂雨水的海水丧失了部分咸味，对口腔少了点刺激。

食物越来越少，配给制不再关乎食物的分配而在于管控匮乏。

饥饿侵蚀着我们。我们的脸开始凹陷，身体开始耗竭肌肉和脂肪。脸色灰暗、口腔发白、嘴唇开裂、头发干枯、脸颊浮肿、眼皮发红，我们成了一具具活僵尸。努拉除外，一个苹果就能让她恢复元气，德里克和查姆，他们也很能忍饥挨饿。我们之中，巴拉克和蒂博尔尽管也越来越虚弱，但靠着他们的博爱精神，继续着他们的工作。至于其他大部分人，都陷入昏睡状态，节省他们的动作、目光和话语。

一丝希望将我们从混沌中拽出：大湖有了些许变化，平坦的湖面泛起小小的波浪，一层覆盖物正变得越来越厚，有木梁、树枝、树干、腐烂的动物尸体、泡胀得看不出人形的躯干。每天，各种残骸和往日世界留下的垃圾在湖中漂过，我们在臭气熏天的垃圾与腐烂物中随波逐流。不过偶尔我们会在一些树枝上看到残留的果实，从散乱的松果中收集松子。巴拉克经常跳入漂浮厚厚腐烂物的湖中，小心着不呛到水，绕开尸骨，屏住气，避开恶臭，为我们带回一些可果腹的东西。

有一天早晨，蒂博尔和巴拉克过来问我：

"诺姆，我们装粮食的袋子里，是不是也混进了一些老鼠？"

"为什么？"

"没有人进过仓库，但粮食在减少。"

"只有我们才可以进去，"巴拉克解释说，"我们之中总会有一个守在入口。实在有事情时，弗拉姆来代一会儿。"

"我完全信任弗拉姆，"蒂博尔肯定道，"船上有老鼠。"

"什么？"我大喊道，"我们快要饿死时，这些寄生虫却在大快朵颐？"

巴拉克压低声音道：

"夜里，我守在那地方时，听到一些轻微的响动。我没有出手干预，因为这个船屋随时会散架。刚才我从头到尾把仓库摸了个遍……我没有找到老鼠躲在哪里。"

"要是在陆地上，我肯定能抓住它们。"蒂博尔继续道，"不过看现在的形势，我拒绝浪费一丁点食物！"

我向他们建议说今晚我躲在仓库里,对老鼠来个偷袭。

"好主意!"

月光下,巴拉克在值班时将我放进仓库,我静静躺在麻袋之间,一动不动。但愿我的气味没有打搅到那些小偷。

很长一段时间,什么也没有发生。后来我听见轻轻的抓挠声,既不像有东西贴着地板跑动,也不像啃咬的声音,但那种锲而不舍表明是个小心翼翼的小偷。

我没有干预,耐心地悄悄爬过去。老鼠没有嗅出我的气味,继续捣鼓。

我凑近发出响声的那个角落。一只手从隔板的活动窗伸进来,抓破袋子,正一点点往外掏谷粒。

小偷在隔板的后面。我一闪念,就能想到谁睡在隔壁,不过不需要,那只大手有一个明显的特征:两根手指的皮肤连在一起。

我一把抓住那只手的手腕,隔板后传来一声惨叫。那只惊恐的手挣扎着想要挣脱我的控制。

"是诺姆!"我对着木板低声道。

那只手停止了抗争。

"现在你住手,我去找你。"

等我松开手,穿过隔板的那只手消失了。

这下,我大摇大摆穿过躲藏处,巴拉克为我打开门。

"你抓到大老鼠了吗?"他关切地低声问。

"只抓到一只,很大,巨大的一只。"

"不会吧!"

"是德里克。"

巴拉克呆住了，说不出一句话，他对德里克的友谊受到重创。他回过神，结结巴巴道：

"这就是教育我们要相互支持、高唱着我们要同舟共济、反复灌输给我们善与恶的他？"

我朝他的舱房走去，刚要进去时巴拉克厉声道：

"做你该做的，诺姆！不要被友谊遮蔽了双眼！"

勇敢的巴拉克有着崇高的心灵！他强调说：

"如果你想我们的团体保持团结稳定，就要惩罚任何损害它的人。"

"这正是我的意图。"

我走进德里克的房间。

德里克坐在他的铺上，黑暗中看不清模样，正在抚慰怀里的孩子，喂他吃谷粒。他低声对我解释说：

"通常，我会嚼碎了再喂他，这样更容易下咽，也更容易消化。"

我当场看穿了德里克采取的防御手段，决定讽刺他一下：

"你偷粮食为了喂你的儿子，德里克？"

他直起脖子朝我奸诈一笑。

"我的儿子？太抬举我了……我想这是你的儿子。"

在表示了他的付出后，他又用第二个手段对付我：威胁。

他举起孩子。

"既然这不是我的孩子，我把他还给你。"

我接过孩子，搁在腿上。小婴儿处变不惊，闭上眼睛。

"我会照顾他的,多谢。"

"当然!"他附和道,"努拉也会的。她做梦都想照料婴儿,不过别让她知道这是谁的孩子。"

他的第三个手段直击我要害:要挟。

我深吸一口气,努力保持平静,用克制的语气说道:

"我不能容忍你的行为,德里克,你偷窃。"

"哦,很少一点。"

"很少一点,但本来就所剩无几!我们都快饿死了。"

"照你的想法,我们大家要以同样的节奏,一起饿死?"

"愚蠢!"

"你坚持分享一切,拥有的和不拥有的都要分享。"

"我是首领,德里克。"

"你是首领,所以你随心所欲。"

"正因为我是首领,我不能为所欲为。"

"首领就是有自由!"

"首领就是肩负责任!"

"你没有意识到你的特权。"

"我拥有的不是特权,而是责任。我的使命就是尽量维持秩序,为了有一天或许能靠岸时,让尽可能多的人活下来。因此,我要惩罚你的偷窃,你要在大家面前承认错误。"

"绝不可能!"

"明天早上就施行!"

"绝不可能!我在此扮演着另一个角色,我给他们带来希望,抚慰他们，他们需要我。跟弗拉姆一样，你也会与我妥协，因为我有用。"

"如果幸存下来的人得知你背叛了他们，我不认为他们还会看重你！别忘了是你训诫他们，是你命令他们祈祷，是你向他们传递神灵的意志。"

"正因为如此，如果我请求他们原谅，他们就不再听我的了。"

"我不想让他们再听你的，德里克。我拒绝我所带领的人把他们的信任错付给一个骗子和小偷。"

仿佛被抽了一鞭，他挺直身子，仇恨的火苗在他瞳孔中闪过。

"收回你的话，诺姆！"

"休想。大家应该看清你的本来面目。"

他怒火中烧，手脚发抖，抬起下巴盯着我：

"那么努拉也会看清你的本来面目。"

这一下，我开始颤抖。他得寸进尺道：

"你逼我说出来？我会说的。"

他露出一丝高傲的冷笑。

"你不可能把我的嘴封上。"

必须出手解决。不带一丝犹豫，我举起匕首，因为他损害了我们，损害了我，我要干掉他。

当他看清他要面对的武器时，吓得大喊，直翻白眼。

"你是我弟弟！"

我抬起的手臂朝他顺势落下，最后时刻，我偏移了刀锋，默默抵住他的胸口，把他吓得半死。

"你说什么？"

他动弹不得，豆大的汗珠从额头渗出，脸部因恐惧而变形。他结结巴巴道：

"你是我弟弟。"

我掐住他怒吼：

"你胡说！"

他带着哭腔，打着嗝结巴道：

"我发誓，我有证据，我有标记。"

他用目光指向我并连的手指，与他的一样。

"我是潘诺姆的第一个儿子。"

我犹豫了。他感觉到了，咽了口唾沫，鼓起勇气继续道：

"我母亲与潘诺姆生下了我。"

"什么时候？"

"在你之前，在他认识埃莱娜之前。"

"我不相信你说的。"

"我是你的哥哥，诺姆。"

我厌恶地放开他的脖子，将他吓得屁滚尿流的身体推开。真是个懦夫、奸诈小人。我倚墙坐下，将头埋在膝盖里，喃喃道"不，不，不"，像个受了惩罚的孩子。

德里克调匀急促的呼吸，清了几次嗓子，还吐了口痰，咳嗽一声，然后伸手指着我。

"你花了这么长时间才明白！我，我一看见你就明白了。"

我自忖我内心的一部分早就猜到几分，另一部分又立刻拒绝。

"你肯定不是我梦想中的哥哥,德里克。"

我的话对他是致命打击,我从未如此深深刺痛他,杀伤力甚至超过指责他是骗子、小偷时的话。

他躲开我,离得尽可能远,颓唐地喘息着。

我威严地扔给他一句:

"告诉我细节……"

他抬起头,注视我,闪烁其词。经过一段时间的沉默,他终于妥协:

"我是个私生子……"

"我想别人在你面前是不会说这个词的。"

"确实,只有我自己可以这么说。反正,我就是个私生子,由我母亲与另一个不是她丈夫的男人所生。私生子这个荒谬的词汇意味着某种错误,某种原始的堕落,低人一等的出身。而我,我为是潘诺姆和我母亲的儿子而自豪。我是一位负有盛名的首领和一位首领夫人的儿子。"

他的论调稍稍提振了他的精神。他继续:

"我的养父阿兹里尔,心知肚明,也能接受。首先,他的儿子弗拉姆出生在我之前,可以继承权力。所以他很快就原谅了我母亲,因为他……怎么说呢?他……"

"很爱你母亲!"我接口道,讨厌他对这么显而易见的事吞吞吐吐。

他咯咯笑起来。

"应该说是很爱潘诺姆!是的,我越想越觉得阿兹里尔被你父亲,也是我父亲,我们的父亲拿捏住了。"

"停止你的胡言乱语!"

"真的!他从没间断过跟他说话,留他住宿。面对潘诺姆,他总是满脸兴奋,渴望获得他的建议,全盘吸收他的话,他无论如何都想与他一起做事。至于女人,肯定会像我母亲一样的反应……阿兹里尔从来没有指责过我的出生,他对我很好,非常好,与对他自己的儿子一视同仁,甚至更好。你可以去问弗拉姆!弗拉姆作为继承人,接受严格的教育,有时他很希望阿兹里尔对待他能同对待我一样热情。我甚至怀疑我养父觉得很荣幸,可以在家里抚养潘诺姆的儿子……"

他开始变得冷峻。

"我非常喜欢我养父,一个很好的人。与潘诺姆不可同日而语,不是吗?"

他盯着我,等待我的回答。我躲避他的目光,我不想谈及潘诺姆,不想跟任何人提起他,尤其不想跟他。我转移话题:

"你遇到过潘诺姆吗?"

"他回来过三次。在我一岁、五岁、九岁的时候。我还记得他最后一次造访。他……"

德里克沉浸在回忆中。我催促道:

"怎么呢?"

"没什么!"

他敲打着周围的壁板,用拳头代替了词语。打累后他咒骂道:

"我恨潘诺姆,一个卑鄙无耻的人。为了不留下他的任何痕迹，我愿意付出一切。"

泪水涌上他的眼眶，一种突如其来的同情涌上我心头。

"他对你做了什么？"

德里克扑倒在地，惶恐不安，脸都扭曲了。

"他对你做了什么？他对我做下的恐怖之事如对你的一样！他控制不住，他对权力的渴望、他的自私可以让他不顾一切。"

"你说得对，"我不知不觉中承认他说的话，"我花了很长时间才开始意识到。"

"我，我在九岁时就看明白了。"

说完这句话，他便一动不动，脸上没有任何表情，他的嘴唇和瞳孔都毫无变化，仿佛凝固在黑暗中的一尊塑像。我第一次感受到了蒂博尔的洞察力："一个不幸的人，非常不幸的人。"我清楚这份痛苦并不来自他已经向我透露的这些事，而是来自他还掩盖着的什么事。

我心烦意乱，对他又有诸多同情，我站起身，把查姆交还给他，并对他道：

"我什么都不说，你也别说。你停止偷窃，我钉上一块木板，我杀死了老鼠。"

他似乎刚回到现实，体会着我刚才说的话。他的眼睛里有了一点光，用他尖细的嗓音，孩子般喃喃道：

"谢谢，我的兄弟。"

尽管我对他有一些新的同情，但我们之间的亲近、我们的血缘关系及我们共同守护的谎言反而让我更加疏远。

*

我们在等待什么呢？

我睁大眼睛注视着远方水面尽头的地平线，什么也没有。自始至终我面对的是宽广无垠。上方是无垠的天空，下方是无垠的水面，四周是无垠的远方。

但最折磨人的是无尽的未知。我们身处何方？要去哪里？所有陆地都被淹没了吗？水位上涨后还会退却吗？我们被无数谜团包围。

未知是恐惧之父，人们总是想摆脱未知。当他们无法用已有知识去填满空无时，他们便用想象来填补。有关这方面的艺术，德里克是高手：他能将我们的遭遇转换成符合逻辑的故事。

据他说，大湖是在惩罚那些没有敬畏它的神灵、魂灵、仙女、魔鬼。大湖蹂躏大地，因为大地让湖水变咸，大河小河将湖水污染，冬天让它结冰，风将它扰动、翻腾。大湖也处罚了在湖岸边繁衍生息的低等生物，那些微不足道的生物在过日子时没有敬畏它，因此它教训了那些只想着交配、吃喝、睡觉、蹂躏人类的动物；也教训了自以为与众不同、离群索居、发展自己的文明而忘记了大湖的人类。面对芸芸众生，大湖提示它的高人一等并展现威力。如果说它杀戮了那么多生命，那是为了将他们带入敬重、奉献的境地。为什么这场世界末日放过了我们？因为，我们中间有些人没有参与轻浮和不敬的勾当：他们听见了大湖的信息，行使了他们的远见，做了准备。这里，德里克为他的版本的传说添枝加叶。最初的英雄,当然是蒂博尔和他,他们收到了来自大湖的信号。后来是诺姆和弗拉姆,他们带领自己的族人选择了希望之路。最后是族人跟随他们的首领,直面考验。在为领导者披上荣耀光环后,德里克又肯定了每一个人的贡献,告知他们能活下来并非仅凭运气,也不是出于偶然,而是他们服从了导师们,也由此服从了大湖。德里克让船上那些可怜的奄奄一息的人找到了自豪感和价值,我们成为大湖的天选之人。

德里克向我证明了他曾经承担下的:他的作用。蒂博尔,作为严肃的治疗师和严谨的占星家,永远不可能编出这样的童话。而弗拉姆和我,我们太实用主义,无法把我们的行动编织到一篇宇宙级的史诗中。

了解到德里克的双重本质,我开始客观分析他鼓吹的那一套。他的狡黠令我咋舌,在他身上,狡猾与效率并存。在给蒂博尔、弗拉姆和我安上受崇敬的主要角色后,他还不满足于仅仅哄骗我们,还要强化我们的权力,强化我们的合法性。为什么我们被他拿捏?他似是而非的连篇废话增强了团体的团结,在保护他自己的同时也保护了我们。让他保持沉默会让我们更加脆弱。

有个问题困惑我:德里克将天地分成等级。在大洪水之前,除了村民或家庭有所偏好,没有人将某个神灵看得高于一切。我们的世界彼时综合、丰富、斑驳陆离,并不协调一致。神明、魂灵、仙女、魔鬼共处一界,吵吵嚷嚷,但还能和平共处。德里克却告诉我们说与神灵嬉闹的时代结束了,对一神的崇拜,就是对大湖之神,至高无上的神的崇拜取代了对其他诸神的崇拜。

事实无情地证明了其合理性。随着我们的群体需要牢固团结，需要一个强大首领和绝对的服从，德里克向村民描述了一个神灵重组过的天国。我无奈地发现他那胡说八道的天赋帮了我的大忙，群体也从中受益。[1]

"为什么湖里没有了鲈鱼、梭鱼，甚至连鳟鱼也没有了？"

巴拉尔抓抓浓密的头发，看着湖面愤愤道。

"来点鱼儿填补一下我的胃吧！"

食物短缺越来越严重，为尽可能熬日子，我们每天越吃越少。我在仓库和牲畜栏前加了双重守卫，我强烈感觉到饥饿会让有些人突破底线。

"那儿一条鳟鱼都没有？"巴拉克指着一堆泡沫喊道。

旧世界遗留下太多残渣漂浮在水面上，让人什么也看不清。

我们身后，德里克大声道：

"向大湖祈祷，祈祷它保佑我们，重新给我们食物。哦，大湖，就像从前一样行事吧！"

有几个声音跟着祈祷，德里克起个音后，祷告的吟唱声在灼人的阳光下响起。

巴拉尔转头看了我一眼，嘲弄道：

---

[1] 歪曲与撒谎有所不同。在叙述神的行为时，德里克相信他自己说的东西，而他永远不会相信自己的谎言。德里克对神明、魂灵、仙女、魔鬼有着真实的信仰（与他同时代人共同分享的真实信仰）。他崇敬它们、害怕它们。当他描述它们的行为时，他并不认为自己在杜撰，而是在接收。神明、魂灵、仙女、魔鬼通过他的想象与他交流。他的想象是一个现实与另一个现实之间的通道，那不是一种创造能力，而是重现的能力。

"我不想祈祷大湖,倒是要去拜访它。"他纵身跃入浑浊的水流中。

我来到牲畜栏,这里发着恶臭,但又有着迷人的陆地气息,夹杂着泥土、尿骚、毛皮、腐木、咸干草的气味。活下来的牲畜还有四头岩羊和两只山羊,其他牲口都在暴风雨中被吓死了。因为还能捞到一些漂浮水面的杂草,晒干了喂它们吃,我把它们牢牢关起来,担心那些饿极了的人会宰杀它们。它们的奶可是比肉对我们更有用,除了我的儿子查姆,我们当中还有三名婴幼儿。

在隔壁一间舱房底部,我六岁的外甥普洛克苍白无力、昏昏沉沉,手捂着鼓胀得不成样子的肚皮,艰难喘息着。守在一旁的蒂博尔朝我做了个无可奈何的手势,在我耳边轻声道:

"他是饿的,但我没有药可治这个。"

"巴拉克去抓鱼了。"

"抓鱼?能抓到什么?自从这水有了咸涩味,鱼都消失不见了。可能和我们一样,咸水毒害了它们!"

普洛克呻吟着动了动,眼睛依然闭着,徒劳寻找一个能让自己稍微舒服点的姿势。我心情沉重地看着这个孩子,他的母亲、我的妹妹阿比达,和他父亲一起淹死在了之前的暴风巨浪中。

"变成孤儿,让他越发虚弱。"我叹息道。

"想要长大成人,光有食物还不够,还要有吃它们的理由。没有爱,人很难长大。"

我蹲下身体,抚摸他滚烫的太阳穴。

"我没法从库存中舀出点什么,否则我们明后天都会变成这个模样。"

蒂博尔拍打着额头。

"我不能接受，诺姆！我不是为了看一个孩子死去而成为治疗师的！"

"那我呢，我做首领是为了眼睁睁看一个孩子死去？"

母亲过来找我们，试图劝解我们：

"你们不用白费力气，我来看护他。如果他死了，至少死在我怀里。"

她盘腿坐下，小心翼翼让普洛克靠着她。是温暖的抚摸？是外婆的气息？他停止了呻吟，呼吸渐渐平稳。

小男孩的反应又让我燃起一丝希望，母亲注意到了，她忧伤地呵斥我道：

"别瞎想了，诺姆。"

她的眼里噙满泪水，低下头注视着普洛克，哼着一首摇篮曲。

一阵感动涌上我心头。这首温柔的小曲，我从小就熟悉，因为母亲从前一直给我唱。现在再听她唱，我感觉自己只有一个月、一岁、六岁，就如我外甥一样大。我以成年人的智力评估着摇篮曲的神奇之处：一副嗓子、一份关爱和温柔就能成功地让安宁和信任从天而降。

蒂博尔陪着我，我们来到甲板，巴拉克正从水中爬出来，身上沾满垃圾，嘴里嘟哝着骂骂咧咧。

"这脏水里什么活物都没有！"

努拉颤抖的声音：

"快看！"

她的手指越过船舷，指着远处的场景。一股液体喷出，先是紧致的柱状喷流，随后散开成一团雾，细细的颗粒飘浮在空中，四处飘散。这样的场景在稍远处又重现。蒸汽水柱在压力下不断从水面冒出。

"从没见过这种样子……"巴拉尔嘀咕道。

突然，一个庞大的身躯灵巧地冒出水面，十分吓人。这是头暗黑色的巨型动物，脊背看不到尽头，口鼻尖细，体型比我们整艘船还大。

我们大气不敢喘，自问是不是在做噩梦。那可怕的怪物，身形巨大，被一种不可见的力量推动，无声地劈开水幕。它在寻找什么，随即又钻入水中。

我俯身向船舷，惊恐地问：

"那是什么？"

那个庞然大物再次出现，从水中探出半个身子。蒂博尔观察了一会儿后，喊道：

"最大的湖中最大的鱼。"

"什么？那是条鱼？"

"那还会是什么？"

我们摇摇头，很怀疑蒂博尔的逻辑，他试图战胜我们的排斥，坚持道：

"所有比例都改变了，如果说大湖变大了，它的居住者也变大了。"

"那我们就变成住在胡桃壳里的一群蚂蚁！"巴拉克说道。

那造物证明巴拉克是对的：当它朝我们迎面而来，可以如扫灰尘般将我们抹去！幸亏，它带着平静离去，对我们的存在漠不关心。[1]

"目前看来，这大家伙没有要攻击我们的意思。"努拉注意到。

"亲爱的，为什么你要它攻击我们？"巴拉克不满道，"就因为它比其他鱼更庞大？"

尽管气氛紧张——正因如此——巴拉克的抱怨让我们笑了起来。敏感的他把所有针对巨型事物的评论都认为是针对他。他愤慨地继续道：

"我真是听够了这些蠢话！为什么体型巨大的动物就一定很坏？巨人不需要咬人，努拉。那些坏蛋，那些狡猾的家伙，倒常常是小个子，貌似娇弱者！比起我来，应该更怕跳蚤、蚊子才对！"

"我们不是在说你，巴拉克。我们在说那儿那个庞然大怪物。"我忍住笑回答他。

"'怪物'，结论下得太快了！你说的这个怪物在我看来非常优雅。你看到它的皮肤没有？闪闪发亮，一种极致的灰，侧面稍浅。再看看它背底部的鳍，你说的这个怪物，我喜欢。我很想和它一起在水中扑腾呢。"

"那么，潜到水里去呀，巴拉克！"我喊道。

他瞥了一眼被那神秘之物搅动的脏水，气哼哼的模样弱了几

---

[1] 那是一条类鲸，只有蓝鲸的体积能超过它。这种鲸类动物体长可达二十多米，体重可达四十多吨，尽管从未有人能将它放置到磅秤上。

分，嘟哝道：

"过一会儿再说。"

"过一会儿，可不能把它吓跑了。"我打趣道，"它可从未遇到过像你这样的小虫子！"

"那是肯定的。"努拉调皮地加了一句。

我们一下子笑得前仰后合。巴拉克会玩，跟着我们一起笑。

蒂博尔继续盯着那头怪物，眼中闪过一丝愉悦的光芒。

"大好的消息，朋友们。如果这样一条大鱼游到这里，说明有成千上万条鱼。"

"什么？"

"鱼吃什么？吃其他鱼。我们漂浮在一个同类相食的世界。在我们脚底下，大鱼吞吃小鱼。我们很快就能捕到鱼。"

我们点头，相信他分析的准确性。努拉对着泛白的地平线一阵激动。

"爸爸，大湖是如何在这么短的时间内创造出这样一种动物？"

"这个……"

蒂博尔转身，离开时扔下一句：

"去问德里克。不存在任何他找不到答案的问题。我们觉得有些人一无所知：他们什么都知道！"

晚上，母亲过来告诉我说，孩子不再受苦，普洛克在她怀中永远睡着了。一如她在危难时刻通常不哭，她的眼泪只流给喜庆之事。她只是靠着我，不让自己倒下。头上环着比从前更精心梳理的银白色头发,她的脸上写满了疲惫。这种疲惫不仅损害了她的身体,也损害了她的精神。

"我们应该把普洛克献给大湖,"她建议道,"他将与已经在那里的父母相聚。"

她相信她自己的话吗?那个失了生机、僵硬了的男孩还能蹬腿游到湖底,到静静等待他的父母身边吗?从她空洞的眼神,我猜她并不太相信这个美好的结局,她只是在抗争内心的混乱,推开那股让我们出生又让我们凋零的专横力量,她在维持某一件事情让其保留意义。是的,她继续照料着她女儿和女婿的这个孩子,因为只有在祝愿、想象和象征中他们才继续活着。因此她祝愿、想象和赋予象征。

她猜到了我的心思。

"你又知道什么呢,诺姆?谁都不知道。"

"当然,死亡是一种未知。"

"那就更好了!"

"更好?"

"人们给死亡抹上华丽的色彩,认为它正直和公正。但也许它就是个婊子!"

"好的,妈妈:我们把普洛克还给他湖中的父母。"

"这样表达了我们对他们矢志不渝的爱。"

正说着,德里克来了,他查看了一下小男孩。

"你们愿意让我来处理吗?我会为他祈祷,然后按照习俗将他托付给大湖。"

他说的是哪种习俗？他继承下来的古老习俗还是他新发明的习俗？

母亲盯着他，和我一样，她对他也有着一种本能的警惕。如果她知道眼前的人是潘诺姆与别人生的儿子，她会做何反应？

她本想拒绝，但她太虚弱了，便接受了德里克能减轻她负担的建议。

德里克用眼神询问我能否抱走普洛克。我也点点头。

"请你悄悄进行，德里克。看见他小小的躯体沉入水中的人越少，大家所受刺激就越少。"

德里克郑重其事地抱起孩子的尸体。

广阔并不是一种填满，而是虚无的真实写照。当我面对一片无垠，面对水天一色，面对炫目光线，我能辨别的只能是缺失的事物——陆地或参照物。除了缺失，我什么也看不到，我成了虚无的探测者。

与我的同伴们一样，我没有见过沙漠，也没见过海洋，我生活在一片被群山环绕的有限湖区，对几天路程外的世界并不感兴趣。我居住的地方中心和边缘都一目了然，如一个幸福的大花园。

现在，我在一片望不到边的水域漂泊，失去了方向感。我自问谁是外来者：水还是我们？有时我觉得是水，它是征服者、侵略者、极端者，它碾压一切，将我们驱逐；有时我又觉得我们才是寄生者，是这些流体中唯一的固体。

这天早上，干渴的我羡慕着太阳，它不需要喝水。

在我身边，努拉注视着天空。

"那边出现了一些云，很少，但……"

"你觉得那会带给我们什么，努拉？一场暴风雨？"

"雨。我们可以搜集淡水。"

我亲吻了她。她从不抱怨，总在寻求解决方法。与从前那个欢快的、喜欢裙子首饰、讨厌粗茶淡饭、夸张得生病的努拉正相反，眼下的努拉呈现出强健的体魄，并把自己的能量传递给他人。不过昨天夜里，听着孩子的尸体被交还给波涛，我们再也无法入眠。尽管不承认，但我们确实在思考着不确定的未来，思考着我们热烈做爱，努拉却始终怀不上孩子的事实。她在我耳边轻声道：

"我的肚子自有智慧。只要我们还未踏上陆地，它就不会让任何人进驻。"

显然她说得没错……母亲曾对我说过，有些女人交媾后也不会怀孕，因为她内心的抗拒妨碍腹中的丰饶。

德里克搓着手走过来，表现出一种调皮的激动。

"诺姆，我有个好消息！"

我早就不习惯听到这样的消息了，简直不相信自己的耳朵。

"你说什么？"

他重复了一遍，有些着急，两眼放光。

"一个好消息。我去牲畜棚为查姆挤羊奶时，发现有一只岩羊死了。"

"这算什么好消息？"

"我们可以吃肉了，诺姆。我会用岩羊肉和你们在船附近能找到的植物炖一锅蔬菜烧肉。"

努拉惊讶道：

"你用什么水？"

"咸水可以让炖肉更有滋味！"

他用舌头舔舔嘴唇，很是满意。努拉也开心地笑了。我恭维他：

"谢谢，德里克，很好的消息。"

"就我一个人做菜，别声张，别让人来打搅我，可以吗？这样，我来组织一场盛大的节日！让每个人都打起精神。"

我兴奋地点点头。努拉抓紧我的胳膊，很满意。

我再次为德里克慷慨博爱的一面感到高兴，这只怪鸟有时表现得最糟，有时又表现得最好。

就如潘诺姆那样。

同我也一样？

这顿午饭是大灾难以来我们吃得最开心的一顿饭。德里克菜做得十分出色，尽管他没能藏住炊烟。当他把炖肉端到甲板上时，幸存者们简直不敢相信自己的眼睛。

没有人贸然对那一锅炖肉下手，甚至连一向着急填饱肚子的巴拉克也没有动手。我们觉得如此丰盛的肉和菜太过珍贵，简直就是奇迹。

"放开肚皮吃吧！"德里克吩咐道，"今天晚上和明天还有。"

蒂博尔建议我们细嚼慢咽，让食物被慢慢吸收。我不知道他的建议有没有被听进去。

盛宴过后,大伙散去。有人在甲板、有人在内舱,我们需要一场午睡,因为烈日开始烧烤我们。潮湿的空气里不见一丝微风,我们待着不动,也已经开始冒汗。

努拉央求我把房间让给她,让她可以躺得更舒服。这正中我下怀,我在甲板上物色到一处阴凉地,此刻正睡意来袭。

我们在昏昏欲睡之际,一声惊呼传来。我一下子跳起来,冲出去时差点撞倒了努拉。她以手掩嘴,尽量控制自己。她朝我投来十分不安的目光。

"发生了什么事,努拉?"

"路过德里克的房间时,我想去谢谢他,所以就探头张望,于是就……"

"怎么呢?"

"我看到他睡着了,全身赤裸。"

"然后呢?"

她盯着我。一脸不解。我打趣道:

"你是第一次看到全身赤裸的男人吗,努拉?"

"他……他……"

让她发出尖叫的原因,她难以说出口。我鼓动她道:

"他就那么可怕吗?"

她看看我,想了想,随即改了主意。

"不重要了。我要去休息了。"

"我陪你?"

"不用!"

她带着恼怒回答我，态度就如从前我们较劲时的忽冷忽热。为什么她突然就变脸？我做错了什么？或者我没有做什么？

我耸耸肩，相信自己还需继续了解她。

等到暮色四起，天空暗淡下来，仅剩地平线处的一丝残阳染红水面时，德里克邀请我们享用第二顿美餐。庆贺声在回荡，我们十分喜悦分享的是快乐而非恐惧。唯有还在生我气的努拉，坚持要在自己房间里用餐。

巴拉克出现在甲板，一把拉住我的胳膊。

"过来，"他低声道，"别抗拒。"

我倒是想抗拒，但做不到。巨人一个拥抱，就把我拖到舱内。

他走到他守护的牲畜栏，打开门闩，指给我看那些家畜。

"之前还剩几只？"

"六只。"

"你肯定？"

"肯定。四头岩羊和两头山羊。"

"现在还剩下几只？"

我在肯定结论前不得不又数了一遍：那里站着四头岩羊和两头山羊。

巴拉克与我惊愕地对视一眼。我们突然一阵恐慌，我冲向德里克，他正吃着他的炖肉。

"德里克，羊一头都没少，你给我们吃的是什么？"

他迎着我的目光。

"你数错了。"

"我数得千真万确。你到底给我们吃了什么？"

他挺了挺背，直起挨饿的顾长身子，轻蔑地盯着我。

"你喜欢你吃下去的东西吗？"

我变了脸色，害怕他说出什么惊世骇俗的话，结结巴巴道：

"德里克，你不会告诉我说……"

"你吃得很香，所有人都吃得很香！就别装腔作势了，求你了。"

"你竟敢给我们吃……人？"

"是小男孩。"他纠正。

"可是，普洛克……"

"别装着你对此讨厌，诺姆！周围这些人，你们也是！本来我一个人知道就行了，然后，我不……"

一根木棍砸向德里克的脑袋，他应声倒下。

巴拉克手提木棍，指着倒在地上的身体。

"该死！"

幸存的人们被震惊到了，朝德里克吐着口水：

"该死！"

*

夜间是杂音的天下。船板在开裂，波浪在拍打，风在呼啸，我们在呕吐。

没有人能够忍受德里克强加给我们的事情，他玷污了我们。既出于生理上的厌恶，也因为信仰，我们把吃下去的东西吐出。

人不可以吃人。当然，我们从前也听说过有些战士会把敌人的脑髓吃掉以示对他们的侮辱。也有人给我们讲过有个儿子为吸收父亲的英勇无畏而吃掉他心脏的故事。但我们禁止此类行为：人之所以为人，首先因为他有厌恶同类相食的可敬习性。否则的话，我们将身处怎样的世界？宁愿挨饿也不能同类相食！我们宁可个体的死亡而不是人类[1]的灭亡。

母亲和巴拉克受伤害最重，肯定因为他们最年长。若不是为了不影响我履行职责——主持正义和惩罚——他们早就把德里克推下船了。这名堕落者不仅触碰到了神圣的底线，而且还以布道者的名义和极具魅惑力的嗓音对人实施精神操控，这更加重他的罪孽。唯有他能鼓动任何人去做出不可想象的事——他从前已经证明过这一点——这让他成为禁忌的破坏者。外部的危险（暴风

---

[1] 这里的人类，就是指我们生活在湖区的人。我们只在我们的相似性中承认彼此，与稍后的希腊人一样。他们把不会说希腊语、只会"吧啦吧啦"的人称为"野蛮人"。我们也怀疑那些与我们操不同语言的人，望而生畏地想知道他的嘴是在发声还是表达意思……

陌生人带来打搅，没有什么比他所引发的不信任感更自发的了。他超越了边界，不仅是村庄或地区的边界，也不是语言的边界，而是超越了人的边界。说话与我们不一样的人是和我们一样的人类吗？一个我们搞不懂的、穿戴不同、行事不同的人，也是人类吗？

针对这种不适，有两种反应：诋毁或好客。

好客会逐渐消弭不安。接待陌生人，给他吃喝、给他一席安睡之地，可以让我们熟悉他，让我们在荆棘丛生的不同中找到共同之处。好客能将外族人融入人类大家庭，而且这样做，还能扩展人类大家庭。

而诋毁则加剧不安，非但不能缩短距离反而加深鸿沟。外族人被怀疑尽做蠢事、残忍懒惰，被视为低人一等，仅仅是披着一张人皮。

好客是经过思考的，种族仇恨则是冲动为之。如果说好客之道构成和平之路，热衷宗族仇恨的唯一结局就是暴力与战争。

雨、飙风、酷暑）之外，还要加上一份内部威胁。

"处死他！"巴拉克喊道。

"处死他！"村民们嚷道。

我来到德里克的小房间，他手脚被捆，等待发落。我把查姆托付给巴拉克，他是唯一能垂顾这孩子的人。因为其他幸存者都会带着厌恶推开"德里克的儿子"。德里克看见我进来笑道：

"你是来杀你哥哥的吗？"

"你让我没得选。"

细长的四肢被捆绑，德里克挣扎着寻找一个略舒服的体位。波浪晃得他难受，他并未转头看我，只是朗声道：

"我们总能有所选择。"

"如果我不除掉你，我就不再是他们的首领。"

"我可怜的诺姆，你从来就不是他们的首领：你顺从他们。"

我难以忍受他的倨傲，他以为他是谁？可以这样居高临下地嘲笑我，抱怨我？我用同样的语气回击他：

"我可怜的德里克，你从来不明白首领是什么。"

他浑身一哆嗦，摇摇头，盯着舱壁。

"我讨厌首领。"

"然而，这是必需的。"

"你很像你父亲！我们的父亲……"

"哪里像？"

"首领，满脑子都是首领。潘诺姆做事将首领的身份置于父亲的身份之前。你如出一辙！你把首领放在兄弟之前。"

即便他说得有些道理——也许正因为他说对了——我尖刻地回应道：

"我的兄弟！谁能忍受这样一个兄弟？你不是兄弟，你是一种耻辱。"

他抬起头，苦涩地问：

"你打算怎么处死我？"

"快速。"

"用什么方式？"

我兜里揣着用来勒死他的皮绳。我选择这种方式，因为我不想看到德里克流血，更不想去清洗它。勒死是一种快速干净的处死法。

面对我的沉默，他中止了喋喋不休，突然躁动地喃喃道：

"快动手吧……"

眼泪顺着他苍白、光滑、孩子般的面庞滚落。他的嘴唇因紧张而颤抖。悲伤让他看上去年轻了些，消解了他的冷酷、古怪。这让我很不悦。

"德里克，求你了！"

"什么？"

"死得像个男人！"

"还要我帮你……"

我夸张地催促他硬气一些，但我讨厌杀他。他吸了下鼻子，没有恶意地看着我。

"另一位也这样，要我帮他的忙……'你要表现得像个男人'他说……我竭力想让他满意……"

这一次我感觉他不是在胡扯，他已经难以控制自己，已经被吓坏，因而显得真诚，他不再扮演角色。

我温和地回应道：

"另一位，哪个另一位？……你在说谁？"

"潘诺姆。"

"潘诺姆想要杀了你？"

德里克背靠隔板，闭上眼睛，深深吸了口气。

"那年我九岁。我母亲只想着她自己，想着她罕见的美貌，疯狂地自恋。她从不照看自己的孩子，把他们生到这个世界上对她已足够，她用生育的代价支付了她作为女人的贡品，在我们面前指着她的妊娠纹，抱怨妊娠破坏了她完美无瑕的肚皮。姨母们将我和弗拉姆，还有我的妹妹们抚养长大。我的养父，阿兹里尔更关心我们，戴了绿帽子的丈夫是个好人！他被老婆拿捏，却是个十分善良的人。潘诺姆赏光来看我们，他被湖区的人民视为最光彩夺目的首领。大家赞赏他不断扩大的村落，不断增加的手工匠人，他的人气超高的集市。他拥有了那个年代最受人崇敬的地位，因为我母亲的吹嘘，我知道了他就是我父亲，我为这份直系血统备感骄傲。我的养父举行盛宴，对我的生父加倍殷勤；我呢，十分自豪，尽可能在他跟前显示自己。我窥视他：他英俊潇洒，一头浓密的长发，漂亮的胡须，还有一层胸毛，我希望自己也能遗传这一切。他浑厚的嗓音在胸腔回荡，一想到我将拥有与他一样的声音，我不禁浑身颤抖。我一步不离地跟着他，他已经超越了父亲的角色，化身为我的偶像、我的神、我的崇拜。潘诺姆和蔼地接受我跟在他屁股后,他住在阿兹里尔为贵客准备的房子里。一天晚上,潘诺姆提出一个让我惊喜万分的要求。'德里克可以跟我一起睡吗?'阿兹里尔同意了——他本来想要送上他的妻子。来到他的房子,潘诺姆让我先洗个澡。一名侍女提来几罐滚烫的水,倒在一个橡木槽里。他往里添了些驴奶。'这会让皮肤变柔软。'傻傻的我欣喜地品尝他的话语,如饮甘露。等水槽里的水达到合适的温度,他脱去衣服。我一共见过十来个没穿衣服的人,但见到我父亲赤身裸体还是让我有点不知所措。成为他!强壮、坚定、充满男子气,我感到心醉神迷。他是否也意识到了?他让我陶醉。他拿起一只羊皮袋,然后我们进入水槽。喝第一口酒的时候,我呛得直咳,便吐了出来。他训斥我'你要表现得像个男人'。于是我喝,无保留地喝,我要向他证明我的力量。潘诺姆在一旁也喝吗?我印象中好像是的。当我开始听不清话,感觉十分惬意、迷迷糊糊时,他打开第二只羊皮袋,并警告说'你要表现得像个男人'。我很快就失去了知觉。这时,他终于实施了他此行的目的。"

"什么?"

"第二天中午,我在床上醒来。一种尖利的疼痛将我从睡眠中拽出,我看着我的下半身,床单上沾满血迹。我大叫,被痛苦撕裂。阿兹里尔冲过来,看到我的样子便去喊潘诺姆。侍女告诉他说,潘诺姆带着他的东西在黎明时就离开了屋子,没有留下任何话。阿兹里尔俯身看向我,掀开盖在我身上的布,发现了所发生的一切。"

"发生了什么?"

"潘诺姆把我阉割了。"

"什么?"

"在水池里,他趁着我昏昏沉沉,利用我被热水泡软的皮肤,割开了我的阴囊,摘掉了我的睾丸。"

我退后一步,被吓坏了。

"可是……为什么?"

德里克再次睁开眼睛,迎着我的追问。

"为了抹去我,为了让我被嘲笑、被讥讽、被诽谤,终身受辱。为了保证我恨他,将他从记忆中彻底铲除,谁愿意做一个如此行径的父亲的儿子?"

他的目光扫过我,我低下了头。

他继续道:

"他如此糟蹋我主要是为了你。"

"你说什么?"

"为了解决继承权问题。为了让你成为他唯一的儿子,为了把权力转交到你手上。为了你,诺姆,为了你。"

*

半夜,人们听到德里克的尸体被抛入水中的扑通声,裹尸布包裹的尸体沉了下去。

尽管没有人愿意参与这样的行动,但都在偷偷窥视。当船屋摆脱了叛徒,每个人都进入了睡眠。

当我回到努拉身边,她拒绝我躺在她边上。

"去德里克的房间。"

我不想与她吵架，便听从她。

我不知道自己处于半睡半醒状态还是停留在持续的惊愕中，我闭上眼睛，德里克印在我脑海里的画面从此永远缠住了我。无辜的男孩，冷酷的潘诺姆，澡盆里的阉割，乳白色的驴奶被鲜血染红，醒来时难以忍受的剧痛，被判决的非人的一生。

这一切揭示了我的传种者新的一面：他的任性孕育了一个孩子，他的意志又催生出了一个怪物。我再次试着勾勒出一个合乎逻辑的、稳重的潘诺姆形象，我失败了。我在他身上只看到一个罪犯，而我是他的后代。"谁愿意做一个如此行径的父亲的儿子？"而且我的这份权力还是欠了他的。"这是为了你，诺姆。为了你。"

黎明时，我来到甲板。

我又饥又渴，我能喝的能吃的只有空气。

冷漠的太阳慢腾腾从水中升起，将它的光明播散，热气开始弥漫。

围着我的一切，没有一样是完好的，到处伤痕累累、支离破碎、受蚀开裂、惨遭蹂躏、精疲力竭。我们经受着彻底的无望，看不到出路，没有陆地可靠岸，就是在一个摇摇晃晃的壳中。我脚下虽然还有固体支撑着，但如此脆弱，只需一个巨浪，或一根松绑的绳索，便会散架。我们在沉没之前还能挺多久？在饿死之前还能熬多久？

一阵轻微的响动引起我的关注，我转过头。

我没有马上认出它来，或者说我花了点时间才明白它的出现预示着什么。

一只山雀注视着我，嘴里衔着一根小树枝。

一只山雀？

是那只山雀！瞧她看着我的样子，我的惊愕似乎让她很开心。从她的娇小和谨小慎微，我认出她就是山雀米娜。是她！只可能是她！

我察看她衔来的树枝，是橡树的枝条，很轻、很绿、很柔软，应该刚从一棵幼苗上扯下。

我脑海中立刻形成一个信息：陆地已经不远了，山雀给我带来一个证据。

我兴奋地大叫一声。

受惊的山雀，丢下树枝，飞走了，停在一根高高的木梁上。

"谢谢你，米娜。"我喃喃道，将那根珍贵的树枝托在掌心。

一阵翅膀扇动，是对我的回应。山雀似乎有点急迫，一跃而起，飞离了船屋。

我目光追随着她，看她飞去的方向。她的消失处不见任何陆地，然而我知道，陆地不久后就会出现。

当幸存下来的人起床来到甲板上，我并没有告诉他们那只神奇小鸟的事。因为那要追溯到米娜，她的死，她化身为小鸟的重生，所有这些细节让我伤心，却可能让人耻笑。再说了，极度的疲惫折磨着我，我觉得自己的这些往事正变得越来越荒唐，我甚至怀疑自己头脑是否还保持清晰。我是否在饥渴的折磨和阳光的暴晒下有些神志不清？

因为水面上漂浮的树枝树叶越聚越多，弗拉姆建议我们捞上一些，指望着能找出几颗橡子和榛子。巴拉克跳入水中，为我们捞回一堆树枝。来回折腾了多次后，我们终于采集到一小堆果子。

大家吃了一点儿。这时努拉上来，抓起三颗橡子，看都没看我一眼，转身回我们的房间。

她的行为让我恼火，我已经懒得探寻原因。与其被她的情绪牵着鼻子走，我不如做更重要的事。

弗拉姆建议他的儿子们捞上一整根很粗的树干，挖一个独木舟，以此消磨时间。他们热烈响应，我从未见过一队木匠如此兴高采烈地切割、挖掘、掏空、烘烤、抛光。

当太阳升到最高点，我再次仔细察看山雀引导的方向。

一片湖岸若隐若现！

我声嘶力竭地高喊，劫后余生的人纷纷跑来。他们盯着地平线：毫无疑问，陆地的雏形越来越清晰。我们抵达目的地。

现实浇灭了我们的热情。我们靠近的并非湖岸，而是一大堆岩石和岛状地带。即便有些石头比我们的船还要大，我们也无法靠岸，它们被淹得只剩小山丘似的陆地，而非真正的陆地。

"无论如何，"蒂博尔说道，"我很高兴湖水开始下降。"

这个展望激励了木匠们，登陆计划让他们干劲十足，很快造好了独木舟。

"靠着它，"弗拉姆说道，"以及我们接下来造的独木舟，我们可以登陆岛上，总能找到两三样可吃的东西……"

我赞同他。

傍晚时分,我和他用小舟开启第一次航程,我们采回一些可煮的植物、一些可啃的树皮。终于,我们可以不用吃咸涩的食物了。

大家高涨的情绪传播开来。我承认我并没那么雀跃。我们的小舟能支撑多久?它不会在石头上被撞得粉碎吧?

尽管前途未卜,船上的氛围有所缓和。

暮色降临,努拉继续对我黑着脸。我觉得她的举止很幼稚,不想与之争论,便避开她。她也觉察到,于是更加封闭自己。

幸存者们都回去睡觉了,我站在甲板上,水和天翻个转。白日里,天光让水面波光粼粼;夜里,光亮倒流回苍穹。实际上,夜色中的这几小时,只有水流是完全的黑暗。在我的头顶,星宿们在讲述着我还听不太懂的故事。它们到底是什么?是黑色幕布上的裂孔?有一个更纯净更闪亮的世界位于其后?离我们多远?而月亮,可以看见它浓淡不一的阴影,这么真实的这个月亮,有什么办法可以攀登到那里吗?我应该认真对待这样的想法吗?

一颗闪亮的流星划过美丽的苍穹,照亮天空。

我看到了某种启示。

在确认其他幸存者都睡着以后,我回到内舱,在牲畜栏中间掀开盖着稻草的两块木板,抵抗着船的摇晃,小心翼翼下到底舱。那里不见一丝光亮,散发着粪便和潮湿腐木的臭味。我踮着脚尖摸着墙壁走,撞到某个还有热气的活物,我凑近那张被塞住嘴巴的脸，在他耳边低语：

快来，德里克，跟着我。

*

独木舟滑入黑暗中的水流。

云团飘移得比我们还快，迅速遮盖了月亮、吞没了星星，它们是黑暗迅捷的搬运者。担心这黑暗淹没我的目的地——那堆岩石小岛，我加快划桨。

德里克没有出声。为了能让他离开大船登上小舟，我先是解开了他被束缚的手腕和脚腕，随后再重新捆上，他没有反抗。因为他深知任何反抗挣扎吵醒船上的人，那就是他的末日。

我最终没有要了他的性命，发现德里克是潘诺姆的牺牲品，这阻止了我的行动。使他成为我哥哥的，并不是我们共同的血缘，而是我们共同的痛苦。他所遭受的来自父亲的残忍突然让我对他亲近了不少，阻止我对他下手。我请他相信我，然后将他塞上嘴巴，捆住后，藏在底舱。我当时这么做，只是为了争取时间，并没有想好这番瞒天过海后接下来要怎么办。而这些岛屿的突然出现，给了我一条出路。

在我身后，独木舟底部堆放着一些皮毛衣服和被褥，可能是弗拉姆的，登岸后为什么不把它们留给德里克呢？

德里克一直默不作声，瘦削的侧脸在越来越黑的地平线处显现。他已经全然把自己交付给宿命，或者说交付给我，把自己巧舌如簧的说服能力全部收了起来。

我一面划桨，一面想着他的种种特征：他女性化的皮肤和头发，清脆的嗓音，比例失调的四肢，这些肯定源自他的被阉割。他的孤独、疏离，对男人的距离感和对女人的保守态度，他常说的"我宁愿不要"，同样也可以用他的缺陷来解释。我感觉心中涌起了对他深深的同情。是的，现在我终于得知他的遭遇，我准备好给予他我的关切。

然而我还是要将他抛弃在荒岛上。

太晚了……现在去关爱他太晚了，现在去纠正他、鼓励他走正道太晚了，现在去缓解他的厚颜无耻、复仇心理和操控别人的意愿太晚了。他所遭受的暴力最后转化为他身上的这些缺憾。

我们靠近岸边。

"帮我一下，德里克。"

他默不作声地帮着我一起靠岸，我们把独木舟推到一片碎石滩。悲伤的往事越来越沉重，我们已然分辨不清。

德里克喘着粗气跟跄了几步，我也一样。我们早就失去了脚踏实地的习惯，在陆地上行走反而比在船上更笨拙。

"你要把我抛弃在这里？"

自从他招供身世后，这是他第一次开口说话。

"这里很危险。"他又加了一句。

"以你的处境，你在船上更危险。"

他以长长的沉默表示同意。我为自己辩解道：

"我尽力做我能做到的，德里克，而不是我想做的。"

他清清嗓子。我强调道：

"你是我哥哥，你犯下了一些罪行，但我不能杀了我哥哥。"

"但我会死在这座岛上。死于什么？选择很多：死于饥渴、死于无聊，或另一场大洪水……"

"我们所有人都一样，德里克！没有什么能保证我们的安全。"

"你们保留继续前行的希望。"

"明天，你可以去勘探你的领地。这里有树、有动物、有泉水。把你放在这里，我就可以不处决你。"

"不，你在处决我。"

我转身离去。尤其不能与他多啰唆，他那诡计多端的思维总能找到办法反转局势，使之变得对他有利，让我感觉自己错了，让我相信必须做出与之前相反的决定！

"永别了！"我离去时说道。

他没有叫住我，也没有跟上来。他是否明白尽管不及我的自由，但他终究还是自由了？

我回到我们藏独木舟的陆地尽头。放下小舟时，我记得里面有我打算留给德里克的兽皮和褥子等，我伸手去摸时，吃了一惊。什么都没有？是夜的黑暗在耍我吗？我把独木舟从头到尾摸了一遍。

什么都没有。

我们登陆时把东西弄丢了吗？

我思考着看看周围，但黑暗中我什么也看不见。

"你是在找我吗，诺姆？"

听出她的声音，我几乎晕厥。

"哈,让你很吃惊吧……"她揶揄道。

趁着一片云朵飘离月亮的瞬间,我看清了努拉。她脸色铁青、浑身颤抖、怒目而视。

"你躲着我,我跟踪了你。"

"努拉,我们得好好聊聊。"

"我正指望呢,我就是为此才来这里。至少,没有人听到我们说话。"

愤怒让她的声音走了样。

"我听着呢。"她用威胁的语气说道。

"德里克是我哥哥,同父异母的哥哥,我没有处决他。"

"我没把德里克放在眼里,我对他不感兴趣。告诉我另外的事。"

"可是……可是……"

"为什么你会有一个儿子?"

我没料到是这样的袭击。她咆哮着逼近我,用手指着我:

"昨天,我知道了爸爸很早就猜到的事。当我走进德里克的房间,我看见……"

"你看见了什么?"

"他被阉割过!因为热,他赤身裸体躺着。就我所知,一个被阉割过的雄性,不管是男人还是动物,不会繁殖后代。随后,我去查看了查姆,我发现他的手套掩盖着他并连的手指。这下,我就全明白了。"

"努拉,你听我解释……"

"你当然要解释,但你的解释改变不了任何问题。我很痛苦,你背叛了我。我，在潘诺姆身边，为了你守身如玉，没有和他睡过觉。这你很清楚，因为你拥有的是我的处女之身。"

我愤怒道：

"你没有和他睡觉，那是因为他不行！"

"是因为我不愿意！"

"那是你自己说的。"

"他会告诉你事实，如果他还活着的话。"

"让死人做证最容易了！"

她厉声怒言，愤怒到几乎失控，威吓道：

"你会后悔的，诺姆……"

一声惊雷打断了我们，一道闪电撕裂夜空。大雨倾盆而下。

若在其他情形下，我大概会很高兴这场暴雨带给我们渴望已久的淡水。但是，今晚，在一座陌生的小岛，面对因愤怒脸绷得比弓还紧的努拉，我恼火道：

"哦！别来这个！"

我话音刚落，天空落下一个惊雷，击中了矗立在努拉身后的橡树，树干发出一声清脆的咔嚓声，紧接着吱吱嘎嘎响个不停，然后树干开裂，被来自天上的斧子一劈为二。树干倾斜。

"快走。"我大喊着抓起努拉的胳膊。

我刚把她拉到我这里，半棵大树就倒在了她刚才站立的地方。

我本能地拉着努拉的手，朝我刚才离开德里克的方向狂奔，那里的地势可以藏身。

靠着不断划破夜空的闪电，我们跟跟跄跄找对了路。我们刚

走近,德里克对我们喊:

"到这里来!"

他藏身在岩石缝隙中,向我们招手。我们毫不迟疑地朝他的方向跳过去。

起风了,狂风夹杂着骤雨、闪电、雷鸣,形成一股旋风,围着孤岛打转。

我们在岩石间艰难前行,躲避着空中飞舞的杂物,直至钻入一个圆形洞窟,洞窟给了我们一处避难所。在远离我们的上方,暴雨正从一条裂缝中渗漏。我们处在一个类似巨大壁炉的地方,尽管雨水汇聚在中间区域,我们尚且还有干燥的立足之地,观察着大雨过后的片刻宁静。

暴风雨再次肆虐。

"谢谢你,德里克。"我说。

努拉在我耳边低声道:

"小心他,你救了他的命,他永远都不会原谅你。"

然后,她甩开我的手,表示我们的争执还没完,战火再起。

德里克冲到我们藏身地中央的雨水下。

"终于有水喝了!"他嚷道。

他来到水滴中间,仰起脖子,迎接甘霖。

"好主意。"

努拉也跟着走到这及时雨跟前。

就在这时,不可思议的事情发生了……

一团火球穿过裂孔,直接砸到德里克身上,德里克瘫倒在地。

火球旋即弹起，扑向努拉，后者一声惨叫，也被击中。

我箭步上前。

太晚了！

努拉僵直在地，已经没有了呼吸。德里克躺在地上也已经死了。

我抬起头，怒吼着发泄我的痛苦时，第二个火球窜进洞内，将我毁灭。

3

一张脸俯身看向我。

我难以睁开眼睛,眼皮沉重、干涩、僵硬,我只能隐隐看见他。当我终于让光线进入,一层薄纱笼罩着周围的景物。

"诺姆……"

除了听到我的名字,我更听到他声音中充斥着的焦虑。跟我说话的人因极度担心而声音颤抖。我则感觉到一种迷醉,生命又回到我的肉体,我的血液在流淌,心脏在平稳跳动,胸口随着呼吸在起伏。我的感官也从麻木中一一醒来,寒冷、温暖、明亮、潮湿、坚硬、柔软、苦涩、甜咸,这汹涌而来的感受让我陶醉……

"诺姆?"

我微笑。我不知道在向谁微笑,但我在微笑。我想表达自己的感激之情,我想让对方放心。

"哦,我的侄子,你吓死我了!"

巴拉克头发乱蓬蓬的大脑袋终于变得清晰。在我上方,我的叔叔宛如一轮红日,他的脸是中心,他的头发是四射的光芒。他怯生生地抚摸着我的脸颊。

"你没有受苦吧？"

此刻，我明白了是什么让我母亲如此倾心。这个肌肉发达、体魄强健的巨人的体贴入微散发出一种别样的光辉。生来为搏击的手却给出最珍贵的抚摸，生来为战斗的脾气却表现出最温柔的爱意，生来为干体力活的一身力气却转变、集中、升华为一道忧虑的目光，使得他的关切十分动人。在我看来，巴拉克就是纯爱本身，因为他粗犷的外表看不出爱。

"还好。"我一字一顿道。

我完全沉浸在活过来的喜悦中，大口呼吸着空气，专注于自己赤裸的双臂和双腿，重新感受温暖的空气，享受着巴拉克的手指掠过我皮肤时的酥痒。

记忆突然涌现，打破了这份幸福。

"努拉！"

失去生命的努拉的模样让我一下子坐了起来，我看看四周：我并不是躺在那个致命的岩洞里，而是在水边的一片砾石上。

"我在哪儿？"

"这里没有名字，我的侄儿。"

"要么叫它三天前你逃跑的地方。"

"什么？"

我最后的记忆也就回到一小会儿之前，不到三天呀！不久前，努拉和德里克被雷电击中，我也是。

我站起来，看看自己能否站得住，然后使劲挠挠脖子。为什么我不在山洞里呢？努拉和德里克在哪里？

叔叔让我重新坐下。

"半夜时，我听到一些奇怪的声音。我到甲板上，正好看到你跟什么人一起坐上独木舟离开。黑暗让我没有马上认出努拉，当我发现她不在你俩的房间时，我认为那就是努拉，所以我没有多在意。你们躲到一座小岛上，这样两个人可以安静地做……总之，你懂的……可以不用那么束手束脚。我得向你承认，我和你母亲，我们厌倦了像鳟鱼一样默不作声地做爱。"

我没有纠正他的说法。最好让他以为是我带走了努拉，因为他以为我已经杀死了德里克。

"暴风雨开始了，"巴拉克继续说道，"可怕的飓风，掀起一天一夜的巨浪！船差点儿散架。狂风、暴雨、颠簸，又一场灾难！幸亏弗拉姆和他的儿子们一点点修补了破损处。暴风雨过后，我们还算运气，没有偏离太远，我依旧能看得见你的那座小岛。我向大家解释你的偷闲，于是我们就在那里等你。不过一天后，我问弗拉姆借了一艘独木舟，我就在这儿发现了你。"

"在这儿？"

"对，这儿。"

"不是在山洞里？"

"什么山洞？"

一阵疯狂的希望涌上来。也许努拉还在那里？也许此刻她也正在苏醒？

"跟我来。"

我在岩石和高低不平的地势间穿行，巴拉克紧随其后。我们终于来到那座大壁炉似的山洞洞口。焦虑让我迈不开步,也许我只会看到被闪电击中的尸体?

在那个庇护所里,没有任何努拉和德里克的踪迹。

"可是……"

"怎么了,孩子?"

"我们明明就是在这里的,我是怎么出去的?"

巴拉克指给我看一处岩壁,靠近地面,流淌着一些泥浆。

"激流把你推到了洞外……我正好在后面捡到了你。"

走了几步,我看见我苏醒过来的地方。

带着紧张焦虑,担心着最坏的情况,我蹲下来仔细检查,努拉的尸体是否被卡在断裂的岩壁。

一直走到砾石滩,什么也没有发现。

巴拉克按住我肩头。

"恐怕是水流将她冲走了,孩子。"

他说得对。努拉瘦小、轻盈,如一块树皮似的一直滑到外面,掉进水流而不是被冲到岸上。

巴拉克没能在天黑前将我带回大船,我不能接受努拉的人间蒸发,在岩石、树林、灌木丛到处找她。在每个我已经勘察过的地方,我总以为她会突然出现。努拉,死了?努拉,消失了?我不能接受。叔叔不但容忍我的躁动,还施以援手。他对于找到努拉不抱任何幻想,但出于奉献精神,我拒绝多少次现实,他就陪着我多少次。

黄昏,寒风刺骨,在寒冷彻底笼罩之前,我感觉有必要登上他的独木舟,我的独木舟已经被暴风雨冲走了。

划过三次桨后,我拦住了巴拉克。

"我们再看一眼!"

"看一眼我们走过和检查过十遍的地方?"

"我们永远不知道……"

"不,我们知道!孩子,"他同情地喃喃道,"留在这座岛上一千年,在岛上各个方向打转,努拉都不在了。"

我低下了头,不让他看到我的眼泪。

努拉的消失掩盖了其他一切。我没有问自己,那天晚上出于怎样的奇迹,我能在雷击中幸存下来,也不知道我是如何在失去知觉的情况下撑了那么久,没有死于干渴或饥饿。这些问题,我要到很久之后才提出……

*

接下来的几天,船屋上弥漫着一种奇怪的氛围。一方面,希望重燃:除了我们保存下雨水,从岛上搜集到一些食物,还能看到远处越来越多的飞鸟,那是陆地靠近的信号;另一方面,努拉的失踪让我们遭受沉重的打击。

她留下了一位坚强女人令人眼花缭乱的记忆,尽管她身材娇小。在无数糟糕时刻,她表现出一种坚定的决心,为幸存下来的人注入勇气,支撑他们。当恐惧来临时,她带给每一个人一个微笑、一句话、一顿饭、一个帮助、一份安慰。在任何时候,她都没有辜负她为自己设定的使命：带领我们的族群走向胜利。因此她在终局之前的离去让她的人生轨迹蒙上了阴影，几乎成了对乐观的否定。如果一个从未怀疑过幸福终局的人，最终却被剥夺了幸福，那还有什么意思呢？我们是否还应该坚持希望？坚持并不能令我们更强大……勇气也不能驱赶死亡。幸存的人对我的悲伤感同身受，他们与我一起缅怀努拉的善行、她的关切、她的美丽、她的光芒。我不知道这样是减轻还是加剧了我的悲伤，忧愁笼罩着我。

至于蒂博尔，他的反应与我一样，拒绝接受现实。对他来说，努拉总能扛过一切：她逃脱了童年疾病，从成年的病痛中痊愈，躲过了第一个村庄的泥石流，高昂着头颅从第一场失败的婚姻中走出。她战胜大湖的怒气，战胜了风，抵御了饥渴。努拉是名副其实的幸存者，她是不能死的，尤其不能死在他之前。在被夺走了家、妻子、儿子之后，人家又夺走了他唯一活着的、亲密的、可感的亲人：他的女儿。

母亲和巴拉克千方百计想让我高兴起来，重燃我前进的渴望。如果说巴拉克很喜欢努拉，母亲则是尊重她，尽管也嫉妒她。母亲有足够的判断力，并没有把潘诺姆的罪恶归咎于努拉，后来又把她当作儿媳接纳了她，觉得她很称职。他们真诚地陪伴着我的痛苦，感同身受，就好像他们中的一个离开时另一个人的痛苦。

弗拉姆也努力使我振作，他没有跟我争权，反而建议我强化权力。

"我把你视为我们的首领，诺姆。即便你成了鳏夫，你仍然是首领。"

"我没这个动力了，弗拉姆。我努力管理，为了让努拉钦佩我，而现在……"

"如果你撒手，她会鄙视你的。她爱你，诺姆，但她爱作为首领的你。"

他看得多么准确啊！努拉珍视权力，诱惑来自权力，爱情来自不同的音调——她的感情是在得到这些后才发展出来的。

为了忠诚于我失去的挚爱，我强迫自己领导幸存者们，维持我们这个团体的凝聚力，要求大家保持耐心，不犯错、不慌乱、不分裂。

这天早上，阳光再次灿烂。一个油亮、均匀、光滑的平面一起一伏，仿佛在呼吸，一阵微风吹过，如它呼出的一口气，将我们推向鸟儿在飞翔的地平线。

蒂博尔找到我，脸色苍白、目光黯淡。他双臂撑着栏杆，疲惫多于处惊不乱。

"我真是太蠢了，诺姆。自从你回来后，我一直否认努拉的死，我的心灵不能接受这件事。"

"你的心灵在护佑你……"

"什么？"

"通过阻止你明白这件事，它也在阻止你受苦。"

一阵接一阵轻缓的波浪推着我们的船前行。蒂博尔用嘶哑的嗓音抗议道：

"我的梦提示我，她还活着。"

"她活在另一个生命里。"我凝视着鸟群说道。

蒂博尔揉揉太阳穴，额头写满忧虑。

"我带来灾难，诺姆。我没能保护我的亲人，他们全都死于非命，死于埋葬、窒息、雷击……"

"你没有带来死亡，蒂博尔。相反，你治病救人。你用你治疗师的天赋救了多少男人、女人、孩子的命？"

他赞赏我的评价，略加思考后，补充道：

"我不仅失去了女儿，而且对我的直觉失去信心。我的直觉告诉我，她没有死。"

我有同样的感觉，但我没有告诉他。我没有放弃作为明智安慰者的角色。

"蒂博尔，我对你有个请求……"

"你说。"

"在我们剩下的日子里，请你收下我做你的儿子和徒弟。"

蒂博尔转身看着我，这么多天来第一次，他紧绷的脸上有了一丝表情，他瞳孔放大，嘴角微微上扬。

他用他那优雅又粗糙的手，有些夸张又笨拙地按住我的肩膀。

"给我这份荣耀做我的儿子，诺姆。我要教授你我所知道的一切。"

一股磁铁般的力量从他传到我，从我传到他。这是一股连接我们、改变我们的力量，显而易见的富有张力、厚实坚固的力量。

就在此刻，巴拉克喊道：

"陆地！陆地！"

一片辽阔的海岸出现在远处，宽广、高耸、翠绿、坚固、诱人。船上的人欢呼雀跃：我们得救了。

*

有些劳累是奖赏，有些则是束缚。我们在重建村庄期间，必须与疲惫拉扯。

一方面，白天充斥着兴奋，需要完成的任务耗尽我们的体力直到最后一刻，然后我们倒在铺上，昏昏沉沉、精疲力竭。另一方面，在寒冷中醒来时，我们不去想已经做完的事，而是考虑还需要完成的任务。那时，无力感便会袭来。这种疲惫出现在早上而不是晚上，它涉及心灵而非身体，那不是一种筋疲力尽，而是一种倦怠。

幸福的疲惫……沉重的倦怠。

建造房屋、有序排列，开辟牧场、设置围栏，种植、织布、转削、刮擦、斧劈、穿凿……

从头开始……这念头令人痛苦。当我们从头开始，伤感压过快乐。我们更多想到的是我们所缺失的东西，而不是我们所创造的东西。因此，我们一启动，便是冲刺。

我与颓废抗争，投身我作为首领和父亲的双重角色中。我向所有人公开真相，介绍说我儿子是我在努拉与潘诺姆结婚后，与一名女游猎者所生。没有人为此消息感到震惊（只有努拉认为这不可原谅），母亲施以援手，还有从来没有照料过婴儿的巴拉克的帮忙。每当我撞见他们三个趴在地上一起玩耍时，我都感觉查姆就是他们的小孙子，是他们夫妇的结晶。

我们靠岸在一片友好的水岸，有很多树、草地、苔藓和动物。

村民们很高兴大湖终于平静，水面下降了许多。每天，他们都要祷告，对大湖唱赞美诗，向水里投入祭品。有些人还在水里浸湿护身符，以期留住大湖的恩惠。他们把大洪水归结为一场危机。这场愤怒结束了，水面下降，让陆地重新露出。因为我们漂流了一个多月，我们没能找到原来的村庄。算了，留在这里好过到处寻找。再说了，去哪里找呢？如果说大湖放过了我们，我们就不该辜负它的宽宏大量，而是接受它替我们安排的着陆点。

蒂博尔和我，我们并不同意这样的看法。大湖的水位在抬高后并未下降，它永久性地扩张了。我们一路上遇到过的那些岩石、孤岛、岛屿，我们涉足的这片陆地，并不是洪水退却后形成的小块小块的土地，它们是一些我们从未抵达过的山峰。要不然如何解释这些郁郁葱葱的树林、繁茂的植被和动物的存在？这一切从未被水淹过。

蒂博尔和我认为膨胀的咸湖已经占领了新的空间。它在征服过程中，将我们带到这片高地。而我们的村庄、田野，我们的森林、泉水、山洞，我们所熟悉的风景，我们的过往，被永远毁灭和吞噬，再也回不去了。即便我们能找到方向，即便我们行动，也无法踏上返乡之旅，我们的家园已经失去。

＊

"查姆,从这个洞里出来,快点。"

尽管他喜欢打猎,但也喜欢观察地面,抹去尘土、掀开石块。如果我们靠近某个小洞,他就会跳进去勘查。如果我们沿某个洞窟走,那更没有办法阻止他,他一定会往深处去,摸摸岩壁,探究一番,用他的燧石工具撬下一些物料。

"快看,这里有一些彩色的纹路。"他欢快地喊起来。

他的兴奋让我心生爱怜。我把他这种对矿物的喜爱与蒂塔联系起来,她生活在女游猎者洞穴,并在那里生下了他。尽管查姆并不知道,但他内心深处的某一部分促使他寻找母亲的栖息地。

"哦,一个玫瑰色的……"

这天早晨,查姆从一个洞穴出来,褡裢里放着一堆黄色的碎片,其中有几片橙红色的砾石[1]。晚上,他按着自己的习惯,仔细研究并试图改变它们,一会儿敲敲打打,一会儿给它们加热。蒂博尔很鼓励他,经常说:"查姆对石头的好奇心就如我对植物的好奇心。神灵们向我们低语了上千件我们听不见的事情,查姆也将发现一些重要的秘密。"蒂博尔常常会放下自己的研究,与孩子一起点燃柴火,火焰会改变碎渣的外观和纹理。

我很欣赏我的儿子,他十岁,就能征服别人。他与我把头贴

---

1 含铜的矿物和含金的矿物。

在他母亲腹部时所想象的那个孩子一样,他从蒂塔那里继承了骁勇,继承了傲人的双肩、强健的肌肉、深褐色的肤色。每一位父亲都会拥有这样的信念:我认为——天真而真诚地——我的儿子最出色。母亲、巴拉克、蒂博尔、弗拉姆也都这么认为,弗拉姆还想着有朝一日把他的大女儿嫁给查姆,我是否应该挑明?自从大洪水以来,我们就指望着那四个青少年能够延续我们人类。

自然也有别人向我推荐女人,甚至推荐两个正处生育年龄的女人。看我不怎么感兴趣,便又给我推荐一个青春期前的女孩,允诺为我留着她。尽管我没有使用德里克的表达"我宁愿不要",但我的态度与他一致:我拒绝了。我感觉我无法迎娶任何人,努拉之后,我的心已经关闭。当然了,我继续爱着母亲、巴拉克和蒂博尔,我加倍温柔地对待查姆。但对于他们,是一种已经存在的爱,缺乏肉欲的成分。

如果说爱总是需要一个身体,但并不总是需要性器官。

我爱母亲略显臃肿的柔软躯体,会毫不犹豫地紧紧拥抱她;我爱巴拉克强壮的体魄、光滑的皮肤、健硕的四肢,以及身上皮料和樟木的气味;我爱蒂博尔苦行僧般的脸,灰色的瞳孔、鹰钩鼻、凹陷的双颊和灰白的长发;至于查姆,从他光洁的额头、修长的身材到敏捷的腿脚,我将他视作地球上美的典范来热爱。然而见到他们、靠近他们、嗅吸他们、触摸他们的乐趣并不表示欲望和欲望的释放。尽管我的爱并没有脱离他们的身体,但这不会与吸引力相混淆,也不寻求任何肉欲。

与一个女人一起生活,需要回归性爱,这对我是一种徒劳和无法实现的束缚。努拉把我带到一个如此高的高度，以至于一些矮小的山峰再也吸引不了我。

我要承认这些吗？在这种抵触情绪中，我培养出另一种形式的激情：对努拉超越死亡的忠诚。每当念及此，我都会感受到一种迷醉，想起我们曾经达到过的极乐。

以努拉为理由拒绝其他女人，反倒让我感受到某种愉悦……剩下的，作为正常男人，我会去找一棵树，类似我少年时代的山毛榉。我爬上去，忘记所有人，在那里缓解我的僵硬，将自己交付给欣快。

"爸爸，那里有一群野兽！"

查姆伸出手臂，没有一丝恐惧和颤抖，指着一片微微抖动的矮树丛，有动物躲藏在里面。

"查姆，你觉得那是狼还是野猪？"

他仔细看了看，无法辨别是什么引起树丛的颤动。

"我去看看？"查姆请求道。

"不，我去。"我说，生怕兽群为保护幼崽而对他发起攻击。

"你从来不让我走在最前面，那就没必要带我出来打猎！我不是孩子了，你知道吗？"

我注视着他，虽然说他仍然是个孩子，但他生气的眼神、他的不满、他想挣脱束缚的愿望，完全是个成人的模样。他让我感动。

"去吧！"我喃喃道。

他笑了，转身往坡下走。等他走近树丛时，颤动停止了，他消失在树丛后，随后传来他的声音：

"爸爸！"

从他的声音里，我没有听出任何恐惧，有的只是惊愕。不过我还是奔过去赶上他，他指给我看林中空地。

"看……"

我们眼前，有二十来个背着袋子的人，有男人、女人和孩子，也正盯着我们看。

蒂博尔说得没错：大湖并没有覆盖整个世界，它只是延展出它的帝国。我们停泊的这片土地上可能存在各种生物，包括人类，我们刚刚得到了证据。

游牧者来到我们的村子，他们使用另一种语言，这妨碍了我们之间的交流，但我最终弄明白了他们会定期迁徙。在这里扎营几个月，那里扎营几个月，等一个地方的野兽和果实消耗殆尽后，他们便重新上路。

与他们的交谈，让我确认还有其他族群的人类在别处繁衍生息，并没有遭受我们经历的灾难。他们听说过大洪水的事……

"那是很久以前的事了，对吗？"他们领头的问。

那是十年前的事。对我们来说这似乎还很近，对他们来说是遥远的事。他们对此很好奇，很可能因为他们规则的、单调的生活里没有如此巨大的灾难。

我们的村民向他们讲述我们历经的磨难，游牧者竖起耳朵，听得入迷。

这时我发现了一个悖论，以后几个世纪里我将反复遭遇的悖论：人们相信故事，同时又不相信，但这种矛盾性并不妨碍他们。

虚构与现实模糊了界限，混杂一处，为了所有人的乐趣，并没有人提出异议。讲故事的人和听故事的人在一个不受控制的空间里，在一个人们喜欢美、教训、感动胜过事实的空间里，被搅动着。合情合理胜过事实本身，甚至即便看似不那么真实的事，如果它是为故事服务，那也胜过毁了故事的真相。

我们的村民就这样叙述，他们说我们在海上漂泊了四十天。他们是从哪里得出这个数字？没有人计算过。"四十天"比较可信，因为"三十天"听上去有点小家子气，"五十天"又有点过分。四十天这个数字在第一次的聊天中出现，以后便被不断重复和强加。

后来我们的村民又说地球已经全部被淹。然而，这只是弧形地平线给人的感觉。此外，如果他们仔细想想，就会意识到他们涉足的是一片从未被淹没过的地区。尽管如此，他们还是描述了一场遍及世界的、彻底的大洪水。而听众也不会问为什么讲述者没有在十年前被淹死，反而欣然接受这故事，并准备好去贩卖。

我们的村民重新捡起德里克的说辞来解释大洪水的原因。大湖因为某些造物缺乏敬畏而发怒，决定惩罚他们，除掉他们。虽如此，为了让它的威力被认识和被敬畏，它需要一些见证者。于是它选择放过一些人，放过一些它精心挑选的不那么健忘、不那么堕落、不那么头脑混乱的人。这些人就构成了天选之人，他们在健康、虔诚的基础上重建世界，并且他们的孩子、孙子、子子孙孙都会永远记得至高无上的大湖。

我亲眼见到传说是如何诞生的。意义是其父，夸张是其母。它设定没什么事情是偶然发生的，而且事件互成对比。理性在混沌中建立秩序，感性为其添加艺术性。神话自然而然遵循某种聪明的程式，不会让任何自相矛盾或多余的细节搅乱故事。

为满足这些要求，传说被必不可少地、有意识地传播，并允许任何人对其美化、丰富、补充：各种不同版本被视为各种不同的详情。

随着我们的村民将大洪水的故事传播得越来越广泛，我的角色也变得越来越重要。那时，鉴于我参与了这个传说的制造，人们赋予我的也没有多少不能容忍，但我感觉在我死后，人们可能也不会放过我了。[1]

---

[1] 我的故事在人类发明了文字后，赢得了书本上的荣誉。首先，美索不达米亚人撰写了几个版本，其中最完整的见于《吉尔伽美什史诗》：我被描述成一位智者，拯救了他的家人、他的动物，乃至所有家畜，将它们悉数带到一艘大船上。在上百个异想天开的叙述中，有一个细节特别触动我：人们说我得到了永生作为奖赏，并去了富饶的迪勒蒙岛（今天的巴林岛，位于波斯湾），在那里享福。这个精确描述倒确实真实，你们后面会看到。它让我在很长一段时间担心人们会发现我的秘密。幸运的是，经过阿卡迪亚人、亚述人等的几次入侵，再也没人懂苏美尔语这让我得到安宁。此外，随着时间推移，我发现在美索不达米亚的叙述中，唯一真实的元素就是被认为最不可能的那部分……

接着犹太人在《圣经》开头的那几页，在《创世记》中重写了我们的冒险。他们指出了我的名字诺亚（诺姆变成了诺亚），他们提到了我的儿子查姆。而且他们把米娜的出场稍稍复杂化了一点，让她变成了两只鸟——乌鸦和鸽子。拥有真正的诗意的灵感，他们在我们重返陆地的那一刻，添加了一道彩虹。这条彩虹将永远见证上帝与人类的新盟约——滑稽的评注：彩虹提醒人类同样也提醒上帝！尽管远在大洪水之前，我就很喜欢彩虹，现在我依然喜欢这个征兆。这条宇宙项链超越我们，它的辉煌和不可触摸提醒我们要谦卑。

至于希腊人，他们与几千年来累积的记忆更加疏远，他们为我取名为杜卡利翁，为努拉取名皮拉。更晚些时候，哲学家柏拉图在《蒂迈欧篇》中也提到了大洪水，出于政治原因，他把大湖改成亚特兰蒂斯岛。

当然，所有这些文本并不是关于我或大洪水的报道，没有人关心其准确性，唯有传说的寓意才是最重要的。

*

"你一点不见老。诺姆!"母亲再一次兴奋地嚷嚷道。

我无法将赞美奉还与她。母亲带着明智逐渐衰老,她不再反抗岁月,接受自己的日趋沉重,弯腰驼背。她像从前一样讨人喜欢,甚至更甚,因为她闪闪发光:那是来自她内心的光芒,快乐灵魂的光芒。这光芒弥漫在她的双眼,浮现在她的脸庞,衬托了她笑意盈盈的皱纹和明亮的白发。母亲欣喜地看着我领导村庄,欣喜地谈论着孙子的成就,尤其是她被巴拉克无条件地爱着。

巴拉克也老了。他浓密的须发开始发白,皮肤起了明显的皱褶。不过与她相反的是,他还在投身战斗,站得笔直,强迫自己奔跑,确保自己动作敏捷。尽管能感到他行为背后付出的努力,我没有责备他:我的巨人叔叔应该仍然是一位巨人。

查姆,已经长到了成人的个头,正在茁壮成长,无忧无虑。自从我们知道世界辽阔、人口众多,他就不必承受繁衍人口、扩充我们族群的压力。他悄悄地放弃与女孩子在一起,一头扎进矿物的世界。

他从开始到现在取得了巨大进展。现在他已经能将岩石中的铜丝或金丝成功提取出来,然后将它们变形。如果说孩童时期,通过敲击雕琢矿石,他还只满足于常温下的锻造,现在他发明了铜的冶炼。我们都很乐意参观这种表演,对我们来说,把一块石头从固体状态变成液体状态,简直是个奇迹。当然,我们也怀疑是火焰的热量导致这种融化，然而我们无论如何不能把融化看作普通的操作。通过冷却恢复固体状态的操作同样令我们着迷。

"寒冷是大自然伟大的杰作之一，"蒂博尔评论说，"当寒冷袭击水，它让水变成冰。当它凝固液化的石头时，它又将它们蜕变成金属。我宣布它是天才的固化器。"

"那热量呢？"

"热量是一个恶魔般的破坏者。它烤炙、干燥、炭化、毁灭。谁接近太阳谁死。必须随时监视它、控制它、防止受到它的伤害。"

查姆用铜制造箭头、戒指、手镯。最初，他制造了一些工具，甚至武器。但结果证明，它们不如燧石坚硬，甚至还不如骨头和鹿角坚硬。因为柔软，它们退场。查姆遵从这些金属的特性，就如蒂博尔遵从植物的天性一样，他专注于制作珍贵物品。

他继续陪我去打猎，作为他母亲合格的继承人，他对奔跑、跳跃、攀爬、消耗肌肉能量表现出极大的满足感。他脸上总是挂着永恒的微笑，只有当陌生人误认为我们是两兄弟时，他才会收起笑容。

"你一点不见老，诺姆。"

这天晚上，与我共进晚餐的蒂博尔认真审视着我。

"你也没有变老，蒂博尔。你跟我从前见到的蒂博尔一模一样。"

"很正常，我本来就显老。不如说我终于到了我看上去的年纪。"

不矫揉造作地说，他看得很准，我同意。他紧皱眉头，眯起眼睛：

"相反，你却没有变老。"

这句话我经常听到,通常是对我的赞美,蒂博尔却把它作为一个问题扔给我。我没有回避,我掂量了一下他的想法,严肃回应道:

"确实,蒂博尔,我没有变老。"

他觉察到了我的忧虑。我信任他,终于敢承认:

"还有比这更蹊跷的事,蒂博尔:我还在自我修复。"

他耸耸肩。

"每个人都会自我修复,大自然希望如此。活的捍卫活的。人们从消化不良或头痛中康复,流血会停止,伤口会结痂。"

"你还记得吗,有一天我弄伤了自己,弓箭的弦在瞄准时突然断了,箭头刺伤了我的皮肤。"

"我记得,我给你做了治疗。伤口有一个拇指那么深,很严重的伤口。顺便问一下,伤口现在怎么样了?"

我解开绷带,向他伸出我的右胳膊。他推开我,嘟囔道:

"别开玩笑,给我受伤的那只胳膊。"

"就是这只。"我回答说,没有动。

他惊讶地看看我的左手臂,又看看我的右手臂。用手指摸了摸,十分困惑。他把我带到火堆边,以便看得更清楚。

"不会吧,"他叹口气道,"没有任何痕迹。伤疤不会愈合到这种地步!"

"我跟你说了嘛……"

蒂博尔不作声了。然后,仿佛我已经不存在,他沉思着从一只袋子里掏出一些致幻草药,放到一块有凹槽的卵石里捣碎。

"蒂博尔,别当着我的面!"

"对不起,这不由自主……我是为今天夜里准备的这些。"

他注视着我,突然变成审问者。

"我不明白,诺姆。我过去也治疗过你,这之前,你不是这样痊愈的。"

"什么之前?"

"大洪水之前。"

我的胸口如遭遇了重击,他的话压垮了我。即便他说出了我很久以来的感受,我仍然嘴硬道:

"为什么大洪水就改变了我?我经历过什么你或其他人没有经历过的事?我像你们一样颠簸,像你们一样呕吐,像你们一样饥渴难耐,像你们一样陷入绝望,像你们一样以为自己的末日来临,我……"

"够了!在岛上发生了什么?"

他思维的敏锐让我愣住了。他直指我离开群体的唯一时刻。我该向他透露什么?全部还是一部分?全部,意味着德里克的在场?或只是涉及我和努拉?

他不满道:

"你在思考,诺姆:这意味着你想对我撒谎。"

我深吸一口气,决定将我们的探险旅程事无巨细和盘托出:我对幸存者们的瞒天过海,我不可能处决德里克,因为他是我的哥哥,也是潘诺姆的牺牲品。在转述完德里克吐露的可怕场景后,蒂博尔打断我:

"我当时立即猜到他被阉割过。当我问他是否曾发生过什么事故时——比如愤怒的天鹅袭击孩子的睾丸——他粗暴地打发了我,我们从此互相回避。当你声称他是查姆的父亲时,我正想告诉你我的怀疑,但我担心这样会传到努拉的耳朵里。"

"努拉发现了这件事。就是因为这个缘故,最糟糕的事情发生了。"

他吃惊地看着我。于是我告诉他,努拉在看到午间裸睡的德里克时的尖叫,她对我的愤怒,她躲在独木舟里,以便我们可以讨论这件事。我详述了暴风雨、我们的逃跑、山洞、落在努拉和德里克身上的火球,我冲上前以为他们都死了,随后我自己也被雷电击中。我说到了那个黑色的裂孔,我失去知觉、被遗忘的三天,大水将我冲出巨型壁炉似的山洞,然后我在巴拉克的怀中醒来。

"你醒来时有没有感觉饥饿、干渴?"

"没有……"

我估摸着他认为能从这样的昏迷中醒来极不寻常。

蒂博尔发声道:

"肯定是在那里,在山洞里发生了什么事!在那三天三夜里,在雷击后。"

"蒂博尔,你如何解释……"

"我什么也解释不了,我在接近神秘。知识并不能消除神秘,而是围住它。知识首先包含了我们要认识到我们所不知道的东西。我必须掀开表层,拨开那些已经解决的东西,才能触摸到神秘之本质。"

他站起身，仔细看了看身边的屋子，叹口气道：

"我走了，诺姆。你刚才告诉我这些事后，我必须离开。"

"为什么？"

"我要去寻找那个山洞里到底发生了什么。"

"我陪你一起去。"

"没门。这件事需要很多时间，你必须管理村庄。我主要还有一个任务。"

"什么？"

"确认努拉是否死了。"

*

我儿子恋爱了，我并不认识他迷恋的那个女孩，因为她住在离我们四天路程的一个村庄。如大多数年轻人一样，查姆和法尔卡是在丰收节时认识的，那个节日聚集已经成双成对的情人或等待被一见倾心的人。查姆对法尔卡一见钟情，自此，他要么热切地常常提起她，要么沉默不语、无精打采，陷入对她的思念中。

他的迷恋让我既高兴又担忧。他的投入足够理性吗？一个有魅力的女人不一定能成为妻子……我打破了婚姻由父母安排做主的传统。为什么？我禁止自己像潘诺姆那样行事：社会地位并不构成足够的标准，我与米娜的结合让我蒙受了太多年的痛苦，我不能强加给查姆同样的命运。然而我又有些自责，儿子的选择一定比父亲更好吗？

查姆迫不及待想结婚，着急让我见见法尔卡，我立即答应，好让他和我都放心。

当我走进那间大厅，他们的部落已准备好符合首领身份的宴席，我立刻注意到了法尔卡的不安。随着我们上前，她先是看着查姆，接着又看看我，再看看查姆，惊讶的目光不断在我和查姆间跳来跳去。我对她说话时，她高兴坏了，双颊绯红，低首垂眉。我们会面期间，她无数次拨弄自己的头发、嘴唇和脖颈。而且，她也不聊天，只是莺莺低语、咯咯笑，或叹气，或微笑，或呼吸，激动的眼神在我脸上滑来滑去。我甚至观察到血液涌上她胸脯，泛出两个肉红色的小圆点。幸亏，被蒙蔽双眼的查姆并未发现在我的优势下，他已经在他未婚妻骚动的瞳孔里消失了。

一逮着机会，我就赶紧离开屋子，躲避这无法容忍的搔首弄姿。我儿子碰上的是个爱卖弄风情的女孩！尽管我长期远离女人，我清楚感觉到我吸引了法尔卡。她太喜欢我了，如果别人让我们单独在一起，她一定会蜷缩在我怀里。

我感觉不快、失望、被冒犯，决定对儿子直言相告：他迷恋的是个轻浮女孩，她喜欢男人而不是喜欢某个男人；她喜欢爱情而不是情人。法尔卡肯定会有外遇，会对他撒谎。如果他坚持，他会遭受羞辱、背叛、残忍。

我怒火渐生，如果查姆不理解，那他必须服从我：我要求他分手！

法尔卡的母亲蒂尔萨在屋后追上我，凑上来。

"这可能吗?"她喃喃道。

我看着她,不为所动,皱着眉头没有好脸色。她又说:

"为什么父亲看上去和儿子一样年轻?你是他哥哥,对不对?"

我断然否认。

"法尔卡完全陷入困惑,诺姆,大家都是。但法尔卡的困惑变成一种心神不宁:她在儿子身上所珍视的东西,却在他父亲身上看到,这让她十分不安。我来转告你,因为她不敢直接向你承认。"

这几句话让我颇感意外。我仔细端详她,蒂尔萨清瘦优雅,脸色憔悴苍白、眼窝深陷,皱纹和黑眼圈让她的目光有一种不可思议的锐利。此刻,她的局促倒是显示了她的真诚。

"你看上去就比你儿子大上一两岁。"

"我母亲、我叔叔、我村里的人,所有人都能证明我把他从小养大。"

"你们有着相同的外貌,你的成熟只是体现在你的言谈举止上。我从来没有遇到过这种事。"

我转过头,我能回答她什么呢?如何解释无法解释的事?我第一次感受到我那漫长青春带来的麻烦。到目前为止,一直被我家人引以为傲的事,却有着摧毁我家庭的风险。瞧,我已经干扰到了儿子的生活。

蒂尔萨很聪明,她尊重我的沉默。随后又担心地问道:

"如果查姆和法尔卡结婚,他们会住在哪里?"

"住在我的房子里。"

"我拒绝我女儿生活在你的房子里。"

她神情凛冽，坚持道：

"别把这一切强加给她。我不想让你的……你的优势……你的奇特……搅乱法尔卡，持续让她迷失方向，甚至更严重……让她变成……另一个人。"

我被蒂尔萨的这几句话深深触动。

"法尔卡深爱查姆，"她补充道，"她怎能不把酷似他的人放在心上呢？"

由于她的洞察力，我猜到了我的职责。我在她面前低头了。

"我儿子会娶你女儿，因为他们相爱。我的儿媳属于一个令人尊敬的部落，他们住在我家里。而我，我要进行一次长途旅行。"

"立刻？"

"立刻！"

"旅行时间长到他们能生养一个孩子？"

"长到他们能生一个或两个孩子。足够的时间巩固他们的夫妻关系，足够的时间让我衰老。"

"谢谢。"她只是简单回答道。

她向我伸出手腕，以示我们达成协议，我完成了仪式。作为负责任的父亲和母亲，我们都松了口气。

她抽回手，注视着我的目光问道：

"告诉我：你真的是查姆的父亲吗？"

"我向你发誓，蒂尔萨。"

"这么说来，你和我差不多年纪？"

"我和你差不多年纪，蒂尔萨。"

她浑身一颤,手掌摩挲裸露的手臂以温暖它们。我的目光不由自主投到正搓揉她肘部干裂的皮肤的干枯、变形、肿胀的手指上。

觉察到我的目光,她露出一丝苦笑。

"一路顺风,诺姆。我也是,我也很高兴再也不见到你。"

蒂尔萨转身回家。

我满腹心事瘫坐在一条石凳上,内心深处翻腾出一道禁令:千万不能步潘诺姆的后尘。这一系列可疑事件,似乎正在推着我去偷走儿子的东西,让我滑向危险的境地。当然,与潘诺姆不同,我不会去贪图法尔卡,与之相反,一旦法尔卡对我生出任何兴趣,我都会给查姆带来痛苦。我们是否会一代又一代成为儿子的未婚妻的掠夺者、成为毁掉他们的人?我要推开这样的厄运,绝不重蹈覆辙。

如果说法尔卡受到她明智母亲的警告,明白我表现冷淡的原因,查姆则一无所知。婚礼第二天,他恳求我推迟远行:"留下来吧,爸爸。别在我最幸福的时刻出发。"我抛出了十条周游世界的充分理由,还可以再杜撰出一千条,就是没有说出唯一的理由:我要终结落在我们家族头上的那道诅咒,那诅咒让窃取欢乐的自私父亲与被偷窃的无私和不幸的儿子相对立。

*

我花了两年时间在这个地区旅行,用我医者的本领造福各地居民。我极度想念母亲和巴拉克,我也渴望能遇见蒂博尔,奇怪的是没有人记得他。

这些年的游历让我发现这片陆地并不是湖岸，而是海岸线：沿着水走，人们并不能回到起点，世界不再是一个封闭的圆圈。这个发现深深震撼了我：大湖变成了海洋。

流浪期间，我对大海生出一种厌恶之感，这种感觉持续了多个世纪。我是小溪、河流和湖泊的孩子，守着纯净、清澈活水的人，所以我把大海视作篡位者，视作藏尸坑，它是大洪水的坟场。它臭气熏天、深不见底，成千上万的尸体堆积蜷缩在那里；那里只有粪便、残肢、腐尸、发臭、腐烂、令人作呕。来回不定的波浪，不停泛起沉渣。有时，大海还会冲上泛白的尸骨。人们在这片浊水之上呼吸带碘的散发着死亡气息的空气。我想到，是盐这种带咸臭的东西让这里的水无法饮用，渗出腐烂尸体的气味。

与越来越多闯入大海的冒失鬼交谈后，我意识到死亡还在继续徘徊。不仅有可怕的怪物从波浪中跃出，还有肆虐的狂风不断爆发。我们应该从这些酷刑中认清什么呢？对大洪水的记忆？一场新灾难的开始？这是提醒还是威胁？无论如何，当风发出呼啸，当浪发出怒吼，大海就是在谴责陆地生物的过错，向他们指出如果他们行为不端，也许它将不再克制自己的暴怒。大海的喧嚣、持续的轰鸣、拍岸的惊涛都在折磨着我，将我带回微不足道的境地。

结束流浪时，我练就了一种可以回到查姆身边生活的技巧：让自己变老。我用粉末涂抹皮肤，用炭条在额头、嘴角、眼角画出皱纹。用小毛刷刷出黑眼圈，随后再凸显凹陷的双颊。此外，还用淡紫色植物画出老年斑,用赤铁矿在两鬓画出血管。最后,我用石灰和脂肪的混合物将胡须、眉毛、头发染成白色。我以水塘为镜,在大戏开幕前,自学了化妆技艺。因为我能够画出我的年纪,现在我可以与查姆团聚了。

我回到村子时,我的模样让他失望,但喜悦还是占了上风。他自豪地举起他的两个新生儿,而法尔卡也比任何时候更爱查姆。她亲切地接待我,没有了从前的慌乱。

我避免住在他们家,搬到附近一座因住户刚死于痢疾而空出来的房子。我这么做有两个目的:不要打搅这对年轻夫妇;掩饰我每天早上需要花很多时间的化妆。

面对我的衰老,母亲和巴拉克则有些怀疑。出于敏锐?出于对我的爱?他们知道他们的诺姆永远不会受到时间的摧残?或者他们愿意这样相信?当我化完妆,他们只是斜斜一瞥,从嘴角挤出一句"你今天看上去有点疲惫",几乎带点责备,没有同情和担忧。相反,当我的颜料被汗水冲掉或在徒步中被抹去时,他们就会大声说:"我们的诺姆多漂亮呀!"现在回过头想,他们或许早已猜到我有一份特殊的命运:不过知道我不愿谈及,他们尊重我的沉默。

母亲病倒了,她所有的能量都消失了。胃部痉挛,能感觉到她腹部的一个团块。我竭尽全力为她调制汤药、准备食物,但我恼怒地发现草药完全无济于事,她一天比一天虚弱,毫无食欲,全身黄疸。喝酒带来的问题。

母亲并不抱怨,她很明白,也做好了准备。一如她接受自己的年龄,现在她也接受自己的死亡,甚至,她迎接它。

"我唉声叹气又有什么用呢?"她有一天这么对我说,"死亡会让我解脱。"她因发烧而浑身颤抖。

有一件事能温暖她,那就是微笑。如果说她被困在病榻上,惊愕和气恼让她脸上阴云密布,然而一旦我们中的一位靠近她,她脸上的神情立刻明亮起来。她没有力气说很多话,但她尽量保持无尽的笑容。当她凝视查姆和他的孩子时,没有什么能熄灭她眼中的快乐。至于巴拉克和我,我们于她就如空气般不可或缺。在我们从嘴角咧到耳根的相视一笑中,流淌着多少浓浓的爱意。

屋外,强壮的巴拉克像个犯了错的小淘气,躲起来偷偷哭泣。但只要在埃莱娜面前,他就露出比任何时候都更灿烂、更明亮的笑容,比火焰还温暖。

母亲在一天夜里走了。

早上我去她屋子时,发现了她冰冷的身体。巴拉克跪在她的遗体前,念诵着神圣的赞美诗。我跪下,与他一起祷告。我在静默中向母亲奉上最温柔的话语。我看见巴拉克的嘴角微微颤动,他也在继续着与母亲的对话。然后,我们继续念诵赞美诗。

巴拉克没有流泪。因为我的缘故?因为埃莱娜尽管没了生机,但一直在,禁止他流泪?

我们念诵了几遍祷告词后,巴拉克抬起头,眼神迷离,对我说了这天的第一句话:

"我的孩子,你意识到我们俩的运气吗?你有埃莱娜作为母亲,我有埃莱娜作为妻子,你还认识比我们更圆满的男人吗?"

他笑了,眼睛明亮、神态安详、呼吸平静。我感觉他并非编出这些话语来为自己排解,他是在真诚地表达感恩。在这个早晨,命运夺走了他生命中最重要的女人,他感受到的是欣喜,而非遗憾。

"她死在我怀里,没有什么比这更能让她感觉幸福。我也一样,没有什么比这更能让我感觉幸福。如果有,那就是死在她的怀里。"

他想了想,又纠正道:

"不,这会让她难过的……"

他用无限的爱意凝视她。

"所以说,一切都是最好的安排。"他喃喃道。

村民们络绎不绝来家里表达对埃莱娜最后的敬意。每个人对埃莱娜的不舍之情都深深打动了我。巴拉克注意到了这点。

"你怎么想呢?诺姆?爱她是一件多么自然而然的事,埃莱娜是那么令人爱慕!"

看到弗拉姆和他的家人,看到老人、孩子,看到牧羊人、制陶人、送水工,看到粗野的人、和善的人、自私的人,纷纷在她面前弯腰致意,我不再想谁是爱她的,而是想是否有人不爱她?

悲伤之情袭上我心头。村民们失去了他们敬爱的人,我失去了母亲。邻居,我们大家都有很多邻居;而母亲,我只有一个。虽然说痛苦没有高下之分,但我的痛苦中蕴含着独一无二的东西。也许我还会迷恋上某个女子,建立起新的友谊,真心接受新的孩子或孙子,谁知道呢。然而我无法取代那些取代不了的东西。没有人会像她那样挚爱我,我也不可能像酷爱她那样钟爱任何人。

深受打击的我回到自己家里喘息片刻。我重新出门时,人们告诉我说巴拉克正在村子的山脚下为母亲挖墓。

我找到他。

暮色将近，光线变成紫红色，昏黄的紫色渐渐笼罩周遭的景致。天空细微的变化紧接着强烈的反差，乡野渐渐隐去。

巴拉克选择了一个奇怪的地方：一片林中空地中央。我看见他站在一个土黄色小土包边上，放下手中的工具。

"你来得正是时候，我的侄子。将她放在最后的眠床上吧。"

一块绣着花边、编织精美的裹尸布包裹着母亲，并没有抹去她身体的形状，甚至让人觉得她就是在和我们开个玩笑，很快会笑嘻嘻地从她的面纱中走出来。

我们小心翼翼将她放到墓穴底部。洞穴的宽敞让操作有点复杂。

我们把她放好后，巴拉克重新整理她的裹尸布，抚去所有皱褶，压平隆起的部分，仿佛他正为她出门做客做打扮。

我们爬到墓穴外。

"我们把墓穴盖上？"我握着锄头问他道。

"等一等。"

他擦擦额头的汗水，整理一下胡须和头发。他看看自己沾满泥土的双手，皱起眉头，对自己潦草的穿戴叹了口气。落日最后的余晖将他整个人包裹，我觉得他无比美好。

他看着我，走上前将我紧紧搂在怀中，然后又回到墓穴边上，若有所思地说道：

"我们要不要放上一些鲜花？"

"你要我去我的花园里采一点吗？"

500

"辛苦你了。"

听到他不容置疑的语气，知道这个细节对他很重要，我便大步离开。走了不到十步，我听见巴拉克对我喊道：

"我不给痛苦留任何位置。"

我不太明白，转过身，巴拉克用洪亮的声音继续道：

"只要我还能看见她，触摸到她，我就能坚持下去。一旦她到了地下，我就坚持不住了。请原谅我，诺姆。"

我还来不及反应，巴拉克就将匕首刺向自己的脖子，刺破了喉咙。一股鲜血喷涌而出。

听到他倒下的声音，我健步冲过去。

在墓穴里，咽了气的巴拉克贴着埃莱娜的尸体，带着微笑。

*

人们认为长辈离去是件很正常的事，

正常得无须安抚和安慰。但对留下的人而言，一切变得不同。

生活在脆弱中继续。我们被动摇的信心寻求支撑，却苦求不得。我们从前持续感受到的那份威胁——失去亲人的威胁——不再装饰我们不确定的未来。最可怕的事不会再来了，因为它已经突然发生。

母亲和巴拉克的离世并非简单的两个人的消失，而是更多事物的解体。与他们一起离开的还有我的过往、童年、青春，我的欢乐和无忧无虑。有些人讥笑：一个老太太和一个没什么地位的巨人如何能保护我这样一个强壮、健康的人？他们爱我，给予我毫无保留的温情、无条件的关切，纯粹希望我好。从他们看到我的第一眼起，就给予我最纯粹的爱。必须从小认识我，才能觉察到我身上还留存的那个孩子。而现在，一切都结束了！哀伤催促我长大。

人无论在什么年龄得知父母的死亡，这一天便杀死了作为孩子的自己。成为孤儿，意味着童年也失去了。

我不应该自怨自艾：当不幸逼迫我成长时，我已经成年，与那么多不幸的人相反，我没有在青涩年纪去承受这些压力。

有时候我也惊讶于我的痛苦之巨，我教训自己道：诺姆，接受悲伤吧，因为悲伤无法避免，告诉它要安驻自己的位置，让悲伤止于悲伤，仅此而已！即便如此，我的忧伤依然如决堤之流，承载着无数的情感：烦恼、怀念、孤独、沮丧，对未来的恐惧、对生活的失望，苦涩地担心不再心动，不再让别人快乐，也不再让自己快乐。

"我不给痛苦留任何位置。"巴拉克在结束生命前这样说。

我也是，我忍受不了难以忍受之事。服丧的第一个月，我不再履行我的职权，恶劣的心绪完全不受控制。后来，我不时与这种失控抗争，获得了一些控制力。最初，我只能取得一些短暂的胜利，但我觉得它们为我的征服打开门缝。幸福，首先要被宣告，然后才能被体验。

"我不给痛苦留任何位置。"我最热爱的叔叔曾这样高呼。因此，我决定要让自己幸福。

我投入自己的家庭，承担起长辈的角色。这份职责原本由巴拉克和母亲承担，我在延续他们的行为中让他们永生，这带给我许多快乐。我从中品尝到一种鲜活的忠诚，我很满意。

我儿子漫不经心地管理着族群，除了照顾家人，他更多投身于他的冶炼事业。

与重生的春天一样，幸福也再次扑面而来，它从意志变为真实。我不再为难自己，他们双双离去后的两年，我们度过了一段平静岁月，作为父亲和作为祖父的幸福填满了我的日子。衰老对我从此就是一种例行洗漱，而且我还在化妆中慢慢添加一些伪装的僵硬、缓慢的动作，穿上让我显胖、肚子隆起、肌肉松弛的衣服。

我的孙儿们快速成长，查姆变成熟了，我在衰老。我多么珍惜那段时间！

很遗憾，一个独特的早晨即将结束这一切。

一轮悬浮的太阳一动不动、挂在蓝天，吞噬掉这蓝色，让天空苍白，只在地平线处留下一丝色彩。烈日下，一切显得无精打采、昏昏沉沉，微风也停止了呼吸，灰尘也无力气起舞。

这当空的日头，在地上投下一片片影子，炙烤着我的脑袋。我等不及傍晚的气温下降，我需要让自己凉爽一下。

我信步而行，朝小河走去。长长的野草已被盛夏晒趴下。唯有某处的一条蛇或一条蜥蜴还在展现着生命。

河水流经变宽的河床，一直蜿蜒到海滩。我欣赏着周围的风景，远处，大海闪耀着金属般的光泽，耀眼的光芒让我不得不眯缝起眼睛。大自然趋于沉默，鸟儿在高处的树梢可笑地叽喳叫，雄鹰在灰白天空下缓慢而不知疲倦地无声翱翔。

我观察到溪流藏在岩石圈深处，倒伏干瘪的植物在河岸边重新轻轻抖动。水声汩汩、细浪翻腾、溪水雀跃，呈现出一种重压之下的活泼。

为了摆脱昏昏沉沉的状态，我脱下衣服走入凉爽清澈的水流中，我在那里恢复了活力。在冰冷的溪流中，我感受到了重生的力量，不断强化的生命厚度。我的体内躁动着一股力量，我开始游泳、下潜、翻身、打转、搏击、漂浮。我享受我的强壮，欣喜我的灵巧，陶醉于喜悦中。

时间流逝、饥饿逼近，我还是舍不得放弃嬉戏，浑身有使不完的劲。

一个身影出现在河岸，查姆蹲下来，发现了我。

我高兴地做了个手势，让他下来。

他俯身探视，眼皮几乎合上，察看着我。我笑着坚持道：

"下来吧！"

他站起身，脱下衣服，进入水中，不由皱起眉头，因为水温与灼热的空气温差巨大。他扑腾几下后，朝我游过来。

"很棒，不是吗？"我朗声道。

他点点头。他的安静、严肃反倒让我有点着急。他没有嬉闹，而是盯着我：

"爸爸，这怎么可能？"

"这多么舒畅呀，不用管别的，查姆。"

我朝他泼水，水珠溅到他脸上，他并没有露出笑脸。我反而成了大人面前的一个孩子。他固执地、郑重其事地说道：

"爸爸，这怎么可能？"

他指指自己。

"你看，我的皮肤缺乏弹性、肌肉松弛、脂肪贴着肚子、头发掉落，剩下的也已花白。你给我解释一下。"

我还沉浸在兴奋中，我贬低自己安慰他道：

"你是正常的，查姆。你身上发生的事会发生在所有人身上。"

"所有人？"他反驳道。

我一下子醒悟了，我明白发生了什么。水中的逗留洗去了我人为画上的衰老痕迹，我的兴奋状态抹去了我假扮的姿态。查姆发现他父亲的年纪还停留在我与蒂塔孕育他时的年纪。我突然感觉我在儿子面前比我赤身裸体更赤裸。

看到我的尴尬，他知道我终于明白他的意思，于是继续道：

"这不是我第一次想到这些，爸爸。很多细节，我几乎每天都怀疑你在欺骗我。"

"我没有欺骗你，查姆。我在保护你。"

他久久注视着我。

"我相信你，爸爸。你在身体力行，今天我更感受到如此。但，给我解释一下。"

"我不知道该如何解释。这……这……这就是一个诅咒。"

"这本可以是一个祝福，如果你能将之传给我和我的孩子……"

他表达无助时的那份率真，以及我的无助，让我不知所措。

"查姆！我……"

我能说什么呢？这情形我们都始料未及。

"我们先回到岸上吧。"他提议。

我们从河里出来，赤身裸体躺在一块平整的大石头上，脸冲着灼热的太阳。我们追寻鸢鸟在湛蓝天空下缓慢飞翔的轨迹。

"看到我日渐老去，你会痛苦吗？"

查姆触动到我的内心最深处，我决定不编造故事来糊弄他。

"当然。即便做父亲的总是用记忆的滤镜凝视自己的孩子，我也能清楚看到你老了，查姆。最初，我愚蠢地埋怨你，差一点就想对你说'振作起来，照管好自己，好好料理一下你的皮肤、头发和牙齿'，但我忍住了。你在承受着老去，正如我承受着没能……老去的事实。"

查姆将目光投向我。

"这很糟糕，爸爸。尽管你做出种种努力让自己看上去变老，我很感激你，但你越来越难糊弄人。有人在你背后议论，有人质疑……"

"谁？法尔卡？"

"法尔卡、村民、访客，所有人。他们向我提问、纠缠我，因为我给不出回答，事情越来越糟，被四处传播。现在有些人想要……"

他不敢继续说下去，我鼓励他，他承认说：

"人们开始恨你。"

"什么？"

无须询问更多细节，我长久以来担心的事情正在发生。

我跳起来说道：

"我离开，查姆。"

他抓住我的脚踝坚定道：

"不。"

"这是我不毁了你的生活、不妨碍到你的解决办法。"

"我知道，你已经在这么做。"

我结结巴巴道：

"你……你已经猜到了？"

"不是现在，而是你回来的时候，我被你的突然衰老震惊到了——两年时间，你老了二十岁——我与法尔卡说起此事，于是她告诉我第一次见到你时她的惊慌失措，你的怒气、冷淡和离开。"

他的眼眶湿润了，努力控制着自己的情绪。

"我痛恨你消失的那几年，爸爸。我向你保证我失去了一切快乐。我是在向你介绍我自己的孩子，看到你很高兴的那天，才开始爱他们。不要抛下我……"

"行了，查姆！还能有别的什么法子吗？"

他低下头。

"请原谅我，我只听从我的自私自利。"

"我不在乎你的自私自利！你是我儿子，查姆，我唯一的孩子。如果我能成全你的自私自利，我将是世界上最幸福的父亲。"

他抬起头，注视着我。

"离开，并留下。"

"什么？"

"离开村子找一个地方偷偷安顿下来，不要太近以免被人遇见或认出。也不要太远，让我能经常来探望你。"

我伸出手，准备达成我们的协议，问道：

"你有什么理想的地方吗？"

"我想到一个山洞……"

尽管我们的处境有点悲惨，我还是忍不住大笑：

"山洞？你可真是你母亲的儿子！"

*

我在山洞里生活了三十年。

这个阶段我可以言简意赅地总结道：拥抱大自然，远离人类。

拥抱大自然，因为我完全融入大自然的各种元素：护佑我的岩石、肥沃的土地，我带着感激之情接收到的清晨的露珠，令人精神一振的寒冷，令人昏昏沉沉的炎热，我探究其性能的植物，我崇拜又喜爱的动物。狩猎需要尊重和了解动物：如果我们事先很好地侦查、研究、了解，我们就能捕获到猎物。尽管操作最后的结局是死亡，但之前要经过耐心等待，聪明应对，以及对于对手的深深尊重。当然，致死的过程有些粗暴……但这样直截了当不正构成了最后的尊重？必须不加折磨地一击毙命，处死与酷刑是两件对立的事。我从来没有自豪地猎杀，但我总是杀得很好——杀得干脆利落，并且有足够的理由。靠着从巴拉克那里学到的课程，我在这个世纪里成为野人，拥抱大自然。

　　远离人类，因为我等待查姆六天，才能在第七天见到他。我的儿子从来不会双手空空或脑袋空空来看我：他带给我水果、蔬菜、谷物；带给我他最新打造的黄金首饰，黄金是他刚刚掌握的一种材质；他带给我村子里的消息，他的孩子们和他们配偶的消息，还有孙儿们的消息……查姆拥有一种叙事的天赋。他的定期讲述持续了三十年，让我如痴如醉。他是如此完美地在其中穿插各种特点、挑战、曲折情节。通过他使用的精彩动词和他的目光，他将所有场所变成布景，将所有场景变成舞台，将所有事件变成奇遇，将所有叙述变成悬念。他有一种无与伦比的本领，能将每一个人提升成为角色，能让我对从未见过的或不怎么来往的人牵肠挂肚，为他们的幸福而高兴，为他们的死亡而哭泣。查姆很少描写，只是启发。他不评判，只是呈现。他对他描述的对象有一种普遍的同情，无论是讲述他们的罪恶还是美德，都用同样的温柔，他埋解人性的复杂。与讲给孩子们听的童话不同，他的故事中并没有好人或坏人，他的故事呈现的是每一个个体的善良和恶毒。我，作为一个被奇怪的英雄，被一个光鲜又阴暗、英勇又邪恶的父亲抚养长大的人，这种在暧昧不清中的遨游深深吸引着我。一旦踏入人性的迷宫，人们便不愿意出来，而是想进一步探究。同样，我一旦进入查姆构建的故事，便不愿意结束，渴望进一步品尝。在山洞深处，查姆慷慨地带来他的世界，那里是如此丰富多彩、激动人心、反差强烈，对我来说就是全世界。那时文字还不存在，当我意识到查姆每周带来的传闻构建的帝国对我产生多么大的影响时，我认为他若是生活在另一个时代，一定是一位非凡的作家。[1]

我的山洞位于当地人认为不适宜居住的一个地方，他们从不去那里，借口那里没有水源。实际上，洞窟里藏着一口井，保证我度过了平静的日子。

这么多年来，我到底在思考些什么呢？也许我不是在思考，我是在冥想。世间一切都深深吸引着我：动的和不动的，安静的和喧闹的，从光柱里的尘埃到远处堆积的云彩，从窸窣的雨滴到乌鸦的聒噪。一种气味就足以占据我的时间，特别是我说过世界上并没有所谓好的气味和坏的气味：我身上沾上黄色金雀花的香气，或癞蛤蟆身上沼泽地的臭气，或烤肉串时的烟熏气，一切都是精彩演出。

我发现了黑夜的王国。夜里我不睡觉，也不能去村子里活动，所以我研究苍穹。我承认，我从中获得某种自豪感：没有人能如此观察天穹！一旦黑夜降临，人们便沉沉睡去，花儿也合上花瓣，也没有动物会转着眼珠子或把口鼻对着不能吃喝的天空。即便一些夜间动物，如猫头鹰、鸮、蝙蝠等，被饥饿缠绕，也将目光投向地面。如果说大地是肚皮，天空就是精神。有时世间孤独的我

---

[1] 写一部作品？查姆拥有这样的天赋，而我拥有书写的理由。因为创作一部作品需要一定的方法和动因。查姆之所以成为叙述者，是为了改善他强加给我的幽禁日子。他的叙事艺术来自天赋，但他不断激发这份天赋，出于内疚也出于爱。他的爱混杂了负疚感，后来，我经常在一些伟大的创作者那里找到相似的混合，高贵的燃料和卑劣的燃料共同构成了火焰，两者都不可或缺。天使写不出一部杰作，魔鬼也写不出。

查姆伟大的小说是为我而作，是送给我的。我听到了它，虽然它没有留下任何痕迹。在文字出现之前，天才都以风为纸。

抬头仰望着天空，对着星辰喃喃道：

"别生气，我，我很欣赏你们。"

一股自豪之情让我觉得自己是个特殊的人。

最初，我凝望星空时感受到的是审美的愉悦。随着时间，我开始寻找它们之间的联系。每天夜里，我眼前的星星是根据它们的心意随机排列的吗？就如在天空牧场上的一些绵羊？或者有某种秩序支配着它们？从前我和巴拉克一起，搜寻黄昏后升起的第一颗星星，它比其他星星更明亮。还有另外两组，像一条小蝌蚪和一条大蝌蚪。我着手深入探寻，并在脚下重构天空。

一大片硬泥土地代表苍穹，小石块代表星辰。在真正的天空和我的假天空之间，我常常累得腰酸背疼、四肢乏力、脖子酸疼。我也会泄气，因为我观察到的混乱多过秩序。诚然，星辰遵循着与太阳类似的轨迹，从一边升起，又在对面落下；然而，如果说苍穹在我头顶一致地运转，有些星辰则整夜星光灿烂，有些则瞬间划过；有些只出现在夏天，另一些只出现在冬天。季节改变了一切：太阳并不是整年从同一些星辰旁边升起。

我逐渐意识到这背后存在某种我不了解的逻辑。对天空的观察证实星光的呈现既不取决于幻想，也非任性而为，然而我还未能窥探出其规律。

我用黏土在地面上画出星座，用线条将那些小石块连起来，即一串串星星。这个系统后来帮助我在白天辨识它们，然后给它们取个名字，便于记忆。所选之名可能与动物类比，是我斟酌着给它们起的外号。人们只有将未知归于已知才能将其驯服。如果我是第一个取名的人，我会把小蝌蚪称作小熊座，大蝌蚪称作大熊座。据此，我会把离此不远的一群星星视作一匹马，由一个身体、四条腿和一个脖子构成。这群星星几个世纪后在迦勒底人那儿，变成了狮子座——而我，从未遇见过狮子。还有一团星雾，其数量和清晰度随时间而变化，让我想到一只母鸡和它毛茸茸的小鸡，我会把它叫作小鸡座。几千年后，它传到后世变成了昴星团。希腊天文学家还在其中认出了巨人神阿特拉斯的七个女儿。最后，有一个星座被定性过好几次，因为我很难为它的轨迹找到意义：我有时称它为绵羊（苏美尔人不久后也如此命名），有时称为游猎者，因为我觉得它像一张紧绷的弓，指向那些小鸡。希腊人也闪过这个念头，将其称作猎户座。

我是否在无意中制作了第一张天空地图？是否怀着梦幻般的无知，开创了星座名谱？

我不知道我在看星星时看的是什么——即便在今天，又有谁知道？我不仅不知道我住在一个星球上，而且我更猜不到我正在观察另一些星球。我头顶上盘旋的物体与我们的大地不尽相同，在我眼里，并没有一个无垠的宇宙，而是存在一堵墙，一堵白天为蓝色、夜晚为黑色的幕墙，太阳、月亮和星辰在此起起落落。在我眼里，不存在无限的空间，而是一个封闭的世界。在我眼里，有一个中心所在，就是我的身处之地。无论是我，还是我盘腿而坐的地方都静止不动，反而是苍穹在旋转。

然而，有好几次我感到阵阵眩晕，现在回过头看，那就是一种预兆。我颤抖着自问：如果说星星能挂在苍穹，或如有人说的能穿透天幕，那这天幕后面又会有些什么呢？在我疯狂的思绪里，空间被打开、被延展，新的领地被征服，一个接一个，就如大洪水的波浪，一浪一浪将我们推向前方。我穷尽脑力，不断想象一个又一个无边无际的空间。想象的结果让我胆战心惊，让我觉得自己可笑，让我受挫，让我觉得可怜。我摇摇头，停止自己的天马行空，这不可能！事实上，无限这个概念困扰着我，仅仅通过画面去想象，我无法想象无限，无限无法被表述，那只是一种概念。无限躬身于理性，而非想象。数学和哲学在那个年代还未诞生，尽管它们已经在召唤我，但尚不能让我去想象无限。即便我只能以惊慌和不安作答，我还是预感到一片全然不同的思维新大陆正在什么地方等着我。

查姆老了，风景在变化，时间在流逝。

而我，时间从我身上滑过，我与避开了时间的宇宙对话。一个不朽之人凝望着不朽的星辰。

我很少走出我的领地，因为我再也掩饰不住我永恒的青春，所以要避免被村里人认出或被其他人看出我的不正常。我就如一个幽灵或一头野兽，总是在逃避，一看到人影，便迅速躲藏。我本该惧怕那些能跟踪多日的出色游猎者，不过现在人们越来越少打猎，农业和养殖业足以养活他们。

每年两次，我会去到村子边缘，去母亲和叔叔的墓地沉思一会儿。

那里出现了一件超乎寻常的事。从我埋葬母亲和叔叔的土丘上长出两棵树，它们有尊严地挺立了好几年。后来，长成大树的它们相互缠绕，胜过缠绕，是一种相互穿透。还能有别的什么语言来描述这种不可思议的融合？其中一棵树的主干粗壮、结实，伸入另一棵树的主干。后者不仅容忍这样的入侵，还在周边结了一圈痂，为其加固，在树皮上形成一道环箍。两者的融合因此被封印。

我带着感动凝视这两棵相互交织的大树，巴拉克和埃莱娜（也只有他们才能做到）继续着他们的故事。他们炽热的情感已经破土而出，升向天空，将他们永远融为一体。作为植物，它们完成了人类做不到的事：合二为一，让爱永不消亡……

三十年来，在春季和夏末，我瞒着查姆来祭拜他们。我在他们俩中间，在仁慈的树荫下坐下，抚摸他们。有时我会紧紧拥抱他们，将脸贴在树皮上，仿佛巴拉克的胡子楂在扎我，我浑身颤抖。当花朵温暖浓厚的香气将我轻轻包裹时，我流下了眼泪，因为我感觉那是母亲将我搂在怀中。尽管我情绪激动，但回来后我会觉得更坚强、更自信。因此，永恒是存在的，幸福生活也存在。

努拉始终没有离开我的思绪。最初几年，想到她，我心情十分沉重，但后来我为此着迷。无须勾勒出她确切的容颜，也不必告知我她的传闻，我满足于想象她，在她的注视下行动，模模糊糊看到她的脸。

有时候，我会想蒂博尔是否还属于我们这个世界，是否还在苦苦寻找他的孩子。跟从前一样，他的突然离开让我难受，我很希望他最终能接受女儿消失这件事。这个如此智慧、博学、理性的男人，唯一的软肋就是努拉。

与我一样？

这三十年来，我活在当下，但在我心底深处，在一个语言无法抵达的区域，我有着模糊的怀疑。我在等待着什么？什么呢？我不知道……

是查姆在某一天告知了我。

我看着他从远处走来，步履蹒跚！佝偻的身影，枯槁的形容，看上去轻得像路上的一缕烟尘。他迎着刚够吹散蒲公英的那点风，艰难前行。

"可怜的查姆！"我心想。他再也不像从前那个查姆。

我甚至没有意识到这种评判的愚蠢。这个查姆当然不属于那个年轻的查姆。但我为什么看重身体外表更甚于其他？查姆在他一生的各个年龄一直都是查姆。三个月、五岁、十五岁、二十岁，现在六十五岁！某个状态就可以作为参考？我抱怨过三十岁时的查姆召不回十岁时的查姆？如许多人一样，我愚蠢地认为童年是一种准备，而老年则是一种衰败。按照这种偏见，大自然花二十年时间造就一个人，这个人享受他的身体十到十五年，然后大自然又忙着用后面的几十年来摧毁这身体。

查姆喘着粗气、满头大汗地走到我跟前。我们拥抱时，我感觉到他松垮的肩头、凸显的肩胛骨。我开了几句玩笑，以掩饰对他升起的怜悯之情。

闲聊一会儿后，我以为他又会开始说迷人的故事。遗憾的是他只是沉默地搓着双手。

"怎么了？查姆。"

"法尔卡死了，爸爸，五天前。"

"她是怎么死的,我的孩子?"

他有点吃惊地看着我:

"老死的呀。"

他的话让我震惊。我已经有三十年没有再见到过法尔卡,我必须在瞬间更新我的画面,将一个鲜活的女人换成一个垂死的老妇。

查姆注视着我,他的沉默意味深长,他的沉默在向我呼喊:"我也垂垂老矣,爸爸,我也即将死去。"

我躁动不安地穿过我们每次见面的林中空地。我为自己而羞愧,羞愧于我的青春活力,羞愧于我不能将之传递给他。我为他、为法尔卡、为所有承受了时间之苦的生灵而悲伤。为什么我就幸免于此?真让人受不了!

当我身上的怒气平息后,我坐到查姆身边,他慈爱地向我微笑。

"和我一起回村子里吧。"

"不,查姆,不能让……"

"你不会妨碍我,所有认识你的人都已经长眠地下了,除了我,爸爸。你可以回家。"

"那你的孩子呢?他们小时候我照看过他们,他们会认出我。"

"他们当然会认出你,你一点没变!正因如此,他们断定那不是你,因为谁也逃脱不了时间。我把你说成一位表亲,正好说明你与我那令人怀念的父亲有些相像,他在三十年前离去,别忘了。"

他的计划听上去很有说服力,我浑身颤抖。

"我有点害怕……查姆。"

"怕什么?"

"怕回到那儿。我已经如此习惯我的孤独。我能不能……"

"我来一趟这里不容易,太远了,我筋疲力尽。"

"请原谅我。"

"如果你不和我一起回去,你在这里独自一人,我在那里独自一人。我受不了,爸爸。"

就这样,我再次与心爱的儿子住在了一起。

查姆说得对,村民们永远不会怀疑,来到他们这里的这位有着运动员般体魄、矫健的二十五岁褐发年轻人身上隐藏着老查姆的父亲。少数几个曾经见过我的人,更多带着赞叹而非惊讶,认为我"几乎与诺姆一样帅气"。我发现自从我消失后,我的名声如花儿一般绽放,从一个英雄的地位上升到神一般的人物。我被尊崇为一位智者、公正的人、奠基人。人们解释说我预见了大洪水(其实我只不过倾听了蒂博尔的担忧),说我建造了一艘奇妙的大船,异乎寻常的坚固。我在船上不仅搭载了人,还带上了成对的动物以保留种群。要是听他们的叙述,我救下了所有人,那些死去的人不再被记得。从一场夺命的大灾难中,人们创造出了一篇胜利的史诗。

我立刻责备查姆让这种无稽之谈流传。

"我试着纠正他们,爸爸。"他恳切地答道,"我真的反复强调,况且你也多次对我讲述过事情的经过。但对我纠正的细节,人们并不感兴趣。他们出于礼貌听我叙述,他们沉默一段时间,随后变本加厉。人们不需要真相,他们需要传奇。"

查姆日趋衰弱。尽管我用草药、汤剂为他调理，他还是活力渐失。人在生命结束前与在生命开始时一样，都需要帮助。年长者变成了老小孩，家庭秩序颠倒：照顾的对象改变，所有长辈变成后代的孩子。

我不会遇到这样的事，直到最后一刻，直到他离世，我都是我儿子的父亲。我们在私底下毫不掩饰我们的喜悦：查姆向我展示他的温情，我欣然接受，并给出我的，毫不受限。我们在一起度过多少时间？躺在草席上，在黑暗中谈论一切有的没的，愉快地听着我们的声音交织一处，享受着我们的欢聚。我贪婪地感受着我儿子的存在，我知道死神将很快夺走他。即将失去他的预感提示我什么才是最重要的，如此多的惶恐无助藏在我的幸福背后！即将到来的空虚命令我充分享受当下。每一刻都已经提前涂上一层怀念：有一天，这一切将不复存在。

某一天午后，避开阳光，在家里的宁静祥和中，我的儿子靠着我，永远地睡着了。我呆滞了许久许久。在他还是婴儿时，我将他抱在怀中；他老去时，我仍将他抱在怀中。区别？他不再回应我的微笑……

我把查姆葬在巴拉克和埃莱娜身边，就在那两棵合抱大树的脚下。随后，我和家人一起唱祷告诗，我在他们中间感到一种疏离，他们只是把我视为查姆生前所喜欢的陪伴在他身边的一位普通表亲。我的角色已完成，是时候消失了。

这具不会衰老的躯体，还要强迫我活多久？

悲伤在我看来再正常不过。我的忧伤无论多么强烈，我都能克服。相反，超越一切痛苦的，是我被一个滚烫的问题所折磨：我是否还有意愿继续活下去？活在这一生？我想步巴拉克的后尘。我的世界消失了，而我没有消失！逃脱别人的时间表，不再与我所爱之人一起衰落，这对我不是一种特权，而是一种折磨。这个漫长的、荒谬的、残酷蛮横的青春让我不堪重负，让我深陷孤独。我诅咒天赋、魂灵、神明为我设计了这样一种新式的孤独，时间上的孤独。如果说世人都知道空间上的遁世，而我，唯独我，体验着被幽禁在时间之中。如何与一个不能与之分享脆弱的人住在一起？如何陪伴一个至亲的人，眼睁睁看着他凋零自己却不凋零？如何在儿子死后，还有他的后代死后，自己还能继续活下去？

我接收不到答案。

收不到来自神明、魂灵、魔鬼，或来自我自己的答案。

这份沉默暂停了我的致命行为。我被太多的疑问撕扯，无法用匕首一刀解决，我既没有得到授权，也无此意愿，我就继续活下去吧。

至少，我是这样认为。

*

在经过三十年原地不动的日子后，我肩上搭了个褡裢，踏上旅程。

世界已经改变，家庭定居下来，自相矛盾的恰恰是一条条小路证实了定居。

在狩猎—采集时代,人们几乎找不到固定的小路,因为不存在任何规律性移动,把地面踩出一条路。现在人们不再迁徙,小路却不断增加,被双脚踩踏、被木棍标记、被木屐磨损;农民和牲畜在此走过,从一个集市窜到另一个集市的商贩在此走过,地面被反复压实。村落规模在扩大,数量在增加,不定居的部落越来越少。

在长途跋涉中,我发现我的独立性显得格格不入。一个人就能自给自足,包括找吃的、住的、遮体的,自我疗愈。这让遇见我的人十分震惊。他们属于一些复杂的部落,在那里工作已被分割,技能分散,知识碎片化。饲养牲口的不再织布,织布的不再照看牲畜。自给自足的时代结束了!每个人必须依赖他人,没有办法。生存技能的专门化消灭了生存能力。人们相互依存,被迫过集体生活。

我觉得自己就是一个业已消失的世界的幸存者,在那里,一个人能独自应付一切。从前,每个人都掌握别人掌握的一切;现在,每个人都侧重自己的任务,忽略别人的任务。旧世界是共赋知识的时代,新世界是滑向共同无知的时代。从今往后,某个村民通过一项突出技能就能从他的邻居中脱颖而出,而他与他们的相似之处就在于普遍性的无能。一千种缺失将他们维系一处,一个专业技能又将他们分开。[1]

---

[1] 当人们对我说起进步时,我总是有所保留。人类知道的事物越多,个体知道的就越少。

  我有幸于1950年在美国见到过阿尔伯特·爱因斯坦。更甚,也许我(转下页)

通过专业化，工匠们进步神速。当查姆仅限于用纯铜、纯金制作东西时，铁匠和珠宝匠人正在尝试合金。他们将锡和铜混合，得到一种在高温下更容易锻造、在冷却时更坚固的金属：青铜。这一结果极大提高了器物的性能。得益或受制于青铜，一切都改变了：人们旅行是为了保证原材料供应（我们这个地区蕴藏丰富的铜矿，却少有锡矿），为了保证工具、匕首、双刃剑、长剑、盔甲[1]等的交易。

有一个村子，比里尔，在青铜工艺方面取得卓越成就。一名新式的首领管理着这个村子，他叫泽博伊姆。他很残忍并竭力让人知道这一点。

泽博伊姆掌管着海边的这个巨大村落。这是一片由圆木筑起的堡垒群，只能通过两扇严格把守的大门进出。他自己住在中间

（接上页）还救过他的命……这位伟大的物理学家醉心于帆船，正在新泽西州普林斯顿大学附近的一个湖中独自航行，一阵妖风突然将小船吹翻，一个错误操作将阿尔伯特·爱因斯坦抛出船外，几乎毙命。我潜入水中，把他拖到岸边。等他喘过气，我又帮他把帆船找回、修好、安放好，然后我们一起吃了点东西。我从没遇到过一个像这样如此迷人又如此笨拙的人。为什么这个智力超群的人拥有十个手指头——除了拉小提琴——却不知道如何使用它们？享受不到任何实际用处。尽管被他感动，我还是要将他与我年轻时代的人做比较：遇到困难时，他们会应付得更好。爱因斯坦对周边一切毫不关注，他对周围的植物和湖里的动物一无所知，不懂得如何区分可食用植物和有毒植物，或可以治病的植物；不懂得如何预测暴雨或狂风。他不知道如何缝制衣服，点火或打磨石刀，更不知道如何使用石刀。至于给兔子或水獭设置陷阱，这个念头根本不会出现在他聪敏的脑袋里！他表现出一种完全的不适应。

专业化保护了那些不会做很多事情的人。从根本上说，文明让天才和白痴得以生存。白痴一无是处，天才只擅长某一件事。

1 对诗人来说，是黄金改变了人类；对伦理学家而言，是金钱；对历史学家而言，是青铜。

一幢宽敞的房子里，周围是卫兵值守的岗亭。一切都是为了让人感受到他的重要性。泽博伊姆出现在仪式上时，总是戴着一张金色面具，让人印象深刻，令人赞叹。这个策略让他的外貌充满神秘，没有人知道他的真实面目，但知道他有时会不戴面具匿名出行，街上的人便会小心自己的言行举止。泽博伊姆常因有人说他坏话或批评他的行为而惩罚人。行刑在公开场合进行，有叫喊者督促大家出席。泽博伊姆戴着他闪闪发亮的面具，端坐在扶手椅上，出现在秩序良好的人群面前。在村民们既恐惧又兴奋的目光下，刽子手砍下有罪之人的头颅，然后挂在比里尔的入口处示众，就在正门上方，直到秃鹫和乌鸦将其吃掉。

泽博伊姆以恐怖手段统治，他招募雇佣军。官方说辞？保卫这个令人垂涎的富有村落。实际上，泽博伊姆的敌人就在围墙之内，因此他的队伍锁定了内部秩序。而后，对权力的迷醉驱使泽博伊姆走向帝国主义，他的军队开始征服邻近部落。

泽博伊姆带来的后果是什么？青铜产生的后果又是什么？村落间的不平等日益加剧。从前，我目睹的劫掠主要出于物资的暂时短缺或出于嫉妒。而当下的状况，暴力源于制度。技术呼唤财富，财富呼唤权力，权力呼唤武器。随着武器的不断完善，侵略加剧爆发。

我愿意承认吗？这种过分对我反倒是一种救赎：我决定加入泽博伊姆的士兵团。年轻、严谨、经验丰富、无所顾忌，我把自己的身体出租给供我睡觉、吃饭、穿衣、浆洗的人。

他雇用了我，或者说是他的代言人库克雇用了我。库克是泽博伊姆的可见部分，是奉行他命令管理队伍、指挥战斗的人——泽博伊姆则躲在自己家里。

我与一些特别平庸乏味的野蛮人打交道。他们以为自己是不朽的，其实不然。他们欢呼雀跃地投入战斗，被统治的幻觉迷醉，相信自己一定能够成为胜利者，所以不停地打架斗殴，用刀剑对决。在他们身边，我一直浸泡在粗俗下流的氛围中。他们大吃大喝、赌咒发誓、自吹自擂、野合作乐，然后在某一处战场上，在一声惊愕的惨叫声中，一切灰飞烟灭。这些雇佣兵的粗鲁与我那有着精妙语言、细致分析的儿子查姆有着多么强烈的反差啊，这些土里土气的乡下人让我忘记了他。我曾经是照料他人的人，现在却在伤害他人！我曾经是疗愈他人的人，现在却在消灭他人！我曾经拯救了我的人民，现在却沦落为籍籍无名的队伍中的一员，士兵中的一员，一刻也不关心为何种原因而战斗……这还是我吗？不，不是。我要惩罚自己什么呢？我在寻求抹去从前的那个诺姆，那个善良、有爱心、负责任，到头来却让自己无比痛苦的诺姆。我痛恨痛苦，制造痛苦好过承受痛苦。

我被证明是一名出色的雇佣兵。对挨打熟视无睹，刀伤和擦伤也能迅速愈合，我代表着理想的斗士。我投身一场疯狂的赛跑，我将死亡从它的洞穴中逼出，我冲在危险野兽面前，希望它能一把抓住我。

可惜我比野兽跑得快……我杀它们，却从来没有被杀。

我沉沦了，有些东西消失了。我所爱的人：努拉、母亲、巴拉克、查姆、蒂博尔都消失了，但还有某种最主要的无法触摸的东西也消失了：大自然之于我的魅力。

保护者和围栏的出现，多么令人震惊！人类告诉植物该如何生长，告诉动物该住在哪里。一场革命！土地变成了农田，动物变成了食物。森林和草场被摧毁，最初的焚烧是为提供耕地，后来的围栏是为服务牧场。双手长满老茧的农民躬身于腐殖土，开垦、清除石块、犁地、将其软化、碾碎土块、松土、翻耕、播种。他们不再崇敬土地，他们利用它。受惊的野兽逃离火焰，竭力远离人类而生存，而从前它们与人类一起生活。它们的痛苦不止于此：人类创造了两个种类：家养动物或野生动物。反抗奴役的野生动物被迫流亡，东躲西藏；更悲惨的那些则等待着被驯服，痛苦地表现出一丝温和与社会性。农民一旦发现那些接受在囚禁中进食和繁殖的动物，便将它们永久囚禁，杀死那些不听话的。如果说大自然只让那些强壮好斗的动物生存下去，人类却进行反向选择。每当我经过被圈禁的牲畜，如山羊、岩羊、牛群时，我发现它们永远没有它们的野生动物表亲那般的身材和健壮体魄。

风景发生了变化，正常，因为作者变了。从前，大自然创造风景，现在人类插手。千百年来各种元素，包括大洪水形成的海岸线，现在开始分布着道路、草场、耕地、种植园、围栏、专类的树林、村落、港口。小麦、大麦、房舍；小麦、大麦、栅栏；小麦、大麦、谷仓；小麦、大麦、牲畜栏；小麦、大麦、房舍……大自然用无穷的想象力和漫长时光发明风景，人类却将其烧毁、分格、简化。

当烟柱向空中升腾时，我阵阵战栗：我的同代人烧毁的不仅仅是一片土地，他们摧毁的是人类的生存方式。大自然现在属于人类，人类不仅殖民了土地，并且垄断植物或动物的种群，一切视他们的需求而定。

从前，我们靠渔猎、采集生存，与植物和动物同处一类，我们作为大自然的寄生者生存，没有特权，面临各种限制——人口增长缓慢，长时间依赖我们的长辈，无任何体能优势，既不长毛，也不长鳞。生活在生物中间，我们只是过客。这种平等被打破了，人类认为现在自己凌驾于他所改造的大自然。自此，存在两个世界：大自然的世界和人类的世界。第二个世界毫无羞耻地侵占了第一个世界。[1]

作为湖区的人，我经过的大自然毫无阻隔，那里物质与精神相互交融。草茎、果实、兔子、河流、岩石、云彩、清风都是活生生的，充满着意愿和情感。与它们在一起，我可以通过观察、通过冥想、通过做梦、通过沉思、通过唱歌、通过跳舞、通过毒品、通过鬼魂附身与之交流，不存在任何密封的墙。然而，人类竖起了这样的墙。为了拥有物品、身体、现象，他们把它们清除出思想，只保留聪明才智；他们通过清空宇宙来征服宇宙。我曾经与大自然融为一体，现在他们却将我与之分离。谦卑消失了，

---

[1] 在后来有关我的叙述中，在《创世记》中有几行字提到了这种根本性的决裂。据《圣经》记载，上船之前，上帝对诺亚说："在一切洁净的动物中，你要取七对雄性和雌性；在不净的动物中，你取一对雄性和雌性；在天上的飞禽中，也取七对雄性和雌性，使其后裔在地球上永续。"上帝授权他看守，也就是给了他这些动物的财产权！而在下船时，上帝在"你、我及所有生物"间立约。这就意味着在地球上有三个部分：上帝、人类、动物。人类与其余生物的分离在上帝的注视和担保下完成了。这对湖区的人来说，完全不可思议。

和谐也消失了，我的天堂失落了。[1]

于是，出于自我了断的心意，我选择了一种终极方式。

库克中等身材、微微驼背、脖子粗壮，强壮的四肢让衣服看上去紧紧包裹着他的大腿和手臂。各种骨制的、牙造的、青铜制作的护身符遮盖了他肥胖的身躯，创造出一个光荣而让人迷信的外表，叮叮当当的撞击声表明了他的存在。库克即便不说话，人们也能听到他，不过这是罕见情况，因为他尖利的喉音总在不停喊叫。两个细节可以总结库克：出汗和脖子上的青筋。当他的腋窝和大腿汗如雨下时，细密的汗珠从他肮脏的头发、皱纹明显的额头、扁平的鼻翼渗出，让他饱经风霜的脸上仿佛涂了一层油脂。我从未见过一个干燥的库克，他的冒汗反映了他狂热、躁乱的奔波，为一个不可预判的独裁者服务的焦虑。至于他脖子上紧张跳动、凸起的弯弯曲曲的青筋证明了一种几乎到达爆裂边缘的能量。

我从一开始来到库克身边，便以令人敬畏的斗士姿态让他满意。他很看重我，我取得了他的信任，他会择机指派给我一些指挥任务。他全身心侍奉泽博伊姆，完全牺牲了自己的家庭生活，没有妻子，没有孩子，他寄托于泽博伊姆的妻子和孩子。作为一

---

[1] 这片失落的天堂，我感觉诗人仍然居住其间。这就是为何几个世纪来我一直阅读他们？许多在我后面很久以后出生的人也有着同样的渴求。这就激发我怀疑一件我将反复提到的事：我们并不一定活在一个我们所以为的时代，我们中很多人在内心深处是处在一个与现实完全不同的世界的。否则你如何解释有人对文学如饥似渴，有人会出现抑郁？出生的偶然性迫使我们经历一个与我们的潜意识所居之地毫无关联的世界，而我们的潜意识继续居住在那里。

种替代，库克提到他们时会很激动，仿佛那就是他的亲人。泽博伊姆有三个业已成年的儿子和三个女儿；丧偶后，他又娶了漂亮的第二任妻子。"无须为他的小脸蛋戴上金罩，她足够闪亮，我从来没见过更漂亮的女人。"库克念叨说。虽然说她没有躲藏在金色面具下，但她很少出来。

我倾听库克，他需要倾诉，而我需要让人相信我们的哥们儿情谊。

雷托米战役终于来临。泽博伊姆觊觎这个不起眼的村子，因为从山上下来的一条河流经这个村子，这能让他日后用独木舟继续朝太阳升起处扩张。

战斗力如此不平等，以至于我十分同情雷托米的村民们。他们用简单的棍棒、石块试图阻挡我们，我们是戴着头盔、配备剑和盾牌的专业人士。三下两下，他们全部丧命于我们剑下。等到最后一个人倒下，我开始实施酝酿已久的计划。

余戮告终后，我转向库克，他浑身溅满鲜血，向空中挥舞着拳头，朝我笑着高喊：

"雷托米属于泽博伊姆！"

人们差点以为他是为自己取得了胜利。

我大声呵斥他道：

"你就要完蛋了，库克。"

他认为我在开玩笑，笑得露出大白牙。

"我当然会完蛋，但不是现在。今晚，大伙儿一醉方休！"

"你就要完蛋了，库克，就是现在。"

寒光一闪,我一剑刺进他的腹部。

他浑浊的双眼圆睁充满困惑,踉跄了几步。

我拔出剑,他摇晃了几下,我又一剑刺破他的喉咙,血流成河,他倒下了。

雇佣兵根本来不及反应,呆呆地看着他们指挥官的尸体躺在自己脚下。

"你这是怎么了,诺姆?"

他们憎恨库克,却又服从他。他们不仅在他的命令下活,也在他的命令下死。虽然说我的行为并没有让他们感觉忧伤,但令他们大吃一惊。

"把我抓起来。"我大声说。

"什么?"

他们更是一头雾水。

"把我抓起来,否则你们会被怀疑是同谋。罪行将落在我身上,不会波及你们。泽博伊姆会惩罚某个雇佣兵,不会惩罚所有人。"

他们中最灵活的那个终于有所反应,他们把我捆绑起来。

正如我预料的那样,事情进展顺利。泽博伊姆并未浪费时间假装审判,他拒绝对我进行审讯,而是宣布立即在公共广场处决我。

传令官只有一点点时间召集众人,刽子手只有一点点时间准备砧板。鼓声响起,他们推着被五花大绑的我,走向我的死亡。

白日将尽,天边的光线如燃烧的火焰,将红色撒向各处,墙上、人们脸上,以及我站着的地方。

跟着丧钟的节奏往前走，我感到一种难以置信的宽慰，我即将重生。死亡让我成为我自己，让我重新找回价值观一致的那个诺姆。那个诺姆，母亲和巴拉克爱过，努拉渴望过，我儿子查姆拥有过。那个诺姆，来到世上为了医治和保全生命。走近刽子手时，我突然记起蒂博尔和我，大洪水期间我们在船上，俯身在饿得奄奄一息的普洛克身边，蒂博尔愤怒地说："我不是为了看一个孩子死去而成为治疗师的！"我变本加厉："我做首领就是为了眼睁睁看一个孩子死去？"我曾经是那个诺姆：首领、父亲、情人、治疗者。最近几年，绝望让我远离我自己，除了带给我杀戮的习惯，什么也没有留给我。不完成复仇能放下过去吗？诺姆的复仇是温和的：作为自己死去，因为我再也无法作为自己活着。

刽子手猛击我膝盖后方想让我摔倒。我自愿滚到用于斩首的树桩跟前，我跪在那里，将头搁在树桩上。

在我前面，泽博伊姆抱着双手站在一个高台上，戴着他的金面具，身旁并排站着他的儿子和女儿。

刽子手举起一把巨大的青铜斧子，敲击声停止。

一位体态轻盈活泼的女人走到泽博伊姆跟前，将手伸进他的臂弯。从她亲热顺从的姿态中，我意识到那是他的第二任妻子。

我嘴里发出一声惊叫：

"努拉？"

那女人吃了一惊，寻找这名字从哪里冒出来，然后发现了我。

"诺姆？"她喃喃道。

刽子手的斧头朝我砍了下来。

尾　声

诺姆抬起头。

他刚刚明白：这本书终结了困扰他几千年的一个谜团……黑海。

太阳穴生疼，他猛然合上书，站起身，想透透气。他感觉窒息。快，出去散步，挥动手臂，晃动身躯，调理这着火的身体！他打开窗子。

环绕房子的松树浓郁的香气安抚了他的肺，蝉鸣声在他身体里涌起阵阵舒适的波浪。碧空如洗，宁静地铺展。诺姆盯着天空，从中汲取力量，来消化他的发现。黑海……

几周以来，这所方舟里的藏书室为他提供了避难所中的避难所。为了躲开他的同伴马尔穆德、查利、雨果和无精打采的詹姆斯带来的无聊，诺姆尽可能待在这个被书包围的空间里，在那张宽敞的桃木桌上，继续书写他的手稿。然后，当疲倦分散词语、让句子变得艰涩时，当倦怠将他的工作等同于牧羊人徒劳地聚拢走散的羊群时，他放弃，将笔记本推向一边，陷在沙发里开始阅读。

由一位细心的文人捐赠的这间藏书室就是一间生存主义者藏书室。如果说它收藏了一些狩猎、露营、烹调等技术方面的实用手册，它也提供一些涉及灾难的文学作品，从荷马的《伊利亚特》

到加缪的《鼠疫》。好奇的诺姆翻阅了最近数百本描述天灾人祸的小说：龙卷风、海啸、地震、瘟疫，后核社会、寒冷的大自然、烤焦的大自然、流亡外星、摆脱了开发者的机器人世界。这天早上，他站在木梯子上，发现了一排学术著作，注意到有一本专门研究大洪水的书。他半信半疑地用指尖抽出了这本书。

几个世纪以来，他查阅了大量学问渊博者所写的有关大洪水的著作，没有找到任何有用信息。确切说，他了解到许多关于作者的信息；但关于大洪水，什么也没有。

人们把一切归咎于他们自己，事件不是发生，而是落到他们身上。更甚：不是落到他们身上，而是为他们量身打造。他们所承受的无论多么残酷的灾难，都是传递给他们的一个信息。无论是动物死去、植物枯萎，还是沙漠让田野和森林荒芜，灾难就是冲他们而来，只针对他们。是谁通过台风和地震向他们喊话？是纷至沓来的神灵，是成为唯一神的上帝，是维持上帝缺席的大自然？总会有一个智慧的实体给他们上一课，神灵、上帝、大自然会报复他们的傲慢，激发他们的谦卑。多么矛盾！自负的人类声称那位全能者鼓励他们谦卑，但鲜有人会这样做，因为他们自居造物的中心和终极。

这天早上，诺姆略有迟疑地进入有关大洪水的这份研究，以为又会遇到有关大洪水的永恒蠢话的现代版。

一小时后，他被震惊了。这本书给了他解开几千年前的经历之谜的钥匙。

诺姆离开窗口，浑身发烫，在屋子里绕着桌子打转。黑海……

1993年，两名海洋地质学家威廉·瑞恩和沃尔特·皮特曼探索了黑海深处，发现了一些无法解释的沉积物：它们本该沉淀在淡水湖，而非咸海。六年后，一位海洋学家在水下一百五十米处探查到一片海滩。什么？海底下还有海岸线？这就证明了海平面的上升。而且这片沙滩还显示出更为奇怪的现象：散落在此的动物化石和贝壳类化石属于淡水湖动物的一部分。通过碳14检测，可以确定它们的时间约在七千八百年前。反之，不远处咸水环境下生存的动物化石则显示在七千三百年前。所以说海洋取代了湖泊！

以此为起点，其他信息帮助还原了所发生的事件。

确实存在过一个湖，那个大湖，诺姆激动地想，那就是他所生活过的，他所穿行过的，他年轻时代为之着迷的那个世界，由乌克兰平原上的支流所滋养的那个大湖。那个湖泊比附近的海域——地中海，要低一些。

当冰河时代结束，全球变暖导致地球上冰川大量融化，因此海平面上升。气温变暖四度足以将地中海海平面抬高一百三十米。从地中海俯瞰它的南部，这片大湖受周围地形的保护，因为现在的博斯普鲁斯海峡和达达尼尔海峡其实并非海峡而是地峡，这些地峡形成一道围墙。在水流冲击下，博斯普鲁斯地峡的天然大坝被冲垮，成千上万立方的海水在大湖和周围村落上方一百四十米处倾泻而下，成千上万人被淹……这场灾难的结果：一片不那么咸的海洋从西向东延伸一千一百多公里，从北向南延伸六百公里，那就是黑海。

这份研究后面还提到诺姆已经得出的结论：大洪水并非全球性，而是局部的。如果说有人因逃生而活了下来，那么山区的"山里人"则没有受到影响。在缺少文字的情况下，没有人能记录下事实。人们的震惊来源于从记忆到记忆的回响，反复叙述、评论、走样、添油加醋、确定，最后趋于虚构。

"他在召唤！我们就到这里吧，没有时间往下走了。"

外面，马尔穆德在呵斥查利和刚从攀岩练习回来的雨果。诺姆本能地走到窗前，想去关窗，以保持他的安宁。

三名准军事人员在热烈讨论着什么。诺姆有点犹豫，除了他不想突然出现打断他们的讨论，还因为他更喜欢从靠墙的沙发上偷听他们的对话。

"在我看来，他要向我们宣布 J 之日。"年轻的雨果叫道。

诺姆对于他所接触的生存主义者怀有一种复杂情感。一方面他觉得他们错了，另一方面又觉得他们是对的。他不会将他们与他几个世纪以来遇到的那些末日先知相混淆，后者属于因缺乏认知而相信有世界末日的文明。如今，情况发生了逆转：人们知道，但是不相信。更糟的是，他们不相信他们所知道的事。尽管全球变暖及其后果属于科学范畴，但人们既不相信，也不重视。在诺姆看来，唯有生态学家和生存主义者真正相信他们所知道的。

马尔穆德、查利和雨果走得更远。他们从理性担忧出发，却走向宗教激进主义。他们以明天的名义，拿今天殉道，并急欲奔赴他们所预备好的灾祸。没有任何利他主义引领他们，反而是激进的自私。

雨果的手机响了。

"D. R.！"

他们聚拢在电话周围，听上去正在相互打招呼。诺姆想象 D. R. 出现在屏幕上。首领金属般的声音响起，带着坚定：

"扎卡里小组三天后开始行动，对美国的五座核电站发起攻击。"

"哇！"马尔穆德欢呼道。

三名恐怖分子双手合十，发出胜利的高呼。

那尖厉的声音再次响起：

"保持最大的谨慎！即使表现喜悦，也会招来怀疑。"

"不用担心！避难所里只有我们自己。"

"我们从来不会只有自己！"D. R. 严厉回答道。

诺姆一阵战栗。但愿阴谋者没有注意到他们正站在一扇敞开的窗子边上……

显然，他们不以为意，因为马尔穆德继续道：

"那我们呢？"

"你们待命。"

在这变形的声音中，有一种语调让诺姆感觉不安。

当马尔穆德坚持要推进他们在黎巴嫩的行动计划时，诺姆被恐惧引导着凑近窗子。他无论如何要验证或否定他的直觉。

马尔穆德不死心，据理力争，详细说明他的小组做了多么充分的准备，包括意外情况时的应对。他建议道：

"当美国佬忙着他们核电站的那一天，我们打算炸了查布鲁大坝。"

诺姆透过俯身屏幕前的那些脖子的间隙,看到了黎巴嫩人正在恳求的那个人。

"我宁愿不要。"德里克回答说。